子

杜成光 著

陕西新华出版

太白文艺出版社·西安

图书在版编目（CIP）数据

骄子 / 杜成光著 . -- 西安：太白文艺出版社，
2024.4（2025.1 重印）
ISBN 978-7-5513-2579-0

Ⅰ. ①骄… Ⅱ. ①杜… Ⅲ. ①长篇小说—中国—当代
Ⅳ. ① I247.5

中国国家版本馆 CIP 数据核字（2024）第 062376 号

骄 子
JIAO ZI

作　者	杜成光
责任编辑	刘　乔　胡世琳
封面设计	屈佩瑶
版式设计	徐媛媛
出版发行	太白文艺出版社
经　销	新华书店
印　刷	三河市嵩川印刷有限公司
开　本	787mm×1092mm　1/16
字　数	270 千字
印　张	20
版　次	2024 年 4 月第 1 版
印　次	2025 年 1 月第 2 次印刷
书　号	ISBN 978-7-5513-2579-0
定　价	78.00 元

一

"如果把男人和女人都比作船，那心中的梦想就是岸，生活就是江河湖海。船要靠岸，需要靠他人，更要靠自己。每个人所处的环境都差不多。金坪钼业公司虽然是矿山企业，条件艰苦，但也特别能锻炼人。"

夏荷坐在蓝色工具车上，一副半睡半醒的样子，心里反复琢磨着离校时老师对自己说的这几句话。她感觉人生的路实在漫长，才刚刚踏上征程，就又要思考长远的未来。

此刻，她的思绪已经飘向了秦岭深处。与她同去的还有罗双峰、何世龙、林虎三位男生，他们坐着另外一辆工具车先走了。躺在后座上睡觉的金坪公司组织部副部长周世明是专门到长宁迎接他们的。

在省冶金学院学习时，夏荷曾到金坪公司实习过一个月。那通往大山深处的崎岖不平的山路，高耸入云的摸天岭，给她留下了深刻的印象。

蓝色工具车在越过一个土坑时猛地跳跃了一下，把夏荷吓了一跳。周副部长的身体也被颠得弹了起来！中午吃饭喝了二两烧酒的他，此时满脸通红，被颠醒后用手抹了一下脸，骂了司机一句，又躺下睡了。

工具车开始在一段土路上行驶。夏荷怕颠，用手紧紧地抓着车门上的把手。

司机是个东北小伙子，名叫钟铭，看上去也就二十岁出头，在夏荷面前却以老工人自居。他让夏荷叫他小钟。钟铭长得很像女孩子：尖尖的下巴，白净的脸庞，鼻子很精致，眼睛里好像汪着水一样清澈。车子行驶在柏油路上时，他问夏荷："夏姐，你去过山里面吗？"

说话声音轻如落雪的夏荷说："一九八〇年，我在金坪公司实习过，感觉很艰苦。如今两年过去了，不知现在有什么变化。"

"金坪镇和三里坪没啥变化，但十里坪变化大。金山岭选矿厂、汽修车间、机修车间都建好了，办公楼、家属区、招待所也都建好了。金山岭选矿厂一投产就会大搬家，你是在哪个选矿厂实习的？"

"小选厂。"

"小选厂都老得不行啦！不过，一些老师傅说不定都还在，你去看看，估计他们还能认得你。"

"瞿大姐你认识吗？她是不是还在小选厂？"

"瞿大姐谁都认识，她是公司劳模，干工作可认真了！只是经常把徒弟们训得哭鼻子。"

夏荷笑了笑不再说话，她感觉有些困，想睡觉，但钟铭的话匣子似乎才打开。后座上的周副部长打着呼噜好像睡着了。钟铭看夏荷不再说话，讲起了他的舅舅和朋友怎样做生意赚钱。夏荷没有兴趣听，又不好意思打断他。就这样，钟铭啰唆了一路，夏荷也嗯嗯啊啊地随便应付了一路。

汽车在不知不觉中行驶到了一个岔路口。车停稳，钟铭指着车窗外面公路边庄稼地里的一座墙壁刷着白灰的小房子对夏荷说："夏姐，那是厕所。"

夏荷并不想上厕所，但她想下车走一走，让身体舒展一下。她问钟铭另一辆工具车走到哪里了。钟铭眨了一下眼说："应该已经过了摸天岭了。周副部长害怕你晕车，特意叮嘱让我开慢点儿，我就没敢跑快。我一个劲儿地说话，就是为了能转移你的注意力，要不然，咱们的车早就追上他们了！进山的路拐弯多，你要是怕晕车，就睁大眼睛数一数一共有多少个弯，很多人都数过，但没有人能数清楚。"

钟铭说完去了厕所。这时，周副部长也醒了。他从车上下来也去了厕所。上完厕所，他微笑着对夏荷说："坐在前面没有晕车吧？"

"没有。"夏荷说，"谢谢周副部长照顾。"

周副部长很会说话："谈不上照顾，我瞅你就跟瞅我闺女一样，你要是晕车，我看着也难受。上车吧，你还坐在前边，我这个人一上车就瞌睡。"

果然，周副部长一上车就又在后座上躺下了，不一会儿，呼噜声再次响起。周副部长这么快就能入睡，让夏荷非常羡慕。

在关中平原上坐车跑了两个多小时没有晕车，夏荷心里很高兴。但当钟铭说进山的路有多少个弯没人能数得清时，她又害怕起来。那种恶心、眩晕所引起的不适感曾让她难受过不知多少次。所以，每次长途旅行，她都不忘买晕车药，但偏偏这次给忘了。为了避免晕车，她主动和钟铭攀谈起来，哪知她只问了几个问题，钟铭的嘴就闭不上了，其间竟然说："夏姐，你别看我是老工人，那我也得叫你夏姐。我今年才刚二十岁，但我十四岁就参加工作了。不瞒你说，我爸是公司劳资处处长，他让人把我户口簿上的年龄改了。这事，周副部长和公司的人都知道。"

后座上躺着的周副部长突然吼了起来："小兔崽子别瞎咧咧！好好开车！"

周副部长没睡着！夏荷被吓了一跳，她回头看了看，只见周副部长的脸红通通的闪着光泽，正午的阳光透过车窗玻璃刚好照在他的脸上。

钟铭扭头笑了笑，调皮地说："周大爷，您没睡着啊？"

周副部长没理他。

钟铭又对夏荷说："夏姐，你把车窗玻璃摇下来，现在是九月，天气也不冷，外面的风一吹你就闻不到汽油味了，这样就不会晕车了。山里面的小风吹着还舒服。前面马上就到'夺命坡'了，咱们是上山，我得稍微开快点儿。"

钟铭说话的时候，夏荷多数时候都是在看窗外的风景。一切都是那么熟悉：公路两边挺拔陡峭的山崖、湍急而又清澈的河水、生长在岩石缝隙中的生命力极强的松树，以及从山涧里刮来的凉爽的风……

汽车不知拐了多少个弯，又接连转了几个急弯，前面出现了一道陡坡，差不多有四五十度。钟铭朝车外努努下巴，让夏荷看路边的一块巨石。

"那块石头救过许多人的命。这个地方坡太陡，而且一下坡就是急弯，生手开车走这条路，还没下坡魂儿就被吓跑了！他们刹不住车又害怕掉到河道里，就只能往石头上撞！"钟铭狠踩着油门说。

夏荷把头从车窗伸出去，看了看河道里奔流的河水，缩回头闭上了眼睛。她虽然没有了晕车的感觉，但沟里面的小风吹在脸上也很不好受，她的眼睛也有点儿不舒服，有一种很酸涩的感觉。

钟铭见夏荷闭上了眼就不再说话，而是专心地开着车。每到一个拐弯处，他都要轻踩一下刹车，让车子的速度慢下来，刚一拐过弯就又加大油门猛跑起来。周副部长好像又睡着了，只是偶尔咳嗽几声。但夏荷感觉周副部长应该没有睡着，只不过是在假寐而已。

当汽车行驶到摸天岭时，钟铭把车停在路边，说："夏姐，你下车站在路边往山下看看，过了摸天岭，明天到公司组织部一报到，你就和我们一样成了'山狼'了！"

"山狼？"夏荷不解地看了一眼钟铭，下车往前走了几步，站在一棵柞树旁往山下看去。

钟铭打开车后门，抓着周副部长的裤腿摇了摇说："周大爷，到摸天岭了，你也下车吹吹风吧！睡了一路，您今晚不准备睡觉了？"

周副部长从车后座上坐起来，朝右边瞅了一眼车窗外面，说："你这熊孩子，把车停在风口上，吹感冒了咋整？"

钟铭说："停下歇歇，让夏姐看看周围这些大山。"

望着莽莽苍苍静默无语的群山，深不可测的沟底，以及山脚下像是厂房又像是民房的一片房屋，夏荷的心里生出了阴霾。

周副部长也从车上下来，整理了一下上衣领子，从口袋里掏出一盒香烟，抽出一支点着吸着。他走到夏荷身边，一只手叉在腰上对钟铭说："你把车上的棉垫子拿来让我坐一下，我不能坐在凉地上。"

钟铭拿来棉垫后又往旁边的灌木丛里走去。周副部长问他去干什么，钟铭头也不回地说："我给夏姐摘几个五味子。"

"五味子是好东西，有益气生津、补肾宁心的功效……秦岭山脉是中华民族的龙脉，蕴藏着很多宝藏啊！"周副部长看着面前连绵起伏的群山，语气有点儿激动地说，"从地质学上讲，秦岭山地是古老的褶皱断层山地，秦岭北部早在四亿年前就已上升为陆地，遭受剥蚀；秦岭南部却被淹于海水之中，接受了古生时期的沉积。在距今三亿多年的加里东运动中，秦岭南部隆起并露出了海面，伴随着其他地质运动孕育了许多矿藏。金坪镇周围就有好多矿点。翻过大山便是黑龙铺，那里发现了许多小钼矿。摸天岭旁边那座山上发现有金矿脉，金山岭选矿厂后面发现有银矿，再往下走几公里，还发现了石英矿、孔雀红大理石矿，王家滩水库那边还探出了铜矿，不过是鸡窝矿，不具备工业开采价值。"

夏荷有点儿惊讶地看着周副部长饱经沧桑的脸，把"你"改为"您"问道："周副部长，您对秦岭这么了解啊？"

周副部长仍有些激动地说："我是学地质的，一九五八年就来到了金坪镇这个地方。为什么叫金坪镇？意思是这里到处都是金子。在没有发现钼矿前，从金坪镇到十里坪，十里矿区到处都是淘金的人，老金坪镇每天都很热闹。那时候还没有公路，山里面老百姓用的生活物资全靠马帮驮运，来往要翻越眼前的摸天岭。行路难，难于上青天啊！我们来的时候仅五百人，条件非常艰苦。大家在荒草坪搭'干打垒'，在河滩里摆放锅碗瓢盆，啃窝窝头，饮河水，打地铺，点煤油灯，拾柴取暖。路是自己修，厂房是自己盖，电站也是自己建……一眨眼二十四个年头过去了……唉！那个时候和现在没法比啊，小夏同志！"说到这里，周副部长加重了语气说，"金坪这地方好着呢！现在比我们刚来那会儿不知要好多少倍！我们刚来的时候，花金公路才刚修通，我们是步行进山的。你瞅瞅，多好的地方！山清水秀，冬天不冷，夏天不热，三伏天里上夜班还得披上棉袄。工人们说，金坪公司人人都有三件宝：雨衣、雨鞋、破棉袄。在山里住的时间长了，一出山就变成了土包子，就是小钟所说的'山狼'。再过一个多月，山上林子里满地的蘑菇你可以随便捡，晒干拿回家都是上等的山珍！上班干活也累不着，尤其是你们这些大学生，走到哪儿都是宝贝！你现在既然被分配到了金坪公司，就扎下根来好好干！"

夏荷没有吭声，她甜甜地笑着，看了一眼周副部长，又把目光投向了远处，心中的阴霾好像被迎面刮来的一阵风给吹走了，心情也开始放飞起来。她觉得无论如何，眼前的景色还是很美的——蔚蓝色的天空像大海一样深邃，胡乱翻滚着的白云聚起又散开，这让她想起了"惊涛拍岸，卷起千堆雪"的优美诗句……

钟铭用衣服兜着许多五味子走了过来。他把五味子倒在地上，又往灌木丛里走去，说他发现了好多蛇莓果，要摘给夏荷吃。

下山的时候，夏荷每往车窗外看一眼，心就跟着哆嗦一下，感觉汽车好像是在跳跃着往山下奔跑。对面来车的时候，两车相会的一刹那，她觉得自己乘坐的工具车好像是要往沟里掉，吓得紧紧闭上了眼睛。当能听到犬吠时，她睁开了眼睛，但脸色已煞白，头发也被风吹得乱七八糟。她用双手拢了拢头发，欠了欠身子，扭头看了看车窗外面的农舍，问钟铭："你多长时间去一次长宁？"

"我在公司销售处开车，一个月要去好几次。"

"你下次去，能给我捎点儿东西来吗？"

"当然可以。你要捎啥？"

"捎几件棉衣，这次忘了拿。周副部长说山里三伏天都离不了棉袄，我最怕冷。"

"没问题。"钟铭打着包票说，"你把地址给我就行。"

天底下的事有时候就很巧：厂里给夏荷安排的宿舍竟然是她们两年前实习的时候住过的那栋小楼、那间房子。那砖混结构的两层小楼，坐落在矿区西北角上一面高高的山坡上。坡底下是一座建于 20 世纪 50 年代的苏式厂房——金坪公司第一选矿厂，工人们习惯叫它小选厂。小选厂厂房里的机器轰鸣声很远都能听得到。隔一条马路过去是公司汽车运输队；紧挨着运输队的是露天矿汽车修理车间。沿着马路往前走数十米是金峪河，河对岸是职工生活区——十几栋两层简易小楼房。站在小选厂的最高处往东北方向看，可见一大片错落有致、屋顶铺着红瓦的低矮的平房——金坪公司最大的一片家属区。

钟铭刚在楼下停好车，先到的三位男士就出现在了楼门口。

夏荷下了车。何世龙第一个走上前来笑着说："小夏，你一路上是不是总开着窗户啊，头发上全是土。"

夏荷笑了笑说："小钟师傅说开着窗户吹着风就闻不到汽油味，这样就不会晕车，所以我就只能一路吃着灰尘了。不过，这办法果然很奏效，我一路上真的没有晕车，真是奇迹！"

"更巧的是，你的宿舍还是两年前你住过的那一间！"

"是吗？我和金坪公司竟这么有缘！"

这时，周副部长也睡醒了。他也不下车，而是在车上把车窗玻璃摇下来对几个大学生说："你们都好好洗漱一下，食堂下午五点开饭，还是老地方。明天上午你们来组织部报到。"

周副部长和钟铭走后，夏荷上到二楼，走廊尽头朝南的房间就是她的宿舍。房间里只安排她一个人住，这让她很开心。宿舍和两年前没什么两样，只是门窗更破旧了一些，玻璃上蒙着一层厚厚的灰尘，也脏得要命，好像从来就没有擦过，想透过玻璃看看外面的风景却基本看不清楚。她的行李被放在一张木质的单人床上。床边有一个小方凳，在一进门的地方还放着一张小桌子，上面放着一个竹皮暖水壶。

夏荷打开行李开始铺床，只几下就弄好了。何世龙显得很勤快，拿着脸盆打洗脸水去了。夏荷和林虎在床边坐下，罗双峰则坐在了小方凳上，三个人聊起了一路上的感受。何世龙端着半盆凉水走进房间，将脸盆放在地上，又给盆里加了半壶热水，还用手试了试水温，然后对夏荷说："你先洗漱，我们一会儿再来。"

罗双峰和林虎赶紧站起来，跟在何世龙身后往外走，夏荷也没说感谢的话，微笑着送三人出了宿舍。

三位男士走后，夏荷关上门脱掉上衣，把一头长发抖开浸入水里，揉着、搓着、捋着，换了三次水，反复洗了三遍，直到盆里的水很清澈了才结束了洗头。她重新穿好衣服，在脊背上披上一条新毛巾，让湿头发披在干毛巾上。她拿起暖水壶刚要去打开水，三位男士又来了，也不坐，都站着。

何世龙眼疾手快地从夏荷手里要过暖水壶又去打开水，打完水回来，一进门就问夏荷："你和周副部长坐一辆车，你没问问他咱们被分在了哪个单位？"说着，他坐在了方凳上。

"我没问。"坐在床上的夏荷说。

罗双峰说："不用问，不是露天矿就是选矿厂。我们学的就是这方面的知识，还能分到哪儿？"

背靠暖气片站着、说话爱叹气的林虎叹了一口气说："实习的时候，金坪公司给我的第一印象是大，唉，现在它给我的感觉是，咱们好像掉到了一个深坑里，再也出不去了！"

罗双峰一笑："你这样说，夏荷会掉眼泪的。"

夏荷说："不会吧，我又不是什么娇小姐！"

罗双峰说："这个问题还是让时间来证明吧。咱们现在干啥？离下午五点开饭还有好几个钟头呢。"

何世龙说："咱们是不是凑钱买点儿东西到周副部长家里去拜访一下？"

"为什么？"罗双峰用一个疑问表示反对。

何世龙解释说："不为什么，就是加深一下印象嘛！"

罗双峰说："没有这个必要。"

林虎也说："我也觉得没这个必要。"

夏荷说："没事干？我在家画了一幅油画，你们帮我挂起来吧。"

罗双峰说："吃完饭再挂，现在挂还得去找钉子。咱们还是到小选厂去转转，看看有没有变化，权当是消磨时间。"

夏荷说："我同意。"

罗双峰看向何世龙。何世龙说："去小选厂正合我意。我用红漆写在天车上的那首诗说不定还在呢。"

罗双峰在学校时就看不上何世龙写的诗，听何世龙说去看他写的诗就故意岔开话说："夏荷说得对，金坪公司跟咱们好像真有缘。谁能想到刚刚过了两年，咱们又来到了这里。而且这次来，大概一直要到退休才能离开这个地方了。我记得夏荷在离别前曾对她的师傅说，毕业后很可能要被分配到金坪公司，还真被她说中了。"

夏荷说："我当时也就随便那么一说，现在还真应验了。这大概就是缘分吧……你们说，现在到底去哪儿？"

"去小选厂！"何世龙边说边从床上站起来开始往外走。罗双峰、林虎和夏荷跟在他后面。

走在公路上，何世龙说："小夏，你是不是相信缘分啊？"

夏荷说："我的确相信缘分。我觉得人要是和什么东西有缘，肯定是一辈子都离不了的。"

林虎接过话说："我同意夏荷的观点。我有一个亲戚在家养了一只小白狗，特别可爱。他邻居家的女主人是居士，人很善良，经常给一座寺庙捐钱捐物。庙里的师父养了几只元宝鸡，就以放生的名义送给她一只小公鸡和三只小母鸡。她把鸡拿回家养了起来。一天，我亲戚家的小白狗叼住那只公鸡晃着脑袋满院子跑，公鸡的魂儿都被吓飞了！就一会儿工夫，公鸡身上的毛就都掉光了。女主人心疼得直哭，但碍于两家关系不错，不好意思打骂狗狗；我家亲戚爱狗就像爱孩子一样，也舍不得打他的小狗。等把鸡从狗嘴里救下时，小公鸡已被吓得缩成了一团。我家亲戚一看，鸡肯定活不了了，当时就想着买一只元宝鸡赔偿给邻居。他回到家让一个朋友从城南跑到城东，终于在专门饲养元宝鸡的养鸡场买了一只小公鸡赔给了邻居家。谁能想到，那只掉光了毛的小公鸡竟然没有死，活得还挺精神！而且不让买来的公鸡靠近那三只小母鸡！更奇的是，过了不到一个星期，小公鸡身上的毛又都长出来了！邻居家的女主人当时还挺生气，过了几天她又去了一次寺庙，把事情的经过讲给庙里的师父听，师父听后笑着对她说：'一切随缘吧！'诸位，你们体会一下，在这件事中，是不是'缘'是一个关键词？"

何世龙在林虎的肩膀上猛地拍了一下说："你这几句话启发了我！有时候一个字就代表一种缘分。比如'钱'字，有些人就是和钱有缘，不管干什么都能赚到钱，而有些人和钱就是无缘，绞尽脑汁也赚不到钱，钱就是到手也会跑掉。小偷、强盗和赌徒，就属于后者。再比如'情'字。'情'字代表什么，很多人都搞不懂。《现代汉语词典》里有六种解释：感情、爱情、情面、情欲、情形、情理。'情'字可以组成的词语有五十五种，但人们最先想到的还是一份最真挚的感情。可是，又有多少人能真正得到呢？所以，人这一辈子幸福与否，多数时候都和这两个字有关。要是和'钱'、'情'两字都有缘，那肯定是一个最最幸福的人！"

罗双峰说："我看你们两位将来一定是一个进了'钱国'，一个进了'情国'。夏荷呢，将来肯定比咱们都强。至于我自己，人之所有，我都想拥有。但这可能吗？不可能！所以，现在谁也别做梦了！小选厂到了，咱们去看看何世龙写的歪诗吧！"

何世龙有点儿生气地说："你太武断了！看都没看就说我的诗是歪诗？"

"反正比不上李白和杜甫！"罗双峰毫不客气地说。

夏荷笑着说："在学校时咋没见你俩这么能说！"

罗双峰的话被何世龙当作了耳旁风，他有些得意地看着夏荷说："这就叫'不识庐山真面目，只缘身在此山中'。"

说笑着，小选厂到了。依然是熟悉的场景：球磨机巨大的轰鸣声，几十台浮选机皮带发出的嚓嚓声和电机发出的呜呜声，地板底下不断滴淌的流水声。也依然是熟悉的味道：煤油和二号油混合的味道。

四个人从老虎口[1]进到车间，踩着悬梯下到磨矿工段。车间里光线很暗，人也不多，他们看到几个年轻人，可一个都不认识。在两排浮选机中间的走廊上，一位女工正在用手里的长铁钩子调整浮选机的阀门。夏荷走过去问她知不知道瞿大姐。女工看了一眼夏荷，说："瞿师傅调到金山岭大选厂去了。"

夏荷又说了几个老职工的名字，女工告诉她："老师傅都去了大选厂和中选厂，小选厂的职工都是一九八二年后毕业的技校生。"

夏荷不再问。

何世龙爬到天车上，脑袋从操作室的窗户伸出来兴奋地大声叫喊着说："我写的诗还在！快上来看！"

夏荷没有上去，她站在一块用铁皮焊成的黑板报旁边，看各班组的当月生产报表。

罗双峰和林虎是为了不让何世龙感到难堪才上到天车上去的。

何世龙的诗写在天车操控室的天花板上。罗双峰仰着头读道：

初来金坪镇，

不识天地人。

再来金坪镇，

定是龙飞腾！

何世龙不无得意地说："咋样，这首诗是不是还有点儿味道？"

罗双峰不知是讽刺还是说的真心话："好好飞吧，我和老虎说不定还能沾点儿光呢！"

林虎说："我也是这意思。"

何世龙开心地笑了。

---

[1] 老虎口：矿石仓。

　　三个人从天车上下来，夏荷看了看手表说："咱们走吧，没什么变化，一切都还是两年前的老样子。熟人一个都没见着。咱们随便哪一天再去十里坪看看，听钟铭说，公司的活动中心已经转移到了十里坪。"

　　罗双峰说："咋没变化？世纪之龙不是飞来了？"

　　何世龙看着罗双峰说："你是挖苦我？这样做好像不地道吧？将来我要是当了金坪公司的一把手，你难道就不想跟着沾点儿光？"

　　罗双峰用一种讥讽的语气说："上进心这么强？看来我们都小看你了！"

　　何世龙说："同志，我这是在追求进步！"

　　站在一旁的夏荷不说话，只是抿嘴笑着。

　　林虎对夏荷说："我敢打赌，这两位前世就认识，而且还是一对冤家，一天见面不斗嘴就过不去。"

　　夏荷笑着说："你说得有道理。"

　　走出车间，林虎不知是开玩笑还是也想有意刺激一下何世龙，对夏荷说："何世龙的诗你没看到，我俩看了，虽然没有鸡屎味，但还是有味道，我文学水平差，无法形容，无法形容！"

　　何世龙怪怪地看了一眼林虎，不满意地说："老虎，你是不是也在挖苦我？这样做同样不地道！"

　　罗双峰说："老虎是想给你降降温，以龙自比，你也够狂的！"

　　林虎个子比何世龙高出半个头。他举起手臂，用手掌在何世龙的脖子上轻轻地砍了一下说："放在大清朝，就凭这首诗，你这颗人头就不见了！说不定还要灭九族！"

　　何世龙摸了一下自己的脑袋说："开什么玩笑！我生在新中国！生活在社会主义新时代！"

　　罗双峰在一个工具箱旁边的地上看到一颗铁钉，弯腰拾起来说："何世龙说得对……现在离开饭还有一小时，咱们去看夏荷画的油画吧。"

　　他们又回到了单身楼。上到二楼，走廊上有两个职工家属正在用煤油炉子做饭，满楼道飘着一股葱花味，其中一位女主人手里的炒菜勺子在锅沿上使劲儿敲打着，大声叫喊着自己男人的名字，让赶快把切好的肉片拿来。这种叫喊声让几个饿了一天的大学生口内生津，恨不得马上就能吃到可口的饭菜。

夏荷画的是一片森林，森林中间有一条小溪流，不远处有草地，更远的地方还有雪山。三个男人谁也不懂油画，只是一个劲儿夸夏荷画得好。帮忙把画挂在墙上后，看了看表，觉得该去吃饭了，于是，四个人又相跟着一起往外走。刚走出宿舍，就见楼道另一头的几个房间里不约而同地走出来很多人，几乎每个人手里都拿着一个小板凳，腋下还夹着饭盒。他们中有好几个人还披着棉工作服。

林虎很好奇，迎上去问其中一个小伙子："你们都拿着小板凳干什么？"

小伙子说："今天晚上放露天电影，不拿小板凳没地方坐。"

拿着小板凳的一群人在前面走着，夏荷和罗双峰他们就跟在后面。几个小伙子边走边开玩笑，各种骂人的脏话张口就来，几个姑娘听了也不觉得难为情，反而还哈哈大笑。走在他们最后的两个小伙子也不管夏荷还跟在身后，径自往路边一站，解开裤子就撒尿。一个姑娘还回过头来喊他，让他快点儿走，要不然排队排到最后，又是只剩饭没有菜了。小伙子答应着，边跑边系着裤带。当他从夏荷身边跑过去时，夏荷闻到了一股煤油的味道。

四个大学生不紧不慢地跟在后面走着，一辆矿岩运输车哼哼着从身旁驶过，他们就都站在路边，看着它驶向小选厂的老虎口才又继续往食堂走去。

他们买好饭票走进食堂时吃了一惊：和两年前一样，七八个打饭窗口全都排着长队，每一个窗口前都挤成了疙瘩，任后面排队的人再大声叫喊也没人理会，插队买饭的人个个理直气壮，看也不看指责他们的人，油乎乎的工作服散发着机械油、二号油和煤油的混合气味。夏荷他们不知道该站哪一队，就站在后面观望着。买上饭的人有的蹲在了地上，有的到院子里去了。他们或蹲在房檐下，或蹲在院子当中，吃着饭还大声地说笑着。

那个女工说得没错，等夏荷他们排到卖饭窗口时，果然是饭足够，菜只剩下土豆片炒肉了，且只够两个人的量。中午就没吃饭的四个人只好把两份菜分成四份。食堂里没有桌凳，他们也和其他人一样，在地上围成一个圈，将饭盒放在地上，馍拿在手上，边吃边议论着饭菜的味道。

一位穿着一身油腻工作服，头戴劳动布帽子，满脸红疙瘩的小伙子在罗双峰旁边蹲下，问："你们是新来的大学生？"

"是。"何世龙回答说，"你有什么事？"

"我住在你们宿舍上面，有件事给你们打声招呼。咱们现在住的这栋楼厕所不好用，夜里大伙怕冷，谁都不愿去厕所，都是在宿舍里尿完从窗口往下倒，你们晚上最好别开窗，小心尿水子溅到窗上再溅到你们的床上。咱们楼上楼下住着，别因为这事闹别扭。"说完，他看了看夏荷，站起身走了。

"怪不得我一打开窗户就闻见一股尿臊味！这样的事难道没人管？"何世龙皱着眉头说。

夏荷看着不远处正在说笑的几个工人，说："吃饭的时候不说这个，好吗？"

罗双峰说："很多矿山都是这样，你记住，晚上别开窗户。"

"吃完饭，咱们是去看电影还是回宿舍看书？"林虎看着拿着小板凳往食堂外面走着的工人问罗双峰他们。

夏荷对站在露天地里看电影不感兴趣，提议到金坪镇的大商店去看看。她临出门时发现宿舍里的灯绳是在一进门的地方，她想买一个小台灯放在床边的桌子上，晚上起夜时就不用到门口去拉灯绳了，睡不着觉时还可以打开台灯看会儿书。

女士的提议得到了三位男士的一致响应。

于是，他们吃完饭，走出食堂，在院子当中的水龙头前洗了饭盒，便往大商店走去。大约二十分钟后，他们来到了金坪镇街上的大商店门前，正好门开着。四个人对大商店都有印象。走进商店，柜台设置基本没有变化：一楼东边是副食区，西边是电器、文具区。夏荷要买的台灯，售货员告诉她从来就没有卖过。夏荷一听很失望，再看一排排的货架，很多都是空的。秦岭深处的商店和长宁的商店根本无法相比。

四人又上到二楼。二楼是布匹和日用百货，品种看上去很齐全。夏荷买了一块香皂，一管牙膏，一小把扎头发用的橡皮筋，她想买一块花布做挡帘，犹豫了一下又放弃了。

商店要关门了，四人从商店出来，又决定不了到哪里去。看着商店对面的单身楼里也有人拿着小板凳往外走，何世龙提议去看电影，没有人表示反对。夏荷本来不想去，她怕冷，担心穿得少站在露天看电影会感冒，但为了不让大家扫兴，就没有吱声。

放映电影的地方是在两条公路交会的一个三角地带。银幕已经挂好，放映员正在倒胶片，跟前围着很多人，不断有人问放映什么电影，而且很快，银幕前后左右就围满了人。有人甚至爬到了房顶上、树上，有人因为抢占有利位置而争吵了起来。粗鲁的叫喊声一刻都没有停止，最后竟然升级到了辱骂对方祖先的程度！一直到银幕上开始有人说话了，因为抢占地方而引起的争吵才平息下来。

电影是越剧《红楼梦》。夏荷没有看过这部电影。看到一半，她感觉身上很冷，想走又不好意思说，因为罗双峰他们正看得入神。她想一个人回宿舍，又害怕路上不安全，就只好硬着头皮接着看。第三次更换胶片时，先前吵架的两个人又互骂了起来，且很快就变成了厮打，人群立刻乱作一团。人们都在躲闪，相互碰撞，人群像海浪一样向夏荷他们涌来，已经分不清谁是谁。夏荷一直以为何世龙他们就站在自己身后，但当她被人流挤到路边的空旷处时，身后早已没有了林虎他们几个的身影。黑暗中她看不清周围人的脸，挨着她站着的几个人，她一个都不认识。她想独自回宿舍却搞不清方向。正犹豫着，一个人来到了她的面前，她仔细一看，竟是钟铭！

小伙子开口说:"夏姐,刚才我一直在你们身后不远处站着,打架时我看你往这边跑就跟在你身后。你一个人不敢回去吧?走,我送你回宿舍。"

夏荷很是感激。钟铭在前面引路,她跟在后边。这时,电影又重新放映了,人群也安静下来,夏荷却没有了心情。离开电影放映场,走在空无一人的矿区公路上,夏荷问钟铭:"山里面多长时间放一场电影?"

"和以前一样,有时候一个月放两场;有时候一个星期就放一场。"

"我耽误你看电影了。"

"没事儿。"钟铭说,"这个电影我看过。现在放电影,先是在三里坪选矿厂放,那边放完再到矿部这里来放,最后才到十里坪去放。"

夏荷说:"周副部长说金坪镇这个地方到处都是金子,是真的吗?"

钟铭说:"是真的。一到夏天到处都有淘金的人,有人一天能淘到好几克金子,比上班都强。就是现在,在河里淘金的人也不少。"

夏荷对淘金不感兴趣。她问钟铭:"现在矿区里的社会秩序是不是还很乱?我在食堂打饭时看到有人为买饭差点儿打起来,刚才又碰上为看电影打架的场面。两年前是这个样子,现在还是这个样子。"

"现在好多了!"钟铭站住,等一辆拉矿石的车过去后说,"矿区打架最凶的时候是一九七五年,那一年招了八百多名新工人,全都是知青和矿工子弟。知青哪里的人都有,打架是很平常的事。不是当地娃和矿工子弟打起来了,就是外地人和矿工子弟打起来了。有些人因为打架被抓起来判了刑,现在消停多了。"

说着话,他们已来到了宿舍楼前。夏荷望着黑漆漆的宿舍楼,心里有些胆怯,站着不动,不敢进楼。对黑暗的恐惧让她忘记了周围袭来的凉风。钟铭看她不敢进楼,想送她进楼又觉得不妥,就原地站着说:"你们楼上没有灯,你一个人回宿舍会害怕,我陪你在这儿说会儿话吧。"

夏荷说了声谢谢。

钟铭论年龄也就二十岁出头,论文化程度顶多也就初中毕业,但在夏荷面前,以老工人自居的他,说出的话却有点儿世故。他双手叉腰,扭动着身体对夏荷说："夏姐，你想不想到好单位去上班？"

"什么单位是好单位？"

"像我们销售处就是好单位，可以经常出差。要是在别的单位，你就只能每天都待在这大山里，哪儿都去不了，想出山就得休探亲假。我们销售处出差还有补助，要是走访客户，自己的很多钱都能省下来。你要是想到销售处来，我回去跟我爸说一声，让我爸跟周大爷他们说说。"

"不用跟你爸说。"夏荷笑着说，"周副部长他们到学校要人时，就说要一个会讲外语的人到销售处上班，要的就是我，我会英语和日语。"

"哇！那你老厉害啦！"钟铭惊叹道，"外国话你也会说？太厉害了！太好了！以后咱们就是一个单位的人了，这样，你就可以经常坐我的车去长宁，捎件棉衣啥的都不算事儿！"

有人晃着手电筒过来了，后面跟着一大群人。看样子是电影散场了。夏荷再次向钟铭表示感谢。钟铭走后，她看到楼上有了灯光后才往楼里走去。

罗双峰他们在夏荷宿舍的灯光刚灭掉时也回到了宿舍楼下。

夏荷拉灭灯后并没有急着上床，她站在窗前推开窗户往天边望去。远处，山岳潜行，夜黑如墨，白天所经历的一切都被包裹在了黑暗中。

楼下响起了何世龙朗诵诗歌的声音。"何世龙他们一定是忘了关窗户。"夏荷这样想。她关上窗户，到门口拽了一下灯绳，又使劲儿拉了一下门把手，然后上床睡下了。

二

第二天天刚蒙蒙亮，夏荷就醒了。她也不恋床，迅速穿好衣服，整理好床铺，打开门和窗户，让九月清晨凉爽的风带走宿舍里污浊的空气。天大亮的时候，她从敞开的窗户里看见刚结束晨跑的罗双峰穿着短衣短裤正在往楼里走。她看了眼表，觉得时间还早，也决定去跑步。她换上一双平底布鞋，关好门，在楼前的公路上只跑了十几分钟就累得气喘吁吁。她不想再跑了，便开始往回走。上楼梯时，她觉得两条腿像坠着铅块一样沉重。回到宿舍，她脱下身上的衣服，换上酱红色的确良衬衣、蓝色卡其布外套、米白色长裤，穿上半高跟黑皮鞋。她开始照着镜子梳头，梳到后脑勺时停下，习惯性地用手摸了摸被浓密的黑发掩盖着的一颗杏核大小的瘊子，她曾想割掉它，可是外婆反对，还说："头上长瘊，顶金楼。"于是，她没去医院，只是每次梳头她都要用手摸一摸，好像是要看看它有没有长大一样。

把一头长发编成两股辫子后，夏荷看看手表，七点十分，应该去吃早饭了。她从刚换下来的裤子兜里掏出饭票装进上衣口袋，刚给脸上搽完油，窗外响起了何世龙喊她下楼的声音。她拿上饭盒走到门口，又看了看镜子里的自己，用两根纤细的手指捏了捏鹰钩鼻子，锁好房门，快步走到楼下。

何世龙、林虎和罗双峰也都换上了新衣服。何世龙上身穿了一件有四个兜的蓝呢子上衣，五颗纽扣全都扣着，还和周副部长一样，在左上衣口袋里别着两支钢笔，里面穿了一件白衬衣，下身是一条灰布长裤，脚上穿着一双黑皮鞋，亮得能照见人影。他的个子和罗双峰一样，比林虎矮了半个头，身体偏瘦但面色红润，显得很精神，只是头发有些稀少，好像已开始谢顶，给人的感觉像是用不了多长时间头顶上的头发就会掉光。夏荷每当看到何世龙的头顶时就免不了要这样想。

罗双峰和林虎也都穿着新衣服，只是没有像何世龙那么讲究。两人都穿着蓝卡其布上衣和裤子，罗双峰穿着一双黄胶鞋，林虎脚上是一双大头劳保皮鞋。

四个人相跟着往前走着。刚走上公路，迎面过来一辆洒水车，几个人赶紧往旁边一躲，何世龙躲得慢，汽车轮胎带起的一颗石子和着泥水打在了他的裤子上，给裤子上留下一个泥点子。何世龙皱皱眉头，从裤兜里掏出一块蓝手绢，很认真地擦了擦。

为了防止车辆过来再把路上坑里的泥水溅到身上，他们一路小跑着来到了机关大院食堂。食堂大厅的地上都是蹲着吃饭的人，打饭窗口已经没有人排队了。

吃完饭，四个人一起来到了全都是平房的机关大院。组织部的办公室里，一位穿着花上衣的中年妇女接待了他们。中年妇女招呼他们在一进门的一张长条木椅上坐下后，自我介绍说："我叫杨金叶，是咱们组织部的干事。你们稍微等等，部长一会儿就到。"说完，她开始用湿抹布擦桌子。

夏荷起身要给杨干事帮忙，杨干事连忙笑着说："不用。桌上有报纸，你们先看一会儿报纸。"

何世龙拿起一张《人民日报》刚看了几眼，周副部长就进来了。他换了一件黑呢子上衣，两只衣袖很长，衣服的下摆也很宽大，整个屁股都快被包住了，看起来有些土气。周副部长在一张陈旧的办公桌前落座，身后是两个老式书柜，里面塞满了书和杂志。柜子顶上摆着好几摞发黄的报纸，有两摞都快挨着屋子的竹席顶棚了。

周副部长微笑着和他们打了招呼，然后他拿起桌上的一个罐头瓶拧开盖子，将瓶子里的茶水倒进放在窗台下的一个兰花盆里，又重新给杯子里放上茶叶，倒上开水。在靠背木椅上坐好后，他从桌子上的一沓报纸上拿起一副老花镜戴上，低下头，从镜框上边看着四个大学生说："今天矿党委一整天都要开会，段部长没时间接待你们，让我给你们说说工作分配情况。你们是咱们国家恢复高考后分配到金坪公司的首批大学生。考虑到你们各自的情况，矿党委研究决定：何世龙同志暂时到公司团委工作，适当时候再去基层；夏荷同志去公司销售处；罗双峰同志去三里坪选矿厂；林虎同志去露天矿。具体工作，接收单位会给你们安排。介绍信已经开好了，一会儿让小杨拿给你们。还有就是宿舍也得说一下，你们三个男生暂时住一个房间，以后有条件再调；小夏呢，是个女同志，一个人住不安全，所以还要安排人和你住一起，怎么样？组织上这样安排，你们有什么意见没有？"

四个人都表示没有意见。

周副部长听了很高兴。罗双峰他们也很高兴。原以为周副部长会说一大堆欢迎啊、矿山条件多么艰苦啊、好好干啊、将来前途无量啊等话，没想到他竟然一句这样的话都没说，甚至连金坪公司的基本情况都没介绍。他让杨金叶把开具好的人事关系介绍信交到罗双峰他们手里，随后端起刚泡好茶的水杯，从抽屉里拿了一个白皮笔记本装进兜里，站起身和罗双峰他们一边握手，一边往外走着说："好好干！公司的发展就指望你们这些大学生呢！"说完就去开会了。

罗双峰坐在组织部办公室里等三里坪选矿厂的人来接；何世龙和林虎拿着介绍信自己报到去了——他俩报到的单位就在机关大院旁边、露天矿的办公楼上。

夏荷去的销售处和组织部同在一个大院。来接夏荷去销售处的是处长肖玫瑞和钟铭。肖处长让钟铭领夏荷先去办公室，她自己去了另一个没挂牌子的办公室。

钟铭领着夏荷走进一间有四个人办公的办公室。办公室里摆放着五张桌子，其中四张桌子两两相并摆放着，另一张桌子独立横放着。夏荷走进去时，屋子里的四个人嘴上都叼着烟卷，一边吞云吐雾，一边在看报纸，见夏荷进屋，都抬起头来。钟铭对着靠窗户坐的一位干瘦的男人说："李科长，夏姐来报到了。"

李科长和其他三人赶紧都礼貌地站了起来。钟铭拉了一张椅子让夏荷坐下。

夏荷坐好，李科长介绍说："我叫李善本，叫我老李也行。"李科长还要介绍，肖处长出现在了门口。她对夏荷说："小夏，你先到我屋里来。"

夏荷跟着走进了肖处长的办公室。肖处长的办公室收拾得很干净，窗台上放着一块木板，上面放着五盆花，全都是君子兰。一进门的墙角放了一个小立柜，上面放了一个茶盘，茶盘里放了一个暖水壶和几个白瓷杯，旁边靠墙放着一张长条木椅。

夏荷在长条木椅上坐下。肖处长坐在办公桌前，从抽屉里拿出一个小瓶子，用指头在里面抠出一些白色油脂涂在脸上，给两个手背上也抹了一点儿。她用手在脸上搽抹一阵儿后，两只手相互搓着，又看了一眼夏荷，说："你看把我忙的，在家连洗脸的工夫都没有，刚刚才洗了脸，事多得能要人命！你喝水不？壶里有开水，想喝你自己倒。"

夏荷笑了一下说："我不渴。"说着便掏出兜里的介绍信，探着身子放到肖处长的桌子上。

肖处长没有看介绍信。她从抽屉里拿出一把木梳子，把齐耳短发梳整齐，对着桌上的一面小镜子看了看，然后看着夏荷说："你的情况周副部长跟我说过了。咱们销售处的情况是这样：我呢，每天光开会都应付不过来，李科长他们几个都没有什么文化，好多事都指望不上，连考勤报告都常常搞错。以后调度会就让李科长他们去参加，你呢，把办公室杂七杂八的事儿管起来。一会儿先把办公桌搬到我屋里来，那个屋里全是大老爷们儿，个个都是大烟囱，抽烟能熏死人！办公室的业务现在没多少，就是考勤报工、情况汇报、工作总结……再往后事儿就多了，要为金山岭选矿厂正式投产做准备。大选厂一旦投产，钼精矿的产量就要增加好几倍，咱们销售处的担子就重了。有可能还要成立几个科室，首先是钼硫销售要分开，还要成立财务科，销售费用、人员工资、产品包装、运输等都要单独核算，工作一大堆，都得你们这些有文化的人来干。你外语学得好，还要负责编制产品说明书，根据产品产量考虑咱们处需要多少人、多少费用，形成报告报矿党委研究。你看，你刚来我就给你压这么多担子，心里烦不烦？"

"不烦。"夏荷笑着说。她心里觉得，肖处长说的一大堆事儿和自己所学专业一点儿都不对口。

"不烦就好。人就怕心烦，人心烦啥都干不好。"肖处长说着站起身，从桌上拿了一个白瓷茶杯走到门口给自己倒了一杯水，回到椅子上坐好后又说，"你长得这么漂亮，应该早就处好对象了吧？"

夏荷没想到肖处长会问自己这个问题，直言道："我有对象，他在钢厂工作。"

肖处长喝着水说："那你对象肯定是干部吧？工人你指定看不上！"

"他现在还是一般干部。"

"那你以后还得想办法调回去吧？要是结了婚，两地分居可不是办法。"

"我现在还顾不上想这些问题。"

肖处长转了话题，说："家务事咱们以后再唠。你先去搬桌子，顺便问李科长要几张领料单，领上两个暖水壶，一个洗脸盆，再领上几条毛巾。有件事我要特别交代一下，公司除了调度室有一辆工具车外，就是咱们处室有车，其他处室都没车。以后不管谁要用车，你不好推辞就让他们找我。现在是九月，十一月大雪封山前，咱们要开订货会，过年还要走访客户，事情多着呢。现在是改革开放时期，外面是什么情况，咱们也应该去看看。到时候要给客户送礼品，送什么合适，你也替我想想。"

肖处长交代完，又让李科长他们把夏荷的办公桌搬到自己屋里，并给了夏荷一把钥匙，然后也开会去了。

中午，机关大院各个办公室的人几乎都走光了夏荷才离开办公室。她在机关食堂买了饭端到办公室来吃。吃完看看表，十二点一刻，离下午上班还有近两个小时，她决定回宿舍睡一觉。回到宿舍，她又没有了睡意，也不想看书，觉得无聊，想去找何世龙他们说说话，便锁了房门下到一楼。不料何世龙他们都没在。她走出宿舍楼，漫无目的地往宿舍楼后面的山上走去。她走上一个小山坡，在一棵裸露着树根的核桃树下坐下来，望着被群山环绕着的矿区，心里说不出是什么滋味。眼下，她还没有和眼前的矿山建立起任何感情，来这里是否只是为了一份工作，她现在还不是很清楚。在她的正前方，离她约一公里远的地方是露天采矿场——可以看见排废场、在山坡上缓慢行驶着的黄色的矿石运输车。山坡下的一个平缓处，有一大片农舍被许多大树包围着，有一间攒尖顶的屋子显得很特别，远远看去似庙非庙，房顶还竖着一个白色十字架。夏荷在实习时没有看到过这样的景象，强烈的好奇心驱使她想走近去看看。她看看手表，觉得时间足够，便站起身向被大树包围着的村子走去。她走下山坡，来到了一条小河沟旁，沟对面是一大片农田，高低不平，阡陌纵横。过了河沟，她不知该走哪条路，站着观察了一会儿，凭感觉找到了一条小路。顺着小路在田地里走了不到五分钟，她就来到村子里。从远处看着还算漂亮的村子，一到跟前立刻就让人没有了心情——很多房屋都岌岌可危，泥土夯筑的屋墙有很多都是用椽在斜撑着。村里唯一的街道上到处都是土坑，大多屋顶上都还铺着茅草，铺着瓦片的房屋极少，从山墙上戳出的烟囱没有一个往外冒烟……

夏荷嗅到了一种很古老的味道。她继续往村里走，时不时还看一眼细胳膊上的手表，估算着可以在村子里转悠的时间。她看见一家门面古旧的商店，便走了进去。店里面，一个身材矮小、怀里抱着孩子的男人正在地上转圈儿。看到夏荷，他笑着问道："你想买啥？"

"我不买啥。"夏荷说，"我在山上看见这村子里好像有座庙，刚才转了转没找到，应该咋走？"

男人说："你说的庙就在我家房后，老早前是座庙，现在已经不是了，平日就是几个信基督教的老太太在里面活动，也没人管。她们知道这一片房子都要拆，想让金坪公司给盖座教堂，我看没这可能。没有钼矿时，金坪镇就在这条老街上，每天到庙里烧香的人很多。那时候这条河里到处都是淘金的人，镇子里很热闹。自从有了钼矿，这里就冷清了。再过几年我们也要搬走，村子下面全都是矿石。"

夏荷听他介绍着，又看了看手表，觉得该去上班了，也没和店主打招呼就走出店门，顺着大路往办公室走去。

就在夏荷从老金坪镇往回走的时候，何世龙和林虎也没有午睡，而是在宿舍里聊天。林虎在地板上做俯卧撑，何世龙站在半敞开的窗户前给林虎数数。数到第三十一下时，楼上倒下来的尿水子溅在了半开着的窗扇上，也溅到了何世龙的蓝呢子上衣上，窗前立刻就有一股尿臊味。何世龙恼羞成怒，刚想把脑袋伸到窗外朝楼上喊两声，不料又是一盆尿水子倒了下来。何世龙赶忙往后一退，身上没溅上尿水，人却被气得够呛，他转身拉开门就往楼上冲去。到了自己房间上面的宿舍门前，他猛踹了一脚门，只听房间里有人大声骂了一句。接着，一个穿着一身油腻工作服的年轻人出现在他面前。何世龙一看，正是昨天在机关食堂吃饭的时候，特意告诉他晚上睡觉不要开窗户的那个小伙子。

何世龙窝着一肚子火，看小伙子站在门里不笑，也不说道歉的话，就更加来气。他很严肃地说："大白天也从窗口往下倒尿？你这是什么素质？"

"没素质。"小伙子脑袋一歪，似笑非笑地说道。他根本就没有要道歉的意思。

何世龙一时无语。他没想到对方做错了事还理直气壮。更让他感到气愤的是他那似笑非笑的表情。何世龙不想做出有失身份的事，可又不想在被对方羞辱后直接离开，便故意抬高嗓门说了一句："这件事我肯定要向你们单位反映！"

"随便。"小伙子说完，用力关上了门。

何世龙被气得脸色铁青，他感觉自己受到了极大的侮辱！从宿舍往楼上走时，他的拳头是紧攥着的，好像是准备好了要去打架似的，现在，他的拳头松开了。他已经意识到这只是一般性质的事情，说到哪儿去恐怕都没什么意义。

何世龙悻悻地回到宿舍，他对林虎说了找楼上人说理的情形。

林虎说："这算什么！还有人一出门就在走廊上尿尿。别为这种事生气，换衣服准备上班。你在团委工作，以后和楼上这种人打交道的时候多着呢。我就知道上楼找也没用，所以就没跟着你去。"

何世龙无可奈何，他脱下蓝呢子上衣，搭在绑在门和窗户上的铁丝上，又从地上的箱子里取了一件也是四个兜的的确良军装穿上，和林虎相跟着往各自的办公室走去。

这天下午，四个人都很早就回到了宿舍，他们在三个男生住的宿舍里相互交流着头一天上班的感受。眼看距离吃下午饭还有两个小时，夏荷说要去买几块手绢，三个男士也说要买些东西，四人便拿了饭盒相跟着往金坪镇街上走去。走到放映电影的地方，他们远远望见河道里仍有人在淘金。那些人把河沙铲到一个特制的有两个斜面的木斗子里，然后蹲在一个水坑边，将木斗子放进水里摇几下后停一停，拣出大石块然后再继续摇，直到木斗子里没有了石子只剩下细沙才停下，然后仔细观察沙子里有没有沙金。林虎对淘金产生了浓厚兴趣，他不顾罗双峰和夏荷他们的劝阻，执意要下河体验一下淘金的乐趣。

林虎下到了河里，向一对淘金的父子提出了请求。淘金的老者没有拒绝他，而且让年轻的淘金者去休息，手把手教他如何摇晃手里的木斗子。老者的教学起到了立竿见影的效果，林虎很快就学会了。也许是运气好，他在摇晃第二斗时，就用竹镊子夹到了三颗像绿豆一样大小的沙金，淘金的父子俩高兴得快要跳起来了，脸上放着光对林虎说："这就是金豆子！"

林虎也很得意，要不是罗双峰和何世龙一再催促，他还不知道要跟那老者学到什么时候。从河道里上到公路上，他信誓旦旦地说："回头我也找人帮我做一个木斗子，刚才那位老者说这条河里的金子是升装斗量，运气好的话，一天能淘到好几克，相当于咱们一个月的工资。你们说，淘金是不是很有意思，而且还充满乐趣！"

何世龙冷笑一声说："你刚才是运气好，刚好是人家父子俩挖到了富集沙金的河床上，换个地方你去试试，挖上三天，你恐怕连一颗小米粒都见不到！忘了刚才的事，好好上班挣工资才是正经事。"

"我为什么要忘？"林虎说，"亲手淘到三颗金豆子！这种美事能忘？淘金这件事我肯定要干！直觉告诉我，还有金豆子在等着我！我敢说，这是老天爷特意安排好的。我不能辜负老天爷对我的好意！这件事我干定了！我每个星期天都要来淘金。"

罗双峰也发表评论说："何主席说得对，你刚才是运气好，并不是随便什么地方都可以淘到金子。在河里淘金和在野外地质找矿一样，经验是最重要的，有经验的人往河边一站，就知道什么地方有金子。这条河里有沙金，说明这条河的上游有金矿床。"

夏荷说："两年前这条河里还很安静，现在咋有这么多的淘金人？"

罗双峰说："改革开放的号角一吹响，所有人都被唤醒了，大家都急得想发家致富。这就是政策的感召力！"

何世龙说："行啊！比我总结得还到位！"

林虎用两个指头在何世龙的后脑勺上用力弹了一下说："就你能！"

何世龙站住，一手摸着头，龇牙咧嘴想报复，林虎笑着躲到一边去了。

他们走着说笑着。快到商店门前时，见商店门口聚着很多人，他们挤到跟前踮起脚往里一看，只见一个卖艺人光着膀子，一手托着一个乒乓球一样大小的钢球，一手拿着一把宝剑，正在吆喝着说他可以把钢球吞进肚子里，再从嘴里吐出来；可以把宝剑从喉咙里捅进去，一直捅到捅不动剑柄为止。围观的人里三层外三层，还不断有人来，都想一睹天下奇观。

罗双峰他们被卖艺人唬住了，也想看个究竟。何世龙很大声地说："肯定是胡说八道，咋可能嘛！"

卖艺人听见了何世龙的话，他走到人群边上来，拨开挡着何世龙的人，上前拉着何世龙的胳膊说："你不相信是吧？来来来！你到最里面来，睁大眼睛看看我是不是胡说八道！你先看看钢球和宝剑是不是真的？"说着把宝剑在钢球上拍了几下，真的传出了只有金属相互撞击时才能发出的清脆的响声。

围观的人越来越多，何世龙回头看了一眼自己的同伴，又看了一眼腕上的手表。

卖艺人还在不停地游说着自己的本事，旁边的一个男孩手里端着一个搪瓷脸盆，已经做好了接受施舍的准备。在有人等得不耐烦的时候，卖艺人大喊了一声，便把钢球吞进了嘴里，他的眼睛睁得大大的，两只手左右伸开去，十个手指并拢又松开，松开又并拢，肚子一鼓一吸，一吸一鼓，慢慢地把嘴里的钢球吞进了肚子里，真是不可思议！围观的人全都目瞪口呆！这时，拿着脸盆讨赏的男孩高举着脸盆在人们面前转来转去，人们纷纷从兜里掏钱往盆里扔。夏荷一下子就给了三块钱，林虎也给了三块钱。夏荷看见何世龙给了一张五元的钞票。当讨赏的男孩高举着满满一脸盆的钱坐在地上开始整理时，卖艺人又把钢球一点一点地从肚子里鼓捣了出来，同时也带出来了许多血色黏液。这时，人群中便爆发出雷鸣般的掌声。

但精彩还没有结束。只见卖艺人喝了几口水，就把男孩数好的扎成一捆的钱装进衣服兜里，又将衣服往腰上一缠，拿起演示过的宝剑说道："我把宝剑插进喉咙里，要是你们看着过瘾就多给点儿赏钱，要是看着不过瘾就给点儿盘缠，我父子俩从此不在这里露脸！"

说完，他往场地中央一站，扎了个马步，仰着头张开嘴巴，将宝剑对准喉咙，一点点、一点点把宝剑往喉咙深处捅去。围观的人全都屏住了呼吸，许多人都是一脸的惊骇状，夏荷更是吓得用双手捂住了眼睛。宝剑剑身全进入肚子里，只剩下剑柄时，讨赏的男孩把脸盆放在卖艺人的手里，卖艺人便嘴含宝剑，在人群中转圈走着，也不知是出于什么样的感情，人们再次慷慨解囊，纷纷把金额不一的钞票往脸盆里扔。有些女人显然是被吓着了，只是忙不迭地从衣兜里往外掏着钞票，争着往卖艺人的脸盆里放着……

收完最后一个人的赏钱，卖艺人又走到场地中央，把盛满钱的脸盆交给他的孩子，然后又把宝剑一点一点从嘴里慢慢拔了出来，从喉咙里流出来的血和黏液比吞吐钢球时更多。

表演结束，卖艺人突然跪下，朝人群磕了几个响头。

罗双峰他们走进商店，夏荷先到卖灯具的柜台问了问台灯何时能有货，然后又上到二楼扯了几尺好看的花布，买了几块好看的小手绢，还买了两瓶上好的雪花膏，一双红色尼龙袜子，一管鞋油。三位男士什么都没买。几个人下到一楼，走出商店，一边走一边还在议论刚才的表演。

林虎不相信钢球和宝剑都是真的，他坚决认为卖艺人使用了障眼法，把可以压缩的球含在了嘴里，而非吞进了肚子里。他觉得宝剑也一样是假的，锋利的剑刃如果被吞进肚子里绝对可以把胃捅出一个窟窿。而何世龙则坚持认为表演是真实的，不存在任何欺骗，只是用生命冒险的方法去挣钱不可取。夏荷只是觉得有些恐怖，她感慨地说："这世界真是无奇不有，竟然还有人用这种方法挣钱。"

罗双峰也发表看法："以后各种稀奇古怪的事都会出现。国家实行改革开放政策，人们挣钱的主观意识被唤醒了。有本事、有胆量的人会想方设法挣钱，沙里淘金、街头卖艺，这些我看都不算啥，都是小本事。过几年，说不定政策还要进一步放开，那时候咱们再看吧，进到咱们眼里的就不光是淘金人和卖艺人了。"说完，他看着夏荷脚上的皮鞋，觉得真该好好擦擦了——夏荷的皮鞋不光是没了光泽，甚至要变成钼精矿一样的灰黑色了。

罗双峰的话在夏荷的心里溅起了涟漪，原本在三位男士前面走着的她，此时特意回过头来看了罗双峰一眼。

夏荷只顾东张西望地往前走，没注意街道上来来往往的行人。罗双峰和何世龙还在议论着卖艺人，林虎的眼睛却只是往河道里瞅，谁也没注意到一位中年妇女正在河对岸朝他们使劲儿招手，只见她嘴张得很大，却听不见她在说什么。还是夏荷无意间往河对岸看了一眼，才发现朝他们喊话的竟是瞿大姐。

夏荷停下脚步，转身对罗双峰他们仨说："瞿大姐在河对面。"

四个人一齐朝河对面望去，只见瞿大姐一边用手比画，一边张大嘴在说着什么，他们虽都听不清，却都明白，瞿大姐是让他们从商店门前的桥上绕过去。四个人又转身往回走。河对岸的瞿大姐也快步往商店方向走。他们在单身宿舍楼前会合了，相互之间都热情得不得了。瞿大姐抓住夏荷的手嘶哑着说："我喉咙发炎说不成话，瞅着像你们几个，咋喊你们都听不见。你们是不是都被分到金坪公司工作了？"

夏荷说："分到金坪公司来的就我们四个。我们到小选厂没见到您，一个女孩说您调到金山岭选矿厂了。"

"是，大选厂准备明年投产，现在正在调试设备，生产骨干都下去了。走，到我家去说，我给你们吃柿子饼。"

夏荷看罗双峰，罗双峰看何世龙，何世龙说："走吧！难得瞿大姐这么热情。"

夏荷对瞿大姐说："我们也没给您买什么礼物。"

瞿大姐说："买礼物就显得生分了。"

他们一路说笑着来到了瞿大姐的家——单身楼后面山坡上的最高处。这里并排有五个小院子，每个院子都扎着用荆条编成的栅栏。瞿大姐的家在最左边，站在院子门口可以看到金坪镇的全貌。院子里还种了几种蔬菜，屋顶可能是漏雨，用砖块压着几张油毡纸。院子的一个角上还有一个鸡舍，两只肥硕的大公鸡和五六只母鸡正在啄吃烂菜叶子。

夏荷他们一走进瞿大姐的屋里，马上就感觉到一种不一样的气氛：一进门靠左手的墙上挂满了各种奖状，仔细看全是瞿大姐的。屋子中央放了一张小饭桌，靠墙的地方摆着好几个小板凳。

"就您一个人在家？"夏荷不见屋里有其他人，好奇地问道。

瞿大姐正在给茶壶里放茶叶，罗双峰搬了几个小板凳放在小饭桌四周，四个人围着小饭桌坐下。瞿大姐把茶壶放到小饭桌上，自己也坐下来说："我家没电视，都跑到别人家看电视去了。现在电视机不好买，走后门都买不到。"

何世龙马上说："这事包在我身上！我家一个亲戚是一家大商店的主任，让他给您留一台。"

瞿大姐高兴极了，说："那我们一家人可得好好谢谢小何！你们也知道，山里面没啥乐子，天一黑早早就得睡觉。自从坡底下老林家有了电视，孩子们就都往他家跑，人家心里肯定烦，只是不说罢了。"

林虎说："瞿大姐，您干得真好，现在都当上劳模了！墙上的奖状我看了，全都是奖给您的！"

瞿大姐眼神里透着自豪，说："我这人没啥本事，只想着把工作干好，咱不能眼睁睁地看着辛辛苦苦选出来的钼精矿被送到尾矿坝去吧？大选厂准备试生产，公司从两个选厂调了好多人过去，正在调试设备。说起来也真不容易，一九七三年开建，明年投产，建了整整十年。大选厂一投产，金坪公司就成了亚洲第一、世界第三。你们还年轻，这个时候来金坪公司，前途光明得很！"瞿大姐说到这里，拍了一下大腿说，"光顾说话，忘了给你们拿柿子饼吃。我这嗓子不能多说话，见到你们，一高兴啥都忘了。"说完，她喝了口水，到里屋拿柿子饼去了。

一盘用柿子做成的油饼端到桌上来了，四个大学生谁都没吃过。夏荷问瞿大姐："这柿子饼咋做呢？"

瞿大姐说："好做。把柿子皮剥掉、核扔了，用剩下的瓤和面，不软不硬时擀成小饼，放油锅里一炸就行了。好吃。你们吃，谁都别客气。"

几个人吃着柿子饼，瞿大姐又说开了："我知道小夏早就有了对象，你们几个处好对象没？"

何世龙说："都还没有。"

瞿大姐说："不用着急，现在的姑娘都想嫁给大学生。你们三个要文化有文化，要个头有个头，长得也都挺帅，不愁找不到对象。小林又长个子啦？"

林虎说："又长了一点儿，现在是一米八七。"

瞿大姐又看着罗双峰。罗双峰赶忙说："我和何世龙一样高，都是一米七六。我是身体偏瘦，没有他俩结实。"

瞿大姐说："你肉吃得太少，又经常跑步，现在还是每天天不亮就去跑步？"

罗双峰说："只要不刮风下雨，就每天坚持跑。"

"锻炼身体是好事，可营养也得跟上，千万别对不起自己的身体。小夏看着也长高了。"

夏荷说："我还是一米六九。"

一盘柿子饼被四个人一扫而光，瞿大姐好像是得了奖赏一样高兴地说："吃饭就得这样，不管在谁跟前都别作假。"

何世龙开玩笑说："他们几个爱作假，我不作假。瞿大姐，还有什么好吃的，您尽管往外拿。"

其他人都哈哈大笑。林虎说何世龙："你这人不光是好吃，还脸皮厚，啥话都敢往外撂。等你结婚成家，我们也经常到你家去吃，到时候你别把好的藏起来，等我们走了你才往出拿。"

何世龙说："那可没准儿，我这人一贯小心眼儿，有时候还真敢那么做，所以你们趁早别来。"

说笑了一阵儿，罗双峰问瞿大姐："我师傅现在咋样？我想去看看他。"

瞿大姐说："你师傅已经不在了，得糖尿病去世了。你还在这里的时候他就瘦得不成样子了，死的时候就剩一把骨头了，身上的皮就好像是盖在骨头上的一张纸。你还不知道吧？他是现在的总经理康福成的亲弟弟。康总经理好像也有糖尿病。小林的师傅得了硅肺病，现在已经不能上班，回东北老家养病去了；小何的师傅退休回山东老家了，听说在家养海蛎子。"

夏荷关切地说："您身体看着还挺结实。"

瞿大姐说："我还行，我是浮选工，不接触粉尘。他们几个都是碎矿工，碎矿车间粉尘有多大你们也知道。金山岭选矿厂碎矿车间粉尘更大，调试设备开了几次车，车间里马上就云遮雾罩，戴上防尘口罩都不顶用。公司领导到现场一看头都大了。机器一开，工人们都跑到外面的马路边上坐着，谁都不愿进车间去。"

瞿大姐说完，罗双峰说："上一套除尘设备不行？也可以搞喷淋啊！"

瞿大姐说："好的、特别管用的、适合矿山的大型除尘设备，国内现在还没有。搞喷淋吧，矿石到了细碎工段就成了泥块子，磨浮工段又没法干。现在是两难，我看一时半会儿解决不了。"

大学生们都不吭声了。又坐了一会儿，他们的肚子都被茶水灌饱了，罗双峰说："咱们走，让瞿大姐早点儿休息。何世龙，你别忘了给瞿大姐买电视机。"

何世龙说："没问题，小事一桩。"

瞿大姐要给何世龙拿钱，何世龙说："不着急拿钱，夏荷在销售处上班，出差的机会多，电视机买好把钱给小夏，让小钟用工具车给您把电视机带回来。"

瞿大姐高兴地说："我还以为你们今天才报到，也没问你们都分在哪个单位了。"

罗双峰说："夏荷分在了销售处，我去了三里坪选矿厂磨浮车间，何世龙去了公司团委，林虎去了露天矿。"

瞿大姐说："大学生各单位都抢着要。你们都好好干，将来肯定比我们这一代人有出息。"

"我们记住了，瞿大姐。"何世龙代表其他几个人说。

林虎又开了句玩笑："你把瞿大姐家的柿子饼也记得挺牢吧？"

"那当然！"何世龙站起身来说，"我还是个完美主义者，什么东西都必须是最好的。找对象也一样，也一定要找像瞿大姐和夏荷这样最漂亮的！"

满屋子的人都哈哈大笑起来。瞿大姐说话不敢大声，说几句就得喝几口水，被何世龙这样一说，她笑着说："我老了，我年轻时也没有小夏长得这么好看。她文静，说话的时候就好像在和人说悄悄话，性格也好，实习时从没见她跟谁急过。你都不知道，好多男孩都想跟你处对象呢！我对他们说人家早就名花有主了！"说完，她又进到里间拿出半盆松子，说，"真是年纪大了干啥都不中用了，只顾说话忘了给你们拿松子吃，一人装上一口袋松子路上吃，这是从东北老家带过来的。"

几个人也不客气，给各自的口袋里都装了一些。何世龙穿的是刚洗净的蓝呢子上衣，怕弄脏口袋，只抓了两小把，却给林虎的口袋里装了很多，弄得林虎哭笑不得。

离开瞿大姐家，走在路上，三个男人都为不能见到实习时的师傅感到遗憾，又都羡慕起夏荷来。

何世龙说："小夏，你真是一个有福人，实习时瞿大姐就经常叫你到她家去吃饭，有时还带一盒蒸饺到班上专门给你吃，我到现在都馋得流口水。"

夏荷说："我也觉得我挺有福。"说完，她摸了一下自己头上的那颗瘊子。

何世龙看着林虎说："咋样？被我说对了吧？本人都承认了！"接着又说，"老虎，我发现你也挺有福，你说实话，你刚才淘到金豆子的时候心里在想啥？"

林虎说："我想，这条河里肯定还有很多金豆子，改革开放鼓励人们勤劳致富，我准备做个致富带头人！你呢，就在办公室里好好写诗！等我发财了，我掏腰包为你出一本诗集。"

何世龙说："你这话我爱听。不过，你想通过在河里淘金发家致富，我认为只是一个很美丽的幻想！"

夏荷插话说："何世龙，你也别不相信林虎，他那股子倔劲儿一上来，我估计没人能说服了他，没准儿他哪一天真的就下海淘金了。"

何世龙说："下海他不敢，下河我相信。为了坚定老虎为我出一本诗集的信心，今天晚上我要写一首老虎下河淘金的诗。"

林虎说："你写多长的诗都行，写出来最好别念给我听。我最怕有人在我面前念诗，尤其是你。"

"你是不是在嫉妒我？"何世龙将脑袋凑到林虎脸上说。

林虎说："我嫉妒李白、杜甫、陶渊明、王维、苏东坡，你蹲在他们后边吧！"

夏荷哈哈大笑着说："没看出来老虎还很会挖苦人！"

何世龙有点儿报复性地说："老话咋说来着？千万别小看老实人！林虎林虎，林中之虎！我要是没有说错的话，老虎同志将来肯定也是人中翘楚！至少也是一个小财主。不过，你应该改名叫林蜂，说话会蜇人！"

罗双峰半天没说话，这时却打断何世龙的话，不无忧虑地说："新建选矿厂粉尘那么大，工人咋干活呢？时间越长，得硅肺病的人不是越来越多吗？"

何世龙说："这是领导想的问题，你想这个问题有点儿早吧？"

罗双峰说："你讽刺我？我在选矿厂工作，这种问题咋能不想？"

林虎说："放心吧，用不了多长时间，肯定就会有最好的除尘设备问世，说不定国外已经有了，市场经济下，不会没人看不到这样的商机。"

夏荷附和着说："林虎说得对。我也觉得，除尘问题肯定有好办法。"

何世龙说："你们都比我站得高啊！"

三

罗双峰没事的时候喜欢在车间里转悠。这天，车间文书秦丽华主动要陪他去车间转转，他同意了。车间里正在检修，检修场地看着很大，但一多半都是被废铁和备件占用着。检修工看上去有二十多个人，个个都穿着油乎乎脏兮兮的工作服，很多人连安全帽都不戴！天车上的大吊钩随着钢丝绳的摆动在他们头顶上轻轻地晃动着，有几个工人正在用钢丝绳绑扎那些给球磨机里安装的衬板。四台球磨机和上百台浮选机发出的巨大的轰鸣声震得人耳膜疼，两个人说话需要一个人对着另一个人的耳朵说才能听得见。地板底下，有好几股像瀑布一样的水在往下流淌，却听不见流水的声音——被球磨机的巨大声响盖住了。高大的厂房里尽管有好几盏五百瓦的大灯泡照着，但仍然显得很昏暗。空气中还弥漫着浓浓的二号油和煤油的味道。

文书秦丽华长得很文静，看上去能比罗双峰小好几岁，她也没戴安全帽。她让罗双峰在前面走，自己跟在后面，边走边大声给罗双峰介绍车间里的情况。尽管她声音很大，罗双峰还是听不清楚她在说什么。两人从东边的检修场地踩着有十几级台阶的悬梯上到浮选工段，在一个用薄钢板做成的生产报表栏前站住，罗双峰仔细看了看各班组当月各项生产指标，又继续往前走。走到浮选机旁时，他拿起采样勺，在精选槽里舀了一勺精矿认真看了看，大声问秦丽华："采样工多长时间采一次样？"

秦丽华嘴对着罗双峰的耳朵大声说："一个小时采一次。"

两人又继续往前走，在尾选工段停了停，然后又顺着悬梯来到了磨矿工段。一名女工，看样子像是采样工，头上戴了一顶劳动布工作帽，坐在一把木椅上向秦丽华打了个手势，秦丽华走了过去。两人几乎是脸贴脸交谈了几句。看罗双峰往药台方向走，秦丽华忙跟了过去。罗双峰在药台没有看到一个人，心里暗暗吃惊。从药台下来，他让秦丽华回办公室，自己又去看了精矿室和尾矿车间零号泵站。每到一处，他都要皱皱眉头。没地方可转了，他便走出厂区，在精矿车间围墙外面的排水沟旁停下，看着沟里流动着的水面上漂浮着一层黑灰色的东西，又皱起了眉头。看了一会儿，他转身往办公室走去。

车间办公室的门大开着，秦丽华正在指挥两名工人给罗双峰摆放办公桌。罗双峰没进自己的办公室，而是去了车间党支部书记的办公室。车间党支部书记叫焦玉贵，也是东北人，梳着大背头，脸色是跟高粱一样的红色。罗双峰进去时，焦书记正在看报纸，他身后和对面的墙上都被锦旗和奖状占满了。见罗双峰进屋，他放下报纸，拿起桌上的一只白瓷杯，揭开杯盖喝了一口水，笑着对罗双峰说："转了几天感觉咋样啊？"

罗双峰犹豫了一下说："今天磨矿工段正在检修；其他工段正在交接班；检修工很多人不戴安全帽；药台交接班应该在现场交接。氰化钠是剧毒，出了问题怎么办？还有，精矿室外面水沟里的水面上漂着一层精矿粉，这种情况厂里知道不？"

焦玉贵身体往后一靠，椅背向后顶在墙上，两脚往翘起的椅子下方的横衬上一放，面色略显尴尬地看着罗双峰说："你坐下说。"

"我说完了。"罗双峰微笑地说着，在焦书记对面的靠背椅上坐了下来。

焦书记从口袋里掏出一盒香烟，抽出一支点着，慢慢吸着，说："小罗啊，你刚才说的这些厂里都知道，我每次开会也说，下面就是不改，都习惯了，很难改。别的方面我不操心，我最操心的就是安全。咱们厂年年死人。去年，一名女工不戴帽子，长头发被浮选机皮带卷住差点儿没命！前年年终检修球磨机，天车吊上的钢丝绳断了，大吊钩从空中砸下来掉到球磨机上，又从球磨机上反弹起来砸到一个检修工的头上，人当时就不行了，还是厂里的先进个人。安全问题是老问题，你就是天天讲也还是出问题。慢慢来吧，你呢，把精力放在技术问题上，安全问题让惠主任去管，是应该好好抓一抓。厂里让你到磨浮车间当技术员也是这个意思。怎么样，说说你在这方面的想法。"

罗双峰没怎么考虑就说："我刚才在车间看了各班组当月生产报表，实际回收率太低，还不到百分之七十，国外都在百分之八十以上，说明有跑、冒、滴、漏现象。"

焦书记哈哈大笑起来，笑完，扔掉烟头又点着一支说："小罗啊！跟洋人比，咱现在还没这个本事。你刚来还不了解情况，有些事还没碰到过，时间长了你就会知道，难处不是一点儿啊！今天就这样吧。小秦把办公桌给你领来了，以后你就和小秦在一个屋办公，等有了多余的办公室再单另给你一间。"

罗双峰看焦书记这样说，便站起身回到了自己办公室。新办公桌被秦丽华擦得能照见人影，桌上还放着一瓶墨水、一瓶胶水、一沓稿纸、一条毛巾、一块肥皂和一个深蓝色的带盖茶杯。

罗双峰坐下问秦丽华："厂里不给配安全帽吗？"

"配呀！你想要我下午给你领一个。"秦丽华说着，给罗双峰倒了一杯白开水，还解释说，"用卖废报纸的钱买的茶叶都喝完了，只好给你倒白开水。"

"没关系，我很少喝茶。"罗双峰说。他很认真地看了看秦丽华。

秦丽华的外在气质很好，人长得也很漂亮，小圆脸，前额很开阔，两排牙齿又白又整齐。她的钢笔字很漂亮，伏在桌上写字的时候，那种聚精会神的样子让罗双峰很容易就想到了夏荷。她背后的墙上很整齐地挂着几张用毛笔字写成的规章制度表，字体是隶书，笔力遒劲。罗双峰一直很喜欢书法，他问秦丽华墙上的规章制度是谁写的，秦丽华说："是我写的。"

罗双峰觉得很意外："你的毛笔字写得这么漂亮？什么时候开始学的？"

"我从小就喜欢写毛笔字，经常写就写成这样了，几天不写还觉得难受呢。"

罗双峰说："我也喜欢书法，可惜我没有耐心。我们村有位老先生书法就很好，当官退休后号称'商州野夫'，村里人过年贴的对联都是他给写的。我向他请教过，我自己也经常写，但就是写不出好字来。以后我得向你学习。"

秦丽华说："你说笑了吧？你是大学生，我是技校毕业生，我咋能跟你比呢？你要喜欢写毛笔字，我回头到材料库给你领几沓宣纸，各车间写规章制度时，材料库买了不少宣纸，现在库里还有很多，再不利用就被老鼠啃完了。"

罗双峰说："以后再说，我现在还没有时间想书法的事儿。"

吃饭时间到了，秦丽华拿着从家带来的饭盒去了食堂，临出门时，她再三叮嘱罗双峰出去的时候关上窗户。

罗双峰手拿饭盒走进厂食堂时，又看到了和机关食堂一样的情形：机关干部打上饭都往自己办公室走，工人们有的蹲在地上，有的坐在河堤的围挡墙上，也有的就蹲在食堂外面的墙旁吃饭。饭菜质量不错，给的量也很足，罗双峰觉得比学校里的伙食要强很多，也没有看到因为打饭吵架的现象。吃完饭，罗双峰打了半饭盒开水，刚准备喝的时候，突然闻到水里有一股很奇怪的味道。他把饭盒放在鼻子底下仔细闻闻，把水倒掉了。水泼在地上的一瞬间，他才看清，食堂外面的地上到处都是黄灿灿的硫精矿粉末——是被风吹到空中又落到四处来的，他在水里闻到的味道就是选矿药剂的味道。

罗双峰回到办公室看见秦丽华正在织毛衣，自己的椅子上坐着一位女工，两人不知在说什么事儿，说得很热闹。见罗双峰进来，那位女工立即站了起来。罗双峰赶忙说："你坐你的，我不坐。我上尾矿坝去看看。"

秦丽华笑着说："走着去尾矿坝，来回得两三个小时。"

罗双峰说："那我到单身楼去转转，你俩聊吧。"说完，他走出办公室，往尾矿坝的方向走去。走到半道，他又改变了主意，沿着一条小路往离他最近的一座单身楼走去。两层砖混结构的单身楼，紧挨着通往尾矿坝的公路。楼的前面是金峪河，河里的水还很清澈。

单身楼的楼道里有很多人在用煤油炉做饭，楼上楼下烟火味很浓。罗双峰走进洗手间，从敞开的窗户往外看了看，发现每个房间的窗台上都放着好几个空罐头瓶。他明白，那都是单身小伙子们的尿盆——他们在罐头瓶里小便，然后只图自己方便，将尿顺手往楼下一倒。罗双峰对这种行为非常反感，但他心里清楚，要改变这种现象恐怕还需要契机和时间。

他顺着原路返回办公室，文书小秦和那个姑娘还在说着话。见罗双峰进来，那姑娘又赶忙站了起来。秦丽华还是坐着没动，一边织毛衣，一边对罗双峰说："焦书记让你去他办公室，说他有事跟你说。"

焦书记正在看生产报表。罗双峰进去在他对面刚坐下，他就放下生产报表，笑着对罗双峰说："刚才厂里来电话说，调度室满共四个人病倒了三个，让你到调度室先干几天，熟悉一下厂里各方面的情况，等调度室的人都齐整了你再回车间来。你有没有棉大衣？要是有，上晚班就可以穿上，夜里外面很冷。一会儿让小秦给你领一套工作服，再领一双雨靴，库里要有棉工作服也领上一套，这都是上夜班离不了的。"

罗双峰说了声谢谢，然后看着满墙挂着的奖状，很感兴趣地问："焦书记，您来金坪公司有多长时间了？"

"一九五八年建矿的时候就来了。"焦书记好像很乐意听罗双峰问他这个问题。他点着一支烟抽上接着说起来，"我来的时候花金公路才开始修，小选厂厂房还没盖，中间还下马一次。"说到这里，焦书记好像突然想起了什么，戛然而止。他让罗双峰先去厂调度室报到，又起身走到门口喊了一声文书小秦，吩咐完秦丽华赶紧给罗双峰领棉工作服和雨靴之后，便叼着纸烟，背抄着双手往车间走去。

罗双峰走进厂办公楼二楼调度室时，调度长正靠在椅背上打瞌睡。罗双峰在敞开的门上敲了几下，调度长睁开了眼睛。他已经猜到来人是谁，一脸倦怠地说："你就是小罗？"

"是。"

"你来得太是时候了！这样吧，你安排好自己手上的事，下午四点来接我班。我一天一夜没合眼，实在是顶不住了。现在没有通勤车了，让调度车送你回宿舍，下午三点半我再让工具车去接你。"

罗双峰谢过调度长又急匆匆回到车间办公室。秦丽华已经为他领好了棉工作服和高靿雨靴。他抱着衣服下了楼，坐上厂调度车——一辆蓝色工具车，仅用半小时便回到了金斗坪单身宿舍。宿舍里，林虎正在洗衣服，何世龙坐在床上，左手拿着一沓稿纸，右手握着一支笔在沉思。

"中午只休息一个小时你还回宿舍来？"何世龙问罗双峰。

罗双峰放下工作服说："厂里让我到调度室帮几天忙，今天下午四点接班，现在还早，回来睡一觉。你俩没去上班？"

林虎两手使劲儿搓着衣服说："你也去了调度室？这下好了！咱俩以后就吵架吧！"

"你什么意思？"罗双峰不解地问。

林虎说："我听人说，中选厂调度室经常为要矿石和露天矿调度室吵架，因为什么我还没问。我今天晚上上零点班，一个班下来就什么都知道了。只是上夜班太难熬，尤其是零点班，夜里两三点钟是最难熬的时候。我这人瞌睡多，我宁愿每月不要奖金也不愿意上夜班。"

罗双峰说："都像你这样想，大夜班谁来上？"

何世龙说："闹瞌睡的时候你俩就吵架，一吵架就不瞌睡了。"

林虎以略带不满的口气对罗双峰说："咱俩和夏荷都有点儿傻，你看人家老何，在学校就是党员，一参加工作直接就在公司团委工作。过两年没准又当上什么书记了。咱呢，直接下到基层不说，还得上三班倒。"

何世龙有些得意地说："你俩也别气馁，说不定你俩升得比我还快。调度室是啥单位？是掌握全厂情况的部门，很锻炼人的！和磨浮车间一样，都是出厂长、经理的地方！"

罗双峰靠窗站着，何世龙说完，他笑了笑说："能混个科长当就不错了。当厂长？我看咱都还没这本事！知道为什么吗？"

"为什么？"何世龙对这个问题好像很感兴趣。他让罗双峰离窗户远一点儿，小心楼上再往下倒尿。

罗双峰扭头看了一下，打开窗户又使劲儿关上，在何世龙对面坐下。他刚要说话，房门被人一脚踹开了，几个人气势汹汹地冲了进来。他们扫视了一圈房间里的人，一句话没说又转身走了。

"这是什么意思？"何世龙愤怒地说，"这也太野蛮了！把别人宿舍门踹开什么都不说就走了？这些人是哪个单位的？"

罗双峰走过去关上门说："别生气，这些人肯定是来找人打架的。有两个人手里拿着钢管你没看见？找错地方啦！进来一看，咱们不是他们要找的人就走了。"

林虎一边拧干衣服一边说："双峰说得没错，刚才这些人肯定是找人打架的。何主席肩上的担子不轻啊！"

"这和我有什么关系？"何世龙说，"你们没发现吗？金坪公司的人脾气都不好，有为看电影打架的，有为买饭打架的，也有为坐通勤车打架的！我要是能让这种现象消失，岂不成神了？"

林虎说："我的意思是，对刚才这些人进行教育是共青团义不容辞的责任。"

"这话有点儿偏颇。"罗双峰纠正林虎说，"现在社会安定了，可人心还是很浮躁。今天坐通勤车上班，我看等车的人并不多，七八辆'黄海牌'大客车完全能拉得下，可人们照样拥挤。我上车一看才知道是咋回事了：一辆车上四十多个座位，能坐人的也就五六个，其他座位的靠背和坐垫都被割烂了，里面的海绵已被掏走，都只剩下一个铁架子，人没法坐也没法站。什么人干的？不都是那些年轻人干的嘛！他们为什么要这样干？我这几天到厂里各处转悠，发现了很多问题。尤其是交接班的时候，好几个工段，我只看到一个采样工在岗位上，浮选机的刮板全都在空转。回到办公室，焦书记问我情况我都没敢说实话！现在是改革开放时期，在这之前，如果说工人们不好好干是因为没有奖金的话，那么现在呢？月月都有奖金，可人们的责任心还是不强，上班脱岗，用公家的时间、公家的材料干私活很普遍，也没人管。三斗坪选矿厂单身楼我也去转了，很多人都在用煤油炉做饭，那煤油哪来的？还不都是厂里的！还有，单身宿舍每个房间的窗台上都放着一些用来小便的空罐头瓶，尿满一瓶顺手往楼下一倒。这说明什么？往小的说，是职工素质问题；往大的说，那就是国民素质问题。这说明，对我们来说，职工教育是个大问题，也很迫切。大家都有责任，不光是共青团的责任。"

罗双峰说完，何世龙说："行啊老罗，一套一套的！有深度还有高度，真没看出来你还有这样的洞察力！佩服！你这个家伙隐藏得太深！干脆你来个毛遂自荐，问你们厂要一把交椅坐上去！"

罗双峰以为何世龙是在讽刺他，瞪了一眼何世龙说："收起你这一套吧！"

何世龙尴尬地一笑，还要说啥，只听走廊上传来了吼秦腔的声音，好像是对门有人在唱戏。林虎拉开房门一看，果然是对门：门也不关，一个胖男人在屋子当中站着，手里拿着一支笛子，一边比画一边唱。旁边的床上，一个人正在给二胡调音。林虎关上了门。对门吼了约莫半个钟头，好像又进去了几个人，房间里传来了喧闹的说笑声。又过了一会儿，对门又响起了喝酒划拳的声音。罗双峰本想静静地睡一会儿，却被吵闹声弄得心烦意乱。对门好不容易安静下来，他看看表，不到两点，还可以睡一会儿。他问何世龙在写什么，何世龙说，公司团委准备搞一个庆"十一"诗歌朗诵会，他在写诗。林虎已经洗完衣服，上床和衣躺下了。罗双峰起身看着林虎，刚想问他那两个调度室为什么要吵架，只听楼上咕咚一声，好像有什么东西砸到了地板上，声音很大，几个人都被吓了一跳。很快，有水从天花板的各个方向滴淌下来。三个人不明白发生了什么事，赶紧卷起铺盖抱着就往走廊里走。所有不能见水的东西都被搬到了走廊里。林虎跑到楼上一看，原来是楼上房间里一个很大的玻璃鱼缸突然爆裂了，鱼缸里的水顺着预制楼板的缝隙渗到楼下来了。林虎知道这种情况说什么都没用，也就啥话都没说便回到了宿舍。他说完情况，三个人又气又恼，一直等到房间里不再有水从上往下滴时，才又把铺盖抱回宿舍，想安安静静地睡上一觉已经不可能了。这时，对面房间里喝酒划拳的声音还在持续，秦腔又吼了起来，罗双峰痛苦地说："这种吵闹声比球磨机的噪声还让人心烦！"说完，他也没铺床就躺下了。

林虎铺着床开玩笑说："何主席，把你写的诗给他们念念，感化一下他们。"

何世龙装作没听见，坐在床上只顾低头写。

罗双峰没好气地说林虎："你能不能说几句有用的？"

林虎说："说什么有用？踹开他们的门，用刀指着他们说，别吼了，老子心烦！"

"这招管用，你去试试。"罗双峰故意逗他道。

何世龙放下纸和笔说："老罗，你别逗他，老虎的脾气一上来说不定真敢去踹门。"

林虎说："我真敢。只是不值得。"

就在三个人用玩笑为眼前的不愉快安慰自己时，夏荷正在她的办公室里接待着一拨又一拨的客人——都是机关大院各部门的人。他们都是来看新来的女大学生的。

肖处长也曾当面夸奖过夏荷的美貌。她对夏荷送她一瓶雪花膏表示了感谢后，便直截了当地说："你这孩子长得就是好看，难怪这么早就名花有主了！"

办公室里不再有人来时，夏荷拿起一块湿抹布，给窗台上的几盆君子兰擦拭叶片上的灰尘。肖玫瑞每天上班走进办公室的第一件事就是打开窗户给花浇水、松土或通风。夏荷第一天上班就知道了肖处长的这一爱好。夏荷自己也爱整洁，也喜欢养花。肖处长呢，很高兴夏荷和自己有同样的爱好。

夏荷给花擦完灰尘，又擦干淋在窗台上的水，将抹布洗干净挂在门后面。这时，肖处长走进了办公室。她对夏荷说："公司组织部和劳资处对咱们处的机构设置和人员编制提出过设想，一会儿你去和他们沟通一下，最好让他们在正式上报公司之前先给咱们打声招呼，别弄得到时候活多人少，工作受影响咱们还落埋怨。"

夏荷说："我去和他们谈合适吗？"

肖处长说："有什么不合适？我这个处长还能当一辈子？将来这些事都得你们这些年轻人去干！一点儿一点儿地熟悉，一件事一件事地适应，慢慢地科长、处长的活儿就都会干了，到那时候我也该退休了。我现在最大的责任就是为销售处培养一个接班人。"

夏荷对肖处长跟她说这些话感到很吃惊。她不明白肖处长为什么要把培养销售处接班人的事情说给自己听，而且她觉得，销售处处长的人选恐怕也不是肖处长能够决定得了的。肖处长把培养接班人当作自己的一项工作任务让她觉得有点儿好笑，不过，她只是心里这样想。尽管肖处长的意思她也明白，但说实在的，她根本没有往这方面想。她觉得自己无论如何都不是一块当领导的料。因此，肖处长说完后，夏荷依然声音很轻地说："肖处长，您前面说的几件事我已经考虑得差不多了，我现在就给您汇报一下？"

肖玫瑞说："明天再说，今天晚上你到我家去吃饭，我早走一会儿回家好好准备一下，可不许不来哦！"

肖玫瑞的这个安排让夏荷感到很意外，她想推辞又找不到合适的理由，只好装作很高兴的样子接受了邀请。肖玫瑞微笑着拉开抽屉，把销售处的公章和自己的私章取出来一并交给了夏荷，还顺便说了一句："你宿舍里要是缺啥东西，就开个领料单到公司仓库去领。"然后，她看了一下手表，站起身往外走去。走到门口，她又回头嘱咐夏荷："晚间不能不去，别让我白准备一大堆！我家住家属区第三排第一家，很好找。"

肖处长走后，夏荷心里开始犯起难来。她不清楚肖玫瑞为什么要请自己去她家吃饭，也不知道去的时候该不该带礼物。她正为此苦恼着，钟铭敲门进来了。他直接坐到肖处长的椅子上，点着一支香烟说："夏姐，你皱着眉头在想啥呢？"

"没想啥。"

钟铭笑嘻嘻地说："夏姐，肖处长没跟你说下个月走访客户的事？"

"没说。"

"她要让你去，你可千万别拒绝。走访客户能知道很多事，还能跟着沾光。"

"咱们的客户不是都在省内吗？"

"省内多。省外客户离得远，以前有来往，这几年来往不多。"

"你刚才说，走访客户还可以跟着沾光是啥意思？"

钟铭起身走到门口，探头朝门外看了看后关上门，重新坐到处长的椅子上说："每次走访客户都要给客户送礼。这几年送的都是猪前腿，今年好像要换个花样。你要是跟着去，你也有份；你要不去，就没有你的份。"

夏荷突然觉得，坐在她对面的钟铭年龄虽然不大，也没什么文化，但从里到外都透着一种精明和世故。于是，她的脸上露出了不可捉摸的微笑。她认真地看了一眼钟铭说："你每天想的就是这些事？你就不想别的事？"

"当然想啦！"钟铭说，"现在大家都是想着咋样赚钱，我也是。现在能赚钱的买卖很多，有些咱们能干，有些咱们不能干。比如我的一个舅舅那些赚钱的门道咱就不能学。他以前倒卖粮票，粮票作废了，又倒卖国库券，弄国库券的人多了，又倒卖矿柱，挣的钱比我爸当处长挣的都多。"

夏荷看了一下手表，站起身开始收拾桌上的东西。钟铭很有眼色，见夏荷要走，也赶忙站起身来说："夏姐，我哥准备在大商店门前摆一个烤肉摊，到时候我请你吃烤肉。"

夏荷说："不是不允许私人摆摊吗？"

"有人已经干上了。"钟铭说，"也没见有人管。没人管就是让干，那咱不干还等啥？"

"你说得有道理。"夏荷说着，开始往门口走。钟铭赶紧走了几步去了别的处室。

夏荷关上门走出矿机关大院，在马路边站定，待一辆运矿车过去后径直往家属区走去。路上，她一直在想：处长请吃饭，一定不能空着手去。可是，带什么礼物好呢？一路寻思着，她来到了金斗坪百货商店。在副食品柜台前站了很长时间，问了几种白酒、十多种香烟的价钱，最后，她买了两瓶"丹凤"红葡萄酒和一斤白糖。她一路打问着，来到了也是用荆条做栅栏门的肖处长家。

肖处长家很简陋：三间房连成一体，东西两间为卧房，中间为厨房和客厅。房子正中间的地上放着一张小方桌，桌上的菜已经摆好。把夏荷迎进屋后，肖玫瑞给她的爱人和女儿介绍道："这就是我们处新来的大学生夏荷。"然后又给夏荷介绍了她爱人和女儿。

肖处长的女儿也就十五六岁的样子，一看就是个中学生；她爱人看样子是干部，和组织部周副部长一样，穿一件有四个兜的中山装，上衣口袋里也别着两支钢笔。他看上去有些显老，满脸的皱纹，头发也很稀少，但待人很热情。他从夏荷手里接过礼物，很客气地说："请你到家里来坐坐，顺便吃个便饭，你还带什么礼物，这多不合适！"

"没什么不合适。"夏荷坐下说，"空手来不合我家家训。"

肖处长的爱人笑了："你们家还挺讲究的。"

"我爸我妈都是知识分子。"夏荷说。

肖处长一边解着围裙一边对她爱人说："老姚，开酒，既然小夏带了酒来，那咱就喝小夏带的酒。不过，你不能喝，你的硅肺病不能喝酒。"

肖处长的爱人很听话，给夏荷倒了大半杯红葡萄酒，又给肖玫瑞倒了满满一杯。吃饭的时候，肖处长指着坐在她旁边的女儿对夏荷说："我大女儿在北京上大学，放假才回来。这是我们的小女儿。她也想考大学。你以后下班就别在食堂吃饭了，到我家来吃。我想让你给我女儿辅导一下功课，你看行不？"

夏荷看了一眼肖处长的女儿，满口应承了下来。她说："我还在机关食堂吃，你们不用为我考虑，这样还自然一些。孩子可以住到我宿舍去，反正现在我是一个人住。孩子和我住一块儿，一方面可以给我做个伴，另一方面辅导的时间能多一些，有什么问题我们随时都可以讨论。"

肖玫瑞的女儿始终没有说话。很显然，父母对她的管教很严。

"那可太好了。"肖玫瑞听了夏荷的话，满心欢喜，不断地给夏荷的碗里夹菜，还说要带夏荷上山采蘑菇。这让夏荷暗暗吃惊，她心想：一大把年纪还要上山采蘑菇？万一有个闪失咋办？不过，她没好意思拒绝。于是，肖处长亲自安排的这顿家庭晚宴，从头至尾充满了祥和欢快的气氛。

吃完饭稍坐了一会儿，夏荷要走时，肖玫瑞对夏荷说："我这小女儿小名叫希希，希望的希，邻居们都叫她小丫头。你以后也可以叫她小丫头。她和你住在一起，你正好替我多管教管教她。"

夏荷笑了，肖处长一家人也都笑了。

可能是吃得有点儿多，夏荷在回宿舍的路上，不停地用手揉着肚子，想让胃里的食物消化得快一些。回到单身楼时，天还没有完全黑下来。她看见罗双峰一个人站在院子里，往远处张望着，心里不知在想什么；林虎正在收晾晒的衣服。看见她回来，罗双峰迎上来说："何世龙刚才上楼去找你，看你房门锁着。在机关食堂吃饭也没看见你，你上哪儿去了，怎么这么晚才回来？"

夏荷实话实说："我们处长请我去她家吃饭。我觉得不去不好，就去了。刚吃完，可能是吃得太多，胃有点儿难受。"

"那就活动活动，别急着睡觉。何世龙找你是想和你玩扑克牌。"

"何世龙的诗写完了？他不是要在'十一'朗诵吗？这个时候还有心思

玩扑克牌？"

"他也不是真想玩扑克牌，只是觉得无聊。没有书看，睡早了又睡不着，也不想睡；到马路上去转吧，矿车来回跑，尽吃灰尘。老虎光想着去看人淘金，被何世龙挖苦了几句又不去了。你呢，不想打扑克想干吗？一个人在房间里画画？"

"画什么画呀！画笔、颜料都没拿。不过以后晚上回到宿舍可有事干了，肖处长的小女儿想考大学，肖处长让我给她辅导功课。这样一来，我哪还有时间画画。"

"你们处长挺会抓差呀！"

"这也不叫抓差，这样的事我也乐意帮忙。小丫头要是能考上大学，怎么说也是一件让人高兴的事儿。说说你自己，这些天都有什么感受？"

罗双峰叹了口气说："选矿厂的活不好干。我转悠这些天，发现了很多问题，实际回收率很低不说，跑、冒、滴、漏现象还很严重；操作也不太规范，工人们好像都习惯了；交接班时车间里几乎没有人；浮选工艺也有点儿落后，需要进行技术改造的地方很多……"

夏荷说："中选厂也不算是新厂了，十几年前的工艺和现在比，肯定要落后一些。这不算什么，可以通过技术改造提升一下水平。实际回收率太低是一个大问题，但是要提高也很困难，要下大工夫研究，你肩上的担子不轻。磨浮车间有几个技术员？有几个是学选矿的管理干部？"

"好像就我一个。"

"要是这样，你和车间领导沟通起来会比较困难，遇到难题如果沟通不好，很容易闹矛盾。"

"你说得有道理。有几个问题我和车间焦书记说了，但他听了以后也没什么特别反应。给我的感觉，他好像觉得我想多了。"

"你一个人站在这里就是在想这些问题？"夏荷说。

"那倒不是。"罗双峰说，"厂里让我去调度室帮几天忙，调度长让我上下午四点的班，在宿舍等到厂调度室的车来接我，却又让我上零点的班。

我现在睡不着，又没有其他事可干，宿舍里何世龙还在写诗，我怕打扰他，就在这里站着消磨时间。"

这时，林虎也从楼里走了出来。他走到跟前说："咱们的何主席写了一首长诗要给我念，我一听赶紧就逃，你俩想不想去听听？"

罗双峰说："无论谁写的诗我都不想听，因为我不懂诗。我去听又禁不住要评论，一评论就得胡说八道，一胡说八道，何世龙就会气得吐血，所以还是不听为好。"

夏荷说："我对诗词就更外行了。"

林虎对罗双峰说："你这是变了个法子在损何世龙，何世龙要听见你这话会很不高兴的。"

罗双峰说："老何这个人，有些话他不爱听也要说给他听，就是要让他不高兴。这样他才能保持清醒的头脑，要不然他很容易整出一些让他自己都难堪的事儿来。"

夏荷说："你俩别这样说人家何主席，他在学校当学生会主席不是当得挺好的嘛！"

林虎说："对，咱不说他说咱自己。老罗刚才说自己头天上班就发现了许多问题，还跟人家焦书记说了自己的看法，让我看，老罗，你这是幼稚的做法。人家听了不计较还行，要是爱计较，就会认为你这个人爱挑刺、有野心，心里就会防着你。"

罗双峰说："我可没像你这样想过。说话是该谨慎，但要是连说都不敢说，真遇上大问题，咋办？比如，今天在车间交接班的时候，我看到药台那样的重地竟然连一个人都没有。那里面可是有剧毒氰化钠啊！像这样的问题，发现了也不说，我做不到。"

这时，从林虎的宿舍里传来了何世龙朗诵诗歌的声音，他朗诵的是毛主席的诗词《沁园春·雪》，声音很大。过了一会儿，他又开始朗诵李白的《将进酒》，声音也越来越大。再后来，朗诵好像变成了吵架。罗双峰觉得不对劲儿，仔细听了一下，果然是吵架声。林虎和夏荷也听出来了。他们三个人赶快往宿舍跑，等跑到楼里时，楼道里已聚了很多人。林虎他们宿舍门口站着两个工人，手里还拿着木棍，正在冲何世龙大声嚷嚷。林虎个子高，劲儿也大，走上前去扒拉开围观的人们，看着两个工人，说："你们到这里来吵什么？"

两个工人后退了一步，出言不逊："我们上夜班想睡会儿觉，这小子在这里鬼哭狼嚎，声音大得像打雷，满楼的人都能听见。"他们又冲着何世龙说："你觉得自己有文化是不是？怎么不到广场上去吼！那里人多，大家都能听见！能好好把你显摆显摆！"

何世龙气得嘴唇都在哆嗦，刚想说啥，还没开口，林虎很不客气地对两个工人说："你们要这样说，我们也就不客气了。我们刚来时，你就让我们晚上睡觉关上窗户，小心尿水子。没想到你们还真从窗口往下倒尿！这种没教养的事情一般人做不出来。因为你们住在我们楼上，咱们也算是邻居，我们也就忍了；你们宿舍玻璃鱼缸爆了，水从楼上渗下来，弄得我们觉都睡不成，我们也没说啥。他朗诵诗歌声音大了点，影响你睡觉，你可以好好说，你现在手拿棍棒找上门来是想打架吗？这可是文明社会，就是真要打，我们也不会怕你！"

罗双峰一看林虎那架势真有要动手打架的意思，赶忙上前劝阻说："好了好了，不是什么大事情，大家都忍让一下，我们不朗诵诗歌可以，你们以后也不要从窗口往下倒尿了。你们又不是三岁小孩，如果以后还敢从窗口往下倒尿，那我们就要给你们单位反映。"

两个小伙子大概是觉得这种闹法没意思，瞪了何世龙一眼扭头走了。楼道里的人也就散了。回到宿舍里，林虎关上门，罗双峰说何世龙："你朗诵诗歌的声音就是有点儿大，我们站在院子里都能听得很清楚。你下次朗诵的时候声音小点儿，为这样的事跟人吵架没一点儿意思。"

何世龙说："根本就不是我朗诵诗歌声音大小的问题，是因为他们天天往下倒尿，我找到他们单位去了。他们单位领导找他们谈话，他们也承认了，单位就把他们的奖金给扣了。就因为这，他们才以朗诵诗歌影响他们休息为由找上门来的。人就是这样一种怪物！你侵犯别人可以，别人不可以侵犯你。我还是比较好说话的，要不是他们每天都往下倒尿，我也不会去找他们单位，只是我没想到他们单位会扣他们的奖金。就因为这，不论他们刚才咋嚷嚷我都没说啥，我心想，他们嚷嚷几句出出气就完了，结果那两人还拿根木棒！这完全是要放倒我的架势！好像我怕他们一样……也是，要不是你们来，或许我还真就和他们打起来了。"

林虎笑着说："大学里的学生会主席，现在是金坪公司团委的一员干将，差点儿和工人打起来，这太不好、太不可思议了吧！你这条世纪之龙可别用这种方式飞腾，会吓到许多人的！"

何世龙生气地说："你的嘴真会蜇人，知道不？"

夏荷说："你俩可别打起来。你俩要打起来，我和罗双峰都没法逃难！"

罗双峰却说："我觉得老何做得对，该管的一定要管，对那些只考虑自己，不考虑别人利益和社会影响的人就得用手段，要不然人的恶习就不会改变，社会发展的阻力就会越来越大。我敢说，他们再也不敢从窗口往下倒尿了。"

何世龙说："说得好！"

林虎笑着对夏荷说："这两人终于尿到一个壶里了。"

夏荷脸一红："你别挑事了！"

四

罗双峰和林虎果然在电话里吵了一架。原因是，这天下午四点，罗双峰从调度长手中接过能装四节大号电池的手电筒，看着被瞌睡折磨着的调度长强打精神走出办公室后，开始翻阅调度台账。过了还不到一个小时，桌上的两部电话就轮番响个不停，先是各车间夜间值班干部报告自己已经到岗，接着便是全厂各重要岗位报告设备运转情况。磨浮车间打来电话说，储矿仓里的矿石快没有了，如果再不及时供矿，球磨机就得停止运转。罗双峰知道球磨机停止运转意味着什么，他迅速查看了一下当天露天矿供矿记录，估算了一下球磨机还能运转多长时间，很生气地拨通了露天矿调度室的电话，接电话的人正是林虎。罗双峰把情况一说，林虎在电话里说："我们今天一共有十辆车在拉矿，平均拉矿石五次，供矿六千吨，你们日处理矿量总共才五千吨，怎么可能没有矿石了？你到车间里去看看，是不是因为下雨矿石黏度增加，储矿仓矿石下不去，运输皮带在空转？反正我这里没有问题。"

罗双峰觉得林虎的话有道理，就拿着手电筒去了磨浮车间。他先去看了看磨矿工段球磨机运转情况，然后顺着悬梯往高高的储矿仓上爬去。他站在矿仓边往储矿仓里一看，三个储矿仓里确实没有多少矿石。他大概估算了一下，如果四点班和零点班露天矿都能正常供矿的话，还不至于让球磨机停止运转。

这下他心里有了数，便跑步回到调度室，抄起电话对林虎说："老虎，我刚从磨浮车间回来，储矿仓里的矿石确实不多，你们最好在四点班时多送几趟，零点过后司机们容易犯困，稍微偷个懒我这里就难办了，球磨机就得停止运转。要是这样，我们可不负责任。"

林虎有些不满意地说："你们三斗坪选矿厂日处理矿量也就五千吨，今天给你们供了将近六千吨，即使这个四点班不供矿，球磨机运转到明天早上也不会停产。"

罗双峰又没有了话说。他放下电话又跑到碎矿车间，问了值班干部情况，查看了白班露天矿供矿记录、车数，和负责指挥翻矿的指挥工聊了起来。指挥工是个陕北小伙子，脖子好像很短。他坐在一把破椅子上，笑眯眯地看着罗双峰，慢腾腾地说："露天矿的车都老得不行了，说是载重四十吨，能拉二三十吨就不错了！拉多了跑不动，翻斗也翻不起来，一到后半夜，司机们都把车藏起来睡觉去了，矿石供不上很正常。"

罗双峰听指挥工这样说，回到调度室又拨通了露天矿调度室的电话，把指挥工的话说给林虎听。林虎听后半信半疑。罗双峰建议他到采矿场现场去看看电铲装车情况。谁知，林虎一听就火了，大声在电话里说："你干脆建议露天矿把调度室设在电铲旁边算了！"

就因为这句话，两人在电话里吵吵了好半天，直到磨浮车间报告说，一台球磨机有好几颗螺丝松动，需要停车紧固螺丝，罗双峰才生气地挂上了电话。他放下电话又跑到车间，亲自看了看需要紧固螺丝的球磨机的运转情况，在现场看着工人们把螺丝紧固好，球磨机重新运转起来，才又回到调度室。刚坐下，两部电话又同时响了起来。一部是报告尾矿坝堆坝情况的，另一部是机修厂通报水库水位情况的。墙上的闹钟指向零点十分时，罗双峰感觉肚子有点儿饿，想去吃点东西，便拿上饭盒往职工食堂走去。

职工食堂的夜班饭是苞谷糁稀饭和馒头、腌萝卜咸菜。取饭时，罗双峰随口说了一句："夜班饭也是苞谷糁、稀饭、咸菜？就不能给大家做点儿好的？"

话刚落音，从打饭窗口伸出一个大脑袋来，盯着罗双峰说："你是谁呀？这话你得跟领导说，别在这里嚷嚷，好吗？"

罗双峰也觉得自己话说得不好，所以对方说完他没吱声，端着饭盒边吃边往办公室走。在办公室楼前的水泥桥上，他看见那个负责指挥翻矿的陕北小伙坐在路灯下的桥栏杆上吃饭，他停下来问："你怎么坐在这里吃饭？"

"上零点班的人到现在还没来。"

"说不定你打饭的时候他已经到班上了。"

"不可能！我俩每天都是在这里交接班。"

"那他要是不来上班，你咋办？一直坐在这里等着？赶快回到岗位上去！万一有车翻矿，你不在岗位，车掉进矿仓里，你的责任可就大了！"

谁知对方听了竟然毫不在乎地说："咋也不咋！我这样都快十年了，从来没有出过事。再说，我这是替攒休的人上班，连着上了两个班，就是出了事也休想怪我！"

罗双峰不明白什么是攒休，小伙子解释说："连着上两个班就可以在你想休息的时候休息一天，不想休息可以攒起来，这就叫攒休。选矿厂太不公平了，检修工星期天来紧一下螺丝，不到一小时就给一天调休，我们运转班上够八小时才给一天调休，是不是亏人哩？有的检修工攒了一百多个调休。每年收麦的时候，家在农村的人就集中把攒下的调休用来回家割麦，车间里人手不够，我们这些家远回不去的就得连轴转。你说，像这种干法出了问题能怪我吗？我又不是机器！就是机器也得休息吧？我知道你是新来的大学生，什么都不知道，所以我才说这么多。"

罗双峰听懂了，但仍劝他要坚守岗位。这时，办公室的电话又响了，他赶紧往办公楼上跑。电话是尾矿车间的三号泵站打来的，说生产泵电机响声异常，备用泵叶轮还没装上，请示调度室怎么办。

罗双峰觉得自己实在是倒霉，到调度室来上班每天都是这么多的事。

他想了想，严肃地说："你确定电机响声异常？"

"确定。"电话里的人闷声闷气地说。

罗双峰沉思片刻说："你先别停车，等我通知。"放下电话，罗双峰拨通磨浮车间值班电话说了情况，让磨浮车间先停球磨机和浮选机，并停止下送尾矿。半小时后他接到了磨浮车间已停止生产的电话。他一边记台账，一边打电话告诉尾矿车间三号泵站停止生产，并提醒对方注意事故池有无尾矿外溢情况。

磨浮车间的所有设备都停止运转后，三里坪选矿厂就只有碎矿车间的破碎机还在轰隆轰隆地响着，整个厂区一下子就安静了许多。但罗双峰的心里却有些不踏实，他不知道这样做会不会招致厂领导的批评。毕竟停掉厂里的主要生产设备，一般情况下只有厂长才有这个权力。但如果不停掉，设备空转七八个小时造成的损失肯定不会小。这样一想，他又稍微有点儿踏实了。

第二天刚一上班，几位厂长都相继走进了调度室。问过情况，看了台账，郜厂长对罗双峰的做法既没有表扬也没有批评，只是当着罗双峰的面，打电话把尾矿车间的主任狠狠批评了几句。因为备用泵没有叶轮，导致磨浮车间停产，厂长直接宣布尾矿车间当月奖金按比例扣除，两个副厂长则啥话都没说。

一个晚上没有睡觉的罗双峰连早饭都没吃就被调度室的工具车送回宿舍，随便洗了把脸就钻进了被窝。一觉醒来刚好是中午十一点，很快就是吃午饭的时间。他靠着床头胡思乱想了一会儿才开始穿衣服。等衣服穿好，被子叠好，他用湿毛巾擦了擦脸，准备到院子里去走一走。刚走到楼梯口，他看见夏荷从一辆工具车上下来，工具车的车厢里拉着被褥、床板等东西。

"是你要搬走还是谁要搬来？"罗双峰问。

夏荷说："是肖处长女儿的东西。我让她住到我宿舍来，这样能方便些。"

"就你和司机？为什么不多叫几个人帮忙？"

"职工家属不允许在单身宿舍里支床，肖处长不想让人嚷嚷。遇见你刚好，帮我们搬一下床板。"

罗双峰没有拒绝，和司机钟铭打了一声招呼，也没让钟铭帮忙，一个人扛起床板就往楼上走。钟铭肩扛一个条凳，手提一个条凳紧随其后，夏荷抱着被子走在最后。

给肖处长的女儿支好床，夏荷不想再到办公室去，就坐在床边和罗双峰闲聊起来。钟铭也没有要走的意思，拿起夏荷放在桌上的一本选矿书翻看着。夏荷问罗双峰上班的感受。

罗双峰无精打采地说："我在调度室待的这些天总是因为供矿问题和露天矿调度室吵架，感觉在基层上班事情太多，还总怕自己处置不当被领导批评。"

夏荷很善解人意："调度室要负责指挥生产，难免会碰上一些棘手的问题，用不了半年时间，你就会得心应手。"

罗双峰说："光是处置选矿厂的情况倒也不难，难的是协调各方面的关系和处置不当行为。昨天，我爬到磨浮车间储矿仓看了看，发现储矿仓都快见底了，如果露天矿停止供矿一天，整个选矿厂就得停产。老虎说，露天矿每天供矿都在六千吨左右，可选矿厂碎矿车间的指挥工说，露天矿的汽车车况不行，一车顶多能拉二三十吨，拉多了跑不动，翻斗也起不来。这种情况许多领导恐怕都还不知道呢！这就是一个协调问题。露天矿要认账，那就说明问题的根源在公司。公司领导要想解决露天矿运力不足的问题，那就得买新的运矿车。还有，露天矿司机偷懒也是大问题。尤其是零点班，凌晨两点到四点几乎没有车拉矿，司机都把车开到隐蔽的地方睡觉去了。我建议老虎到电铲那里看看装车情况，谁想老虎还生气了！饣了我好几句！"

夏荷听罗双峰说完，淡然一笑："慢慢来，啥事情都别着急。全公司每天都围绕着两个选矿厂在转，矿石供不上，要是汽车运力问题，我想公司领导应该知道。露天矿领导也肯定给公司反映过，要不要让我们处长也替你反映一下？"

"大可不必！"罗双峰干脆地说，"这又不是什么私事，公司领导肯定知道露天矿的车辆状况。这个问题也不难解决，再买几十台新车不就解决了？现在关键是人的问题。人要不好好干，旧车全换成新车又能咋样？一到零点班，还不照样脱岗睡觉去了？"

两人正说着话，何世龙和林虎也敲门进来了。林虎一进门就指责罗双峰说："我昨晚听了你的话，打电话向电铲司机了解情况，电铲司机一句话就把我怼了回来。你知道电铲司机咋说？他只说了三个字'不知道'，就把电话挂了。我再拨电话，对方根本不接！我一生气，坐着车去现场一看，电铲司机睡得正香！我叫醒他问情况，没想到他态度比电话里更恶劣，直接就说，'你是新来的大学生吧？你立在外面等着，等到天亮你就知道了！'说完再不理我了。"

何世龙对两个人的谈话好像不感兴趣，且有点儿不耐烦地说："你俩别把班上的烦心事带到宿舍里来！我要给你们说件快乐的事，公司团委国庆诗歌朗诵会没有主持人，我推荐了夏荷，公司团委书记同意了。怎么样，夏荷，到时候你好好展示一下？"

夏荷可能是没想到何世龙会有这种安排，一时没反应过来，就听林虎说："这种事对夏荷来说就是小菜一碟！诗歌朗诵会上，夏荷一亮相，保证全场一片尖叫声！"

夏荷说："这肯定不行，我从来没干过这种事。你们还是找别人吧！"

何世龙说："男的好找，女的不好找。我一说你，大家都同意，只是对男主持人，大家有不同意见，都说工会俱乐部的王大旗人长得可以，就是……"

何世龙话没说完，钟铭放下书说："可以啥！那小子跟我一样，长得像个女人！我不管咋样说话走路都是爷儿们，那小子说话走路都像女人！你听他说话、看他走路，浑身起鸡皮疙瘩！夏姐，你要是和他站在一起，你一定直犯恶心！真的，那小子根本就不像个爷儿们！"

夏荷和罗双峰都笑了。

林虎问钟铭："人家咋就像个女人了？"

钟铭说："我给你们学学。"说完，他一手叉腰，一手做兰花指状，学女人的样子，把头发往耳后一拢，扭着屁股，摇晃着身子，在地上走了一个来回，惹得满屋的人都大笑不止，钟铭自己也笑。何世龙笑的时候一直在用眼睛看夏荷。等大家都不笑了，夏荷对何世龙说："你们最好重新找个人，我没有主持过文艺节目。再说，我手头事情太多，节后处里还要外出走访客户，签订明年的销售合同。我还要帮着小丫头复习功课，没有时间。"

罗双峰也帮着夏荷说："何主席，夏荷不愿意就算了，男主持人不好找，女主持人好找。我们办公室的文书小秦就可以，写一手好字，人长得也漂亮，当主持人应该可以。不信你让他们去打听一下。"

何世龙有点儿不太情愿地看着夏荷说："你再考虑考虑，实在不行我们再物色其他人。"

夏荷态度坚决地说："你们找别人吧，我真没时间。"

何世龙不作声了。林虎说："吃完午饭干啥，上山去转转？听人说山上现在可以采到蘑菇。"

罗双峰说："我想去澡堂洗澡。洗完澡，我想到镇上刚开张的书店去看看，听说书店进了不少好书。"

何世龙说："我陪你去，现在上山捡蘑菇太晚了，到星期天再说。"

钟铭说："夏姐，星期天我带你们去钓鱼吧？黑龙铺那边的河里鱼多没人钓，很好玩儿。"

林虎说："到星期天再说，一会儿先吃饭，吃完饭我也去洗澡。不吃饭洗澡人会犯晕的。"

罗双峰和夏荷都没吭声，钟铭也不再坚持。

他们又闲聊了一会儿就到了吃饭时间。去吃饭的路上，罗双峰拿着洗漱用品和换洗衣服，和林虎一边走一边还在说单位的事情。钟铭回了自己家。何世龙和夏荷走在最后。何世龙故意走得很慢，让自己和夏荷与林虎他们保持一段距离。他再次要夏荷考虑一下当主持人的事，夏荷还是干脆地拒绝了。何世龙遗憾地叹了一口气说："这是一个很好的展示自己能力的机会，你为什么就不同意呢？"

夏荷吃了一惊，因为她压根就没往这方面想。她感激地看着何世龙说："我在这方面确实不擅长。我往台上一站，说不会说，笑不会笑，声音又小，会很丢人的。"

何世龙不再勉强，用一只手使劲儿拍了拍自己的脑门。

吃完午饭，夏荷去了办公室，何世龙被公司团委书记叫去审阅诗稿，林虎也被矿长叫去了采矿场，罗双峰想一个人去洗澡，又想了下，一个人去没人给帮着搓背，就把洗澡用的东西和换洗衣服送回宿舍，取了点钱往书店走去。书店里有很多人在买书。罗双峰挤进店里，往书架上一看，有许多他从来没有读过的文学作品。他一阵儿欣喜，连着挑了好几本名著——《飘》《第三帝国兴亡史》《静静的顿河》《根》《牛虻》《创业史》等。买完这些书，他兜里的钱已所剩无几。抱着这些书，他像得了宝贝似的走出书店，大踏步地往宿舍楼走去。他一回到宿舍就迫不及待地取出《飘》，躺在床上开始看起来。这天下午，他错过了吃饭时间，也忘了这天调度长安排他上四点的班。当他听到楼道上有夏荷说话的声音时才知道自己该去上班了，再一看表，心里懊悔不已——通勤车应该早就没有了。他一着急，往书包里装了一本书背在肩上，把其他书往被子底下一塞，抓起一件外套赶紧往外走去。在楼梯口碰到夏荷拎着暖水壶下楼，他也没顾上说话，打了个招呼就急忙往小选厂的方向跑去。

罗双峰很幸运，跑到小选厂老虎口时，刚好有辆拉矿石的车正在翻矿石，他跟司机说了一声，让他把自己捎到采矿区，司机答应了。坐着拉矿车，不到二十分钟，他就来到了采矿场。不巧的是，电铲正在换铲斗，他还得在一旁等一会儿。过了不长时间，来了一辆往中选厂送矿石的车。开车的是一个年轻小伙子，他停好车后从车上下来，跑到车旁边开始撒尿。罗双峰等他撒完尿，走过去说自己想搭车到中选厂，司机让他上了车。罗双峰上车坐好，司机也上了车，刚坐好就问罗双峰："你在中选厂哪个车间上班？"

"我在磨浮车间当技术员。"

"大学刚毕业，叫罗双峰吧？"

"你怎么知道？"

"我对象天天跟秦丽华在一起，两人常常说起你。"

"说我？"罗双峰想起了经常坐在自己椅子上的那个女工。

"对啊！听我对象说，秦丽华好像相中你了。"

"怎么会呢！算上今天，我来公司还不到一个月。"

"那有啥！你是大学生，山里面长得好看的女孩都等着要嫁大学生呢！"

"大学生有那么吃香吗？"

"当然！比猪油都香！给你说实话吧，这大山里要是有女孩相中了你，你就赶紧把她弄到手。这个鬼地方，男多女少，混上半辈子连老婆都娶不到手，那就太糟心了！不过，你们大学生没问题，一个都不会剩下。"

"矿里面的单身汉多吗？"

"多倒是不多，有好多都是回农村娶老婆，两地分居，一年只能见一次面。有不少人娶的都是这山里的农民。"

"这也没什么不好。"

"你别逗了！有什么好？农村户口，生个娃也是农村户口！"

"你是矿工子弟？"

"我不是，我是04部队子弟。04部队给金坪公司修水库，修完水库，赶上金坪公司招矿工，我就成了工人。还好，工种是司机，找对象还容易一些，要是干个皮带工、碎矿工，你就看吧，没人愿意跟你！"

"为什么？找对象跟工种还有关系？"

"关系太大了！你们选矿厂最差的车间就是碎矿车间，看皮带每天要吃多少灰尘！在碎矿车间待上一年，准得硅肺病。"

罗双峰想起了那个坐在桥栏杆上等交接班的陕北小伙子。

电铲可以工作了。司机把车开到电铲跟前。电铲用巨大的铲斗给车厢里装了两铲，司机就让车跑起来了。罗双峰好奇，忍不住问道："为什么不把车装满？"

"装满跑不动，翻矿石的时候车斗也起不来。"

"露天矿没打算买几辆新车？"

"那是公司的事儿，露天矿没这个权力。"

"上三班倒是不是很辛苦啊？"

"我不觉得。有人不喜欢，主要是零点班难熬，四点班是最好的。下午四点上班，晚上十一点下班，觉能睡足。第二天有一整天的时间干别的事。"

"露天矿一到后半夜就没车给选矿厂送矿石，是不是司机们都找地方睡觉去了？"

"是。你刚来就知道这情况？"

"我也是听人说的。"

"这种事没有人能管得了。不管也对，零点班的司机要是不停地跑，容易犯困，犯困就容易翻车死人……咱不说这些事了，求你个事行不行？"

"你说，什么事？"

"我对象不想当药台工，有机会你给她换个工种行不行？我俩结婚后都上三班倒，太辛苦了。"

罗双峰犹豫了一下说："我只是个技术员啊！"

"现在是技术员，用不了多长时间你就是主任、书记、厂长！焦书记和惠主任他们懂啥？都是大老粗！你要是能把我对象的工种给换了，我一定好好谢你！"

罗双峰不知道该怎么回答，不知道该答应还是该拒绝。他犹豫了一下，言不由衷地说："那就等机会吧。"刚说完，他心里马上就有点儿后悔。

司机却很高兴，他把车开到中选厂碎矿车间老虎口停稳，看着罗双峰下了车，又从车窗探出头，笑着对罗双峰说："我对象叫苏萍。"

罗双峰说了一句："好的，我记住了。"

碎矿车间的指挥工还是那个陕北小伙子。他正站在矿仓旁边的悬梯旁指挥司机倒车。一车矿石翻进矿仓，他对罗双峰说："这个司机你认识？"

"刚刚认识，我没赶上通勤车，在采矿区搭他的车来上班。"

"他对象是你们车间的药台工，我问她要过一桶煤油，她只给了我一小桶，人不好说话。"

罗双峰没说话。他在悬梯旁站着，看着一块桌子大小的矿石在矿仓里来回翻滚，就是不往老虎口里进时，对指挥工说："那块大矿石他们就不该拉来。"

"打大块的工人马上就来。"陕北小伙说。

"厂里还有专门负责打大块的工人？"

"是，工种就是打大块。"

罗双峰不再说话。走进车间，走进轰鸣着破碎机巨大声响、弥漫着浓密灰尘的车间里，捂着口鼻，从最高处到最低处，连着下了五六个悬梯，几乎是小跑着出了碎矿车间。车间门口，一个巨大的废电机的壳子上坐着一个戴着防尘口罩的工人，应该是看破碎机的岗位工。罗双峰回头看了看不断从那些破烂的窗户里往外飞扬的灰尘，长长地舒了一口气，快步往厂调度室走去。

罗双峰走到办公楼前正要上楼，厂保卫科科长从背后叫住了他。保卫科科长名叫任吉顺，人长得很魁梧，高高的个子，宽肩膀，也是东北人，说话不是很利索。他用一种严肃的语气对罗双峰说："我们刚破了一个大案子，案犯就是你们磨浮车间的工人。这小子叫虎三喜，他姓虎，也真够虎的，每天下班都要偷两个钢球。我们保卫科的人正在他家搜查呢。等会儿把这小子带过来让大伙都好好瞅瞅！"

任吉顺说让大伙好好瞅瞅，其实就是用三轮摩托车把虎三喜拉来，用绳子把他绑在厂房外面公路边的电线杆上让大家看。

罗双峰正在翻看白班调度台账，厂长郜海鹏来到了调度室，他身后的任吉顺正在报告破案经过："这小子干这事不是一两天了！现在可以肯定的是，他每天下班都要给工具包里装两个钢球，放在自行车后座上带回家，然后卖给村里的废品收购站。我们去废品收购站查证，真被吓着了！废品收购站后院堆着的钢球，足足能装一卡车！还有一大堆废钢铁，一看就是从选矿厂倒卖出去的。怎么办，把这小子送到公安局去吧？废品收购站我已经给打了招呼，钢球和废钢铁都是赃物，不准动！"

郜厂长没说话。他站起来走到窗前，又走到门外，站在栏杆前看着被绑在电线杆上的盗窃者，不知在想什么。此时，马路边站了很多人。

郜厂长走进屋里，在罗双峰对面坐下来，点着一支烟，吸了几口，看着任吉顺笑着说："这个虎三喜是移民招工来的，工作表现还可以，每年都被评为先进个人，是磨浮车间的生产骨干，家里穷得叮当响。我的意见是，把赃物追回来，厂里给个处分算了。偷卖钢球和废铁的不止他一个人。发生这样的事情，厂里也有责任，主要是教育和管理工作没有跟上。要是今天因为偷盗把这小伙子送去公安局，他可能这一辈子就完了，他那个家估计也垮了。咱们是不是先从教育入手？"

任吉顺立即表态说："我听厂长的。"

郜厂长扭头看了一眼窗外说："以后别往电线杆上绑人了，虎三喜丢人，别让选矿厂也跟着丢人。"

罗双峰本想趁机也说说职工偷煤油做饭的事，可话都到嘴边了，听到郜厂长最后一句话，他意识到，如果没有好办法，此类事情恐怕很难杜绝。于是，他把想说的话咽回了肚子里。

第二天早上，罗双峰和何世龙还在睡觉，林虎起床后突发奇想，想下河去抓鱼。他把罗双峰和何世龙叫醒说了他的想法，罗双峰不愿去，何世龙让林虎先去跑步，等他睡醒后再说。林虎在公路上跑了半个小时，跑到身上冒汗他就不跑了，开始往回走。在楼梯口，他碰到夏荷正要出去跑步，便对她说："我们要到五坪去察看新排废场，听说那一带的河里有娃娃鱼，想不想跟我们一起去抓几条？咱们来一次野炊？"

夏荷说："我还得上班呢，再说连着下了几天雨，河水一定很凉，下河摸鱼身体能受得了？还有，上班时间去玩儿，得注意影响吧？"

林虎说："水凉不要紧，你不用下水，你在岸上负责生火烤鱼就行；你请上半天假，罗双峰不愿去，我叫上何世龙一起去。何世龙是抓鱼高手。你也不用怕会有什么影响，咱只是占用一点儿工作时间，又不是去做坏事。"

夏荷犹犹豫豫地说："何世龙也是请假去？"

林虎说："是，他这几天一直都在宿舍里写诗，为'国庆'朗诵会做准备。叫上他，也好让他换换脑子。"

夏荷想了想说："一会儿上班我给肖处长说说，她要准假我就去……野炊？还得准备好多东西吧？"

林虎说："木炭、盐和调料，我都让钟铭准备好了，要是能多摸几条鱼，回来送给你们处长两条，她一定会很高兴。"

夏荷说："你啥时候也学的这么势利？"

林虎说："这怎么能叫势利？我这是为你着想。跟领导搞好关系总没坏处吧？"

夏荷不再说啥，一个人跑步去了。林虎回到宿舍一看，何世龙还在呼呼大睡。他走上前去，用两个手指头用力捏住何世龙的鼻子。何世龙被憋醒了。他有点儿生气，刚想发作，林虎又从地上提起一把铁壶举到他头顶上。何世龙怕他真把壶里的凉水浇到自己头上，赶忙说："我投降，我马上起床。不过，咱们上班时间去摸鱼，影响不好吧？"

林虎说："上班时间去玩儿当然影响不好。问题是，咱们几个星期天都没有休息，今天请个假休息一下，也能说得过去吧？"

何世龙说："要这样说，我没啥顾虑了。暖水壶里的热水你没有用完吧？我刮脸没热水不行。"

林虎说："满满一壶热水都归你，我给你倒在脸盆里，再到小选厂去打一壶。"

何世龙笑着说："你真是咱们的好同志！"

林虎用鼻孔哼了一声，拿着暖水壶打水去了。

夏荷和何世龙请假都很顺利。临出发时，他们谁都没有再叫罗双峰。三个人在机关食堂吃过早饭，林虎已经让露天矿的工具车在办公楼下等着了。他怕夏荷晕车，就安排夏荷坐在副驾驶位，他和何世龙则坐在后排座位上。车开到采矿场时，采矿场的上空还被薄雾笼罩着。

往五坪方向去要翻越一座小山，沿途翠峰林立，轻雾弥漫，老金坪镇方向，那座破旧的庙宇顶上的白色十字架和露天矿办公楼，以及散布于周围的所有建筑，在云雾中若隐若现，一切都宛如仙境般美丽！汽车翻过一个垭口，来到一处平缓之地，林虎让车停下。这里就是露天矿新的排废场。地上钉着许多小木桩，木桩上面还用红漆标着记号。林虎一个人下车转了转，察看了一下周围，正要上车时，从山坡走下来十几位妇女，每个人的胳膊上都挎着一只筐子，里面装满了刚采到的新鲜蘑菇。她们走到车跟前时，夏荷和何世龙也下了车。妇女们停下来，把筐放到地上，纷纷上前问他们买不买蘑菇。夏荷看着筐子里的新鲜蘑菇问道："这都是你们刚采的？"

"全都是刚采的。我们天一亮就上山了，山上林子里的蘑菇多得很。你们刚好是开着车来的，把我们的蘑菇都买了吧！可以便宜点儿卖给你们，拿回去放到太阳底下一晒，过年做鸡肉炖蘑菇，好吃得很！"

夏荷说："这种天气，蘑菇不好晒干。"

开车的师傅说："我教你一个办法：你把鲜蘑菇买回去装到麻袋里，拿到中选厂磨浮车间或者尾矿车间，往大电机旁边一放，大电机散发出的热风一天一夜就能把蘑菇吹干。要是不这么弄，你买多少就会霉烂多少，许多人不买鲜蘑菇就是因为没有办法晒干。"

夏荷刚想买，被司机这样一说就决定不买了。妇女们只好遗憾地提着筐子往金坪镇方向去了。

汽车继续往五坪方向开，夏荷发现前面的路很宽很平整，路上还有大车留下的车辙。走了不到两公里，路又变得又窄又颠。路边，靠山根的地方有人家正在盖新房，地上堆着许多石头。让车上的人惊讶的是，竟然有一辆拉矿石的车停在旁边，有人正在往车上装矿柱。林虎让司机停车，他们在一旁看着载重四十吨的拉矿车装矿柱，心里都十分疑惑。而且，很明显，垒地基用的石头是从采矿场拉来的废石。林虎想下车问个究竟，司机劝阻道："最好别去问，记住车牌号就行了。这辆车的司机胆子也太大了，用拉矿车把废石往这里拉，回去时又拉一车矿柱，说明他和这家人关系不一般。那司机说不定是移民招工进公司的，没准就是他家在盖房子。"

听司机这样一说，林虎就没下车，而是记下了车牌号。

车子继续往前开，何世龙说："司机师傅说的如果是真的，那这辆拉矿车的司机恐怕要倒霉了，至少他这个月的奖金是没有了。这比从咱们楼上往下倒尿性质可恶劣多了。看样子，公司在管理方面的漏洞还有很多，必须加强管理才行。我要是露天矿矿长，像这种情况，绝不宽宥！"

何世龙说话总是像写文章一样，爱用一些生僻的词。林虎不明白"宽宥"是什么意思，何世龙解释说，跟"宽恕"是一个意思。

林虎说："那你说'宽恕'不就完了？非要说个'宽宥'！搞得我们几个像是没一点儿学问一样！别忘了，人家夏荷可是琴棋书画样样都行的！"

夏荷说："我可没你说的那么厉害。我现在担心的是，领导要是知道咱们来这里是为了钓鱼，会不会批评咱们？"

司机师傅说："这事只要我不说，没人会知道。"

何世龙也赶紧说："我和夏荷可都是请过假的，只有老虎是假公济私。"

林虎说："上班时间下河摸鱼就是假公济私？别吓唬人行不行？"

夏荷"哎呀"了一声说："你俩别吵架，既然已经出来了，咱就好好玩儿。都怪我多嘴。"

林虎和何世龙都笑了。

林虎说："我俩也没吵架呀，你做什么自我批评？"说完，又做了一个总结性的发言，"从现在起，咱们谁也不提和工作有关的事。一会儿到了五坪，我和何世龙负责摸鱼，王师傅负责烤鱼，夏荷负责收拾，这样分工合理吧？"

司机说："很合理。"

汽车在满是碎石块的山路上摇晃着、颠簸着又跑了约半个小时才到了五坪。司机师傅把车在一个比较平坦的河边草地上停稳，林虎就迫不及待地下车往河边跑去。他站在河边看了一会儿，发现水中真有不少鱼，但没有渔网是捞不上来的。司机师傅年龄比较大一点儿，对抓娃娃鱼好像很有经验。他告诉林虎，娃娃鱼不会在水流大的地方，一般都是在小溪流里、在水干净的地方。

林虎相信了司机师傅的话。他脱下脚上的鞋往驾驶室里一放，穿上来时带的一双烂胶鞋，挽起裤腿直接下了河。站在河水里，他打了个冷战，自言自语："夏荷说的没错，河水真的很凉！"

何世龙没有急着下水，而是站在河边，看着不远处的山脚下的十几摞木头问司机："那些木头都是砍来做矿柱的？"

司机师傅说："全都是。一根矿柱一棵树，卖钱也就十块钱。估计再砍上两年，山上碗口粗的树就被他们砍光了。"

"这代价可太大了！"何世龙说。

站在一旁的夏荷说："这种现象肯定是暂时的。针对这种破坏环境的情况，国家肯定会出台新的政策的，还能让他们这样砍树？"

站在河里的林虎对何世龙迟迟不下河不满意了，大声喊道："何主席，你老人家能不能给我们做个榜样，不要再坐而论道，赶快下水给我们露一手……王师傅，赶紧找些干柴草生火……河水真的很凉啊！"

何世龙也换上一双旧胶鞋下了河。他抓鱼真的很有一套。他在水里站着不动，把手伸到水里，五指张开，很快，一条腹部为红色的小鱼向他手边游来，何世龙双手迅速合拢，像一张网一样把鱼握住，他的手掌离开河水的瞬间，小鱼就被扔到了岸上。他用这种方法连着抓了五条一样的鱼后，对抓小鱼没了兴趣，在水里迈着大步往旁边的一条小河里走去。林虎紧跟在他后面。走了不到一百米,他们看到一个小水潭,潭水清澈得可以照见底部的石块。那些石块的中间,有和石头一样颜色的东西在蠕动着,何世龙一阵欣喜,忙走过去,用双手去抓——果然是娃娃鱼!他抓起一条,转身对林虎说:"咱们运气真好!这就是娃娃鱼。这一条就够咱们享用了!快走,咱们别耍二杆子!这水是从地底下渗出来的,冰得刺骨!"说完,他撩起衣服兜住鱼迅速向河岸上走去。

林虎早已被冰得受不了了,也跳上岸,一跳一跳地跑到车跟前,脱下鞋扔到一边,拉开车门坐到车里换鞋去了。

坐在火堆旁吃着烤鱼,听着山上树林里不断传来的乒乒乓乓的砍树声和村民们采蘑菇的说笑声,几个人都觉得美得很。但是一条并不大的娃娃鱼不够填饱四个人的肚子。中午时分,四个人都感觉到了饥饿,当又有一群妇女提着装满了新鲜蘑菇的大筐子小篮子走出森林,一路说笑着往村子里走时,夏荷提议回矿上。于是,一次愉快而未尽兴的野炊就这样结束了。

回去的路上,司机师傅把车开得很快,行驶到露天矿办公楼前时,才下午两点十分。夏荷和何世龙各自回了宿舍,林虎则直接去了办公室。他把有人用拉矿车给自家拉废石盖房,又拉矿柱的情况报告给了矿长。

几天后,几个人又相约着到金坪镇最好玩的地方——龙潭沟搞了一次野炊。怕星期天人多,他们又是上班请假去的。去的时候,他们还叫上了钟铭和没能考上大学的小丫头。钟铭贡献了木炭和烧烤用的佐料,罗双峰和林虎贡献了两瓶红酒,何世龙贡献了几斤羊肉,夏荷因为事先没人告诉她,什么也没有准备,有点儿不好意思,于是,她拿起铅笔和纸,给参加野炊的每人画了一幅速写,结果都被小丫头要了去。

他们上班时间请假去搞野炊的事情很快就被公司领导知道了。年轻的公司党委副书记庄长荣专门找几个人谈了话,对他们提出了口头批评。因为他们是请了假去的,挨了批评都觉得自己很委屈。但是经过庄副书记的一番劝导,几个人又都对领导的批评表示接受,还表态说,愿意接受公司处分。

但他们所在单位和公司没给他们任何处分。庄长荣意味深长地对他们说："你们是公司的重点培养对象，组织上不希望你们犯错误。这次就这样吧，以后要注意。"

五

　　寒来暑往，时间又过去了一年。这一年八月的一个星期天，罗双峰值班的这个晚上，零点交接班的时候，他去车间巡视了一遍，看了几个重要岗位的交接班记录，一切正常。从车间回到办公室已经是后半夜了，他没有一点儿睡意，就拿起一本书读了起来。天亮后他放下书，用凉水洗了把脸，又到车间走了一圈。正常交接班的时候，他给来接班的焦书记汇报了一下夜班情况，便到职工食堂去吃早饭。他又一次错过了通勤车。由于是星期天，下一趟通勤车的时间要到中午十一点，罗双峰便让调度值班车把自己送回了宿舍。

　　宿舍里，何世龙和林虎还在呼呼大睡，枕边各放着一本书。罗双峰摇醒林虎，问他为什么不去上班，林虎睡眼惺忪地说："有人休完调休假刚回来，我可以少上一个班。你要是困就赶紧睡觉，我和何主席看书看到天亮刚睡着，你中午帮我俩把饭打回来。"

　　罗双峰答应道："好。那你赶紧睡吧！"一个晚上没有睡觉的他，此刻既不想睡觉也不想继续看书，想洗衣服，又怕影响何世龙和林虎睡觉，他坐在床边想了想，决定去澡堂洗澡。于是他带上澡票、毛巾和换洗内衣走出宿舍楼，往露天电影放映场旁边的职工浴池走去。

　　早晨8点，浴池还没有开门。由于是星期天，门口已等了不少人，锅炉房的烟囱里呼呼地往外冒着黑烟。罗双峰等了一会儿，又往金坪镇街上走去，想看看书店有没有新书。走到书店门口他才想起身上没有带钱。书店里书架上的书不是很多，但似乎每一本都是他想买的。在书店里待了差不多一个小时，罗双峰离开了书店。此时，金坪镇街上比平时热闹得多，有卖蘑菇的，有卖各种野菜的，还有卖小百货的。卖蘑菇的人很多，买蘑菇的人都是整筐整筐地买。他走着看着，再次来到浴池门前时，浴池已经开门，门口的人都不见了。罗双峰走进男浴室，交了澡票，在更衣室脱下衣服放进衣柜，戴好手牌，光着脚——他忘了带拖鞋，往冒着热气的大池边走去。大池蒸气腾腾，几乎什么都看不见。有人大声嚷嚷着让澡堂工作人员把气窗再开大一点儿。

罗双峰走近一些站在池边时，只见池子里几乎人挨人，都赤条条的，根本看不清楚谁是谁，自己进去恐怕连站的地方都没有。他有点儿后悔这个时间来洗澡。他往淋浴区走去，刚好还有一个空位。他喷淋了一会儿，觉得还是应该到池子里泡一泡，就又往大池走去。此时，池子里只剩下五六个年长者。年轻人都嫌水太热，跑到了池子外面，或站或坐在池子边上相互搓澡，也有人在闲聊。罗双峰跳进池子里，让水漫过肩膀，然后，背靠在池壁上闭上了眼睛。刚过了几分钟，突然传来了一声尖叫，他睁开眼睛，只见两个年轻人正挥舞着斧头向一个坐在池边搓澡的人乱砍，澡堂里立刻乱作一团，一群光着身子的人争先恐后地往更衣室里跑，哭喊声和叫骂声响成了一片！

被砍的人躲闪着逃到池子里来了，池子里的几个人立刻紧张起来。罗双峰在被砍的人跳进池子里的一刹那，从池子里站了起来。砍人的年轻人一个摔倒在了池子外面，另一个举着斧头跳进了池子里，还在往逃进池子里的人身上乱砍，池子里的水很快就被血染红了。罗双峰也不知道是出于什么样的考虑，扑上去死死地抱住了凶手，并大声叫喊着让旁边的人来帮忙，被他抱住的凶手使劲儿地想挣脱。就在罗双峰发出第二声叫喊的时候，摔倒在池子外边的另一个凶手挥舞着斧子也跳进了池子里，朝着罗双峰的后背砍了一斧头，罗双峰惨叫一声后倒在水里失去了知觉。在倒下去的那一刻，一位老者向两个凶手发出了一声怒吼，并且伸出双臂挡住了凶手。

先前被砍倒的人已经血肉模糊。他在罗双峰抱住凶手的时候，很艰难地爬出水池，倒在了湿滑的水泥地上。两个凶手大概以为他已经死了，又或者是被挡住他们的老者给镇住了，提着斧头抱头鼠窜。

不知道过了多久，也不知道是谁报的案，公司职工医院的救护车和保卫科的人都先后赶来了。罗双峰已不省人事，先前被砍的人也早已不能动弹。两个人都光着身子被抬上了救护车。

一起骇人听闻的凶杀案很快就被传得家喻户晓，十里矿区所有的人都在议论此事。凶手和第一个被砍的人的身份很快就得到了确认。只有罗双峰的身份是在他昏迷后的第二天，何世龙和林虎不见他回宿舍便去保卫处询问，又跑到医院看过后才得到确认。他是第一个出面阻止杀人者的人，另一个向凶手发出怒吼，并张开双臂阻拦的人是金坪钼业公司总经理康福成。

罗双峰的背上被缝了二十八针，他是在被送进医院的第二天下午才完全苏醒过来的。医生们在议论时说，一定是水的阻力使凶手在砍杀时无法太靠近罗双峰，所以斧刃没有接触到骨头，斧刃往下一划，这才拉了一道长口子。罗双峰流了很多血，身体非常虚弱，情绪也很低落。夏荷、何世龙、林虎相跟着来到医院时，正碰上公司领导到医院来慰问罗双峰。公司经理康福成说了许多表扬罗双峰的话。

因为伤口是在背上，罗双峰在医院只能是趴在病床上。厂里派来看护他的人是磨浮车间的文书秦丽华，还有一个是在厂工会工作的小男孩。秦丽华负责值守白天，晚上小男孩负责陪护。由于流了很多血，罗双峰浑身没劲儿，活动起来很困难，去厕所大小便必须得有人扶着才行。白天秦丽华值守时，他坚持不喝水，也很少吃东西，只在小男孩快来换班时，他才尽可能让自己多吃东西，多喝水。

秦丽华几乎每天都要从家里给罗双峰带一些好吃的东西来，这让罗双峰感受到了一种别样的温暖。第三天，秦丽华很早就来到了医院。她坐在罗双峰对面的病床上，手里织着毛衣，向罗双峰讲述了发生凶杀案的前因后果。她说："拿斧头砍人的是兄弟俩，老大叫张浩，老二叫张宁，都在露天矿上班。他们有个姐姐叫张霞，在小选厂上班，谈了一个对象是长宁人，去年跟人对调回了长宁。还没过几天，张霞又跟厂里的冯旺好上了。前些日子不知因为啥，张霞不愿意跟冯旺谈对象了，冯旺就把张霞打了一顿，打得很重。张浩、张宁为给他姐出气，跑到澡堂子用斧头把冯旺砍了。这事就这么简单，怪你倒霉，无缘无故挨了一斧子。你当时是咋想的？人家都躲你还往上扑？"

罗双峰脸埋在枕头里，听秦丽华说完后叹了口气说："我要不管，那个叫冯旺的人就被砍死了。你说得也对，我是挺倒霉的。不过也算幸运，要是砍到脊柱上，我恐怕这辈子都站不起来了。"

秦丽华爽朗地笑道："说明你命大，将来是个有福享的人。"

秦丽华说话的时候手里的活儿并没有停下来。她织毛衣的手法很娴熟，几个手指头十分的灵活自如，即使是眼睛看着罗双峰，手里的活儿也没有慢下来。她长得很白净，身体的线条轮廓分明，显得既丰满又性感。罗双峰在看她端着脸盆往病房外面走时，曾在心里面把她和夏荷做过一番比较。他觉得，夏荷和秦丽华比，夏荷有些偏瘦，两人性格上的差异也很大，秦丽华外向，东北姑娘大概都是这样，而夏荷则要内敛得多。

秦丽华说完罗双峰将来是个有福享的人后，看罗双峰在皱眉头，便放下手里的毛衣走到罗双峰身边，俯下身子问罗双峰哪里不舒服，罗双峰顿了一下说："没什么，可能是趴的时间太长，有点儿难受。"

"我看你是想上厕所，是不是？"

"……有一点儿。"罗双峰支吾着说。

"那你就在屋里上，我出去，你解完手我再回来。"秦丽华说完，从床下拿出便盆放到床前，扶着罗双峰下地站稳后，她就出去了。

罗双峰确实是被一泡尿憋得难受，他本想等小男孩来了以后再去厕所，可又有点儿坚持不住了。他很感激秦丽华感觉到了他的需要，但是让一个没有结婚的女孩子为自己端倒尿盆他又不好意思。秦丽华出去后，他强撑着还很虚弱的身体，扶着墙慢慢地向门口走去，拉开门一看，秦丽华就在门口站着。见他要往外走，秦丽华赶忙扶住他。幸好这时有一位男医生从走廊上经过，帮助秦丽华把罗双峰扶到了洗手间，等罗双峰方便完又扶回到病房，看着罗双峰在床上趴好，才忙自己的事去了。

一泡尿被送走，罗双峰感觉舒服了很多，伤口好像也没前两天那么疼了；他趴在床上不瞌睡又不能看书，就和秦丽华拉起家常来："你和苏萍认识有多长时间了？"

"我们是同学，也是好朋友。你问她干啥？"

"我刚来的时候，有一次上班没赶上通勤车，在采区坐了一辆拉矿车，那辆车的司机是苏萍的男朋友。他跟我说，他和苏萍都是 04 部队的子弟。他不想让苏萍上三班倒，想让我想办法给苏萍换一个工种。我没办法给他办，但苏萍的工种还是换了，是谁给帮的忙？他们到现在还没结婚，还是因为没有房子？"

"工种是钟铭他爸给办的。苏萍的对象经常在钟铭他哥的烤肉摊吃烤肉，有时还帮忙给串肉，关系就越来越近。到后来，他俩好得跟亲兄弟一样，苏萍的事也就成了钟铭家的事。苏萍好像还有事想让你帮忙呢。两人一直没结婚也不是因为没房子。我和苏萍很长时间没在一起了，最近听说两人一直在闹别扭，也不知道是因为什么，别人给我说得都很含糊，好像是她男朋友又和一个山里的女孩好上了，也不知道她男朋友是咋想的。山里人都被人叫成'山狼'，他咋能看上山里人！"

罗双峰和秦丽华虽然是在一个办公室里办公，但很少谈论男女之间在感情方面的事情。苏萍的男朋友曾经说秦丽华相中了自己，罗双峰一直不相信，因为他从来没有接收到秦丽华发出的信号。在住院的这些日子里，一个美丽又性感的女孩子在自己面前走来走去，这让罗双峰的心里产生了一种很复杂的感情。但听了秦丽华对山里人的评价，他心里不是很舒服，因为他自己也是在山里面长大的。因此，也许是一种试探，也许是一种表白，他对秦丽华说："你看我像不像一个'山狼'？"

秦丽华扑哧一笑："你咋这样说话！'山狼'是指那些没有见过世面，土了吧唧的山里农民，你又不是农民！要说山里农民土，那也是以前。听我爸他们说，他们刚来的时候山里的农民可好了，上农民家去吃饭都不要钱。十斤粮票能换二十个鸡蛋，两块钱就能买一只鸡！现在山里的农民一个个都精明得很！反倒是咱们这样的人一个个都成了'山狼'。"

"这说明农民觉悟了。农民觉悟了好，农民都觉悟了，社会发展的速度就能加快。"

秦丽华笑道："你还是先想着养病吧，就别为农民的事操心了！"

罗双峰不好意思地笑了笑说："你说得对，我不该想这些没用的。"

秦丽华一边飞快地织着毛衣，话赶话又说："你想这些就是没用。你还记得被咱厂保卫科绑在电线杆子上的那个小偷吗？他就是一个山里人，经常偷钢球去卖。你知道他偷了多少钢球？谁都说不清楚。一个钢球八公斤，按废铁卖，一斤废铁能卖五毛钱，一个钢球就能卖八块钱，两个卖十六块钱，一天十六块钱，十天一百六十块钱，一个月四百八十块钱，相当于我一年的工资！你说，像他这样的农民啥时候能觉悟？郜厂长也太会当好人了，让保卫科把赃物追回来，给那个人一个处分就完了。要我说，这处罚太轻了。大家都像他那样偷，工厂早黄了！这几天大家都说你要当领导了，你要真当了领导，遇上这样的事，可不敢像郜厂长那样和稀泥！"

罗双峰笑了笑说："大家是胡乱议论。不过，我没想到你思想觉悟还这么高！"

"我不是思想觉悟高，我是看不惯！你想啊，当小偷谁不会当？和稀泥谁不会和？"

护士来换药了，秦丽华赶忙放下毛衣，帮护士撩起罗双峰的衣服，看着清理完伤口，换上新药和纱布，又看着罗双峰躺好后给盖好被子。护士边收拾着换下来的绷带和药棉，边对罗双峰说："你年轻，伤口好得快，最好能下地走走，别老躺着，活动活动经络对伤口愈合有好处。"说完，她很唐突地问秦丽华："他是你对象？"

秦丽华的回答出乎罗双峰的预料，她看着罗双峰说："暂时还不是。"

罗双峰听后感觉脸一阵热。快吃中午饭的时候，秦丽华的好朋友苏萍和她的男友也来探望罗双峰，这让罗双峰和秦丽华都深感意外。苏萍手里还提着一个饭盒，说是特意让机关食堂给炒的回锅肉。她的男朋友见到罗双峰就像见到了久别的老友一样，热情地和罗双峰说起话来："你的命真够大的！"他看了罗双峰的伤口后说，"要是再偏上一点儿，就砍在脊椎上了，那样，你这辈子就得在床上躺着了。那哥俩也真是二，大白天在澡堂里用斧头往死砍人！这要搁在过去肯定得杀头！可我听人说，顶多也就判个三五年。"

他刚说完，秦丽华很意外地叫了罗双峰一声"罗哥"，说："你看，苏萍多有心，只是认识就拿好吃的来看你，你也饿了吧？趁热吃，回锅肉，满满一饭盒呢！"

罗双峰明白，吃不吃回锅肉自己都欠下了人情。他在苏萍的搀扶下硬撑着在床上坐起来，从秦丽华手上接过饭盒，看着苏萍的男朋友说："看来，咱们缘分不浅。"

苏萍在罗双峰吃着饭的时候就不断地给她的男朋友使眼色，也不知道她是啥意思。不过，直到离开，两人谁都没有提要帮忙的事。罗双峰也没问。

苏萍他们走后，秦丽华把自己从家带来的饭在医院的电炉子上热了吃过后，又陪着罗双峰说了很长时间的话。她如数家珍地把金坪公司的领导层一一说给罗双峰听，又给他讲了谁跟谁是亲家，谁跟谁是亲叔伯兄弟等。罗双峰听后非常吃惊！他没有想到，一个普通女工对金坪公司各方面的人脉竟了然于胸！而且她说的时候，好像罗双峰就是她最亲近的人一样，她心里怎么想嘴里就怎么说。至少，在罗双峰看来就是这样。大概是觉得想说的都说了，她给罗双峰洗衣服去了，洗完把衣服全都晾在了医院的院子里，之后又给罗双峰洗了脸，还用热毛巾给罗双峰擦脚，罗双峰很不好意思，她却大方地说："你现在是病人，别不好意思。焦书记说了，公司领导和厂领导都在关心你，准备在单身楼给你一个人弄一间宿舍，这样你就不用每天坐通勤车上下班了。还准备让你入党，他们把你在学校写的入党申请书都看了。你不知道吧，你现在成了公司的红人。"

罗双峰刚参加工作时就听说东北姑娘性格开朗，爱说爱笑，对处理感情方面的事也干脆，但他在秦丽华身上还没有看到。秦丽华是咋样一个姑娘、究竟在想什么，他也不清楚。很多时候他都觉得秦丽华对他而言，只不过是在一个办公室里办公的同事而已。

因此，这一天两人虽然说了很多话，但在罗双峰看来好像哪一句都和感情扯不上关系。罗双峰于是开始难过起来，他很想把这个问题想清楚，可是想着想着竟然睡着了。他醒来时，秦丽华还坐在床上织着毛衣。午后的阳光从窗玻璃照进来，给人一种舒服的感觉。秦丽华看罗双峰醒了，赶忙放下毛衣说："你是不是又想上厕所？"

"不想，我想侧身躺着。"

"好吧，我来帮你。"秦丽华说着，下床穿上鞋，帮罗双峰整理好身上穿的衣服，把枕头弄平整，扶罗双峰侧身躺好，并给他盖好被子，又将他茶缸里的水倒掉再换上一杯热水。

罗双峰躺着，看着窗外，重重地叹了口气。

秦丽华坐到床上，拿起毛衣正准备织，听见罗双峰叹气，就叫了一声"罗哥"——她好像已习惯这样叫了，说："你为什么总是叹气呢？心里是不是还装着啥难事？"

"没有。"罗双峰闭上眼睛说，"我在想我正在读的一本书，只看了个开头就躺到医院来了。你刚才说我成了公司的红人是什么意思？"

"就是公司领导都看好你呗，公司团委也要表扬你呢！康经理说，要不是你抱住张家老大，说不定被砍的人就是他。想想也是，他是公司的大领导，遇上那样的事，他要不挡，他以后还咋当领导？你抱住张家老大，救了冯旺等于也救了康经理，康经理能不感激你？"

有人敲门，秦丽华放下毛衣去开门。打开门进来一大堆人，走在最前面的是三里坪选矿厂厂长郜海鹏，身后跟着党委书记贺宝乾，工会主席刘永贵，团委书记陈雪。同来的还有七八个人，罗双峰一个都不认识。有好几个人的手里都提着东西，都是罐头之类的东西。党政工团的领导都来看望他，这让罗双峰深受感动。

郜厂长在秦丽华搬来的椅子上坐下，对罗双峰说："小罗啊！你是好样的，公司领导反复表扬了你，我刚才问过大夫，你伤得不轻，但没有伤在要命处。你年轻，伤口好得快，这段时间什么都别想。住院期间要吃好，加强营养，花销从厂福利费里报销。厂团委打报告要去延安参观学习，你出院后也跟着去。怎么样？还有什么想法没有？要有尽管提！厂里想法子都要给你解决。住的地方福利科正在想办法，单身楼要是没房子，单身楼后面正在盖的新房子上下两层，到时候专门给你一间。"

罗双峰真的是被感动了，且有些诚惶诚恐的样子。郜厂长知道罗双峰是一个不善言谈的人，又说了一些鼓励的话后，便和贺书记他们一块儿走了。病房里安静了下来。秦丽华把门虚掩上，整理完慰问品，给罗双峰开了一瓶酥梨罐头。她坐在罗双峰身边，用勺子给罗双峰喂着吃，罗双峰也没有推辞。她用勺子舀汤时，糖水滴在了罗双峰的下巴上，顺着下巴又往脖子里流。秦丽华掏出自己的手绢正在给罗双峰擦着，门被轻轻推开。瞿大姐探头往里看了看，然后推门走了进来，一进门就大声说："我今天才知道是小罗被那两个坏蛋给砍了！丽华你也在这儿？"

秦丽华说："车间派我来看护罗大哥。"又对罗双峰说，"这是我三姨。"

罗双峰说："原来你们还是亲戚？你是瞿大姐的亲外甥女？"

瞿大姐说："是啊！那还能有假？"

秦丽华对瞿大姐说："三姨你来得正好，你要是没什么事要忙，替我在这里盯一会儿，我回去吃点饭取点儿东西马上就来。"

瞿大姐高兴地说："你去忙吧，这里有我呢。"

秦丽华走后，瞿大姐把她在金山岭选矿厂调试设备的情况说了一大堆，突然话锋一转，对罗双峰说："小罗，我这外甥女看上你了！你俩在一个办公室待了一年，你就没看出来她喜欢你？你对我这外甥女是啥看法？想不想和她处对象？要是想，这事就包在我身上了！"

罗双峰没有想到秦丽华竟然是瞿大姐的外甥女，也没想到瞿大姐会直接把自己的外甥女介绍给自己。好在他对秦丽华也有那么一种意思，所以，被瞿大姐突然一说，他心里明白，自己如果拒绝那就是犯傻！于是，他也痛快地说："丽华是个好女孩，她要能看上我，我当然愿意。"

瞿大姐哈哈大笑起来，笑完，说："丽华的眼光没错。你呢，是个好孩子，将来一定有前途。不瞒你说，我们丽华早就看上你了，一直不好意思张口，还以为你和夏荷是一对呢。自从知道夏荷早就有了对象后，她就总在我面前说你如何如何好，这些日子还急得不行，主动让我给你俩把这层窗户纸捅破。没办法，女孩子就是脸皮薄。"

瞿大姐话刚说完，何世龙门也没敲就进来了，身后跟着夏荷和林虎，手里都拿着东西。一看瞿大姐在病房里，他们都高兴得叫了起来。过了不一会儿，秦丽华也来到了病房，手里拿着一个饭盒。何世龙看着秦丽华说："床上的病号乖不乖？在你面前撒娇了没有？"

秦丽华笑着说："罗哥可要强了，上厕所都不让人扶着。"说完，她挨着夏荷坐在了罗双峰对面的床上。

秦丽华说完，何世龙注意看了一下罗双峰的表情，说："这说明他傻，作为病人会撒娇才对，撒娇就有人心疼，有人心疼病就好得快。"

罗双峰也一笑，说："行了，别贫嘴了，你们下午不上班？"

"不上班工资谁给？老虎上夜班，夏荷想来看你，我和老虎就跟着来了。要知道你这里有这么多好吃的，我们就不花钱买了！"

林虎说："咱们的何主席也开始心疼钱了。"

何世龙听了也不恼，说："我这叫坦诚，难道别人花你的钱你不心疼?"

林虎说:"心疼,我这人本来就爱钱,你又不是不知道。我一贯主张人首先要对自己好,对自己都不好的人,咋可能对别人好?"

夏荷说:"我倒想听听,你是咋样对自己好?"

林虎说:"从现在开始,光吃罐头不说话。"说完,他从桌上拿起一瓶酥梨罐头,真的就拧开盖子吃起来。

何世龙说:"我要是罗双峰,看你这样吃我的罐头我会心疼死!"

罗双峰说:"我可不是一毛不拔的人,再说,这些东西也不是我花钱买的,你们谁想吃就吃,给瞿大姐和丽华一人开一瓶,放在这里吃不完就放坏了。"

林虎喝了一口糖水,说:"你们都应该向我学习,因为我是个老实人,我怎么想就怎么说,为人处世能不吃亏就不吃亏,这并不丢脸。你们看我干啥?你们没看见桌上这一大堆罐头?咱们不帮小罗吃,小罗一个人能吃完?"

秦丽华说:"林大哥说得对,你们都放开吃,罗哥一个人肯定吃不完。我刚才数了一下,不算你们带来的,有三十多瓶呢!"说完,她要给夏荷开一瓶,夏荷说她不能吃甜的,吃甜的牙疼,秦丽华也不勉强。

林虎吃完一瓶罐头,用手抹了一下嘴说:"何主席,星期天准备干啥?没事干咱们还去钓鱼吧?吃小罗一瓶罐头,给小罗还一条鱼,咋样?"

夏荷马上说:"要是你们星期天去我就去,我喜欢上钓鱼了。这次准备去哪里?有没有比龙潭沟更好玩的地方?"

林虎说:"我听很多人说黑龙铺那边的河里鱼多,说不定也能捉到娃娃鱼。"

夏荷越发来了兴趣,说:"金峪河里没有鱼吗?为什么要去那么远?中午饿了咋办?上哪里去吃饭?"

秦丽华把夏荷的手拿在自己手里说:"金峪河里早就没有鱼了!我们来的时候这条河里的鱼还很多,娃娃鱼也多,现在什么鱼都没有了。中选厂尾矿跑到河里把鱼全都呛死了！现在钓鱼就得去远处。不过，你们要是去黑龙铺那就太远了，黑龙铺离金坪镇几十里地呢。"

林虎说："我的一个老乡是司机，他每天都要到黑龙铺去拉沙子，咱们坐他的车去，回来时还坐他的车回来。中午饿了咱们找个村子，让老乡做饭给咱吃，咱给钱不就行了嘛。"

"有鱼竿吗？"夏荷又问。

林虎说："我老乡有拦网，拦网往河当中一挂，我们在河里来回走赶鱼，这样，鱼就都挂到网上了。"

何世龙走到门外擤了一下鼻涕，鼻子在空中嗅了嗅说："我好像闻到了福尔马林的味道。"

罗双峰说："这里是医院，我听医生说，隔壁房间就是病理科。"

何世龙关上门，挨着林虎坐下，看着夏荷说："要不我们也去采蘑菇吧？钓鱼咱们下个星期再去。我听人说，现在上山采来的蘑菇都是榛蘑，炖肉最好吃，运气好还能采到羊肚菌。要是能采到猴头菇那就更好了。"

瞿大姐看几个人说得热闹，一直没说话，听完何世龙的话，便说："羊肚菌不好采，猴头菇就更难遇见。我来金斗城几十年就见过一次猴头菇，像小孩拳头那么大，摸着就像个毛绒玩具。"

秦丽华说："你们最好还是去钓鱼，山上的蘑菇有很多种，你要是不认识，把毒蘑菇采回来吃了，拉肚子都是小事，弄不好小命就没了。"

夏荷说："我知道怎样分辨蘑菇，颜色鲜艳的蘑菇都有毒，能吃的蘑菇一般都呈灰白色或肉色，伞状居多。如果上面还有虫子，那更能证明是好蘑菇。"

秦丽华说："夏姐说得有道理，不过，我还是劝你们别去采蘑菇，一定要去，就到摸天岭对面的山上去，那里向阳，林子密，山里很少有人去那里，因为那里有野猪。"

一听山上有野猪，林虎和何世龙同时来了兴趣。何世龙建议上山打野猪，也采蘑菇。

秦丽华"哎呀"了一声说："不行！打野猪没枪不行，还是去钓鱼吧，你们都刚来才一年，对山里的情况还不了解，万一整出事来咋整！"

几个人都不吭声了。罗双峰说："丽华说得对，打野猪以后再说，我们先到附近转转，在河里捉几条小鱼，到老乡家里坐坐，也挺好的，比在医院里闻福尔马林味要好得多。"

林虎说："那就这样，咱们去钓鱼。我本来想到河里去淘金，可淘金的木斗子还没做好。还想着到金山岭上去看看银矿洞，向导又要上班，没人带我去，那就只好去钓鱼了。"

何世龙一脸惊讶地看着林虎说："看样子你真是全部心思都在钱上！又要淘金又要去看银矿，准备发大财呀？"

林虎说："我刚才说过我这个人爱钱。我打听过了，金峪河里的淘金人每天都有收获，说明摸天岭附近有金矿床，河里的金豆子也还多着呢！星期天待在宿舍没事找点事干，万一淘到了一碗金豆子呢！"

瞿大姐说林虎："小林，你可别想得太好了，站在河里淘金不是简单事。我们来的时候也淘过，也许是不会淘，也许是不会看地方，淘了一整天，连个麸子皮都见不着也有的是。我看你们别整这些没用的，没事找个女孩谈谈恋爱，在宿舍看看书多好。"

满屋子的人都被瞿大姐说笑了。秦丽华和罗双峰是相互看着笑的，两个人的脸上都泛着红晕。何世龙则看着夏荷说："找对象要是像在河里摸鱼那样容易就好了。"

瞿大姐说："有时就是很容易，有些事吧，你想尽法子去找都找不到，一回头原来就在你身后。金峪河里有沙金，就因为摸天岭上有金矿。你们还不如到山上去找找金矿，敲几块矿石回来，搞个土法炼金，比在河里站一天要好得多。"

秦丽华说："我三姨说对了，摸天岭旁边的山上就有金矿。地质队探矿时打下的洞子还在，有人还进去过。"

林虎一听这话，兴奋地说："被我说中了吧！淘金斗子做好后，我先到河里去碰碰运气，说不定我会撞大运。"

何世龙用讽刺挖苦的语气说："小心你的小脑袋瓜被撞烂！"

林虎说："你挖苦我没用，我真的有一种预感，我会成为一个有钱人！"说完，他在罗双峰的身上拍了拍说，"好好养着，争取快点好起来，咱们去打猎。不过，打猎这种事，何主席靠不住。"

罗双峰有点儿不相信，问何世龙。何世龙不否认，说："我的办公室挨着公司武装部的办公室，我和他们已经很熟了。他们经常会从上面领来枪和子弹，组织民兵打靶，我跟他们借两杆枪，上山打野猪估计问题不大。"说完，又问林虎："打猎这种事，我为什么靠不住？"

林虎不做解释。他把每个人都看了一眼，说："这么说，过些日子咱们就能吃到野猪肉了？"

何世龙对林虎故意把话岔开有点儿不满，追着问林虎："你刚才说我打猎靠不住，有什么依据？"

林虎说："你这人胆小，胆小的人是上不了战场的。"

何世龙说："你胆大，估计见到野猪你连枪都不敢放就跑了？"

林虎说："那是夏荷，不是我。"

夏荷说："你俩论英雄别扯上我，不过，我可不是老虎说的那种胆小的人。"

说得正热闹的时候，瞿大姐突然想起自己来的时候竟然忘了喂鸡，站起身就要走，林虎他们也觉得该走了，就一起离开了病房。病房里突然间的寂静使房间里的两个人的心都通通地跳，他俩都知道彼此间已无隔墙，可以心照不宣谈笑风月，但都不知道该咋样开口。最后，还是秦丽华首先打破沉默，她说得还很直接："我看你的衬衣领子都洗烂了，我给你买了一件新的，宿舍的被子我也拿回家给你拆洗了。刚才林虎可能忘了跟你说，医生说，过两天你就可以出院。你身上流了那么多血，出院先别住单身宿舍，先到我家住几天，等好利索了再去上班吧。"

罗双峰的心里顿时如热浪般翻滚，说出的话也有些大胆："你看上我，就不怕我这辈子一事无成？"

秦丽华说："一辈子长得很呢！不管是谁，只要好好活，不胡来，都能活出名堂来。你又是大学生，你咋可能一事无成呢？"

罗双峰激动起来，拍了拍床，说："坐到我身边来。"

秦丽华大方地坐了过去。罗双峰勇敢地把秦丽华的手拿在了自己手上，也不知从哪里来的浪漫，他有点儿动情地说："你这双手真好看。按西方人的方式，这个时候我应该手拿鲜花跪着向你求婚，订婚时给你手上戴一枚戒指才对，可惜我现在什么都没有。"

秦丽华一听，咯咯咯地笑了起来，笑完，干脆地说："咱就别整那些没用的！再说，咱俩还没到那一步呢，万一处一段时间你又喜欢上别的女孩了呢？"

"咱俩不会走到那一步。"罗双峰坚定地说。

秦丽华说："那可不一定，金坪公司长得漂亮的女孩太多了，都想和大学生处对象。你看苏萍她对象不就又看上了一个漂亮女孩吗？"

罗双峰说："你放心，我绝对不是那样的人！"

秦丽华说："你也不应该是那样的人，你要是那样的人，那我就真是瞎了眼了！"

罗双峰说："你说得对！我很欣赏你这句话，要不要我给你写个保证书？"

秦丽华突然情意绵绵地说："好啦，不说这些了，你想吃啥？我回家让我妈给你做。"

在医院里住了七天，罗双峰出院了。他没去秦丽华家。去延安学习参观回来，他住进了十里坪生活区——公司划给金山岭选矿厂的单身宿舍楼里。整栋楼里就住他一个人。第二天一上班，他在自己的办公桌上看到了两份文件，一份是公司任命他为金山岭选矿厂厂长助理；一份是金山岭选矿厂任命他为磨浮车间主任兼技术员，等于是连升三级。两份文件还没看完，郜厂长和贺书记同时找他谈话。郜厂长这样对罗双峰说："过完这个年，大选厂就要满负荷试生产。现在设备调试到了最后阶段，北京设计院催着我们接收图纸，施工单位也催着我们加快现场验收。工作一大堆，没有干部和懂行的人不行。明年两厂分家将造成干部短缺，公司已调杨希胜同志为大选厂厂长，任命你为厂长助理，为的是增强你在大厂磨浮车间的权威性，便于你和各车间进行协调。从现在起，要以大选厂满负荷试生产为主选调干部和工人，公司要求把一半的生产骨干调往大选厂。我和贺书记还想听听你的意见。"

罗双峰没想到公司和厂里一下子会给自己压上千斤重担：设计单位要交图纸；施工安装单位要交厂房和设备，这就意味着大选厂各项工作的全面铺开。但后面会遇到什么问题，谁都难以预料。于是，他说："感谢组织上对我的信任！我保证全力以赴协助杨厂长开展工作，重点搞好磨浮车间的各项工作。多一些生产骨干当然好，但我最希望能多去一些共产党员和共青团员，紧要关头，他们能起到关键作用。"

郜厂长和贺书记都没想到罗双峰会这样想问题，当即表态说："就按你的意见办。回头，你再把想法给杨厂长汇报一下。"

就是从这一天开始，罗双峰陷入疲劳战中：白天晚上看图纸，并到现场询问设备调试人员主要设备运行情况。在磨浮车间所有岗位工全部到岗后，他召开了一次全体职工大会，宣布了他的一个决定："所有岗位工必须在一周内熟悉本岗位设备性能和各种技术参数。试生产和正式投产后，设备如出现故障需要检修，必须在规定的时间内完成检修任务。如需加班，加完班后的第二天安排休息，不允许发生'攒休'现象。欢迎共产党员和共青团员'献休'。家在农村的职工回家收麦子，车间可以给假十天，工资、奖金照发。设备维护保养好的岗位，车间将给予额外奖励。另外，绝不允许女工不戴帽子，穿花衣不穿工作服，检修工不戴安全帽、不穿绝缘胶鞋进车间，如若发现，扣除当月全部奖金。"

罗双峰的这个决定像惊雷一样在全厂炸响，连杨厂长都被震惊到了，他很担心"献休"会引发不满和消极怠工现象，但事实很快就证明杨厂长的担心是多余的：共产党员们把"攒休"献出后，共青团员们也跟着献出了全部"攒休"，没有"献休"的仅剩一两个。在车间把"献休"光荣榜张贴公布后，没有"献休"的两个人也献出了全部"攒休"。罗双峰因此得了一个绰号——严管家。有人解释说，是敢当家的意思，只是罗双峰本人并不知情。

六

罗双峰从延安参观学习回来已经是八月下旬，天气正是不凉不热的时候。去黑龙铺钓鱼的事又被林虎提了出来，但罗双峰却去不了，他被一大堆事情给缠住了。

为了不违反纪律，这次钓鱼选在了星期天——公司地测科的人和行政福利处的人要去金山岭选矿厂尾矿坝淹没区实地察看农民土地和房屋淹没情况，以便给被淹农户赔偿。公司给他们派了一辆解放牌大卡车，这样，林虎他们就不用坐拉沙子的卡车了。去的时候，林虎借了两张拦鱼网，准备了一只大铁桶，给一个大书包里装了十几个白面馒头、几包榨菜。何世龙早上起来跑步的时候林虎就起床了。林虎洗漱完，仔细检查过渔网就上楼去催促夏荷。

夏荷已洗漱收拾完毕，穿了一身劳动布工作服。准备来年再次参加高考的小丫头也嚷嚷着要去，她稚嫩的脸上掩饰不住激动和兴奋的心情，夏荷很少见她这样，就答应了。

往楼下走着，林虎对夏荷说："何世龙说，他这次去钓鱼是'采风'，回来准备写一首长诗。你发现没？自从罗双峰当上厂长助理，咱们的何主席就经常是闷闷不乐，书也很少看了。说是要写诗吧，他拿着笔和本子坐在床上只发愣，一个晚上也没见他写出一个字来。我是想让他心情好起来，所以才提议这时候去钓鱼。可惜罗双峰去不了，少了一个热闹人。看来还是待在公司机关要好一些，基层破事太多，一不小心还会被人骂。"

夏荷说："基层有你说的那么复杂吗？"

林虎说："很复杂，全是鸡毛蒜皮的小事。"

"那你做事就得小心。"夏荷说，"处理与工人利益相关的事一定要谨慎，要是让工人觉得你伤害到了他们的利益是很伤感情的。"

何世龙在楼梯口站着，身上斜背着一个军用水壶，身旁放着林虎借来的大铁桶，桶里放着装馍的大书包。看见林虎和夏荷从楼上下来，身后还跟着小丫头，何世龙开玩笑说："男女搭配，干活不累，今天肯定能摸到不少鱼。"

"只要能摸到鱼就行。"夏荷说着，帮小丫头整了整衣服领子，看见林虎拎起铁桶要走，桶里面的书包里还装了好多馍，不解地问，"带这么多馍干吗？不是说饿了让老乡给做饭吃吗？"

林虎说："老乡不一定愿意，再说也没法给钱，去的人不光是咱们几个，还有行政处和地测科的人。"

"他们有工作，咱们主要是玩。"何世龙说，"吃饭不一定要在一块儿吃，到跟前再说。"

大卡车已经在机关大院的门口等着。地测科和行政处的人站在车旁，有的在闲聊，有的在抽烟。司机是一位老司机，好像和肖处长很熟，见小丫头和夏荷相跟着过来，亲切地对小丫头和夏荷说："小丫头，你俩坐在驾驶室里，让他们坐在大厢里。"

司机这样一说，其他人都往车上爬去，上车后靠车帮站好。有人说了一句："刘师傅，可以走了。"

司机上了车，小丫头坐在中间，夏荷靠车门坐着。汽车发动起来后，夏荷又闻到了汽油味，马上就条件反射似的泛起恶心来。车往小选矿厂对面的山上开去，到山路上哼哼着转了十几个弯，过了一个垭口又开始下坡。道路很不好走，到处都是雨水冲刷而成的小沟渠，汽车颠得厉害。夏荷感觉自己的身体一直在往一边倒。坐在中间的小丫头一直是躺在她的怀里，这虽然使她有些难受，但没有了恶心的那种感觉。当汽车行驶在平坦的路上时，她摇下车窗玻璃，将脑袋伸出车窗外，眼睛眯成一条缝，看着不断从身旁掠过的田野、树木、农舍、被绿色包裹着的巍峨的群山，心情又一次开始放飞起来。她想起了儿时许多有趣的往事，也想起了自己的男朋友钱继科，不知道是咋回事，竟然还想起了秦丽华用手绢给罗双峰擦拭嘴角的情形。于是，她的思绪又开始凌乱起来……

汽车开得太快，在一个塄坎上越了过去，造成了猛烈的颠簸，驾驶室里的三个人都被颠得跳了起来。夏荷和小丫头吓了一大跳，脸色都变了，司机却哈哈大笑着说："小丫头，是不是不好受？"

小丫头在司机的胳膊上打了一下说："刘叔你开慢点儿！吓死我了！"

司机却开心地笑着，看了看夏荷说："刚才开得太快，现在开慢点。"

汽车停在了一个岔路口，车上有人大声告诉司机："往右边走。"

汽车在全是石头的路上又颠了半个钟头后，在一条河边停下。河上有一座小木桥，桥下的河水哗哗地流淌着，翻滚着浪花。河对岸靠山的地方，有一座农舍被一大片竹林包围着，房前的空地上跑动着几只鸡，一只大黑狗冲着汽车使劲儿狂吠。

夏荷从车上下来整理着衣服和头发，后悔没有带一条毛巾来。小丫头跑到小木桥上去了。她站在小木桥上弯腰低头往河里看了一会儿，大惊小怪地叫夏荷快到她跟前来，说河里有鱼。夏荷快步走了过去。何世龙拿着一条干毛巾也跟了过来，对夏荷说："我看你和小丫头啥都没带，给你俩拿一条毛巾，到河边去洗洗脸，一会儿捉鱼就有精神了。"

地测科和行政处的人要往河的下游去，他们中的负责人是一个矮个子，脸上胡须很多，一看就是好几天没有刮过，他肩上扛着标杆尺，大声对何世龙说："你们就在这里捉鱼'采风'吧，我们去干活啦。"

司机刘师傅没有去。地测科和行政处的人走后，他脱下长裤，只穿了一条短裤，将衣服和鞋子往驾驶室里一放，对何世龙说："你拿网来，我教你们咋样摸鱼。"

何世龙从铁桶里拿出渔网交给司机。这时，林虎也脱了长裤只穿一条短裤，嘴里叼着一个馍走到司机跟前，和司机一人抓住渔网的一头往小木桥下走去。在河道的最窄处，他们将渔网的两头系在木头上，将渔网下面用石头压住，然后对夏荷说："你和小丫头要不怕水凉就在河里来回走，鱼就全都能挂在网上。最好是穿着鞋走。"

第一次在河里玩水捕鱼，夏荷的心情显得很放松，尽管河水很凉，但她和小丫头都很高兴。她们在水里踉踉跄跄地走着，眼睛却始终盯着水里面，一副专注的样子。在离小木桥还有十几米远的地方时，夏荷的脚被水里绿丝绒一样的水草缠住了。周围的水很深，又绿又长的水草在她的小腿肚子上滑动着，她小心翼翼地往前走着，走到小木桥下，她惊喜地叫喊起来："哇！真的有鱼！快来看！网上挂了不少呢！"

小丫头一只手抓着两个裤管，一只手摆动着也来到了小木桥下，嘴里大声叫喊着，开始数被渔网网住的鱼。

何世龙和林虎学着司机的样子，两条腿像圆规一样岔开往前走。林虎走得很认真，眼睛紧盯着水里。何世龙则是一副心不在焉的样子，不住地四处张望，好像他不是来捉鱼，而是为了看看周围的山是不是也会走动，时不时还瞅一眼夏荷和小丫头。

在水里走了几个来回，夏荷和小丫头也许是走累了，也许是觉得水太凉，对在水里来回走动失去了兴趣，两人都快速上了岸，在河边的一块大石头上坐了下来，看着几个男人依旧兴趣盎然地在水里走着。司机是他们中年龄最大的，他在水里走着，微笑着却又皱着眉头，偶尔还抬头看一下天上的太阳。

大约一个钟头以后，林虎他们也都累了，一齐上了岸。夏荷眯着眼睛看了一眼天上的太阳，又看了一眼掩映在竹林中的农舍，问小丫头："山里面好不好？"

"一点儿都不好！"小丫头说，"我做梦都想到山外去，明年再考不上大学我就去考技校，考别的技校，只要不再回山里就行。"

夏荷也不知道小丫头是随便说说还是说的心里话，说："我也不喜欢待在山里，来到金坪公司我好像来到了另一个世界。你没住进我宿舍时，我只要一个人待着，就觉得自己是待在一个废弃的村庄里，干什么都提不起精神，除了在龙潭沟画过几张速写，我已经很长时间没摸过画笔了。"

小丫头看着夏荷的眼睛突然说："我妈说你长得太漂亮了，好多人都想跟你处对象。"

夏荷笑了笑说："可你妈妈知道我是有对象的呀！你呢？将来想找个啥样的对象？"

小丫头说："不知道。要是能考上大学，我就在大学里谈一个；要是考不上，我就让人给我介绍一个大学生。我妈说，大学生以后会越来越吃香。"

夏荷说："现在很多人都这样认为。可依我看，大学生也要看人，大学生不一定什么都好。在大学里谈对象，谈十个九个都成不了。"

"为什么？"

"不知道。"

何世龙和林虎穿好长裤过来了。何世龙手里提着大铁桶，到了跟前，他让夏荷和小丫头看桶里的鱼。两人往桶里一看，都欣喜地喊叫起来："这么多啊！都快小半桶了！再走两个来回，这只铁桶就该装满了！"

"这个地方没有大鱼了。"司机师傅说，"咱们再往下游走上几里地，那里有几个大水潭，潭里肯定有鱼。"说完，他开车去了。

何世龙说："咱们一会儿就烤鱼吃。"说着，他把铁桶交给林虎提着，自己往竹林中的人家走去，也不说要去干什么。

司机开着车来了，小丫头和夏荷先钻进了驾驶室。林虎刚爬上车，何世龙快步从农舍里走了过来，手里拿着一根长竹竿，身后，一个抱着孩子的妇女在目送着他。

汽车在尽是沙石的路上往下游开了五六里地，在一棵柿子树前停了下来。柿子树上硕果累累，旁边是一户人家，房屋很高大，墙壁全用泥土夯成。屋顶铺着厚厚的茅草，屋后也是一大片竹林。院子当中生长着一棵巨大的板栗树，长着毛刺的板栗果挂满枝头。

汽车发动机的轰鸣声惊动了农家屋里的人，一个长得很漂亮的女子掀起绣花门帘从屋里走了出来。她脸上带着微笑，看着车上的人也不言语。

何世龙从车上跳下来向女子走了过去，很礼貌地对女子说："我们是来玩的，要下河去摸鱼，一会儿到你家院子里烤鱼吃，可以吗？"

"可以。"女子说着，她的脸上始终带着微笑，这表情谁看了都会觉得很舒服。她穿着很普通，但身材很好且十分迷人。她的美丽把夏荷都惊到了，就连刚从驾驶室里跳下来的小丫头都忍不住对夏荷说："夏姐，那个女孩长得真好看，眼睛像我见过的外国人。"

夏荷盯着农家女子看了几秒钟，也赞叹道："长得真漂亮，脸白得像凝脂，嫩得能掐出水来，这地方肯定水土好，才会有这么好看的肤色。"

夏荷说完也往女子跟前走去，小丫头在后面跟着。夏荷是想讨碗水喝。她走到农家女子跟前说了自己意思，农家女回屋里去了，很快就端着一瓢水走了出来，看着夏荷和小丫头喝够水，就把剩余的倒掉，转身从门前拿过两个小板凳，让夏荷和小丫头坐。

何世龙拎着铁桶走了过来，对夏荷说："水潭里的水太深，渔网挂不住，刘师傅让你和小丫头在这里等，我们去游泳。"说完，他又对农家女子说："你们家有木炭没？我们一会儿想烤鱼吃，用点儿你家的东西，我们给钱。"

女子说："木炭有，不要钱。"

"钱一定要给。"何世龙说完就转身走了。

何世龙走后，夏荷问农家女要了一个小盆，一边收拾鱼，一边和农家女拉起家常来。

"你们家是不是也是移民户？"

"是。"

"政府准备把你们移民到哪里去？"

"移民到金坪镇，房子都盖好了。"

"不给安排工作吗？"

"一家只给安排一个。"

"那你很快就可以当工人了。"

"我家轮不到我，我还有两个哥。"

"你父母呢？"

"他们没在家。我伯父在金坪镇当副镇长，他孩子结婚，我爸他们一大早都去帮忙了，留我看家。"

何世龙又来了，说水太凉，他害怕得病就没再游了，司机和林虎不怕冷还在游。

夏荷注意到，站在一旁的何世龙的眼睛几乎就没有离开过农家女子的脸。他问农家女要了一把小砍刀，把他从前面那户人家要来的竹竿劈成竹签子，开始串起鱼来。夏荷没想到何世龙还有这本事。

鱼串好后，农家女从屋子后边拿了几块木炭过来，还帮着何世龙用石头垒火塘生火。何世龙用一块烂树皮当扇子扇火，农家女从屋里拿来了盐和辣子面。看样子她很懂得烧烤。夏荷想吃一个柿子，农家女笑着说："柿子到十月以后才能吃，板栗也是，要不然你们随便吃。"

木炭火被扇旺了，鱼也串好了，何世龙跑去叫林虎和司机。农家女从屋里搬出一个小炕桌往院子当中一放，又回屋去了。

大家都围着小桌坐好，何世龙开始烤鱼。司机刘师傅刚坐下就让夏荷去叫农家女子一块儿吃烤鱼。夏荷也觉得应该礼让一下。她进屋好一会儿，农家女才跟着夏荷从屋里走了出来。司机刘师傅是典型的关中人，说话一口浓浓的关中腔。不知道他本身就爱讲话，还是见了漂亮的女孩子话就多，农家女子刚一落座，他就信口开河地说了起来："这院里坐着三个男人三个女人。三个男人一个比一个年轻；三个女人一个比一个漂亮！女子，你叫啥？"

农家女含羞一笑:"我叫水仙。"

"这名字起得多好!人长得就水灵,名字里还带个'仙'字,浑身上下一身仙气,找下婆家了没有?"

水仙脸一红,笑道:"还没有。"

刘师傅把两只裤腿往膝盖处捋了捋,露出了两腿黑毛。他看夏荷皱了一下眉头也没在意,继续说道:"你们这地方移民搬迁到金坪镇,你在金坪公司找个对象,再想办法在劳动服务公司当个工人,一辈子就安逸了。你们这个村的人都有福,都能沾上金坪公司的光。"说到这里,他指着何世龙和林虎冒昧地说了一句,"这两个年轻人是公司新来的大学生,你想不想和他俩处对象?"

水仙的脸马上就变成了红布,林虎可能是觉得刘师傅说话太过分,有点儿生气地说:"刘师傅,你说话得注意点儿!"

何世龙看看夏荷,又看看水仙,对林虎说:"刘师傅说的是玩笑话。"

刘师傅嘴还不肯闭上,又说:"玩笑归玩笑,可有些好事到你跟前了你就得抓住,要不然,一旦错过机会,你再想就是白费力!"他说完,没有人再言语。

吃完林虎带来的馒头和小半桶鱼,他们又坐着闲聊了一会儿,地测科和行政处的人回来了。十几个人瞅着满树的柿子和板栗感叹了好一阵子。刘师傅一看人已到齐,便让所有人上了车。汽车开始发动时,何世龙走过去给水仙手里硬塞了一些钱。当汽车开始跑起来时,只见水仙拿着钱一直还在院子里站着。

车上的人看不见了竹林、看不见了柿子树、茅草屋、农家女水仙美丽的身姿,何世龙和夏荷他们的这一天也就结束了。

回到公司,夏荷吃过晚饭,很早就在宿舍里躺下睡了。何世龙回到宿舍却咋都睡不着,林虎想睡觉他也不让睡,说他想好一首诗要念给林虎听。林虎坚决不让他念。他不念了,往床上一躺,刚躺下又坐起来,在地上来回走,林虎很烦,说:"你能不能不来回走?我上零点班,想睡一会儿!"

"睡什么睡！有个事你给我参谋一下。"

"什么事？"

"我看上水仙姑娘了！我站在车上想了一路，她长得太美了！我想娶她！刘师傅说得对，好事一旦错过机会你再想就是白费力气。"

林虎惊得从床上一骨碌坐了起来，瞪大了眼睛看着何世龙说："你疯了吧？她是农村姑娘，你娶了她以后咋办？"

"什么以后？"何世龙看也不看林虎，还是在地上来回走着，用激动的语气说："她不是要移民到金坪镇吗？到时候她就是城镇户口。我要娶了她，她要是想挣工资，我想办法在劳动服务公司给她找份工作；不想工作就在家待着把我伺候着，难道不好吗？"

林虎不说话了，他躺下了。刚躺了一会儿他又坐了起来，说："你是个神经病！"说完他又躺下，后背对着何世龙。

何世龙不在乎林虎的态度。他好像演情景剧忘了台词一样，在地上走了几个来回又想起来了，推了一下林虎说："你别装睡！快帮我出出主意，你认为我应该咋样下手才对？"

林虎被弄得没了脾气，又坐了起来，头埋在双手里想了想，认真地说："你一点儿都不像学生会主席！咱们来到金坪公司才一年多，认识的人还不到一个连，刚碰上一个农家女孩你就像丢了魂似的，她长得是漂亮，可是，万一她身上有狐臭呢，你也不考虑？"

"你身上才有狐臭呢！"何世龙不满意了，狠狠地瞪了林虎一眼，坐到自己床上，说起了他对女人的态度。林虎听着，眼睛却在盯着楼上的人晾在窗户外面的一块方格子床单看，床单像一面旗子一样被风吹得舞动着。何世龙说的每一句话都好像是肺腑之言，但在林虎看来都是一大堆废话。说得有点儿口干舌燥时，何世龙说出了他看上水仙的原因："男人为什么喜欢漂亮女人？因为女人是男人的门面！你和一个漂亮女人走在街上，所有的男人都会羡慕你，你就会觉得自己很有面子。人有了面子，连说话和走路都能显出派儿来！干什么都有劲儿！"

林虎冷笑一声说："你小心！好看的蘑菇都有毒！"显然，他对何世龙的观点并不赞同。

"你不懂！"何世龙睥了林虎一眼，用一种刻薄的语气说，"我发现你是一个真正的怪人！你这个人只喜欢和钱打交道，不喜欢和女人打交道！像你这样的人，很适合在皇帝身边工作，柳下惠一样的人！"

"我不是！"林虎马上反驳说，"男人遇见漂亮女人都会心动是真的，可我和你不一样的是，我想把赚钱放在第一位，有了钱就有了一切，这就是我的想法。"

何世龙改用一种挖苦人的语气说："那就赶紧到河里淘金去吧！"

说到淘金，林虎来了兴趣，他没理会何世龙带刺的话语，大方地说出了自己的计划："我在调度室上班有的是时间，晚上在班上就可以睡觉，白天干什么？我听说金山岭选矿厂后面的山上确实有一个银矿洞，有人上山挖矿石，回家用电解提银机提取白银。哪天我也上金山岭去看看。电解提银又不是很难，我也搞一台电解提银机。"

"你不去河里淘金了？"

"淘啊！淘金木斗子一做好我就开干。"

何世龙板着脸说："你还说我是神经病，我看你才是神经病！没事干就去河里淘金？我还以为你是说笑，没想到你还真准备干！"

"那当然！我往河里一蹲，你往水仙面前一跪，咱们各追求各的。你不笑话我，我也不笑话你，到时候咱们比比谁最有钱。"

何世龙愣了一下说："你什么意思？我为什么要给水仙跪下？"

林虎眼睛也瞪了起来说："你不是让我帮你出主意，看咋样对水仙下手吗？你往她面前一跪，说，'水仙，嫁给我吧！'事情不就成了？"

"这种事我做不出来！"何世龙果断地说。他拉开被子准备上床睡觉。

林虎看了一下手表，便下床开始穿鞋，准备去上班。何世龙看林虎要去上班，边铺床边说："还不到八点你就去上班？"

林虎说："我到一个老乡家去坐坐，他认识搞电解提银的人。"

何世龙脱着衣服说："用电解提银机提银要用到氰化，你得小心，要是弄出事来可了不得。"

林虎说："我知道，我只是好奇，不一定真去干。上山背矿石我可能也吃不了那种苦。"

何世龙不说话了，钻进被窝，靠着床头看起书来。

林虎临出门前，何世龙又问："下个星期天还去打猎吗？"

林虎说："你要叫我我就去。"说完，他拉了一下灯绳，灯灭后又给拉亮了。

去上班的路上，林虎看了看表，觉得离上班时间确实太早，于是又改了主意，往办公楼的方向走去。在办公楼下，他看调度车停在楼下，上楼到调度室一看，有七八个人在打扑克，只有司机站在旁边看。他对司机说："让他们玩，你和我去一趟十里坪，我和大选厂的厂长助理说点事。"

司机很听话，转身就往门外走。只用了约二十分钟，林虎便来到了十里坪选矿厂单身楼前，他让司机在车上等，自己往单身楼里走去。单身楼有很多房间都亮着灯，说明有很多人已经住进了新的单身楼。林虎来到位于一楼的罗双峰的宿舍门前敲了敲门，房间里，罗双峰说："请进。"

林虎推门进去，看见秦丽华坐在罗双峰的床上，手里依旧在织着毛衣。见林虎进来，她赶紧从床上下到地上，忙着给林虎搬椅子，泡茶水。

罗双峰没想到林虎会在这个时候来自己宿舍。两人先是说了一会儿工作上的事，说完，罗双峰问林虎："你这个时候来，是不是有什么事？"

林虎说："没什么事，就是心里觉得烦，想跟你说说话。今天，我和何世龙还有夏荷，坐地测科的车到黑龙铺钓鱼，碰到一件奇事，咱们的何主席看上了一个叫水仙的村姑，准备和水仙谈对象，还说什么漂亮女人是男人的门面，要是能把水仙娶到手，就在劳动服务公司给水仙找个工作。我觉得这也太离谱了！"

罗双峰笑了笑说："何世龙想娶个漂亮老婆一点儿都不奇怪。他那人又特爱面子，他要是给水仙找份工作也能办到，可谁都看见了，在劳动服务公司上班是很辛苦的。卸煤、卸钢球、装硫砂都是重体力活，何主席舍得让他的媳妇去吃苦？"

一旁的秦丽华说："何大哥将来肯定也是一个官，人家咋可能让自己的媳妇去装硫砂！你俩就别为人家的事操心了。夏大姐找对象了没有？"

罗双峰说："夏荷早就有对象了，她对象在长宁钢厂工作，夏荷早晚要调走。她父亲在金融系统工作，是搞政策研究的，世代经商，对从政没有兴趣，总想着经商办企业，这对夏荷影响很大。"

林虎好奇地问："这是夏荷对你说的？"

罗双峰说："夏荷申请入党，学校党委派人去他父亲单位搞外调，他父亲的单位就是这样介绍他父亲的，我是听咱们班长说的。"

林虎说："难怪夏荷对工作上的事情不是很感兴趣，对钓鱼倒是喜欢得很。"

罗双峰说："说说你吧，让丽华给你介绍一个对象，咋样？"

秦丽华说："没问题！林哥个子高长得帅，又是大学生，不愁没有人跟。你想找个啥样的？人长得漂亮的还是家庭条件好的？"

林虎说："我现在还不想考虑个人问题，就是要找也一定要找一个能理解我的人。要是找一个看不惯我下河淘金，成天在我面前酸言酸语的人，那我宁可一辈子打光棍！"

罗双峰说："我一直以为你只是嘴上说说罢了，这么说，你是铁了心要去河里淘金？"

"铁了心了。"林虎说，"我每个星期天去淘金，也不是真想淘一碗金豆子，我只是觉得好玩，充满乐趣。想想看，你手捧一碗通过劳动得来的金豆子会是什么心情？就是不淘金也得干点儿别的吧？待在这大山里没点儿乐趣能把人憋死！整天躺在宿舍里睡觉有啥意思？也不能每个星期天都去钓鱼吧？我又不像你，是厂长助理、车间主任，一身重担，连玩的时间都没有。"

秦丽华说："林大哥，你也快和双峰一样了！我听小道消息说，公司要成立好几个新单位，要提拔一大批干部，像你这样的大学生刚好赶上了。两个选矿厂还要分家，各是各。金坪公司要忙好一阵子呢。"

罗双峰说秦丽华："小道消息你可别乱讲。"

秦丽华说："我没乱说。我还听说，林大哥要当露天矿调度室主任。所以，林大哥，这个时候你可别乱来，下河淘金啥的放以后再说！万一哪个领导觉得你淘金是给单位丢面子，不再提拔你了，咋整？"

罗双峰一直想阻止秦丽华，可又想知道秦丽华消息的来源。他现在关心的也不再是自己，而是林虎、何世龙和夏荷。秦丽华说完不再说了。罗双峰忍不住又问了一句："你这些小道消息全都是关于林虎的？"

秦丽华说："何大哥文章写得好，好像是被调到公司党办了。公司可能要成立一个科研所，夏大姐有可能去科研所，也有可能要调回长宁。听周副部长他们说，省里有个单位看上了夏大姐，是不是真的就不知道了。"

林虎对秦丽华的话将信将疑，而罗双峰则在心里认为，秦丽华讲的很可能是真的。因为在住院时，秦丽华把公司的人际关系曾给他做过详细的介绍。但是，提拔任用干部这种绝密事项能从一个普通员工的嘴里说出来，且多半是可信的，说明金坪钼业公司的保密工作实在差劲。

林虎的全部心思则还是在如何淘金和赚钱上，对当不当领导没多大兴趣。秦丽华的小道消息说完，他说出了自己在一瞬间的思考结果："你说的这些都有可能，金山岭选矿厂是新厂子，肯定需要大量干部。新成立几个单位也不会有假，但这和我淘金没有多大关系，也不存在面子不面子的问题。我一不占用工作时间，二不搞江湖卖艺那一套。我靠劳动致富，符合党和国家的政策。真要是提我当调度室主任，我还是这个态度。"

罗双峰无奈地说："看来，一个人要说服一个人改变想法确实是非常难的一件事。"

林虎说了一句意味深长的话："所以，毛主席领导的革命成功了！"

如果不是林虎的司机按了几声喇叭的话，罗双峰和林虎可能还要说下去。听到汽车喇叭声响，林虎赶紧告辞往外走，秦丽华赶紧喊着："我也坐你车回家！"

坐在车上，林虎好奇地问秦丽华："你哪儿来的这么多小道消息？公司研究干部难道就一点儿都不保密？"

秦丽华说："金坪公司就这么大一点儿地方，人员又不流动，各家的孩子一长大，考不上大学就当工人，到了年龄一结婚，很多人家就都成了亲家。像干部提拔这种事都是板上钉钉了才会传出来。党办、经理办的文书、打字员都比你我知道得多。"

林虎说："你这样一说我就明白了。不过，我对当领导真的兴趣不大，拿钱不多责任还大，要操心的事又太多，整天盯着你的人也多，一不小心就被人议论。万一干不好被免职就太丢人了。我还是在金峪河里给社会做贡献吧！"

秦丽华大声笑着说："林大哥，你要真这样干，那你这样的人就太少见了，给你说对象也得小心呢！"

林虎玩笑似的说："说不定有哪个女孩已经偷偷看上我了，只是我还不知道她在哪里藏着，到时候，让我的金豆子把她召唤出来吧！"

秦丽华笑着说："你想得可真浪漫！"

就连司机都忍不住说了一句："人看上人还真是这样，你不用去找，她就会来找你。"

林虎又开玩笑地问秦丽华："你和罗双峰是咋恋爱的？你给我们说说。"

秦丽华很会说话："我俩是乱摸，一个摸着了另一个呗。"

秦丽华说完，司机和林虎都哈哈大笑起来。

车到金坪镇，林虎让司机先送秦丽华回家。送完秦丽华，他回到自己宿舍，看见何世龙正跪在床上给墙上挂着的一张宣纸上画仕女图，他非常吃惊："你还会画画？"

"没想到吧。"何世龙扭头看了一眼林虎说，"我家隔壁住着一位女画家，虽然没有什么名气，但水平还可以，至少在我这个外行看来画得还很不错。我小时候没事就跟她学画画，可惜我的兴趣不在绘画这方面，长大后就再没怎么学过。有时候也想再画画，可又怕拿不出手，让夏荷这样真正的行家笑话。怎么样？这张画像不像水仙？"

林虎这才明白，水仙已经住在了何世龙的心里，任谁都叫不走了，但让他评论一幅画他又没这个水平。他只是像看到了一朵花一样说："画得像不像我不知道，我只是觉得还挺好看的，有点儿女人味，人看着还挺壮实。"

何世龙说："看来你真是外行。我告诉你，对女人你要会欣赏。丰满的女人性感，苗条的女人有魅力。水仙经常要干农活，自然就比城里的女孩壮实，只是我还没把她的神态画出来，我要有个女模特就好了。"

林虎笑了："那还不简单，你要真能娶到水仙，她光着身子你可以随便画。"

不料，何世龙听完这话，竟然把画从墙上扯下来，揉成一团扔在了墙角处。

林虎不解地问："你这是为什么？"

何世龙说："没什么，我想起了一件很恶心的事，一个所谓的画家诱奸一个女模特的事，还是真人真事！你咋回事？不上夜班了？"

"上啊！"林虎说，"我刚才去十里坪和罗双峰聊了一会儿，刚好秦丽华也在。秦丽华不知从哪儿听来的小道消息，说你我职务都有变动。我还在露天矿调度室，升了一格，成了调度室主任。你被调到了公司党办秘书科当科长。要真是这样，你的专业可就全废了。"

何世龙对自己被提拔为科长一点儿都不惊讶，还很随意地说道："这说明公司各方面的人才都缺。学非所用用非所学，在很多单位都是普遍现象。咱们公司还有一个学粮食管理的副经理呢，是从选矿厂开始干的，庄书记还是学哲学的，不也跑到大山里来了？让我去公司党办，我觉得挺好的！待在领导身边会有很多好处。但是我还是喜欢去基层，像罗双峰那样能放开手脚干，特别是新单位、烂单位，很容易就能干出成绩来。"

何世龙的这番话让林虎大为震惊。他没有想到何世龙想得这么多，想得这么深！好在他对这方面的事不是很感兴趣，所以，何世龙说完，他只是轻描淡写地说："看来咱们四个人的想法都不一样。你和罗双峰都是有抱负的人，只不过想法不一样，我的心思是在钱上，夏荷的心思很难说，女人的心思是很难琢磨的。"

何世龙改用一种批评式的语气说："你别总是张口是钱闭口也是钱，你要真想赚大钱，就停薪留职自己去创业。待在大山里你怎么发财？你是不是以为文峪河里真有大把大把的金豆子在等着你？你去问问那些淘金的人，一年能淘到多少金子？不过，我跟你说这些好像也没用，你这家伙也不是轻易能被人说服的那种人，就像我决心要娶水仙一样铁了心了。"

一说到水仙，何世龙马上又沉浸在了美好的遐想中，又开始计划怎样把水仙娶到手。林虎一听就烦，拿起饭盒，披上棉袄，上夜班去了。

秦丽华的小道消息果然准确。林虎上完零点班，正准备回宿舍睡觉，矿领导找他谈话，告诉他他即将被任命为露天矿调度室主任。由于是大学毕业，所以一步到位，直接是正科级。其他干部很多是先提拔为副科级。

林虎对矿领导表示了感激，内心却并不怎么激动。让他感到高兴的是，他可以不上三班倒了。又过了一天，林虎在自己的办公桌上看到了矿办送来的文件传阅夹，在翻阅中，他看到了对何世龙的任命，也看到了公司成立科研所的文件，却没有看到对夏荷的任命。

这天下班，林虎是怀着一种复杂的心情回到宿舍的。何世龙下班还没回来，林虎上床靠着被子躺下，开始胡思乱想起来。他本来打算下一个星期天就去河里淘金，并早已把淘金用的木斗子、十字镐、圆头铁锹、高勒雨靴都准备好，放在了床底下。看到对自己的任命文件后，他开始犹豫起来，心里反复想：自己作为一个科级干部，真要下河去淘金，领导和周围人会怎么看呢？闲言碎语肯定会有，冷嘲热讽也少不了，这些都不要紧，要紧的是，矿领导要是出面阻拦怎么办？他这样想着，迷迷糊糊快要睡着的时候，何世龙下班回来了，脸上尽是喜色，一进门就往林虎床前一站，伸出一只手，在林虎的脑门上用力弹了一下说："想啥呢？"

林虎疼得咧了一下嘴，用手摸着脑门说："没想啥，你高兴啥？水仙弄到手啦？还是科长又升成处长了？"

何世龙表情夸张地大声朗诵了一句古诗："'天生我材必有用，千金散尽还复来！'咱们吃烤肉去吧？我请客。本来不想说，害怕你受刺激，现在觉得告诉你也无妨，水仙同志很快就将成为何夫人！公司武装部部长认识水仙当副镇长的伯父，他答应给我当月下老人。三天之内就会有好消息。至于科长提处长嘛，也是十拿九稳的事情，只要工作干得好，用不了多长时间，像你我这样优秀的人就会大展拳脚，为金坪公司的发展奉献大作！"

林虎哼了一声说："什么大作？一幅《仕女图》？"

"不许挖苦人哦！"何世龙依然兴奋地说，"从现在开始，本人不再想工作上的事儿了，写个工作总结、领导讲话稿，对我何某人来讲都不算啥！从现在开始，我要尽情地享受爱情！让甜蜜的爱情生活更加甜蜜起来！我发现水仙也很懂得浪漫，你有没有发现，她家门帘上绣的图是一对男女在摘桃子！是不是很有想象力，很浪漫？"

林虎惊讶了："你真用心！观察得那么仔细！这之前是不是还看上过别的女孩？"

"太多了！全都忘了！只有水仙，想忘忘不掉。"

"那就用一根红绳拴住系在心上。刚才不是说请我吃烤肉吗？兜里装银子没有？"

"放心吧！就是不装银子也不会让你掏钱。我换件衣服，你上楼把夏荷和小丫头也叫上。"

林虎穿上鞋跑去叫夏荷。何世龙一边嘴里朗诵着诗歌《将进酒》，一边从枕头下面的褥子底下摸出几张十元钞票，装进兜里出了宿舍。在楼梯口，夏荷看到何世龙说："是不是因为你当了领导，这才想着请我们吃烤肉？"

何世龙高昂着头说："当个小科长不值得庆贺，我是为即将到来的美好姻缘而高兴！破费几个小钱让心情更加愉悦是人生一大美事！你们有什么好事也别忘了请我喝酒哦？尤其是咱们的林虎同志，我看你把淘金用的家伙都准备齐全了，要不要我们给你剪个彩？"

林虎不客气地说："当然需要！你准备彩绸吧！"

夏荷说："你俩要是不住在一个宿舍，一个会想死另一个。不过，今天吃烤肉我请客，祝贺你俩又上一层楼！"

小丫头的胳膊挎着夏荷的胳膊在前面走，夏荷说完，小丫头回头看了一眼林虎和何世龙，低声对夏荷说："夏姐，你们说的话我咋都听不懂呢？"

夏荷说："你上了大学就都懂了。"

七

    林虎果真是说一不二。在被提拔为露天矿调度室主任的第一个星期天，他就扛着摇金木斗子、十字洋镐、铁锨，穿着高靿雨靴，带着干粮下河淘金去了。结果，他辛苦了一整天一无所获，连"金豆子"的影子都没看到，回到宿舍被何世龙连嘲笑带挖苦说了好半天。林虎也不气恼，仍然用坚定的语气说："你就等着吧！我的直觉告诉我，金峪河里的金子是淘不完的，我今天没淘到是因为没选对地方。一个有经验的老头告诉我，要到水流湍急的地方去，一直往下挖，挖到河床上，那才是聚集沙金的地方。"

    何世龙无话可说了。

    打这以后，只要是天气好，只要是星期天，林虎就会出现在金峪河里。天气渐凉，在河里淘金的人越来越少，只有林虎和一对父子一直坚持到了快冬天。林虎也淘到了一些比小米粒还要小的几颗金豆子和十几个麸子皮大小的沙金。他把沙金装在了医院用过的装针剂的小瓶子里，没有给任何人说，在何世龙和夏荷面前也是只字不提，不透露半点消息。

    又过了一年，小丫头顺顺当当地考上了南京航空航天大学。八月的一天，下班吃完晚饭，心情很好的夏荷在马路边散步时碰到了林虎。林虎要陪夏荷散步，夏荷趁机问林虎："你辛苦了一年，到底有没有收获啊？"

    "有点儿小收获。"林虎说着便从衣服里面的口袋里拿出装着沙金的小瓶子让夏荷看。

夏荷仔细看后惊讶地说："可以啊！这至少应该有十克吧？"

林虎高兴地说："金子装满这个小瓶的时候，拜托让你父亲他们银行给我鉴定一下，看看它的成色，这一小瓶要是装满能值多少钱。"

夏荷说："没问题，我先问问我父亲，问他们银行是不是有收购黄金的业务。只是我实在搞不懂，你一个有大学文凭的人没事就泡在河里淘金，难道你一点儿都不在乎别人说什么？也不为自己将来的前途着想？"

林虎很直接地说："我和你们几个人的想法都不一样。我一直想自己办一个小工厂，无论干什么都是我自己说了算。在国有企业，有些事你觉得不应该那样做，可你还得那样做，因为你不是决策者，你说了不算，所以，人干着干着就没劲儿了。我也不像双峰和何世龙都有很大的抱负。你呢？是不是一直还在想着调走？"

夏荷说："我是想调走，可这是一件很难办到的事情，要等机会。我父亲能帮上忙，但他又不愿为了我的事低三下四去求人。钱继科你也知道，没有什么社会关系，指望他为我调工作根本不可能。而我学的专业也限制了我调动工作的范围。目前先这样吧，走一步看一步，社会每天都在发展，说不定哪一天就有一个机会来到了我的面前。"

林虎说："你要是男人就好了。在咱们几个人里，我发现你是一个最有思想的人。只是在这个以男人为主的社会里，很多人忽略了知识女性的价值和她们的潜在能力。你要是当个科长、矿长，一定比我们几个人干得都好。"

夏荷笑着说："你这么高看我呀！我一直以为，我在你们眼里就是一个像布娃娃一样好看的女孩……其实，我对仕途真的没有什么想法。作为一个女人，我觉得想得太多并不好。女人无论做什么事，尤其是做大事，会比男人遇到的障碍多得多，我不想那样苦自己。对我来说，能有一个稳定的收入，有一个温暖的家，比什么都重要。"

林虎说："有道理。但是，做一个男人，还是应该不断奋斗才对。我听人说过一个故事，说的是一个男孩从小就不爱学习，很顽皮，但他不做坏事，很有生意头脑。他总是拿东西跟人家换东西，换来换去，把不值钱的东西换成了值钱的东西，把值小钱的东西换成了值大钱的东西。就这样，他发达了，越来越有眼光了。别人不要的东西，像垃圾一样的东西，比如旧马桶、旧家具，他要么用钱去收，要么就用东西跟人交换，现在，他成了他们那里最有名的收藏家。许多拍电影的人都到他那里去找道具，而且一找一个准，就连美国好莱坞的人拍电影也到他那里买东西。中国有一个文人名气很大，想把自己家的老屋重新收拾一下，摆上一些旧家具，但是他没地方去找。这个文人很显然是想为自己的后世留名，想把自家的老屋装成一个自己的旧居，以便在他百年之后，人们好前去参观。他找到了这个收藏家，这个收藏家看过他的屋子，找了几十件旧家具放了进去。这个文人看后非常满意。我从这个故事里体会到，无论什么人，无论做什么事情，只要你坚持做下去，就一定会有收获。我在河里淘金是很辛苦，但也充满乐趣。我这个人跟你们不一样的地方就是想自己做事自己说了算，我也知道，我就是一个俗人。我这样说是不是有点儿可笑？"

夏荷说："我没觉得可笑，只要你觉得快乐就行。人活着不就是为了让自己快乐吗？不过，罗双峰和何世龙肯定和你我想法不一样。"

"你说对了。咱们几个人的想法都不一样，谁想得对谁想得错，谁也说不准。"

"咱俩好像是在谈论哲学呢！"

"生活本身就是哲学，是真正的哲学，比大学里的课本难学多了！"

"有道理……我可能要去南方出差，想不想带点东西？"

"没什么可带的，把南方的新鲜事带回来就可以了。那里是改革开放的前沿，那边人的思路和做法，我想，肯定和咱们内地人不一样，尤其是江浙一带，好像每个人都是生意人，都很有生意头脑，很会做生意。"

"所以，南方人先富起来的就比北方人多。说起来还是文化底蕴不一样。"

　　"也不见得。北方人也有很会做生意的人，比如山西人就是。咱们这种人的问题是，总以为自己了不起，是有文化的人，其实不尽然。天底下读过很多书的人有的是，有些人很孤傲，很清高，以为自己有文化，有经天纬地之才，可在我看来，不能成事就什么都不是！只不过比那些走街串巷卖茶叶、路边卖油条的人多识了几个字而已。真正有文化的人，是那些言行一致、肯踏实做事的人。"

　　"你说得也对。"夏荷说，"但是，你别误入歧途。"

　　"你放心！我对自己很有信心，我只是想走别人没有走过的路。事实上，很多人已经这样做了。我刚才说的那个收藏家就是我这种人，只不过我和人家比还差得太远。你刚才说你想调走，让我想起了秦丽华说的一句话。她不知从哪里得来的小道消息，说省里的一个单位看上了你。要不是因为这，公司会让你去科研所当个小头。"

　　夏荷很惊讶："秦丽华这个消息来源可靠吗？如果她说的是真的，说明金坪公司的人事关系太复杂了！一个车间里的小文书怎么什么都知道？而且有些事情说得还很准确。"

　　林虎说："金坪公司就是一个单位，男女谈恋爱选择范围很小，张家和李家是亲家，李家和王家是亲家，王家又和张家是亲家，这种现象在金坪公司很普遍。所以，有些事无法保密也就不难理解。"

　　这次闲聊之后不久，八月中旬一个星期一的早晨，夏荷走进办公室，打扫完卫生，给处长的花浇上水，刚在椅子上坐下，处长肖玫瑞进门一坐下就对她说："大选厂眼看就要满负荷试生产，一旦正式投产，钼精矿的产量将是现在的好几倍。硫精矿也一样，一年几十万吨，咱们的工作任务很重。我跟公司领导汇报了我的想法，咱们应该尽快出去走走，拜访一下新老客户，摸摸情况，看看钼精矿的销路重点在哪个方向。处里有好多人指望不上，你辛苦一下，从李科长那里了解一下过去和现在的客户都有哪些，凡是能联系上的先打电话联系一下，然后带上礼品挨个走访，重新建立一下关系。如果有可能，先签一些意向性合同，防止大选厂投产后我们还不知道生产的东西卖给谁。你手头上的事情都先放一放，这次带车去，因为要拉礼品。带车路上会很辛苦，所有的客户都走完大概得半个月的时间。你好好准备一下，替我想想买啥礼品合适，大概计算一下需要多少差旅费，包括买礼品的钱。我本来想亲自去，公司领导不同意，说家里事儿多。你和李科长去吧，先到财务把钱借出来，最好明天就走，让小丫头也跟着去见见世面。"

夏荷一听要出远差，而且是带着车去，马上头就大，但她又没有任何理由拒绝。肖玫瑞安排完工作，拿着笔记本开会去了。夏荷找到李科长说了肖处长的意思。李善本从抽屉里拿出一个本子，翻了几页，晃动着本子对夏荷说："省外客户最远的在广东新塘，最近的在江苏徐州。过去和现在的客户单位名称、联系电话、联系人都在这上面，我挨个给他们打电话。你先写借款条，咱们说走就走，我刚好也想出去走走，在山里面待腻了。咱们先走省外，省内客户放到年跟前再说。"

夏荷问李科长："咱们借多少钱合适？"

李科长说："至少得借两万块钱。"

夏荷又回到自己办公室，找出借款条正要写，钟铭急匆匆走了进来，坐在了处长的椅子上，认真地对夏荷说："夏姐，你别听李科长瞎说，借两万块钱根本不够，光是买礼品就得一万多块钱。车在路上要加油，车要是半道坏了还得修车，再加上住宿费，借三万块都不够，最少也得借三万五千块，你听我的没错。"

夏荷犹豫着说："借那么多钱背在身上多危险？万一被人抢了偷了咋办？"

钟铭说："我替你背，花钱时你记账，回来对不上数短下的都算我的。还有，李科长不爱坐长途客车，他肯定是要坐火车走。让他打前站，咱们在长宁就买好礼品，本地特色南方人肯定喜欢。"

夏荷听钟铭说完，想了想，写了一张三万五千块钱的借款条，盖上肖处长的私章和销售处的公章，然后去了财务处。她在财务处办完手续，拿着支票回到处里，看见钟铭还在处长的椅子上坐着，面前的桌上放着一个白帆布工具包。夏荷一走进办公室，钟铭就站起来说："夏姐，你看，装钱的包我都预备好了。处里有出差时装钱用的手提箱，我觉得那玩意太扎眼了。背一个工具包，穿上一身工作服，无论走到哪里，谁也想不到工具包里装的是钱。不过，换洗衣服还是要带的。"

夏荷相信了，坐上钟铭的工具车到银行取了钱。回到办公室，她和李科长说好第二天就出发，然后便直接回了宿舍，将工具包放在床底下，一个晚上哪里都没敢去，晚饭都是打发小丫头到机关食堂去买的。

第二天，钟铭的车早早就停在了夏荷的宿舍楼前。夏荷房里的灯亮了不一会儿，钟铭就上楼敲响了夏荷的房门。因为要坐汽车去南方游玩，小丫头显得格外兴奋，很早就起来了，涂脂搽粉后穿上了自己最喜欢的衣服。夏荷却听了钟铭的话，给包里装了几件换洗衣服，穿了一身劳动布工作服，乍一看，就像是一个车床工。不过，由于人长得漂亮倒也不难看。她从床底下拽出装满钱的工具包交给钟铭说："听你的话借了这么多钱，这要是丢了我得还几十年！"

钟铭打着包票说："有我在，绝对丢不了！等到了新塘我给你一个惊喜。"

"什么惊喜？"

钟铭看了一眼小丫头说："到了新塘你就知道了。"

夏荷不再问，要背工具包，钟铭把工具包要过去斜着背在自己身上说："夏姐，从现在起，这包就是我身上的一块肉，谁都偷不走。你和李科长负责花钱，我负责付钱、保管发票。出差回来现金和发票对不够数，差下的算我的。李科长要坐火车走，我保证把你和小丫头照顾得好好的。"

钟铭刚说完，肖处长来了，她有些不放心自己的女儿，想劝说小丫头不要去了。小丫头一看母亲又不想让自己去了，马上就是要哭的样子。夏荷见状，对肖处长说："没事的，让她跟着去吧，这样的机会很难得，让孩子跟着去见见世面有好处。"

肖处长看了看小丫头，对夏荷说："那我就把她托付给你了，让她寸步不离紧跟着你，别让她乱跑；出门在外无论干什么都大大方方的；夜里就老实在旅馆待着；走路看见地上有钱也别捡，那都是骗子设下的圈套，有人上过当；买东西到大商店去，不相干的人问话别搭理；不管买什么礼品都要盖好苫布，绑好绳子，别在路上丢了，丢了你们几个就得赔钱。"

肖处长说完，钟铭抢着说："肖姨你放心！所有的事情都有我呢，保证什么事都不会有！"

肖玫瑞笑了，在小丫头脸上摸了摸，对夏荷说："走吧，有什么处理不了的事给李科长说，给处里发电报，打长途电话也行。"

不知是因为心情好，还是已经闻惯了汽油味，从山里出发一直到长宁，夏荷都没有了晕车的感觉。小丫头却激动了一路，对头顶上飞过去的飞机，对呼啸而过的火车都充满了好奇。李科长坐在副驾位置上，一会儿和夏荷开玩笑，一会儿又逗小丫头乐，更多的时候是和钟铭吞云吐雾。车子开到金坪钼业公司驻长宁办事处，李科长给钟铭打了一张五百块钱的借条，坐公交车去了火车站，把采购礼品的工作交给了夏荷。

夏荷没想到李科长是这样一个人。李科长走后，她开好房间，打了一盆水，一边洗脸一边很不高兴地问钟铭："李科长一直都是当甩手掌柜吗？"

钟铭看了小丫头一眼，给了小丫头一块钱，让小丫头到街上给自己买包香烟。小丫头走后，钟铭小声对夏荷说："李科长对买什么礼品没兴趣。他想坐火车走是想避开咱俩，他一个人先去见客户。等他和客户把什么都谈好了，才会让你和客户见面，至于他和客户谈什么我就不晓得了。但李科长拿客户的好处这是肯定的。你刚到销售处时间不长，有很多情况你还不清楚，时间一长你就知道了。"

"你是不是也和李科长学到不少东西？"夏荷警惕地问道。

钟铭顽皮一笑："我就是跟在他们身后混个肚子圆，顺便看出了一点儿门道。"

"什么门道？"夏荷接着问。

"这我不能说。"钟铭突然严肃起来说，"我只是瞎猜，没事实的事我不敢乱说。不过夏姐，现在做什么事都讲灵活，太死板事不好做，还好人坏人都难当。"

夏荷总以为钟铭是一个像小丫头一样单纯的人，在这之前钟铭给她的印象是：很聪明，会琢磨人，虽然显得有点儿世故但还不显庸俗。听了小伙子刚才的一番话，她觉得自己有点儿小看钟铭了，可仔细想了想，又觉得钟铭的话也不无道理。因此，她对李科长的不当做法也就释然了。但接下来该怎么做她又不懂了，问钟铭，钟铭说："咱先去买礼品，我觉得最好都买成榆林毛毯。南方人冬天用不着被子，有条毛毯就可以。榆林毛毯名气大，东西又好，当礼品还显得大方。"

夏荷觉得钟铭的话很有道理。

小丫头买烟回来了，夏荷让她在房间等，哪里也不准去。她和钟铭开着车来到了榆林毛毯专卖店，问好价钱，也没砍价就直接买了五十条毛毯，全是一等品。他们让店家帮忙装上车，盖上苫布，用绳子绑好，前后用了不到两个小时。回到办事处，钟铭给看门房的人专门做了交代，然后站在楼下喊小丫头去吃饭。三个人往街上走着，穿着一身工作服的夏荷拉着小丫头的手走在街上，完全像是一个刚从工厂里走出来的人。

办事处周围的私人饭馆零零散散只有几家。夏荷为了照顾小丫头，让小丫头自己选饭馆。小丫头选了一家砂锅米线，倒也合夏荷的胃口。钟铭也不反对，把装钱的工具包吊在脖子上，时不时还晃晃脑袋，双手扶住工具包往上抬抬，以便让自己的脖子能稍微舒服些。

吃饭的时候钟铭的话又多起来。他对夏荷说："夏姐，你是长宁人，你长这么大，啥时候见过长宁城有这么多饭馆？办事处的这条巷子里，过去几年连一家都没有！我们到长宁来，只有进城才能吃到饭。现在到处都是私人饭馆，吃饭方便多了，说明现在改革开放政策好，大家都可以随便做买卖，赚钱的机会也就多了。我跟你说件事，你看我说得对不对。三里坪选矿厂有一个锅炉工是专门给单身楼烧开水的，小伙子人长得特精神。有一天，他穿了一身西装，打着领带，结果，三里坪选矿厂保卫科的人说人家是奇装异服，把小伙子拦住并教训了一顿。你说他们做得对不对？"

"当然不对！"夏荷说，但她不明白钟铭是什么意思。

钟铭说："我也觉得不对。你发现没？刚才咱们去买毛毯，街上穿西装的人有但不多。我想，用不了多长时间，穿西装的人会越来越多，要是能从做西装的工厂里买上一车西装拉到山里去卖，肯定能赚不少钱！"

夏荷明白了钟铭的意思。她吃完饭，掏出手绢擦了擦嘴，说："你和我父亲一样，都对做生意感兴趣。我爸说，做生意一靠能力二靠机会，还得有本钱。依我看，你能看见机会这是你的能力，但你还缺少一样就是本钱，你有钱才能买西装拉到山里去卖。可是，买一车西装的本钱可不是一个小数目！我劝你还是别胡思乱想！"

钟铭看了一眼小丫头，不再作声。

吃完饭，夏荷本想回家去看看，可又怕小丫头胡乱跑会出事，还担心钟铭拿着的钱被偷被抢，就在路边报亭里买了两本《青年文摘》杂志回到了办事处。一个晚上，她们哪里都没敢去。

第二天，三个人又在办事处门前的巷子里随便吃了早餐，便开始向徐州进发。钟铭告诉夏荷，徐州距长宁有八百多公里，在路上要跑两天时间。夏荷担心小丫头坐长途车身体吃不消，途中耍小孩子脾气，就特意给小丫头买了很多路上吃的东西，还再三嘱咐钟铭："开长途车一定要慢、稳，开累了就找个旅店住下。"

钟铭从上车的那一刻起就是一副很快活的样子。他把装钱的工具包硬塞在自己的座位底下，让小丫头坐到后排座位上，让夏荷坐在副驾驶位置上。也不知是为了讨好，还是为了炫耀，他对夏荷说："我舅舅在商水县银矿上班，他能买来很便宜的银子。你要是想用银子给自己做首饰就尽管说，我让我舅给你买一块银锭。"

夏荷说："我要有买银锭的钱还不如直接去买金首饰呢。"

"说得也是，一块银锭再便宜也得不少钱呢！咱们要都是万元户就好啦！夏姐，你想不想发财？"

"当然想！"夏荷说着，回头看了一眼小丫头。

小丫头不看书，也不睡觉，她把车窗玻璃摇下来在看外面的风景。

钟铭车开得很好，但是却跑不快——很多地方都在修路，堵车有时要堵很长时间。小丫头一遇堵车就埋怨。钟铭本打算第一天在郑州歇一会儿，结果到洛阳时已经是傍晚时分了，三个人只好宿在洛阳。坐了一天车，夏荷感觉很累，很想赶快上床美美睡上一觉，她让钟铭把车开到可以住宿的地方。钟铭开车进了市区，找了一家国营旅社，登记了两间客房。夏荷在房间里洗漱完，躺在床上拿出地图一看，距到达第一站徐州还有一半路程，到达最终目的地广东新塘差不多还得一个星期，她心里开始后悔起来，觉得自己不该答应出这趟公差。她也不明白这样走访客户有什么意义。

小丫头在房间里洗漱过，上床躺下就不愿意再起来，不想吃饭，也不想去逛街，说她浑身不舒服。夏荷和钟铭都没辙，只好把她留在房间上街去吃饭了。两人找到一家面馆，吃着面的时候，夏荷忍不住对钟铭说了自己不赞成走访客户还要送礼品，自己并不喜欢销售工作等等。钟铭听后，直截了当地说："夏姐，很多人想来销售处都来不了，在销售处上班可以经常出差，还都是去省外出差，去省外出差补助高，一天是八块钱，在省内出差一天只补助四块钱。李科长去的时候坐卧铺，全部报销，补助还多，回来的时候车票一般都是客户花钱给买，回去报销的钱也归了自己，客户给的礼品也全归了自己。你说，别的处室哪有这些好处？肖处长为啥派你跟着李科长？就是为了让你照顾小丫头！小丫头跟着咱吃住都不用花钱，也不花公家的钱。肖处长不跟着，我、你和李科长谁都不说，别人也就不会有意见。这样，玩也玩了，公事也办了，这是多好的事情？你连这都想不明白？还不愿意在销售处上班？至于给客户送礼品，根本就不是事儿！单位之间都一样！"

夏荷大大地意外了！她没有想到，一个小司机把一个简单的问题想得这么复杂，解释得又符合现实，和钟铭比，自己则显得很傻。

吃完面，夏荷又找了一家包子店，给小丫头买了几个包子。回到办事处，她躺下就睡着了。第二天醒来一看，小丫头已经梳洗完毕，正愁眉苦脸地坐在床上想心事。见夏荷醒了，她带着哭腔说："夏大姐，我不想去了。我想回家。你给我买张火车票吧？"

"为什么？你生病了？"夏荷摸了摸小丫头的额头。

小丫头闷闷不乐地说："我没病，坐一整天车我难受。钟铭哥说还要坐好几天车，我怕我受不了，现在屁股都难受，早知是这样，还不如在金坪镇的街上瞎转悠呢。"

夏荷像哄小孩子一样哄小丫头说："等到了地方我带你去吃你没有吃过的东西，还有很多好玩的地方，你钟铭哥说，咱们还要路过杭州，杭州有很多好看的丝巾，到时候多给你买几条，好不好？"

小丫头一听又乐了，不再坚持要回家。夏荷在心里舒了一口气。

又是整整一天，他们终于到达了第一个目的地——徐州。车子在徐州博望金属加工厂招待所的院子里一停，李善本就从楼里走了出来，博望厂的两个领导跟在后面。李科长向夏荷介绍了对方。主管经营的副厂长姓聂，销售科科长姓刘，夏荷和他们握过手，把小丫头也给他们做了介绍。

聂厂长和刘科长都非常热情，在夏荷把车上的毛毯取下十条交给刘科长后，聂厂长便热情地邀请金坪公司来的客人去吃饭。晚饭被安排在一家高档酒楼里。在夏荷看来，长宁城还没有这样的酒楼，装饰豪华，菜品奢侈，酒水丰盛。吃饭的时候，谁也没提业务方面的事。李善本和钟铭酒喝得尽兴，夏荷却不管聂厂长和刘科长怎么劝，没喝一口酒。她也很少说话，始终保持着一个知识女性的矜持。同时，她又显得很不自在，心里后悔没穿一身像样的衣服出差。一身劳动布工作服的穿着使她看上去确实就像一个正在干活的普通女工，显得很土。但其他人好像并不在意，聂厂长三番五次地站起来，亲自为夏荷和小丫头夹菜。小丫头只管吃，嘴巴吃得油嘟嘟的，她对可口可乐很感兴趣，聂厂长看她一杯接着一杯喝，笑着对她说："这是外国饮料，很多地方现在还没有，很好喝是吗？明天给车上装上一箱，你们在路上喝。"

晚饭吃得舒心而又快乐。吃完饭，夏荷坐着喝茶的时候，聂厂长显得很随意地走到夏荷跟前说："小夏，咱们去跳个舞吧？"

夏荷打心眼里不想去，正在犯难，坐在一旁的钟铭说："夏姐，咱去吧，聂厂长都安排好了。"

夏荷看了一眼李科长便答应了。她站起身走到门口，发现钟铭没背工具包。走到餐厅外面，她拽住钟铭急着问："装钱的包呢？"

钟铭笑着说："存放到博望厂财务科的保险柜里了。"

夏荷放心了。

跳舞的地方是在徐州市里的一个繁华地段。夏荷还没有进过舞厅，她只是在公园里看过年轻人跳舞，看的时候也有想跳一跳的冲动，但每一次她都克制住了。可只要一走进公园，只要看见有人在跳舞，她就忍不住在一旁轻轻地舞动几下，并且有一种快乐的感觉。

夏荷很善于把握音乐的节奏，对舞蹈的每一个动作也理解得很到位。当她被聂厂长邀请跳第一支舞时，她发现聂厂长跳舞的动作很笨，好在她很快就掌握了主动权，使得聂厂长的动作不再那么别扭。但是，聂厂长嘴里呼出的酒气却让她略有不适。当第二支舞曲响起时，聂厂长又来邀请她，跳到曲终的时候，她发现聂厂长不知是喝多了还是有意的，搂着她腰肢的手用力很重，好像要把她揽进他的怀里去。再后来，他的手总是往她腰的下部滑动。夏荷有些气恼也很反感。第二支舞曲刚一结束，她借口小丫头想回房间，也不管聂厂长是什么反应，拉着小丫头回了招待所。

第二天，博望厂的领导要带金坪公司来的客人去当地有名的龟山游玩。李善本对夏荷说："你们几个去吧，这地方我来过好多次都看腻了。我和钟铭陪聂厂长打麻将。聂厂长麻将玩得真好，我跟他学习学习，咱们单位现在还没人玩麻将。"

钟铭很赞成李善本的安排，夏荷也没表示反对，小丫头一听说要去公园玩，马上就喜笑颜开。

坐着博望厂安排的小汽车，到当地几个有名的地方都转过后，司机兼导游又把夏荷和小丫头带到了一个大商场。夏荷拉着小丫头的手在商店里转了半个多小时。在卖女装的地方，两人分别看上了一件连衣裙，想买，一看价钱，一件要一百多块，两人又不想买了，又继续转，转着转着便没了兴趣。小丫头走了一天累了，想回招待所，夏荷同意了。跟司机一说，司机让她和小丫头在车里等，自己上一趟洗手间。夏荷和小丫头等了约二十分钟，司机从商场里走了出来，手里拿着两个大纸袋子，上车后，他对夏荷说："你们刚才看上的衣服我给你们买来了，这是我们厂长特意交代的。"

夏荷和小丫头迅速相互看了一眼，夏荷没有经历过这样的事情，一时不知该说什么是好。司机把车发动好后，看着后视镜里的夏荷说："你们大老远给我们送礼物来，我们厂长送你们礼物是应该的，李科长和钟铭也有份儿。衣服的事你们不用跟他俩讲。"

夏荷想起了钟铭说要给自己一个惊喜的事，心想，难道大老远地跑来就为了白得一件衣服？这样一想，她马上就浑身不自在起来。其实，她是很想说几句感激的话的，但不知为什么，就是说不出口。她心里还直犯怵，直到车子开到招待所门厅前，从车上下来时，她才红着脸，对司机说了声谢谢。

回到房间里，夏荷马上对小丫头说："人家给咱买衣服的事可千万别对别人说，对李科长和钟铭也别说！"

小丫头眨了一下眼睛急急忙忙地说："夏姐我肯定不说！我傻呀！"说完又低声说，"真没想到，玩了一天吃喝都没花钱，还白得了一件衣服！夏姐，你们干的这个工作真好！"说完，小丫头就要试穿新衣服。夏荷马上制止说："回家再穿，不然人家会笑话咱们。"

小丫头赶紧把衣服放回到了袋子里。

要离开徐州去广东新塘了。李善本还是要坐火车走，博望厂已为他买好了卧铺票。夏荷坐上车后发现车后座上放了四个手提箱，她虽然不知道里面装的是什么，但知道是谁给的，给谁的。她本不想问，钟铭却主动说：

"夏姐，这四个手提箱里都是烟酒，李科长，你，我，还有肖处长，一人一份。车厢里还有一箱可乐，让咱们路上喝。"

夏荷说："怪不得你说大家都愿意到销售处来上班！"

钟铭有些得意地说："这不算啥，以后你再看吧，好处多着呢！你发现没有？人家这边比咱们单位放得开，咱们单位可以随便请人吃饭吗？长宁有地方跳舞吗？小丫头喜欢喝的可乐都还没地方买呢！"

夏荷脱下上衣放在后座的手提箱上说："这边有的，咱们那边很快都能有。"

"这我相信。"钟铭说，"夏姐，要是吃饭也能报销的话，专门针对吃公饭的人开个饭店也挺好的，你说呢？"

夏荷认真地看了一眼钟铭说："你是不是一没事就想着咋样去赚钱？"

"是呀！"钟铭毫不隐讳地说，"我是一个小工人，我不想钱想啥？我舅舅今年夏天到我家来了一次，听我舅对我妈说，再往后，国家的政策会更宽泛，有许多过去不让干的事情以后都可以干。就比如淘金吧，几年前，金坪镇周围见不到一个淘金的人。现在，到处都是淘金的人，连林大哥那样的大学生都下河淘金，老百姓还有啥不敢干的呢！有人运气好一天能到手好几克沙金呢！"

说到林虎，夏荷想起林虎开始下河淘金时，她在心里还嘲笑过，觉得他的想法和一个大学生的身份实在不相称。在和林虎聊了几次后，她开始改变看法了，觉得林虎没有什么不对，反而是自己不开窍。现在又听钟铭这样一说，她更觉得林虎是对的。更重要的是，她觉得自己在不知不觉中已经被钟铭给影响了。

小丫头想上厕所。钟铭把车停在了一个小桥上，下车后，让小丫头下到桥下去上厕所。夏荷也下了车，在路边伸了个懒腰。钟铭从车厢里取了三瓶可口可乐，给了夏荷一瓶，给车后座上放了一瓶，自己打开一瓶，仰着脖子往肚子里灌了一大口。

夏荷半认真、半开玩笑地说钟铭："人家给咱们一人一份礼品，这就是你要给我的惊喜？"

"这哪是！等咱们往回走的时候你就知道了。"钟铭用一种骄傲的神情说道。钟铭还想说，看小丫头过来了，便不说了，往驾驶室里走去。

从这一天开始，汽车在时而平原时而山区的公路上行驶了十天以后，终于到达了广州。夏荷对此次旅行已经感到厌倦，但小丫头却好像完全适应了，不但没再说想回家的话，反而连瞌睡都少了。她对能吃到许多南方水果和鱼虾感到特别高兴。钟铭则每天都是一副很快活的样子。有一次，吃完饭付完钱，他看夏荷皱起了眉头，以为夏荷心疼钱，趁小丫头去上厕所，他对夏荷说："夏姐，你是不是觉得咱们花钱太多了？你不用担心，咱们每人每天八块钱的补助都还花不完，要是不够的话我有办法。你别为这事发愁，你只要听我的就行。"

夏荷没吭声。她的心思并没有在花钱上，她是担心再次遇上像聂厂长一样的人。如果她对聂厂长手上的小动作不表示厌恶的话，对方很可能还会得寸进尺。她当时借故离开是对的，但她很快就又意识到，在销售处工作的时间越长，这样的场面会越多，而自己连句客气话都不会说，又怎样应对还无法预知的更加尴尬的场面呢？

好在接下来的几天里，这样的事情再也没有出现过。因为根据她的要求，所有被拜访的客户都是通过钟铭传话，再也没有安排跳舞之类的节目。路过杭州时，夏荷买了十几条好看的丝巾，带着小丫头又去游览了杭州西湖。小丫头一高兴，把旅途的艰辛全都忘记了。就这样，他们走走停停，当赶到最后一站——广州新塘的一个专门生产氧化钼的小型加工厂——新塘有色金属加工厂时，时间已经过去了整整十天。由于是走访最后一个客户，夏荷的心情完全放松了。她很高兴马上就可以回家了。她对每到一地都要喝酒，彼此说许多无用的奉承话已经感到了厌倦，但小丫头和钟铭则一天比一天高兴。李科长也一样，每天都是兴高采烈的样子。他酒量也特别好，还很善于打圆场，一看就是经过风雨见过世面的人。唯有夏荷表现出好像跟谁都很不友好的样子，在客户面前她话很少，甚至连笑的时候都很少。

不了解她的人还以为她的心里装了许多不开心的事呢。

但是客户安排的最后一顿晚餐让夏荷在知道了钟铭给她的真正的惊喜之后，一连好几天心情都特别郁闷。

他们参观完金属加工厂的生产车间、工艺流程，说完工作上的事，喝了好几杯茶水，回到房间只休息了半个小时，加工厂的负责人就来叫他们去吃晚餐。

晚餐是在一个很特别的酒楼里进行的。酒楼从外面看上去很普通，如果不是门口挂着招牌的话，你还以为是走进了一个平常人家。但酒楼里的饭菜却是夏荷甚至连李科长都没有见过的。大家围着饭桌坐好以后，夏荷想上洗手间，她被酒店服务员指引着来到后院。她看到后院厨房的门口有一个大竹筐，里面放了七八只可爱的小狗，一只只毛茸茸的，看上去非常可爱。从小就喜欢小狗的夏荷走过去蹲下，看了好一会儿，还把其中的一只抱在怀里抚摸了半天。上完洗手间，她又在竹筐前蹲下，抱起一只小狗，笑着跟小狗说："你好可爱呀！"回到饭桌前坐下后，她还对小丫头说后院有几只小狗特别可爱。小丫头也专门跑去看了看，看完回来也直说可爱，还悄声对夏荷说："我想要一只抱回去。"

夏荷说："那不行！路途太远，小狗能郁闷死。这样的小狗，长宁也有，你想养，回家我想办法给你弄一只。"

吃饭的时候，有一道菜夏荷觉得很特别，她吃着，对金属加工厂的负责人说："后院一个竹筐里有几只小狗特别可爱！"

准备撤掉空盘子的服务员对夏荷说："你现在吃的这道菜就是用小狗做的，是我们饭店的招牌菜。"

服务员说完，夏荷愣了几秒钟，心中一阵恶心，她赶快就往洗手间跑去。在洗手间里，她把吃进肚子里的东西全都吐了出来。

人类对生灵的涂炭到了如此地步，这是她万万没有想到的！夏荷有一种想要哭天喊地的感觉，她甚至觉得自己罪孽深重不可饶恕！她心里痛苦极了！她想诅咒这种行为，诅咒这种对生命毫不尊重的人，包括自己！她看着饭店里的人，在心里面用最恶毒的字眼形容着他们，想把最恶毒的话扔在他们的脸上！可是直到宴请结束，她连一个字都没有说出来，自己反倒更加痛苦，脸上的表情也极其难看。在和加工厂的负责人道别的时候，她很勉强地把手伸过去，轻轻握了一下对方的手指头就迅速抽了回来……

要回家了，小丫头不愿再坐汽车，她和李科长坐火车先走了，也是客户给买的票。送走李科长和小丫头，钟铭开着车离开厂家招待所，拐过几条街停在了一个僻静处路边的一棵树下，将发动机熄灭，看着夏荷，一脸真诚地说："夏姐，新塘这个地方是专门生产牛仔服的地方。咱们来的时候我就知道，这里的牛仔服特别便宜，二三十块钱一条的牛仔裤，拿到咱们那里一条能卖一百块钱，咱们现在还剩不少钱，留够路上的花销，咱把剩下的钱全部买成牛仔裤，一路走着卖着，等回到家咱们俩就都成万元户了。"

夏荷非常吃惊，她看着钟铭说："你包里的钱是公款，用公款买衣服拿回去卖，这不是犯法吗？"

钟铭比夏荷更加吃惊："夏姐你是不是傻呀？！这些钱是以你的名义借出来的！是你的钱！你借公家的钱把公家的事办了，借公家的钱回去一还就没你什么事了，这怎么能叫犯法呢？"

夏荷有好长时间没有说话，她在心里面琢磨着、反复思考着钟铭的话。钟铭看她不说话，自己也不说话，只是偶尔看夏荷一眼，在等夏荷做决定。也不知过了多长时间，夏荷说："你这样说好像也有道理。可衣服买回去卖不了咋办？"

"放心吧夏姐！卖是绝对能卖了，就是赚多赚少的问题！"钟铭用一种快活的语气说道，还顺嘴说了一句，"我要是没说错的话，夏姐，你就是那种不想和钱好、钱偏要和你好的人，不管是谁，只要能跟你在一起，绝对能发财！"

夏荷说："你可真会说话，怪不得你让我多借钱，原来你早就计划好了！"

钟铭得意地笑道："夏姐，赚钱这种事要逮机会，这是你说的。咱们现在就碰上机会了，咱要不抓住那不是傻吗？"

夏荷不说话，钟铭也不再问。他知道夏荷不说话就是同意了。于是，他发动车往他知道的一个服装批发地开去。

钟铭没说错，衣服确实很便宜。两人连着转了几个市场，比较了衣服的质量和价钱，留足路费，将剩余的钱全部买成了牛仔裤，一共五百多条。

八

　　回家的路上，夏荷和钟铭做了一路的买卖人。两人只要到了歇息的城市，登记好旅社，便拉着衣服到人多的地方去卖。这样，还没到长宁，五百多条牛仔裤就全部卖完了。两人每人可分一万三千元。钟铭坚持要多给夏荷一千元，夏荷明白钟铭啥意思，推辞一番后勉强收下了。当晚，钟铭开车把夏荷送回了家，并说好第二天钟铭去修车，第三天两人一块儿回公司。

　　夏荷一回到家就把钱交给了父亲，并详细说了钱的来龙去脉。

　　夏荷的父亲叫夏志杰，听了女儿的讲述，他很长时间没有说话。夏荷把带回家的东西——给父亲的茶叶、给母亲和两个妹妹的丝巾等客户给的礼品都交由母亲看过并收好。坐下来吃饭时，见父亲还坐在沙发上思考，夏荷又问父亲："爸，我们这样做会不会有麻烦？"

　　"我想不会。"夏志杰开口说道，"搞长途贩运，现在的政策是允许的。你们单位的司机不简单！很会钻空子，比你有经商头脑。这样的人都很会来事，想着法子去赚钱还能赚到钱，明面上又不犯法，手段很高明！你呢，被人家利用了都不知道。好在他这样做不是害你，还让你成了一个万元户。改革开放快十年了，很多人赚钱的积极性被调动了起来，这是好事。以后国家还会有更多新政策出台。内部有消息说，国家准备对企业实行公司制改革，这样一来，一些企业就会死掉。矿山可能要好一些，毕竟还有资源。公司制改革的下一步就是实行股份制，一旦实行股份制就要发行股票，股票上市交易的时候，人们发财的机会就又来了。中国人对股票还没有概念，这种情况下，先买股票的人十个有九个能发财，时间一长就不一定了。所以啊，你无意间得来的这笔巨款，有可能会让咱们家成为百万元户甚至千万元户！"

夏荷十分惊讶地看着父亲，她无法把万元户和千万元户联系起来。坐在一旁的母亲摸了摸夏荷头上的瘊子说："你外婆活着时总说你头上长瘊顶金楼，现在看还真说对了！"

夏荷说："这样的话你们也信？"

吃完饭，夏志杰对老伴说："明天把钱存在两家银行里。"又对夏荷说，"省有色金属局下面有个研究所，他们需要很多外语水平高的人，分配给他们的大学毕业生很少，他们只好想办法通过省有色局到企业挖人。你的情况他们都知道，你要是在他们的名单上，省有色局会直接下调令。"

夏荷听后忧郁地笑了笑，说起了她的南方之行。她对父亲说："这次出差，我发现人家南方人跟咱北方人就是不一样。我看了很多小工厂，多数都是家庭式小作坊。旅社门房里放一张小床，放几台织机，织出来的毛衣缝上一个标签就以一个工厂的名义卖出去了。有的小工厂厂房是用竹竿绑扎成的，工人们连工作服都不穿。南方人执行政策也很灵活。有些单位给销售人员的政策特别宽，连吃饭都可以报销。我们单位销多销少，工资、奖金是一样的，人家南方是费用包干，还可以提成，销售得越多提成就越多，至于用什么手段单位不管。我就想不通，他们这样做，财务怎么走账？"

"两本账。"夏志杰很肯定地说，"你说的肯定是私人企业。我周围的一些人没事就议论这些事，有什么好议论的？你到长宁东门鬼市去看看，再到一些老街巷去看看，私人做生意的也兴起来了！我们是没有本钱，要有本钱，可干的事情多着呢！国家真要实行公司制改革，允许私人办企业，我就辞职，办个贸易公司，也把南方便宜的东西倒腾到北方来卖。钱赚多了，办工厂、开旅社都行，做什么都比坐在机关里强。待在银行，堆了一房子的钱都是公家的。自己干，挣的每一分钱都是自己的。"

母亲有点儿不高兴了，对夏荷说："你爸又犯病了！做梦都想着发财，就不好好想想，万一做不成咋办？开旅社？你到哪里去开旅社？一万块钱看着不少，买几张床几床被子，再雇几个人就没有了。"

夏志杰对老伴说："你别打击我的积极性！到时候你只管花钱，别的事少管！"

夏荷哈哈大笑。母亲却说："到时候你别把这个家给祸害没了就行！还有，小荷挣来的钱还归小荷，你要用，将来得给孩子还上。"她又对夏荷说，"你挣来的钱妈给你攒着，你结婚的时候用，夏雨和夏兰要用钱，让她们自己去挣。"

也许是因为高兴和激动，夏志杰吃饭的时候没有喝酒，吃完饭却想喝酒。他把夏荷带回来的酒打开一瓶，让老伴炒了一小盘花生米，坐在沙发上慢慢品起来。他让夏荷坐在自己跟前，说起了他的具体规划。他先是感慨地说："说到底还是咱家没有钱，要是有钱的话，咱也办一个服装加工厂，雇上几个人，就地加工就地卖。前两天我到南大街去转，看见街边的露天地里摆着好几台缝纫机，几个妇女在给人做衣服，回坊间卖饭的小饭馆也多了起来。西大街也一样。这说明现在很多事情都可以干，东大街长宁饭庄生意好得很！说明开大饭店也能挣钱。将来咱家要是有钱了也办个酒店，名字我都想好了，就叫'一品楼'。"

老伴打断他的话对夏荷说："你爸真是魔怔了！"说完，又对夏志杰说："咱家没你吃的还是没有你喝的？刚说办旅社，现在又改成酒楼？你往街上瞅瞅，哪有楼？都跟咱家一样是平房！"

邻居有人来找夏志杰闲谝，夏荷和母亲去了里间卧室，母亲上床靠床头坐下，拿起放在枕头上的毛衣织起来。夏荷坐在旁边的一张带海绵坐垫的椅子上，娘俩说起了悄悄话。

母亲说："你今年都二十六岁了，这个年龄结婚不违反计划生育政策，你就没想着啥时候结婚？"

夏荷说："没有房子咋结婚？一结婚就得怀孕，一怀孕我在山里边，钱继科在长宁，两地分居，他顾不上我，我顾不上他，最后苦的还是我。"

"结了婚，调工作不就有理由了吗？"

"啥理由？专业不对口，哪个单位能要我？"

"当初你要是和关浩谈恋爱就好了，他爸在省里上班，或许早就想办法把你调回来了。"

夏荷惊叫了一声说："妈！你别提关浩了，你都不知道他有多变态！他不知道从哪儿弄到我的一张相片，夹在他的钱包里，到处跟人说我是他的女朋友。有一次，我们在外面玩，他竟然没经我同意，拉着我和他单独照了一张快照，相片当时就可以取的那种。他给人付钱时，我借口相片照得不好看给撕了，他好像也没敢生气。这种男人我要跟了他，肯定会后悔一辈子！"

"我听街坊们说关浩还在恋着你呢！"

"想等我和钱继科分手是吧？怪不得他对钱继科是那种态度！上次回来，我和钱继科在街口碰见他，我给他介绍继科，继科要跟他握手，他把手装进裤兜里去了！还睨了钱继科一眼。"

"不说他了，说继科。我听你爸说，继科快要提处长了，他要是被提起来，不会把你甩了吧？"

"甩就甩呗，我又不是找不到对象。再说，钢厂都快要黄了，当个处长有什么意思。"

"谁说钢厂要黄？那么大的一个厂子能黄？对了，明天你去见见继科，他想到你们单位买一些废钢铁，你帮帮他。"

"我怎么帮？"夏荷歪着脑袋想了想，从床头柜上拿起蝇拍，拍死母亲腿上的一只苍蝇，又接着说，"罗双峰他们厂的废钢铁倒是挺多的，可是公司不让卖。新成立的机修厂是专门为选矿厂加工备件的，全公司的废钢铁都必须交给机修厂处理。罗双峰他们厂团委因为没有活动经费，厂里允许团委卖给废品收购站一些，也就几架子车。散乱在尾矿坝上的废钢铁，人能拿动的，好多都被周围的农民偷走了。"

"罗双峰是谁？"

"是我同学，我们一起参加工作。他现在是金山岭选矿厂厂长助理，磨浮车间主任兼技术员。"

"和你一块去的同学都提拔了？"

"都提拔了。"

"你怎么没提？"

"我的志趣不是当官，我还是想搞研究。再说，我也当不了官，就是想当官也轮不到我。我们销售处一共三个科，三个科长的年龄都还不到五十岁。处里的年轻人一大堆，业务能力都很强，都是三十七八岁，都在等待提拔。你们就别指望我当什么官，当官要管人，我能管好自己就不错了。"

"我和你爸也没想让你当官。"

"我一直想问你们，我说话的声音为什么这么小？我小时候是不是得过什么病？"

"啥病都没得过，别疑神疑鬼！说话要那么大声干什么？别人能听见就行了。说你啥时候准备结婚吧，你的同学都还没有结婚？"

"都有对象，都还没结婚，都是因为没房子。有一个刚到矿上没几天就看上当地一个村姑，后来移民到了镇上，她家有房子，父母还催着让两人结婚，可男方死要面子，不愿意住到女方家里去。他想让同宿舍的人搬出去，可同宿舍的人还想让他搬走，两人都是我同学。就为这，两人经常闹小别扭，一个说另一个不够意思。两人的女朋友吧，还经常到他俩宿舍里来，一来就坐在一块儿说悄悄话，谁也不愿给谁腾地方。好在后面找对象的这个同学跟我爸一样爱钱，一有时间就到河里去淘金，他的女朋友也跟着。这样，两人才避免了许多矛盾。"

夏志杰脑袋伸进里屋来说："我们去庙后街听戏，你娘俩到街上去转转，给我买一双圆口布鞋，要四十一码的。"

父亲走后，夏荷给自己兜里装了三百块钱。母亲站在镜子前梳头，吩咐夏荷拿上一个布兜。娘俩要出门时，母亲又转身走到里屋，把夏荷的一万块钱分成七八沓，一沓放在了门背后夏志杰的一双烂鞋里，一沓装进信封压在了沙发垫子底下，其他的分别藏在了面瓮里、米袋子里、褥子底下、被子里、相框后面、柜子顶上，然后，锁上房门往街里走去。

城里最繁华的地方在东大街，广济街距东大街不远，但街上行人很多，显得很热闹。夏荷手挽着母亲的胳膊在街上走着，心里有一种快乐的感觉，感觉自己真的成了一个有钱人。

华灯初上时，母亲在一家鞋店里给父亲买了一双圆口布鞋。夏荷想一直往长宁街街口转，说她想买一双半高跟皮鞋，可惜快到长宁街了也没见商店有卖的。娘俩去的时候走的是街的北边，往回走时，走的是街的南边。快到案板街时，夏荷走进一家手表店，给自己买了一块英纳格牌手表。在紧挨手表店的一家鞋店里，她给母亲买了一双不是很称心的皮鞋。她还想给自己和母亲一人买一身棉睡衣但没有卖的。不过，她没有忘记给自己买一盏小台灯。路过另一家钟表店时，夏荷想给男朋友也买一只手表，母亲拦住不让买，说："不能给人送表，老人们都把表说成钟，'钟'和'终'是谐音，'送钟'就是'送终'。"

夏荷只好作罢。娘俩走到广济街口，母亲碰到一个熟人，是个年轻小伙，看上去年龄和夏荷差不多，也就二十六七岁的样子。母亲向对方介绍说："这是我女儿。"又对夏荷说："这是商兰县的佟县长。"

佟县长满脸笑容，赶忙把手伸给夏荷，夏荷的手在被佟县长刚一握住时就迅速抽了回来。她觉得佟县长看自己的眼神有点儿古怪。他个子不高但皮肤很白，前额很宽阔，肚子微微地隆起，脚上穿着一双白色回力鞋，和身上穿的蓝卡其布中山装显得很不搭调。母亲在和佟县长说话时，夏荷发现佟县长的脸上透着一种很自信的神情。快要分手时，他突然问夏荷："你在省里哪个部门工作？"

"我没在长宁，我在金坪钼业公司上班，是矿山，在秦岭山里。"

"在矿山工作很辛苦，我一个同学在商水县工作。我参观过他们那里的一个银矿。"佟县长随意地说道，眼睛还不住地往四处张望。

"我一个同事的舅舅就在商水县银矿工作。"夏荷也随意地说道。

"哦？那太好了！说不定以后还能相互帮上忙呢！"

夏荷很认真地看了一眼佟县长，觉得他的年龄顶多也就二十六七岁，说不定还没有自己大呢，怎么就是一县之长了呢？

又闲唠了几句，一辆吉普车停在了佟县长的跟前。佟县长临上车前再次把手伸给了夏荷。夏荷感觉，佟县长的手比女人的手还要绵软，心想，佟县长大概从来就没有干过体力活。

佟县长坐车走后，夏荷纯粹是出于好奇，便问母亲："佟县长看上去和我年龄差不多咋就是县长了？是不是人显得年轻？"

"不是。"母亲说，"这个佟县长人称'神童'，十六岁就考上了大学，提副县长也只是几个月前的事，我叫他县长是为了让人家听着舒服。"

"你咋能认识他？"

"他和你爸是老乡，都是紫阳县人。商兰县有不少钒矿，他们县上想开矿没钱，想从省行这边搞贷款，便认识了你爸。你爸去他们县上搞调研时，关系就密切起来了。"

"我爸能帮他们忙吗？"

"你爸又不是行长！当然帮不上！只不过帮着出出主意罢了。这个佟县长跟你爸一样，也对做生意上瘾，要是政府里边都是这种人，老百姓的事谁来管？"

夏荷说："你就别为别人操心了，很多人也就是嘴上说说罢了，做生意哪有那么好做的！我爸说了一辈子，他做成啥生意了？"

母亲说："你爸是觉得国家应该重视商业，他哪里是做生意的料！要我说，你就不该让他看见钱，悄悄塞我手里，我给你存起来多好！现在好了，哪天你爸一发疯，拿着你的钱办旅社、开酒馆，赔光了看你咋办！万元户？全国都没有几个！"

夏荷说："妈，你放心，我爸才不傻呢！他是专门搞政策研究的，国家的政策走向他们这种人首先知道，要不然，他也不会给酒馆起名叫'一品楼'。我给你出个主意，你要是不放心我爸，让他把工资交给你管，将来政策要是允许了，他爱干啥干啥，挣下钱了有你的，挣不下你手里还有钱。"

"那万一赔了呢？我整天为这事发愁！"

"冒险的事我爸不会干，反正就我拿回家的那些钱，你让他拿去干吧，这钱等于是白捡的，赔了就当从来没有过，不就完了？"

"你说得可真轻松！"母亲笑了笑说。

到家了，门口有很多人在纳凉说话。夏荷和邻居们一一打过招呼，回到家还没坐下歇一会儿，两个妹妹也回家了，家里的气氛顿时热闹起来。大妹夏雨挨着夏荷坐下，毫不害羞地揩起姐姐的油水来。摇晃着夏荷的胳膊说："你攒下多少钱了？给我买双鞋吧？"

小妹夏兰也趁火打劫："也帮助一下我这个贫下中农吧！"

两人都表现出一副可怜相，装得还很像。夏荷好像早就习惯了，她看母亲往院子里走去，对两个妹妹说："我刚出差回来，给你俩一人买了一条丝巾，一条牛仔裤，在你俩的床上放着。"

"真的？"姐妹俩尖叫了一声，风一样跑回到自己屋里去了。很快，两人穿着牛仔裤出来了，美得连路都不会走了。夏荷正要问两个妹妹学习情况，父亲听戏回来了，一进门就问给他买圆口布鞋了没有，夏雨和夏兰赶紧回自己屋去了。夏荷把鞋拿给父亲，父亲穿上新鞋，在地上来回走了两圈，在沙发上坐下，问夏荷："你们单位有多少人？"

"四千多人？好像是这么多。"

"这么多年，还是只生产两种产品？"

"是。"

"还有哪些东西没有选？"

"铜、铁、金、银。"

"经济效益咋样？"

"可能还行吧，我不太关心这方面的事。从销售这方面看，我这次到南方一看，感觉我们单位没赚什么钱。我们现在卖的只是初级产品，后续加工都没搞，猪肉当成白菜卖了。钱都让加工企业和贸易公司赚走了。"

"你可以建议你们单位搞深加工。"

"我？我人微言轻，单位领导能听我的？再说，搞深加工要建新工厂，要招工、买新设备，要层层审批，单位领导说了恐怕也不算。"

父女俩说着话的时候，母亲回来了，挨着夏荷坐下对丈夫说："我和夏荷在街口碰见了佟县长，他求你办的事你给办了没有？"

夏志杰严肃起来，盯着老伴说："他哪是在给商兰县办事！他也是知道了什么消息想下海经商。他在我面前说起过什么探矿权采矿权，我也搞不懂，但一看就是想钻政策的空子，多拉几个人入伙搞矿山。我不想和这种人打交道。做生意，有多大本钱做多大的事，不在赚多赚少，只要不赔就行。稳稳当当地走路，走再远的路也不会摔跤。"

夏荷和母亲都很吃惊，夏荷还以为自己听错了，问父亲："放着县长不当去做生意？国家政策能允许？佟县长自己舍得摘下官帽？"

夏志杰说："修鞋的不缝衣服，缝衣服的不修鞋，佟县长是'神童'，能不知道啥事合算啥事不合算？不说他，说说继科想到你们单位买废钢铁的事。他要能买来，他们单位给他提成呢，你能不能给他帮上忙？"

"帮不上。"夏荷很老实地回答父亲说，"我妈刚才也说过这话。"

夏志杰皱着眉头说："继科这孩子人不错，工作单位不行。改革再深入，单位说不定就得黄了。"

母亲刚要接话，一个妇女在门口喊："是夏荷回来了？"

"是你冯阿姨。"当妈的对女儿说，赶忙从沙发上站起来往门口走去。

一个四十多岁的女人进到屋里来了，手里还拎着一个大布兜。她把布兜放在了一进门的平柜上，看着站在木沙发边上的夏荷说："这就是你们的大女儿呀！长得真是漂亮！"

夏志杰说："是，你们说话，我去睡觉了。"

夏荷也想回里屋，冯阿姨拉住夏荷的衣襟说："小荷你坐，阿姨我就是来求你办事的。"

夏荷笑了："我能给您办什么事呢？"

冯阿姨叹口气说："我二儿子没考上大学，上了冶金技校，学的是选矿工，就要毕业了，工作单位就是你工作的单位。他不想当选矿工，想当个木工，我也觉得当个选矿工不好，整天上山挖石头，一辈子都不会有出息，当个木匠走哪儿都能混碗饭吃。我听你妈说，你的几个同学都当官了，你给说说话，让他们看在你的面子上给我儿子换个工种好不好？"

母亲也帮腔说："你冯阿姨人可好了，你就帮忙跟你同学说说。"

冯阿姨又接着说："求人办事不送礼不行，我东西都买好拿来了。"

夏荷十分为难地说："冯阿姨，我的同学只是个车间主任，调换工种由劳资处管，我怕他跟我一样说不上话。还有，你孩子学的不是选矿工，是浮选工，也不是整天上山捡石头，是看机器的，一点儿都不累，就是要上三班倒。再说，我还不知道我们单位有没有木工这个工种。"

冯阿姨说："肯定有！几千人的大单位还能没有木工？"

夏荷有些哭笑不得。她想起了钟铭，犹豫了一下说："这样吧冯阿姨，我回单位打听一下，看有没有木工这个工种，要有，我帮不上忙你也别埋怨我。"

冯阿姨赶紧说："不埋怨！你记一下，我儿子叫李悦峰。"

夏荷说："我记住了，阿姨。"她走到门口，从平柜上拿起冯阿姨拿来的布兜，对要告辞的冯阿姨说，"这东西您拿回去，我同学不会收。"

冯阿姨坚决不拿走，还说："现在时兴送礼，我们单位新来了一个小伙子，是山西人，每次回家都要带些小米到单位，给科长二斤，给主任二斤，可会巴结人呢！人家山西人做事就是精明！可会为日后打算呢！咱想学都学不来。"说完，她拉开门往外走着，把夏荷娘俩往屋里推着，说什么也不让送她。

冯阿姨走后，夏荷问母亲："这个冯阿姨和你是一个单位的？"

母亲说："市里办会计学习班的时候认识的。她男人在商业局上班，她是粮站的会计。我跟她说起过你，你看，她把你就记住了。你要能帮就帮，帮不上忙我把礼给她送去，就说你单位领导不收礼。"

夏荷虽然想到了钟铭，但对求人办事这种事还从来没有想过。母亲说完，她看了看冯阿姨带来的东西，是两瓶西凤酒，一条恒大牌香烟。夏荷面露难色地对母亲说："这些东西我就不带走了，这事我肯定办不成。我走后，把东西退给冯阿姨。"

母亲说："你先试试看，实在办不成你冯阿姨也不会怪你。你还没成家，不知道做父母的心思，等结了婚有了娃你就知道了。人为儿女吃苦受累都不怕，就怕求人办事被打脸。男人和女人还不一样，两个男人吵一架，还能成为兄弟；两个女人吵一架，估计一辈子都不会再说话。你前脚刚走，我后脚就给退回去，你冯阿姨还不恨死我！"

夏荷几乎是喊叫着说："妈！你真是老了！说话还老偷换概念，这件事咋就打脸了？跟男女吵架又有啥关系？"

母亲笑了："那就先放着，你要是给办成了，下次回来拿上东西回去送给办事的人，办不成再还给你冯阿姨。"

夏荷没再反对。她洗了脸和脚，回到里屋和两个妹妹说笑了一会儿，和小妹挤在一个被窝里睡了。

第二天，夏荷睡到很晚才起床，吃过饭，坐上公交车往钢厂去。中途换了好几次车，赶到钢厂，只见钱继科和几个工人站在一堆废钢铁旁，气愤地不知在喊叫什么。看到夏荷朝自己走来，钱继科不再喊叫，朝工人们挥了挥手，工人们都走了。钱继科快步朝夏荷走了过来。

"你刚才喊什么？我看你很激动的样子。"

"厂里派他们去收废钢铁，结果，拉回来的废钢铁里面包裹着许多钢筋混凝土块，也不知道他们是咋样监督装车过秤的，没有一点儿责任心！真想把他们一个个都开除了！"

夏荷笑了笑说："这种事你不该怨他们，你为什么不亲自去？为什么不派一个有责任心的人去？现在社会上什么样的人和事都有，有些人光想哄人，有些人很好哄，一盒烟、一顿饭就把你哄住了。工人们谁管这些？人家给点甜头给点好处，他们就高兴得把啥都忘了。吸取教训吧，以后把道理给工人们讲清楚，别动不动就训人。"

钱继科笑道："你就适合当我的领导。好啦！不说这些了。你不是到南方出差去了吗？什么时候回来的？"

"昨天回来，因为要修车，明天回公司。今天一整天都没事，过来看看你，有没有要我帮你干的？"

"宿舍的卫生每天都打扫，床单、被褥、脏衣服昨天刚洗过。你看，你总是那么有福，啥事情都赶得那么巧那么好。"

夏荷幸福地笑着说："这话你还真说对了，今天你要有时间陪我，咱们一块儿到公园去转转，我告诉你我这些天都经历了什么。"

钱继科说："今天我真没法陪你去逛公园。好长时间没在一块儿说话，咱们就在厂区里走一走，厂里要有事也能找得到我。"

两人在厂区的林荫道上慢慢走着。夏荷向钱继科讲述着她在南方的所见所闻，钱继科安静地听着，时而皱皱眉头，时而看看夏荷，时而又抬头看看天空不断飘动着的云彩。当夏荷说她轻而易举地赚到了一万多块钱后，钱继科站住了，让夏荷说了经过，他听完后说："我们眼前这个社会正处于转型期，思想转变快的、脑瓜灵活的人就很容易乘改革开放的东风先富起来。你说的那个司机就是这样的人，虽然不是真本事，但也是一种本事。这一点我们应该承认。而你，只是跟在这种人后边享福的人，好事等于是信手拈来！不过，我的看法是，这样的机会不会经常有。随着改革的不断深入，社会治理和企业管理都会有一个新的开始。那个时候人们就得凭真本事赚钱，就得有真才实学，不具备这样的条件，那就只能出卖苦力，当然也有例外，你是不是不同意我的观点？"

"我同意。只是我没有你想得这么深这么多。你怎么样？听说你就要当领导了？"

"是。但没什么意思。以前我很想当领导，总觉得我们的领导水平不行，我要是坐在他们的位置上肯定比他们干得好。现在我不这样想了。现在我觉得要当一个领导很容易，你只要好好表现，有一定的才干就可以。但是，要当一个有作为的领导那就很难了。你得想别人没有想过的问题，去走别人还不敢走的路，摔倒了也要自己有能力爬起来。更重要的是，你要有造福于别人的能力。要是不具备这个能力，当再大的官也没有意义。别人看你就好像看树上飞走的一只小鸟，只是美丽了一下。所以，我现在改变了想法，钢厂现在难以为继，大家都着急，可谁都没有好办法。我呢，也就是一只小鸟，飞不了多高，飞不过高山，飞不过大洋。所以我就想，等厂里的改革办法出台以后，我想承包一个车间，将来如果有机会，就买几台数控机床，专门搞精密件加工。"

"你自己的路你自己走吧，我帮不了你。我爸也想下海，我妈为这事整天愁得不行。我不在家时你有空就常去家里坐坐，开导开导我妈。我是很赞成我爸的想法的。开饭馆虽然很辛苦，但是每天都有现金进账，一般亏不了。而且，现在吃公饭的人越来越多，即使真的开个酒楼，我估计也赔不了。当然，这需要本钱，好在我这次出差得了一笔意外之财，从眼下看，作为开饭馆的起步资金应该够了。我爸说将来还要开个贸易公司，这也不是不行，现在虽然讲市场经济，但是在商品价格方面，很多单位仍然实行的是双轨制，这就给贸易公司创造了很多赚钱的机会，就拿金坪钼业公司来说，钼精矿的价格总是有十到二十块的调整空间，这就很值得研究。"

钱继科说："咱们换一个话题吧，一年也见不到几次面，一见面不是说工作上的事，就是说咋样赚钱，太没意思了。今天你不走？刚好，晚上我们一起去看电影好不好？"

夏荷说："下午一块儿去长宁饭庄吃个饭吧，把两家人都叫上，认认真真地破费一次。"

钱继科一听，高兴得很，说："那太好了！我妈一定又要夸未来的儿媳妇是多么有本事，又多么孝顺懂事。"

夏荷说："我可不是想听奉承话！"

离开钢厂，夏荷又坐公交车回了家。父亲和母亲还没有下班，她把客户赠送的连衣裙拿出来穿在身上，在穿衣镜前走来走去，看看前边，又扭身看看后边，直到父亲摇着扇子下班回来她才回到里屋，脱下裙子装进了箱子里。回到客厅的沙发上坐下，父亲问她："现在正是穿裙子的时候，你穿裙子的样子也挺好看，为什么又不穿了？"

夏荷说："一会儿咱们要到长宁饭庄去吃饭，继科他们全家也都来，我怕吃饭的时候菜汤辣子油啥的滴在衣服上。"

夏志杰一听要下馆子，高兴地说："是你请客还是继科请客？"

夏荷说："我俩谁请客还不是都一样？"

夏志杰说："当然不一样，如果是继科请客，我就有面子；你请客，我觉得就吃亏了。"

夏荷惊讶了，说："爸！这都什么年代了，你还这么老套！你放心吧！今天到长宁饭庄吃饭是继科提出来的，也是他请客，你想喝什么酒？我让他去买。"

夏志杰说："西凤酒就可以，别的酒都太贵。"

母亲也下班回来了，一听要去长宁饭庄吃饭，又听夏荷说是钱继科请客，态度和老伴截然不同，对夏荷说："这还没结婚就这么舍得花钱？这样的男人你可得好好看管！"

夏荷说："在咱们家，一个问题永远都是三种意见。去饭庄吃饭，我爸怕我花钱，你又不愿意继科花钱，如果让你们老两口掏钱，我爸肯定舍得，你肯定又舍不得。"

母亲说："过日子就是这样，两口子都只会花钱不会挣钱，那家还不垮掉？走吧，去饭庄吃饭，走路也得半个钟头呢。"

夏荷心里很想把刚换下的裙子再穿上，但又怕吃饭时不小心真把辣椒油啥的滴在衣服上，就放弃了这个想法。她挽着母亲的胳膊走到长宁饭庄时，钱继科已经在门口等着。夏志杰透过窗玻璃看到了未来的亲家，和未来女婿打完招呼就大踏步地走了进去。母亲见夏荷要和继科说话，紧跟在后边进了饭店。这边，夏荷把钱继科叫到一旁，从兜里掏出一沓钱直接装进了钱继科的口袋里，在钱继科耳边小声嘱咐了几句，便径直走进了饭店。

　　钱继科的父亲是一所大学的讲师，母亲在一所中学里担任音乐老师，两家人很长时间没有在一块儿吃过饭。夏志杰和老伴刚坐下，钱继科的父亲就让服务员开始上菜。让夏志杰感到欣喜的是，亲家公带来了一瓶茅台酒，这让他心中大喜！吃饭的时候，他不管亲家爱不爱听，认真地说起了他将要进行的事业——停薪留职，开一家饭馆，三年以后，也开一家像长宁饭庄这样的酒楼。钱继科的父亲听后，惊得目瞪口呆，刚想说点什么，就见儿子一直在向他使眼色，也就不再吭声。于是，夏志杰就滔滔不绝地说了好长时间他的宏伟规划，直说到牙疼病犯了才不说了，这时，一瓶酒再也倒不出一滴了。

　　吃完饭，两家人各回各家。钱继科和夏荷去了不远处的西北电影院，电影院正在放映一部意大利电影——《一个警察局长的自白》。两人看完电影，又在街边找了一个人少的地方，一边纳凉，一边天南地北地谈论了很长时间……直到街上的人越来越少，围着路灯飞舞的蚊蝇越来越多时，两人才站起身往夏荷家的方向走去……

　　第二天，夏荷吃过母亲从街上买的油条和豆浆，穿了一身米色衣裤，脚上穿着半高跟皮鞋，在街口公交站牌下等开往办事处去的公交车。时值上班早高峰，公交站台上站了很多人。公交车一辆接着一辆开来，每辆车上都是挤得满满的，刚装走一大堆人，很快又聚起许多人。斑马线处，一大群孩子穿着和大人一样制式和颜色的衣服在等着过马路。有轨电车的接线处碰撞出的火花啪啪地响着，自行车的铃声此起彼伏，城市在忙乱中律动着。夏荷一边等车，一边把城市的喧嚣和大山里的宁静做着对比。她想起了父亲说的有色金属研究所要从企业挖人的话，有些沮丧地认为自己被选中的可能性很小，并且把这件事和冯阿姨要送礼给人的事还联系了起来。她很想去烫个头发，看了看腕上的英纳格手表，计算了一下时间后放弃了，但她心里却有了一种很充实的感觉。她要乘坐的公交车来了，夏荷忙从兜里找出零钱攥在手中。车上人很多，夏荷往车门口走去，车门打开，她被身后的人拥着推着挤上了车。售票员弯腰站在车门口的座位旁，脑袋顶着车顶，左手拿着一沓毛票和夹在一个硬纸板上的几沓车票，右手从人们的头顶上接着从不同方向递过来的买票钱。汽车在一个站台上停下，车门打开，下车的人往下挤，上车的人往车上挤，人还没下完，售票员拽住一个小伙子说："你的票呢？"

小伙子开始在兜里找，脸通红。

司机扭头朝售票员这边看过来。

售票员的眼睛始终盯着小伙子，一脸的不屑。

夏荷猜小伙子肯定是兜里没带钱，可看着又不像是故意要逃票的人，就对售票员说："算了，他肯定忘了带钱，我替他买票。"

小伙子看着夏荷，红着脸说："谢谢大姐！"

车上的人和售票员都看夏荷。售票员收了钱，撕了两张一毛钱的车票往夏荷手里一塞，说："你别站在门口，往里边站，当心小偷！这年月雷锋不多，小偷不少！"

夏荷明白售票员是啥意思，看了看小伙子，没言语。

车到办事处街口停下，夏荷下了车，头也不回地快步往办事处走去。

办事处的院子里，钟铭正在往车上装各种纸箱子，旁边还停放着好几辆三轮车，何世龙的未婚妻水仙也在帮忙往车上装东西。夏荷不明白是咋回事，钟铭走到跟前对她解释说："何科长的对象在十里坪菜站门口办了一个小卖部，来长宁进货，东西本来要往通勤大客车顶上装，看咱们的车空着，让咱们给捎一下，我答应了。"

夏荷小声说："何科长不是让他的对象到劳动服务公司上班吗？咋又想起来做生意呢？"

钟铭说："夏姐，何科长是顶要面子的人，他咋可能让自己的漂亮媳妇去卸煤、卸钢球、装硫沙！"

"不是说去被服厂上班吗？"

"那份工作还轮不到她。"钟铭小声说道。

水仙看见了夏荷，笑盈盈地向夏荷走了过来，她那中学生一样粉嫩的脸上像缀满了桃花，夏荷在心里说了一句："何世龙真有福。"

水仙叫了夏荷一声大姐，说："沾你光，把运费给我省下了，回到山里，我请你和小钟到我家吃饭。"

夏荷笑着说："不用这么客气。何世龙真会疼人，给你找了一份好工作，坐在家里就能挣钱！"

水仙说："我没干过，还不知道能不能赚到钱。进货就挺麻烦的，这一车货都是我叔帮我进的货，反正不管干啥我都听世龙的。"

夏荷在和水仙说话的时候心里一直在想："何世龙什么时候也想着做生意了？"这样想的时候，她便觉得自己身上好像缺少一样东西，是什么又说不上来。

夏荷让水仙也坐钟铭的车回山里，水仙客气了几句坐到车上去了。车子一开动，坐在后座的水仙就对夏荷和钟铭说："当个工人真好，公家的啥光都能沾上！"

夏荷笑了笑没说话，钟铭却接话说："你跟着何科长沾光的日子还在后边呢，说不定我和夏姐也要沾你和何科长的光呢！"

水仙开心地笑了，还从兜里掏出几个核桃让夏荷和钟铭吃。车开到半道，夏荷扭头看水仙躺在后座睡着了，问钟铭："咱们公司有木工这个工种吗？"

"有啊！"钟铭说，"夏姐，你问这干啥？"

夏荷稍微犹豫了一下说："我妈一个同事的孩子今年技校毕业，是男孩，学的是浮选工，想把工种调换成木工，我还以为公司没有木工这个工种呢。"

钟铭说："选矿厂、机修厂和工程处都有木工。夏姐，你的意思我明白，这事包在我身上，那男孩叫啥名字？"

夏荷又看了一眼后座的水仙说："叫李悦峰。"

九

　　林虎几乎把在河里淘金当作了职业在对待。有好几个星期天他没有去河里淘金，先是约了两个喜欢上山玩耍的人，拿着镐头，背着工具包，上到金山岭选矿厂后面的山上，在地质队探矿时打下的银矿洞里仔细地看了看，用榔头敲了几块富矿石背回宿舍敲碎，用钢球碾成面状，让罗双峰拿到大选厂化验室化验分析了矿石品位，他觉得前景很好，搞一台电解提银机也不难。但是，上山背矿石可不是轻松活，而且会非常辛苦，于是他放弃了冶炼几个大银元宝的想法，可又念念不忘摸天岭对面山上的"金矿"。

　　秋天到来的时候，金坪镇周围万山红遍，层林尽染。清晨起来，湛蓝的天空，耸立在悬崖峭壁上的银白色的高压线塔，像丝带一样缠绕在山腰上的白色云雾，欢呼雀跃的小鸟，这些在林虎看来，都不值得欣赏。他的女朋友王小凤是一个单纯的姑娘，不知道她是喜欢林虎的直爽，还是喜欢林虎的执着，抑或喜欢林虎是个大学生，有才华，总之，她对林虎有点儿小崇拜。她经常黏着林虎，把家里的好吃的带给林虎，几乎每天都要到林虎的宿舍来坐很长时间，坐在林虎的床边，听林虎讲述他的混世哲学。她经常是听得很入迷，到了该回家了也不想走，要不是何世龙经常故意留水仙在房间里说话，她有可能就会和林虎过起同居的生活来。

　　有一次，也是一个星期天，林虎身体稍微有点儿不舒服，没去河里淘金，而是约了几个年轻人，带着干粮和水，背着工具包，拿着小钉锤准备上山。王小凤闹着也要去，林虎同意了。七八个人从金坪镇出发，从摸天岭的山脚下开始往山上爬，穿过一片一片的灌木丛，一大片白桦树林，找到了一处崖壁。崖壁的中间，一条石英矿脉清晰地裸露着，一直从山脚向山上延伸。采矿专业毕业的林虎从夹在灰色岩石中间不足两厘米宽的石英脉型金矿带上判断，眼前的金矿脉很可能不具备工业开采价值。一行人顺着矿脉一直往山顶上爬去，找到了地质队雇用当地人挖下的一米见方约一点五米深的探矿坑，在矿坑边上还找到了一面被人遗忘的小镜子。用小镜子把太阳光反射到探坑里，林虎看到了闪亮的金色。他让其他人来看。其他人看了看没有产生一点儿兴趣，嚷嚷着跑到树林子里采摘桑葚去了。林虎没有去，女朋友王小凤也没有去。她坐在林虎身边，拿出干粮和水吃着，对不辞辛苦爬到山上来寻找金矿却没有半点收获一点儿都不后悔，还天真地对林虎说："我上学时，我的老师说每个人都应该崇拜一个人。我崇拜毛主席。你呢？你崇拜谁？"

林虎把一个白馍掰开，给中间夹了一些油泼辣子和涪陵榨菜，几口就吃完了，他喝了几口水，看了一眼王小凤红彤彤的脸蛋，将身体靠在一棵樟子松树上，望着远处的群山，说出了他的心里话："我也崇拜毛主席。我还崇拜金钱，因为钱可以改变许多东西。钱可以让人变成王者，也可以让人变成奴隶；可以让人没有灵魂迷失心智，也可以让人变得高尚无私。有了钱你可以随意构想你的世界，去任何你想去的地方。你可以改变自己的命运，也可以改变别人的命运。钱这个东西就是这么神奇。所以，除了崇拜毛主席外，我也崇拜金钱。"

王小凤看采桑葚的人还没有回来，欠起身，在林虎的脸上重重地亲了一口，然后，很傻地笑了笑。显然，林虎刚才的一番话拨动了她的心弦。她坐好后幸福地笑了笑，又问了林虎一个问题，没想到，林虎乱七八糟说了一大堆，语气中好像还充满了对何世龙的不满。

王小凤问的是："何世龙为什么不愿意住到丈人家去？"

林虎回答说:"何世龙这小子爱面子还很自私。他不想去,是想让我从房间里搬出去,把房间让给他,根本就没有为咱俩着想。他还有许多臭毛病。在学校我睡下铺他睡上铺,不知为什么他总是放屁,屁声很响,有时候还带着节奏!这家伙还有一个毛病,总是当着同学的面抠鼻孔、拔鼻毛,上课的时候总喜欢把一双臭汗脚从鞋里伸出来污染教室环境,一点儿公德都不讲!你和他处久了就会发现,他还是一个喜欢在两个极端上跳来跳去的人。就比如说玩扑克牌,谁都有出错牌的时候,可他和别人不一样,你要是和他是一家,牌要是打对了,他把你夸得像一朵花;你要是出错了牌,他马上就把你贬得一无是处,气得你都想扑上去咬他几口!你想,在两个极端上跳来跳去的人会有什么好下场?加上又死要面子,活得不累才怪。他这种人要是遇上不好的事心里一定会很痛!而且是直击心灵的那种痛,哪怕是一丁点儿也会痛一辈子,即使能笑出来也是装出来的。罗双峰被人砍了一斧头是痛在肉上,可何世龙哪怕是被人伤了面子也一定会痛在心上。"

王小凤听到林虎说何世龙的不好后感到很吃惊,她以为林虎和何世龙有矛盾,林虎才说出来泄愤,便小心翼翼地问:"你是不是和何科长有矛盾才这样说人家?"

林虎说:"没矛盾,我是对他有看法。他在很多人面前说我钻到了钱眼里,当我面又说,'老虎,我结婚时你给我随什么礼呀?提前跟你说,必须得是沙金!'你瞧!就是这口气!"

王小凤给林虎嘴里放了一颗水果糖说:"人家何科长肯定是说笑,你别小心眼。"

林虎不说了,把水果糖咬得嘎嘣嘎嘣响,心里想什么王小凤一点儿都不知道。采桑葚的几个人回来问林虎有没有什么新发现,林虎轻描淡写地说:"是一条金矿脉,但主矿脉不在这里,应该在周围的哪座山上。"

其他人谁也不懂,也没有表现出兴趣。他们坐下歇了一会儿,把干粮吃完,拿出一副扑克牌玩了一会儿,一路说笑着下了山。

又是一个星期天,林虎吃过早饭,背着所有人,带着干粮、工具和一只大手电筒，一个人上到了摸天岭上。他钻到探矿坑里，打着手电敲了一些金矿石，并将它们装进工具包背回宿舍堆在床底下，还找了一块胶合板盖在了上面。他连着背了三次，给谁都没有说，连他的女朋友王小凤都没说。他心里的如意算盘是：希望何世龙结完婚后赶紧搬出去，这样，他自己就可以在宿舍里用电解提银机把矿石中的黄金提取出来。为了达到这个目的，他还设计了一个微型双辊破碎机，经过仔细斟酌后又放弃了这个想法，但他并没有放弃到河里去淘金。如果不是因为一个巨大的惊喜从天而降的话，还不知道他在金峪河里要坚持多久呢。

就在夏荷回到公司的当天晚上，林虎跑到夏荷房间，特意和夏荷说起了何世龙让水仙在十里坪办一个小卖部的事。夏荷以为林虎是想让何世龙尽快结婚搬走，把单身楼的房子让给他和王小凤。但是她错了，林虎是有别的想法。

第二天正好是一个星期天，何世龙很早就起床去忙水仙小卖部的事情去了。林虎在机关食堂吃过早饭，带上雨靴雨衣、铁锨洋镐，淘金用的木斗子，还有一个小铁桶，往金峪河的上游，也就是摸天岭的山脚下走去。他在那个地方转悠过好多次，发现那里的河道里有几个很深的沙坑被人遗弃了，其中有一个人从中淘出过好几颗小金豆子。他想在别人遗弃的沙坑里试试运气。

干到中午的时候，林虎累了，他从一人多深的沙坑里爬出来，在河里洗了手和脸，脱下雨鞋，将双脚放进河水里开始吃干粮。周围很安静，连鸟叫声都听不到，只是偶尔能听到远处的公路上汽车经过时发出的刹车声。有几个农民扛着新砍的矿柱从山上往山下走着，相互呼喊着。林虎歇够了，肚子也填饱了，他往山上看了看，重新穿上雨靴跳进沙坑里，用小铁桶把沙坑里聚下的水往外舀了十几桶，用洋镐在水里刨了十几下，再用手把大块的石头往外扔，扔了几块后开始用铁锨把碎石子往一块儿堆拢。几个农民扛着矿柱累了，走到沙坑边，将木头往地上一扔，蹲在边上看林虎淘金。其中一个人说："这里的沙坑越往下刨沙金越多。"林虎没理会说话的人，继续干自己的工作。就在他用铁锹把沙子往木斗子里铲时，他发现水里有金光一闪，便赶紧伸手进去。当他把手从水里拿出来时，他和周围的农民都发出了惊呼声："狗头金！"一个农民很大声地叫喊着说。

林虎惊喜得连心脏都猛烈地跳动了起来！采矿专业毕业的他当然知道握在他手里的拳头大小的黄灿灿的东西是什么。他心中一阵狂喜！知道自己撞上了大运，激动得话都说不出来了。他右手紧紧地攥着"金疙瘩"，朝着周围看着他的农民晃了晃装进了上衣兜里，又把工具往坑外一扔爬出沙坑，雨鞋也没脱，收拾好工具急往回走。他走后，几个农民蹲在沙坑边上，叽叽喳喳议论了好半天。

林虎回到宿舍，换过衣服，将"金疙瘩"装进书包提在手上，喜滋滋急匆匆直奔未婚妻王小凤家。

王小凤正盼望着他的到来。见他一脸得意地走进用胳膊粗的木桩围成的院子里，王小凤赶忙走出来把他往屋里迎。

王小凤的父母也在家，见未来的女婿刚吃完午饭就来自己家中，还以为有什么要紧的事。

林虎被激动的心情包围着，和未来的岳父岳母打过招呼后，上炕坐好，用几乎是颤抖的声音说："叔叔阿姨，你们看我今天淘到了什么？"说完，他从书包里拿出"金疙瘩"往小炕桌上一放。

未来的岳父是露天矿爆破工，他显然是不识货。看着放在小炕桌上的"金疙瘩"，他身子连动都没动说："这玩意有啥稀奇？咱家有好几块呢！"

林虎听了一愣，瞪大眼睛看着未来的岳父。小凤的父亲让老伴到里屋取东西。老伴拿着也是拳头一样大小的三块黄灿灿的"金疙瘩"出来往小炕桌上一放，林虎把三块"金疙瘩"拿起只看了一眼就放下，严肃地对未来的岳父说："叔，您这些东西是硫铁矿，硫和铜的成分占比在百分之九十五以上，也含金，但很少。辉钼矿中这种东西还不多，偶尔能碰到这种大块的。我拿来的可不是硫铁矿！是我从河里淘出来的，是真正的'狗头金'！您掂一下它们的分量就知道了！”

王小凤的父亲眼睛亮了一下，拿起未来女婿的“金疙瘩”掂了掂又放在桌上，万分高兴地说：“还真是金子！……孩子，难怪小凤回家总夸你！你能吃苦能成大事！这块'金疙瘩'肯定老值钱了！”

林虎非常得意，他把“金疙瘩”又拿在手上端详着，用一种激动且炫耀的语气说：“叔，我是从冶金学院毕业的，我知道怎样区分金矿石。金矿石按品位分为三个档次：一级品金矿石就是我手里拿的这种，是足金狗头金；次一点的是高品位金矿石，也叫黄金雨狗头金；再次一点的是普通金矿石，也叫矿床金矿石，摸天岭上的那条金矿脉就属于第三种。”

林虎说完，把“狗头金”拿给小凤看，小凤又给母亲看，娘俩看着，不知道说什么是好。

林虎郑重其事地对未来岳父说：“我淘出这块'金疙瘩'时刚好被几个砍矿柱的农民看见了，我估计这事很快就会传得到处都是。为了不惹麻烦，这东西就放在咱家，我把您的'金疙瘩'拿一块，万一有谁要来看，我糊弄一下他们，放在宿舍就是被人偷走也不心疼。”

“行！这主意行！你这孩子想得周到，真东西让你姨给你收着。”

林虎没有说错，他在河里淘到“狗头金”的事在十里矿区传得到处都是。凡是认识他的人见面就问，单位的许多同事还专门跑到他宿舍来看。凡是有人来，林虎就把岳父的“金疙瘩”拿出来给人看。几天下来，他觉得来的人太多，给他制造的麻烦也太多：有人把他说成是一个不务正业的人；有人鼓动单位没收他的“金疙瘩”；一些敲竹杠的人也找上门来了，林虎被搞得心烦意乱。

半个月以后，真正的麻烦来了，有人把他告到了法院。法院的人在单位找到他，向他宣读了法院的传票，告诉他：原告认为，他淘到“金疙瘩”的那个沙坑是他们挖的，他们想休息几天再继续挖，所以林虎在他们挖下的沙坑里挖到的“金疙瘩”应该归他们所有。

　　林虎听后觉得又好气又好笑，当时就对法院的工作人员说："我是挖出一个'金疙瘩'，但不是真正的'金疙瘩'，是一块硫铁矿。虽然不值钱，但他们想要也没门！河道是国家的，国家要是不禁止，任何人都可以到河里淘金。那个沙坑也许是他们挖下的，但是我在坑里的时候他们没在坑里，沙坑就不属于他们。这件事他们告到北京我也不怕。"

　　法院的人听了林虎的话没有表态，放下传票就走了。

　　又过了半个月，法院的人又来了。通知林虎：法院准备在金坪镇公开审理这件事。林虎只回答了两个字："随便。"

　　林虎最终赢得了官司。在法庭上，他把事情经过陈述了一遍便什么话都不说。放在法官面前的那块"金疙瘩"，经法庭聘请的专家看过后认定是一块硫铁矿。两个原告上去看过后什么话都没说气哼哼地走了。

　　一切都风平浪静后，林虎把堆在床底下的矿石全都扔在了宿舍楼后面的小山沟里。在冬季到来之前，他听夏荷说要去走访省内客户，他便提前一天赶到长宁，让夏荷把自己引荐给她的父亲。在夏荷父亲的帮助下，他找有关部门把"狗头金"鉴定了一下，由于他嫌收购价太低就没有卖。回到山里，他仍把"狗头金"交给了岳母保管。

　　打这以后，林虎连走路的姿势都改变了：他不再是低着头走路，而是每天上班都提前半小时到岗，人也变得特别勤快，在大家都还没来上班前，他就把整个楼道的卫生打扫得干干净净，再用拖布拖上一遍（平常这都是科员们干的事情），每天还抽时间到采矿区去看看，主动地把现场情况通报给三个选矿厂。有时，他还上夜班，打着手电筒，坐着值班工具车到矿车经过的岔路口，查看拉矿车的运行情况。他这种积极向上的工作态度很快就得到了各级领导的表扬。他没有再到河里去淘金，打算好好休息上一段时间。休息时，他大多数时候都是躺在宿舍的床上看书，连星期天也不例外。罗双峰买来的书他也借来看完了。他自己也买了不少书。王小凤来和他说话时，要是何世龙也在房间，他就和王小凤到宿舍楼后面的山坡上去散步，找一个僻静的地方坐下，给王小凤讲他看过的书中的故事。每当这种时候，对他抱有崇拜心理的王小凤就特别激动，总是很乖巧地依偎在他的怀里……

这一年快过春节的时候，林虎领着王小凤去了一趟长宁，用自己攒下的钱给王小凤买了两身新衣服，扯了几丈好看的布料，然后带着王小凤回家看望了一次自己的父母。他背着王小凤给了母亲三百块钱。母亲当着他的面把三百块钱缝在了自己的棉袄里。林虎看着啥话没说，又从兜里掏出三百块钱让母亲给王小凤。王小凤听林虎的话没有要。

过完春节，又过了一个多月，百花盛开，万树着绿，又一个崭新的春天到来了。已经搬到十里坪生活区的何世龙来看望林虎。他透露给林虎一个重要的消息：组织部马上要进行干部考核。这个时候进行干部考核，说明一些单位的领导班子要调整。他对林虎说："你有没有想过再上一个台阶？"

显然，林虎在这方面还缺乏敏感性。他给何世龙倒了一杯水，又给何世龙水果糖吃，何世龙不吃。林虎给自己嘴里放了一颗糖，说："咱们刚来时，我说咱们好像掉进深坑出不去了。现在，你、我、罗双峰，都当上了科长，罗双峰还是厂长助理，还想着往上走？是不是有点儿不知天高地厚？难道咱们几个人的祖坟上都冒青烟了？别忘了，夏荷现在还啥都不是呢！"

何世龙说："你的运气要比我和老罗好！不吭不哈啥都到手了，对象也是主动送上门来的。至于夏荷，可能很快就要调走。省有色研究院指名要她，公司不想给，正在扯皮，我估计公司拦不住。"

林虎很吃惊，问何世龙消息来源。何世龙说："我听组织部的杨金叶说的。她可能是说漏嘴了吧，还说商调函都来了，肖玫瑞已经开始为销售处物色新人了。"

林虎说："夏荷说到底是一个研究型人才，她一时半会恐怕走不了，公司舍不得放她走也可以理解。"

何世龙说："我也是这样认为。我今天来是要告诉你，我五一要结婚，你当我的伴郎吧！"

林虎说："没问题。你有啥要求？"

何世龙说："就一条，我结婚那天你别穿得太好看，别让来宾认为你比我长得帅!"

林虎笑着说:"你也真敢说!不过你放心,你结婚那天我把自己打扮成堂吉诃德。"

两人正开着玩笑,还要说夏荷调走的事,王小凤推门而入,何世龙马上告辞。

何世龙走后,林虎在床上躺下了。他让王小凤坐在他的旁边,然后对未婚妻说:"你想不想到长宁去上班?"

"当然想啦!"王小凤说,"谁愿意一辈子待在这大山里?住的时间长了,一个个都傻了吧唧的啥都不知道,到长宁多好!干什么都方便。"

林虎叹了口气。王小凤问他:"我发现你最近总是叹气,心里是不是装着啥愁烦事?"

林虎说:"没什么愁烦的事。我就是觉得应该再干点啥,可又不知道该干啥。总想用钱去赚钱,又想不出道道来。"

王小凤从林虎枕边拿起一本书胡乱翻着,说:"咱们也结婚吧,好不好?"

"有点儿早吧?"林虎说,"我还啥都没有准备呢!要是把这间房子当新房,最起码也该刷刷墙吧?何世龙准备五一结婚。他今天就是来说这事,让我做他的伴郎还不让我打扮!这个何世龙!在老同学跟前还要耍耍霸道!"

王小凤说:"你的同学不结婚不行了!水仙的肚子都起来了。咱们要赶在五一结婚也来得及。"

林虎从床上一跃坐了起来,说:"结婚是人生头等大事!你让我再想想……现在离五一还有不到一个月的时间,时间太紧……要不然咱们在十一结婚吧?时间能宽裕些,我用白灰把房子刷一刷,家具怎么办?金坪镇好像还没有卖家具的?"

"我家有木头,请木匠做几件就行了。"王小凤面带喜色地说,"铺盖我家早就为咱准备好了。"

林虎一听，抱住王小凤亲了一下，激动地说："你真是我的堤喀！"

王小凤笑着说："你啥意思啊？你说的我咋听不懂呢？"

林虎马上解释说："堤喀是古希腊神话中象征幸运和机遇的守护女神，往往随意把好运和厄运分配给人，明白了吧？你带给我的都是好运！"

王小凤灿烂地笑了。

这天晚上，叉车女工王小凤没有回自己家，她在林虎的硬木板床上做了好几个梦。

半个月以后，一个星期一的早晨，林虎像往常一样打扫完办公室，清扫完走廊卫生，正要去采矿场看平台爆破作业，组织部的人电话通知他哪里也不要去，公司领导要找他谈话。林虎以为领导要问"狗头金"的事，心里马上开始准备说辞，压根就没有往别的事情上想。让他没有想到的是，领导找他谈话是关于他被提升为露天矿副矿长的事。同一份任命文件上，还任命罗双峰为金山岭选矿厂副厂长，何世龙则被任命为公司党委办公室主任。

找林虎谈话的是公司党委副书记庄长荣和公司组织部副部长周世明。庄书记和颜悦色地对林虎说："你们刚来就是组织上重点培养的对象。这几年你在露天矿干得不错，矿领导和群众反映你对工作很认真，也很能吃苦，还能经常主动深入基层，对自己要求也比较严，能力也在许多人之上。缺点嘛，就是说话随意，老是把'钱'字挂在嘴上，这样不好。当了领导，是毛病就得改，说话不能太随意。很长时间没见你下河淘金了，以后这种事别再干了，把精力放在学习和工作上……"

庄书记说话的时候林虎显得很拘谨，两只手上全是汗。他确实没有想到自己会被提到领导岗位上来。因此，轮到他表态时，他结结巴巴地说："我一定按照组织上的要求做，尽最大劲儿把工作做好。"

谈话结束，林虎激动了很长时间，心情很难得到平复。他努力回想着自己过往的许多言行，怎么也没有想到，曾经崇拜金钱、上山背矿石、经常扛着木斗子下河淘金的自己竟被组织看重，甚至被提拔为副矿长！这让他很受感动。"以后嘴巴闭紧是应该的，可惜再也不能下河淘金了！"庄书记他们走后，他不无遗憾地在心里对自己这样说。

王小凤对自己的未婚夫被提拔为领导干部高兴得喜不自禁。在一个星期天的中午，她把林虎拉到家中，亲自炒了几个菜，让林虎和自己的父亲喝酒。

林虎看着诱人的酒菜，平静地对未婚妻的家人说："用不着这么隆重，领导跟我谈话时我又紧张又激动，过后又觉得压力山大！你们不知道，我这个人不会管人，下面的工人又都很难管。"

可是，未来的岳父和王小凤一样看好林虎。他像领导一样对林虎说："小林啊，当大领导好当，又不直接和工人打交道；当小领导难，每天都要和工人摸爬滚打在一起。有谁不高兴了，骂你两句，踢你两脚，你也得受着！你好好干，你将来肯定能干好；你干得好我们脸上有光，你爹妈脸上也有光！"

林虎听着，不笑也不说话，一家人都不知道他在想什么。王小凤显得过于激动，不停地给林虎夹菜，未来的岳父则是频繁地要和林虎碰酒，林虎每次都是用嘴抿一下并不喝完。不会抽烟的他接过未来岳父硬塞给他的一支烟，只抽了两口就掐灭了。

半瓶烧酒喝完，小凤的父亲不管林虎爱不爱听，讲起了金坪钼业公司的历史，数任公司领导也被他挨个评论了一番。最后，他用长者的口气对林虎说："你就得像他们一样苦打苦拼，工人吃啥你吃啥，工人干啥你干啥，可别抬脚不想走路，出门就要坐车，这样的领导没人喜欢。"老头子说着说着，又说起了两人的婚事，郑重其事地对林虎说，"前两年结婚没房子，现在你一个人一间宿舍那还等啥？赶快结婚，让我和你妈早点抱外孙！几件家具我给你们准备好。"

说到这里，老头子突然不说了，林虎看他时，他满脸通红，眼睛都快睁不开了，王小凤对母亲说："我爸又喝多了。"她给父亲拿了一个枕头，扶着父亲躺下。

离开小凤家，走在金坪镇街上，王小凤挽着林虎的胳膊，骄傲地昂着头，走了一阵，歪头看着林虎说："你好像不高兴？怎么了？"

林虎皱着眉头说："你不了解我，我不喜欢当领导，因为我不会当领导；当领导就得管人，管人是很难管的。还有，当领导就得受约束，不能乱讲话，不能想着咋样去赚钱。像淘金这样的事，从现在起我就不能再干了。本来我还想着将来政策要是允许，我也像水仙一样开个门市部，或者办个小工厂……我脑子里想法很多，我要是总在露天矿当领导，心中的愿望恐怕一个都实现不了，这就是我的苦恼。这就是我在你家很少说话的原因，你可别多想。"

王小凤没有多想，她把未婚夫依偎得更紧了。

由于是星期天，街道上的人比平时多很多。好几辆通勤大客车在不远处停下，车上下来了许多人，有很多人认识林虎。他们从林虎身边走过时，都主动和他打招呼，称他林矿长。一些女孩子跟王小凤打招呼时，眼睛里流露出的神情让王小凤看着浑身舒服。

林虎提议到老金坪镇去转转，王小凤同意了。他们绕开公路，沿着河边走走停停，不住地东张西望。时令虽说已是春天，但山里面真正的春天还没有到来。迎春花开得到处都是，可是树木的叶子还没有完全展开，生长在河岸上的许多核桃树才刚刚鼓出芽孢，空气中还感觉不到温暖，河水看着就觉得很凉，但群山环抱着的矿区，不管是苏联人设计的自备电厂的高高的烟囱，像几栋大别墅一样连在一起的铺着瓦片的斜面屋顶，田野里错落有致的农舍，还是从公路上传来的拉矿车发动机的轰鸣声，都很容易使人联想到城市、联想到将来……

林虎在路边折了一枝迎春花放到鼻子上闻了闻，然后在路边的一块石头上坐了下来。王小凤也坐下来，把他头上的一根白头发拔掉了，还说："咋回事，你已经有白头发了？"

"不知道，这是医学问题。"林虎看着王小凤说，"你认识秦丽华吗？"

"当然认识，她是我同学。她不是在和你的同学谈对象吗？你问她干啥？"

"她有个女朋友叫苏萍,是中选厂的药台工,我们刚来时她就想让罗双峰帮她调换工种。罗双峰电话里跟我聊天,说他被宣布为副厂长的第二天,秦丽华就跟他说给苏萍调换工种的事。"

王小凤说:"你放心,我不会求你给谁办事。你要是遇上这种事,想办就办,不想办找个借口不就行了?"

林虎没再说话,站起身来。王小凤也站了起来,两人继续往前走。快到老金坪镇时,露天矿的工具车拉着七八个工人过来了。工具车在林虎跟前停下,车厢里的人全都蹲着,热情地向林虎打招呼,司机也从驾驶室伸出头来。林虎问他要去哪里,司机说:"一辆矿车坏在半道了,我们是去修车的。"

工具车开走后,林虎说:"工人们确实辛苦,星期天也不能休息。"

王小凤说:"当工人就是这样,我们都习惯了。"

老金坪镇远看好像还有人在居住,只是看着房子比几年前更烂了。林虎指着老街里立在一个房顶上的十字架说:"我们刚来的第二天,夏荷就到这里来转过,我经常路过这里却一次都没进来。听人说以前这里很热闹,花金公路没有修通前,经常有马帮在这个镇上歇脚,客栈里每天都是人,山里人需要的各种物资都是马帮驮到这里来,再散到各处。自从有了钼矿,这里的一切都改变了,许多人的命运也就跟着改变了。假如没有钼矿,这大山里面的人什么时候能见上汽车恐怕都很难说……一九五八年到现在,三十年过去了,连水仙这样的村姑都知道了经商,而且还很会盘算,总是找熟人帮她从长宁进货,省了很多运费,何世龙当初仅仅是因为她漂亮要娶她,没想到她的头脑很不简单!她将来一定会很有钱。"

王小凤马上说:"你将来肯定比她还有钱!"

林虎说:"我现在就比她有钱!我那块'金疙瘩'值钱着呢!等我想好了怎么利用它我就卖了它。"

王小凤听后幸福地笑了。

林虎想到街里面去转转,王小凤说:"全都是破房子,有啥好看的?"

林虎说："这些老屋走近看确实没啥看的，稍微离远一些看就会有一种历史的沧桑感。这一片房屋一旦被拆除，再往这里一站，就不会有任何沧桑感了。"

王小凤不再反对。两人往街里走去，走进街里一看，才知老街里已经没有人家了。许多房屋的门窗都已被拆掉，街当中的几间屋子的门口摞着从屋顶上拆下来的瓦片，被掏掉泥土后裸露着的椽子看上去还都好好的。那个曾经是庙宇的房子还保留着原样，攒尖顶上竖立着的白色十字架很是抢眼。林虎想走近些看看，王小凤拉住他说："别去，都快塌了，走近了有危险。我听人说，有几个老太太隔三岔五来一次，再没别的人到这里来。看着房子不少，里面恐怕连一只老鼠都没有了。走吧，咱们走小路回你宿舍去。"

两人沿着两边长满了野草的小路往林虎的宿舍走，在山坡上的那棵核桃树下望着夕阳坐了很长时间，又说了许多废话后才起身往宿舍走去。回到宿舍，王小凤就忙着给林虎打扫宿舍卫生，拿着床单和枕巾到水房去洗。林虎坐在床上给家里写信，在信中说了自己准备结婚的打算。他把信写好也没让王小凤看，直接装进信封贴好邮票，正准备睡一觉，就听见有人敲门。他走到门口拉开门，门外站着一个中年人，手里提着两瓶酒。林虎不认识来人，问他找谁。男人可怜地笑着说："林矿长，你让我进去吧，我想麻烦你一点事儿。"

林虎说："你有什么事到班上说，你拿着东西到我宿舍来，别人看见对我影响不好。"

林虎还没说完，男人已经侧身挤到了屋里。林虎没法子，只好把门虚掩着，让来人坐到自己床上，自己坐在了靠背椅子上。

来人将手里东西往床底下一放，说："林矿长，你无论如何要帮帮我！我有个孩子是男孩，从小学习不好，没考上大学，连技校也没考上，想当兵因名额少也没走了。听我一个老乡说，把户口转到农村，从农村当兵走，退伍后能给分配工作。我就把娃的户口转到农村，还给人家送了礼。现在，娃当兵三年后回来了却没人给安排工作。就这事，你能不能帮帮我？想法给娃安排个工作，我们两口子当牛做马也不忘你的恩情！"

林虎有些生气地说："你真是有病乱投医！你孩子的事别说是我，就是露天矿出面也没法解决。招工要符合政策，给退伍军人安排工作，地方和企业都有专门部门管，这不是哪一个人随便一句话就能解决的事。你拿上东西赶紧走！你这忙我真帮不了，应该找谁我也不清楚。按道理你娃从哪个县当兵走就应该去找哪个县，你千万别瞎找，也别随便给人送礼，我看你肯定是被人糊弄了！"说完，他从椅子上站起，从床底下拿出东西硬塞给来人，好言劝着，把来人打发走了。

不速之客被打发走后，林虎躺在床上，闭上眼睛，开始计划起结婚应该准备的东西来。王小凤洗完床单回来，要给他床上铺新床单，林虎帮忙铺好对王小凤说："我决定咱们十一结婚，你想要啥？我给你买。"

王小凤说："我啥都不要，你现在是副矿长，有资格分房。要是能给咱分一套房子，你把房子收拾好，我就心满意足了。"

林虎高兴地说："没想到你这么好说话，我还以为没有'三转一响'你就不嫁给我呢！"

王小凤说："我也想要，可你有吗？你一个月工资是多少，除过吃、喝的开销和给你妈的钱，你还剩多少我心里很清楚。咱先结婚，结了婚我就不用再给我妈交钱了。到时候，咱们一块儿攒钱置家当。"

林虎听王小凤这样说，一激动，把王小凤搂进怀里狂吻了好一阵，直到自己都快喘不过气来才停止。王小凤嗔怪道："门都没锁就这样，万一有人闯进来多难看！"

林虎说："有啥难看？我亲我老婆又没亲别人！"

两人亲热够了，王小凤把弄乱的床单整理好，把头发重新梳整齐，一走出单身楼就挽着林虎的胳膊往自己家走。路上，林虎把刚才有人来宿舍求他办事的经过一说，王小凤说："以后找你办事的人肯定多，你要是能给人家办就办，办不了千万别答应。办了办不了咱都别收礼，收了人家的礼咱就不值钱了，就给别人落下话柄了。"

林虎用一种夸奖的语气说："我真没想到你会这么说。"

让两人想不到的是，家里正有一档子事在等着他们心生感慨呢。两人一迈进家门，就见一妇女手里攥着一卷子钱，一边掉眼泪，一边在诉说着什么。两人站在一边静静地听了一会儿，也没明白妇人说的是什么事。小凤的父亲开口对林虎说："你们回来得正好，你们常姨的老伴星期天上山砍木头准备做家具，扛木头下山摔了一跤，把腿摔断了，现在在医院躺着上不了班。上不了班就没工资，想让单位给定个工伤。我说这不可能，咋说她都不相信，非要让林虎帮忙，还要放钱。来老半天了，咋整！你俩帮忙劝劝。"

王小凤看林虎，林虎说："可以肯定地说，这不是工伤，就是想帮忙都没办法张口。国家对工伤鉴定有严格标准，不是随随便便的事情。星期天上山砍木头做家具跟工作一点儿都不沾边。如果伤得不重，不会站不起来干不成活的话，也用不着央求单位定工伤，在家养些日子，损失一个月的工资不是什么大事。如果家里生活特别困难，可以申请困难补助。"

姓常的妇人一听这话便不哭了，擦干眼泪，在王小凤的劝说下，把攥在手里的钱装进兜里，说了几句感谢的话就走了。

一家人吃着晚饭的时候，小凤的父亲对林虎说："老百姓过日子就这样，不管碰到啥事都想找熟人帮忙给办。你现在当了副矿长，以后碰到这种事的时候多着呢，要是遇上了，能办就办，不能办别勉强，全矿的人都盯着你呢。给张三办不给李四办，讨好一半人得罪一半人的傻事千万别干！"

林虎说："我知道，叔。"

"从今天起叫爸，别再叫叔叔了。"小凤父亲这句话说得很干脆。

林虎赶忙说："知道了，爸。"

坐在一旁的王小凤站起身，在林虎的后脖颈子上使劲儿掐了一下，回里屋去了。

王小凤没说错，林虎被提拔为副矿长的第十天，露天矿福利科科长告诉林虎，矿里给他分了一套房子，两室一厅，三十七平方米，正在让民工刷墙、装洁具，三天以后就可以住人。林虎听了，欣喜过后，在心里面很是感慨了一番。

十

何世龙的婚礼因为水仙年龄不够被整整推迟了两年。尽管林虎曾在摸天岭上当着王小凤的面说过何世龙许多"坏话"，但在给何世龙当伴郎时，他表现得还不错：穿了一身很干净的旧衣服，故意把头发弄得很凌乱，胡子也没刮，完全是不修边幅的样子，看上去就像过去的老知青。反正是何世龙让他怎么做他就怎么做，很给何世龙面子。相比较而言，罗双峰就有些古板，他被何世龙任命为总管，烟、酒、糖和红包都由他来分发。由于是女方待客，水仙家来了很多人，罗双峰一个都不认识。水仙的舅舅、姑父、姨父、伯父们问罗双峰要烟要酒，罗双峰一开始谁都不给，以为他们是揩油水的，这样，水仙就不得不一次又一次给他介绍自己的亲戚们。

林虎没事干，便和夏荷坐在罗双峰旁边嗑瓜子。来参加婚礼的人在水仙家的院子里坐了十几桌，说话的声音就像蜜蜂发出的嗡嗡声。罗双峰的未婚妻和林虎的未婚妻也在他们当中坐着。水仙家的几个亲戚要给何世龙的脸上抹黑，何世龙脸一沉没人再敢抹。水仙在一旁看着笑而不语。酒席吃得差不多的时候，看夏荷他们要走，何世龙拦住没让走。水仙家的很多亲戚要翻山越岭回去，他便和新娘的家人打过招呼就安排亲戚回去了。秦丽华和王小凤也相跟着离开了。家离得近的亲戚就留下来帮忙收拾。何世龙让水仙的家人又单独搞了几个菜，非要和几个老同学单独喝几杯。林虎和夏荷滴酒不沾，何世龙只好揪住罗双峰不放。罗双峰没见过何世龙喝酒，他看何世龙满杯满杯地喝，有点儿被吓着了，他还以为何世龙心里装着什么不痛快的事便劝他少喝，自己也只是一杯酒五六口才喝完。

何世龙心里无半点忧愁，他喝酒是因为高兴。一瓶酒喝到一半，他用手按按头顶上梳得整齐的头发，满脸通红，像在舞台上朗诵诗歌一样满怀激情地说："双峰、老虎，咱们很快就要飞起来了！咱们的同学也一样，有几个同学在南方发财了，本来要来参加我的婚礼，因为太忙就没来，但礼金都没忘。怎样？我的人缘还可以吧？人家说了！只要咱们想投资搞企业，他们可以投资。我听了很感动！咱都看见了吧？改革开放就是大潮，我们这些人就是弄潮儿！放眼望去，前面一片坦途，到处都是我们的用武之地！两年前，我刚任党办主任的第二天，庄书记就让我给他写一个讲话稿，本人仅用一天时间就完成了！庄书记非常满意，说他看后想改一个字都难，没想到一个理科生文笔这么好！"说到这里，他喝了一杯酒又接着说，"从现在开始，你们工作上有什么困难，需要我给公司领导吹风就尽管说！"

夏荷有意把何世龙夸奖了几句，林虎和罗双峰还鼓了掌，何世龙越发激动，摇着林虎的肩膀，让林虎说说当了几年领导的感受。

林虎干脆地说："说真的，我没有快乐感。没当上领导前，无论我走到哪里大家都是该干啥还干啥，闲谝的、瞌睡打盹的，谁也不躲着你。一当上领导，这些就都变了，现在无论走到哪里，不管是碰见谁，都对你毕恭毕敬，说话也是客客气气的，以前的那种亲切感没有了，感觉和他们一下子就有了距离。更难办的是，生产方面的问题太多，采矿场的采剥比有点儿失衡。几个选矿厂为了提高产量光想吃富矿，公司也支持这么做。这种现象不改变，富矿吃完，将来就只能天天吃贫矿。这个想法我说给矿长听，矿长说，上面让咋干咱就咋干。"

罗双峰接话说："应该给公司领导说说，这种干法绝对不行。"

何世龙说："这事不用说，生产任务完不成，有一段时间吃点富矿也应该。"说完，他突然转个话题说，"咱们的小夏要是不调走，现在恐怕也是副处一级的干部了。"

夏荷微笑着说："我这种性格的人不适合当官，领导要能同意我调走，就是对我的器重了。"

何世龙又说："看看咱们小夏的心理素质多好！给你透个信，我到组织部替你打问过，公司终于同意你调走了！省里要人要了两年，已经要得不耐烦了，你很快就不再是'山狼'啦！"

夏荷漫不经心地说："我其实蛮喜欢在山里工作的，秋天没事时上山采蘑菇，看红叶染秋；夏天到龙潭沟往水边草地上一躺，望天上云聚云散；身体被山风吹着，周围鸟语花香，赏怡人美景，有什么不好？"

何世龙惊叹道："哇！浪漫！这几句话充满诗意！想不到咱们的小夏也是文理皆通啊！"

林虎看着何世龙说："你以为就你会写几首歪诗？"

何世龙说："你又挖苦我？"

罗双峰向着林虎说："我认为老虎说得对，你别总是对谁都不服气。"

夏荷笑着把话岔开了，说："你们三个是同一天被提拔重用的，咱们班的同学们会很羡慕你们的。何世龙说你们就要飞起来了，那我就代表全班同学敬你们三位一杯酒，祝你们飞得高！飞得远！"说完，她让水仙拿来一个酒杯，自己亲自把酒杯倒满，端起，没碰杯就一饮而尽。

三位男士一看夏荷把酒喝完了，相互看了一眼，端起酒杯也一口就喝了下去。

何世龙激动地要吟诗一首，罗双峰马上阻止说："何主任请打住，改日吧，我现在饿了，你的婚宴搞得不错，就是肉吃得没剩下一块。我们现在想吃肉，你请我们吃烤串吧？权当是为夏荷同志饯行，怎么样？"

林虎附和着说："这个合理化建议提得好，谁让何世龙比咱官大半级呢。现在是党办主任，没准哪天就是党委书记。这样的同学我们一定要小心巴结才对！"

何世龙很是得意地笑了笑，对夏荷说："你看这两人多么不讲究，让我请客还要糟蹋我！"

夏荷笑了笑说："你要干得好，再上几个台阶也是理所当然啊！"

"这话我爱听！走！吃烤肉！"何世龙无比快乐地说道。

钟铭哥哥的烤肉摊已经让给了别人。新的烤肉摊在金坪镇大商店门前。水仙家就在职工医院下面、大商店的后面，步行几分钟就到了。几个人在烤肉摊前刚坐下，钟铭开着工具车从单身楼前面的桥上过来了，他把车停在烤肉摊的旁边。下车后，他从车厢里拿了一个用钢筋焊成的小板凳，坐下后说："我在车里看见你们在这里吃烤肉，我就过来了。你们都是我的领导，今天我请客。"

夏荷说："今天是何主任结婚大喜，你请什么客呀！"

钟铭说："要是这样，就算我给何主任的贺礼吧。"

几个人都笑了。

第一把烤肉烤好了，何世龙把一半给了夏荷，另一半给了钟铭，然后看着钟铭说："我们认识你都好几年了，也没见你请我们到你家里去坐坐，怎么？怕我们求你爸办事？"

钟铭把一块嚼不烂的肉吐到地上，把烤肉的人揶揄了几句后说："你们都是大学生，都是钼业公司的宝贝，我哪敢请你们去我家啊！你们真有事要办尽管说！我家老爷子还挺爱给人办事的。夏姐提起过的那个叫李悦峰的浮选工，我给我爸只提了一句，我爸就给办了。那小伙木工技术现在好得很，前两天我还见过他，说他给夏姐做了一对箱子呢。"

钟铭这样一说，夏荷开始还有点儿蒙，想不起自己什么时候求钟铭办过这样的事，但冯阿姨拎着东西到家里来，托母亲让自己给她儿子调换工种她是记得的。钟铭说起李悦峰，那就说明自己肯定在钟铭跟前提起过，她想把钟铭表扬几句，但眼角的余光扫见何世龙他们都在用很奇怪的眼光在看自己，只好解释性地表扬钟铭说："李悦峰我到现在都还不认识呢，他妈是我妈在一个学习班上认识的，我也不记得啥时候跟你说过他的事，你竟然就让你爸给办了，真该替冯阿姨谢谢你！"

钟铭说："不用谢，夏姐，你要是愿意，把你选矿的书借我看看。"

"你？……你看选矿方面的书？"夏荷惊讶地问道。

钟铭说："不是我，是我的一个哥们，他家是移民，他的一个堂哥在黑龙铺。黑龙铺有很多小钼矿，他堂哥想开矿，想看看书，看看难不难。"说完，他再次把一块咬不烂的带筋的羊肉吐到了地上。

林虎听了钟铭的话来了兴趣："这是好消息。"

罗双峰说："对金坪公司可不是好消息。"

何世龙说："你说得对，私人开矿肯定是投入越少越好，哪里有富矿挖哪里，机构少，设施简陋，选矿成本低，大企业肯定竞争不过……夏荷是什么看法？"

夏荷轻轻一笑说："牵扯国家大政方针我说不好。我父亲是搞政策研究的，他对我说，以后私人开工厂、办公司的会越来越多。他也想停薪留职办个公司，我妈为这事都快气疯了。"

林虎感兴趣地问："你爸准备做什么生意？"

夏荷说："不清楚，有一次说要办个酒馆，名字都起好了，叫'一品楼'；有一回又说要办一个贸易公司。"

何世龙说："你爸有胆识，佩服！这方面有时候我连水仙都不如。你们可能不相信，我真的很佩服我媳妇，天生就有经商头脑。现在开个小卖部自己管自己，吃饭、睡觉、赚钱什么都不耽误，很好！从这个角度说，我们水仙也是一个弄潮儿！原来我还想在劳动服务公司给她找份工作，现在一看，免了！"

钟铭大概是觉得几个领导的话题不合他的胃口，硬是给摊主放下二十块钱先走了。

钟铭走后，何世龙和林虎探讨起了允许私人开矿的问题，罗双峰则向夏荷请教起选矿方面的事来。罗双峰谦虚地对夏荷说："在学校时，你对采选冶都有研究，对选矿工艺也提出过独到的见解，公司几个选矿厂你都看过，有何感想？"

夏荷把手里的十几串放凉的烤肉放在火上热着，烤热后分了一半给罗双峰，自己一边吃一边说："我觉得还是应该在技术改进上多下功夫，在优先选钼的情况下，粗尾选硫已经实现了，下一步可以考虑从硫砂尾矿中选铁，从精矿尾矿中选铜，这样可以做到资源不浪费。从长远看，应该考虑走深加工的路子。金坪公司的矿石品质好，含杂低，易采选，搞深加工有得天独厚的优势。现在的情况是猪肉卖成了白菜价，钱都让加工企业赚走了。这一点，我在销售处的这几年体会最深，看得最清楚。"

罗双峰佩服地说："你比我们看得深，也比我们看得远。只是你说的这些，咱们这些人都说了不算。"

"那倒是。"夏荷说，"你可以向公司建议，每提一条合理化建议，公司不是还给奖励吗？"

罗双峰顿了顿说："有些问题我估计公司也想到了。公司成立科研所，可能就有这样的考量在里面。不想让你走，估计也是想让你把科研所的担子担起来，要不是省里要你要得急，你现在可能就是科研所所长了。"

何世龙和林虎说什么话，罗双峰和夏荷都听到了，他们两人说的话何世龙和林虎也听得清楚。何世龙就对夏荷说："夏荷干脆不要去研究院了，公司要是让你到科研所，不光是你的职务得到了提升，还能充分发挥你的才干。研究院有什么好？知识分子成堆的地方是非最多，搞不好你就被埋没了！"

林虎说："我不同意你的观点。搞科研当然是要往人才云集的地方走，说不定有人一个建议就把长时间困惑你的问题给解决了，出成果肯定比在企业里要快。"

罗双峰说："那也不一定，研究院受经费限制，企业的科研紧贴生产，只要研究方向正确，研究经费就有保障，这就是两者的区别。"

何世龙说："如果从实际出发，夏荷的对象在长宁，两人马上也要结婚，回长宁肯定比在这里强。好啦！夏荷的事情用不着咱们当参谋，咱们还是说说老虎同志吧。你俩可能也听见了，咱们想的是老虎上山，老虎考虑的是下海，刚当上副矿长就又想着下海经商。"

林虎说："我和你们想法不一样。钟铭说黑龙铺那边有私人在开矿。我就想，如果私人开矿国家也允许的话，那以后可干的事情就太多了。不瞒你们说，宣布我为副矿长那天我确实很高兴，可不到一个星期我就没劲儿了。现在还是没劲儿。因为这的确不是我想要的生活。我喜欢自由自在，喜欢自己说了算。我要是能亲手创办一个企业，那将是我一辈子的荣光！"说到这里，林虎开始激动起来，用诗一般的语言说，"刚才何世龙说到弄潮儿，我认为改革开放就是涌动的大潮！我们就是立在潮头的弄潮儿！改革的大潮越往后越汹涌澎湃！毫无疑问，这是一个雕刻英雄的时代！我虽然不是英雄，但我要努力雕刻自己！"

林虎说的时候何世龙只是笑，罗双峰和夏荷却好像被吓着了似的，用惊愕的表情看着林虎。夏荷的鹰钩鼻鼻翼翕动，嘴张开，打了个喷嚏，扭头看着罗双峰说："老虎今天是咋了？"

罗双峰说："大概是兜里的金豆豆装得多，想急着变成一座工厂。"

林虎迅速向夏荷投去一瞥，心里感激夏荷一直为自己保守着秘密，尽管他并没有嘱咐她不要和别人说自己有"狗头金"。

何世龙不知是猜到了还是有意诈话，用手里的铁签子故意在林虎的大腿上扎了一下说："双峰提醒得对，你说老实话，你是不是真淘到了'狗头金'？这才有了想办工厂的想法？"

林虎不置可否地笑了笑，像背诵一首诗一样，故意用一种撩人心思的语气说："我心中的梦就像天上的云朵，携着雨、携着雷电、携着……"他说不下去了，大概是想不出词来了。

罗双峰对何世龙说："老何，老虎快要赶上你啦，也会写诗了！"

何世龙毫不掩饰骄傲地说："论写诗他差远了！"刚说完，就见河对面的单身楼的四楼，一个女子纵身跳了下来，何世龙惊得大叫了一声，"有人跳楼！"

其他人也看见了。很多人都往单身楼下跑，罗双峰和林虎也往那边跑，何世龙和夏荷紧跟在后。跑到跟前一看，跳楼的女子竟然没事儿！她被人从地上扶起来还能走路！单身楼里一个小伙子像疯了一样跑出来，见女子没事，上前紧紧地抱住，眼泪像溪水一样流淌下来。在众人的劝说下，小伙子扶着女子往职工医院走去了。他们走后，围观的人对于女子从四楼跳下来还能活命都大惑不解，有看得清楚的人说：人跳下来时掉在了一楼和二楼之间的四根粗电线上，经过一个缓冲才掉到了地上，应该不会有大碍。女子为什么要跳楼，围观的人没人能说得清。

罗双峰觉得没吃饱，还想吃烤肉烤饼，四个人又回到烤肉摊前坐下，又要了一大把羊肉，每人一个饼，烧烤店的人一边烤肉一边对夏荷他们说："那个跳楼的女孩是矿工子弟，扶她走的那个男孩家在长宁，和长宁一个单位的人搞对调要调回长宁去，想和女孩分手。两人就为这事吵了好几次。女孩威胁说，分手她就跳楼。没想到还真跳楼，真拿命不当一回事！人都要这样想，活着还有啥意思！"

何世龙说："这种死法都是一时冲动，真正想死的人都是想好了才去死的。我家对面的山坡上住了一户人家，女主人上吊死了。临死前，她在一棵树上挂好绳子，坐在树下哭了好几个钟头，这才把自己吊在了树上。等到邻居们发现，跑到她跟前时，人已经没气了。世上的一些人就是乐意听从死神的召唤，我们可别像她们一样不爱惜生命。"说完，他又问林虎、夏荷和罗双峰什么时候结婚。

林虎说："小凤和她们家急我不急。孔子说，人三十而立，我还啥都没有立起来，我不想先把大衣柜立起来。"

何世龙认真地看了看林虎说："没想到你是这样想问题！"说完，他又看罗双峰。

罗双峰说："我听秦丽华的，她想几时办就几时办。不就是领一张证书，两张单人床拼成双人床嘛，没啥可着急的。不过，大衣柜该立还得立，我不像老虎，心里还有办一个工厂的梦，我从来没这样想过。"

何世龙调侃似的说："咱们谁都别小看老虎，说不定哪一天老虎真把一块工厂的牌子挂在自家门口了!"

夏荷说:"我也这样认为。这几年跑销售我去过很多地方,改革开放的最前沿也去过,给我的感觉就是办个工厂并不难,生产一个产品,只要东西好,市场上能卖出去就可以。我父亲就经常这样说,好几次都准备辞职下海呢,要不是他一说我妈就哭闹,估计早就停薪留职了。不过,我爸就是一个普通的银行职员,老虎现在可是领导干部,真舍得摘了官帽去开工厂?"

"我真舍得。"林虎毫不含糊地说,"咱们都去过延安。延安给我的启发太大了!想想,一群人为了一个理想,二万五千里长征到陕北,在那么艰难困苦的条件下把革命搞成功了!现在和那时比,条件不知要好多少倍!为什么我就不能做点事?我现在恨不得自己能有个小发明,然后马上就办个工厂,专门生产自己发明的东西……"

罗双峰打断林虎说:"行了行了!过过嘴瘾就行了!办工厂需要大笔资金,还需要项目。这两样你一样都没有还开什么工厂?真想开工厂,你和小凤有一个就得辞职。当然,你也可以像水仙一样办个商店,攒够了钱,去找夏荷她爸合伙办个公司,说不定你的梦想就实现了。"

又来了七八个吃烤肉的,其中有一个女的,人高马大,嘴角总是挂着笑。她大概认识罗双峰,在罗双峰对面坐下,笑嘻嘻地说:"罗厂长,给你反映个事呗。"

罗双峰一愣:"你说,什么事?"

"你们厂的门卫打女人,你知道不?"

"我不知道,为什么要打?"

"就为了偷几块废铁呗。"

"打得很严重吗?"

"那看咋说呢,你们的门卫扒下那女的裤子用柳条抽,你说,哪有这样干事儿的?这让那女人还咋见人呢?"

罗双峰不相信:"不会吧,门卫的人会这么干?明天上班我问问。"

女人不再说了。罗双峰觉得应该走人了,第一个站了起来。何世龙又给了摊主二十块钱。几个人离开烤肉摊，何世龙直接去了水仙家。林虎和罗双峰要去各自女友家。夏荷只身往自己宿舍走。在浴池门口，她碰到了刚洗完澡的肖处长。肖玫瑞一边用湿毛巾擦着头发，一边对夏荷说："你的调令来了，公司同意你调走了。原本是想提你当科研所主任，可省里指名要你，下级得服从上级。省研究院急需要人，搞科研的单位对人才比企业重视，你去了也错不了。刚好还解决了你以后两地分居的问题，说起来也是好事。明天办手续吧，处里给你开个欢送会。现在上哪儿？到我家去吃饭吧？"

夏荷对肖处长的邀请表示了感谢。往宿舍走的路上，她想起了刚才那个跳楼的女人，还想起了何世龙和林虎刚才说过的一些话，对自己过几天就回到长宁去并没有感到激动，相反，还产生了一种难舍的感情。她想给父亲或者男朋友打个长途电话，但这必须要坐通勤车到十里坪自己的办公室才能做到。于是，她放弃了，想等第二天办调动手续时再说。

夏荷走到宿舍楼前，看见钟铭开的工具车停在楼下，车厢里放着两个木箱子。工具车的车门打开，钟铭和一个小伙子从驾驶室里跳了下来。钟铭热情地叫了一声"夏姐"，指着旁边的小伙子说："他就是李悦峰，我离开烤肉摊就去找他了。他说他找过你好多次都没见到你，给你做了一对箱子，让我给你拉来了。"

夏荷被感动了，笑着，连说了几声谢谢。

钟铭和李悦峰已经把箱子从车上搬下来开始往楼上抬。进到宿舍，夏荷给两人各倒了一杯水，看着有些腼腆的李悦峰说："你做箱子的木料是从哪里买的？我把钱给你。"

李悦峰忙说："不用不用，这是厂里给选矿厂做刮板剩下的边角料，车间里面有很多，平时都当柴火烧掉了，好板子我也不敢用。"

夏荷说："你调换工种的事应该感谢小钟，是小钟帮你办的，我没使劲儿。"

钟铭马上说："这就是我家老爷子一句话的事儿，用不着谢。你刚回来要休息，我俩还有事，就不打扰了。我想借你的书，现在能拿不？"

"能拿。"夏荷说，"我有点儿不明白，你的那个朋友想开矿，地方政府能允许吗？还有，开矿可不是简单事！就算国家允许，采矿、爆破、运输、建选矿厂、建尾矿坝、雇工人，需要很多钱，谁有这么大的魄力？又从哪里弄很多钱？"

钟铭说："我也不知道，反正人家比咱有钱。"

钟铭和李悦峰走后，夏荷把散发着松香味的两只箱子打开，用湿毛巾沾净里面的灰尘和锯末，开始往箱子里装东西。除了被褥和洗漱用具，她把其他东西全都装进了箱子里。盖好箱盖，她刚想洗脸洗脚，早点上床睡觉，罗双峰他们敲门进来了。他们是来给夏荷送纪念品的。

何世龙和水仙送的是一大块水仙家自制的腊肉；罗双峰和秦丽华送的是秦丽华母亲亲手做的一坛东北大酱；林虎和王小凤送的是一大口袋晒干的榛蘑菇。夏荷全都收下了。几个人说笑了一阵，看夏荷已有倦意，一齐告辞走了。

这天晚上，夏荷睡得特别香。第二天醒来，外面下起了小雨，夏荷坐通勤车赶到十里坪却不见有雨。回头往金坪方向望去，金坪镇上空竟是灰蒙蒙的一片，一条白色的雨带从青石崖方向正在向摸天岭上移动着。

销售处为夏荷举行的欢送会算不上隆重，但气氛很热烈。小小的会议室里摆放了好几堆带壳花生和糖果，肖处长说了一大堆表扬夏荷的话，并以全处的名义送给夏荷两块高级毛毯——既是送别的礼物，也是对她很快就要结婚的贺礼。夏荷也说了一通很感人的离别赠言。

怀揣调令，坐上钟铭的工具车，在和处里的人挥手告别时，夏荷竟然鼻子一酸，哭了！处里派的几个人和钟铭帮忙往车上装行李时雨停了。钟铭对夏荷说："夏姐，多奇怪！金坪这里有雨，十里坪却没有雨！说明老天爷想留你，一看留不住也就笑脸相送了。"

夏荷笑着说："你还真会联想！"

要离开生活了五六个年头的山沟沟了，夏荷的心情多少有点儿复杂。

蓝色的工具车在柏油马路上行驶到开通不久的摸天岭隧道口时，钟铭停下车，问夏荷想不想再看矿山一眼。夏荷说："走吧，全都在心里装着呢，这辈子想忘掉这个地方恐怕是很难了。"

路上，钟铭和夏荷谁也没有提起贩卖牛仔裤的事。从摸天岭一直到山口，钟铭不停地说着他的朋友在黑龙铺开矿的事，还对夏荷说："夏姐，我朋友他们家在黑龙铺的矿一旦开起来，有什么不懂的事，还得请你帮忙。我朋友他爸准备搞一台小球磨机，几台浮选机，厂房也不盖，全都是露天的，高工资请两个退休浮选工，我觉得有点儿像开玩笑！"

夏荷只是听着，一直没言语。说到请退休浮选工时，夏荷问钟铭："开矿山只请两个浮选工就行了？还有很多技术工作他咋解决？比如说采矿、爆破、化验……"

钟铭神秘地说："夏姐你放心，他们心里有数。你借我的书他们正看着呢。我朋友他爸还买了一辆摩托车，专门拉公司一个懂技术的人给他们指导，一个星期去一次，答应给很多钱。至于请的是谁，我就不知道了。"

夏荷对钟铭说的事没一点儿兴趣。钟铭说完，她说："采矿和选矿方面有什么不懂的地方，你可以让他们请教林虎和罗双峰，我不能从长宁跑这么远来帮助他们。"

钟铭说："这也想过，可这个想法放在以前还行，现在不行了。现在林矿长他们都是领导，谁敢跟他们提这个？"

夏荷没再吭声。钟铭也不再说，专心致志地开起车来。

夏荷回到家时家里没有人。钟铭和邻居们帮忙卸下行李搬回屋后，钟铭就走了。夏荷也没整理，拿着洗澡用的东西想去洗个澡。要出门，这才发现门口的平柜上立了一尊汉白玉观音菩萨像，面前有一香炉，香炉里还插着半根没有烧完的香。夏荷也没多想，出门洗澡去了。洗完澡一进屋，就见母亲跪在平柜前的一块海绵垫子上，双手合十正在礼佛。见夏荷进来，赶紧站了起来，娘儿俩说了几句调动工作的事，夏荷问母亲："你什么时候开始信佛了？又是从哪里买来的观音像？"

"不能说买，要说请！"母亲一脸严肃地说，"是从鬼市上请来的，我得让菩萨保佑你爸！你爸现在是真疯了！原来我总以为他只是过过嘴瘾，没想到这回是来真的！也不跟我商量就办了停薪留职手续，开了个饭店，还请了一个从人民大厦退下来的厨师，气得我三天两头头疼！想给你打个长途电话吧太贵，写封信吧又来不及，现在生米被你爸煮成了熟饭！以后饭店要是开赔了咋办？愁死我了！太愁人，我就想着让菩萨帮帮咱们家，保佑你爸开饭店顺顺当当的！"

"饭店开多长时间了？"

"快一个月了。说起来也怪你！你当初拿回来的那一万多块钱要是悄悄塞到我手里多好！没有你拿回来的钱，你爸他能有胆量开饭店？借他一个胆他也不敢！"

夏荷笑了笑说："妈，我爸不是没胆量，看不懂的事他不会干。饭店开了一个月生意咋样？"

"生意还行，吃公饭的人多。现在的人一个个胆子都挺大，嘴里吃了不说，走的时候还要烟要酒，全都开进了发票里。我当会计一辈子还没见过这样的事！吃饭都能报销！要我说，你爸赚的也是昧良心的钱！几根黄瓜在菜市场也就卖几毛钱，在你爸的饭店里，一盘卖四块钱！真是暴利！"

夏荷说："饭店赚的不光是菜钱，还有服务费呢！你这个老太太，我爸开饭店你不高兴，赚到钱你也不高兴，你可真难伺候！"

母亲看着女儿说："也就你敢这么说我！"

夏荷说："这是在家里，要是在单位，你做得不对还没人敢说你？以后别唠唠叨叨的，我爸精明着呢！你还没见过为做生意不管不顾的人呢！金坪公司有一个年轻处长是家里的老大，他妈从年轻的时候起就爱做生意，几个孩子都长大后，他妈给家里人招呼也不打就走了，一走就是好几年，音信全无。家里人知道她跑到外面做生意去了，也就没报警。去年突然给大儿子发来一封电报，说她在西宁卖菜，病倒了让大儿子去接她。她儿子给公司请了假，公司还给派了一台小车去西宁接他妈。你知道后来咋样？他儿子到西宁一看她啥病都没有，而且还是白天卖菜晚上跟人打麻将。她给儿子说她想回家，可是欠了别人三千块钱脱不了身，她儿子给了她三千块钱。她把钱拿到手，坐上车还没出城就反悔了，说什么都不愿回家。她儿子没一点儿办法，只好一个人回来了。你说，你要是遇上这样的人咋办？我爸喜欢做生意就让他去做，你说了他不听，你还说，那不是自寻烦恼？"

母亲笑了，在夏荷脸上摸了摸说："在山里待了几年越来越白了。"

夏荷说："山里面的水好。我饿了，吃什么饭？我来做。"

"咱到街上去吃碗米皮吧。"

"我爸不回来吃饭？"

"你爸晚上只喝酒不吃饭，资本家都一个德行！"

夏荷哈哈大笑。

在家住了一个晚上，第二天去单位报到前，夏荷嘱咐母亲把从山里带回来的蘑菇晒一晒，以免生虫。在新单位报过到，见过新领导和新的同事们，夏荷又到父亲开的饭店"一品楼"看了看。发现父亲饭店的二楼有一个小会议室，父亲也不打算利用，夏荷就对父亲说，她想把小会议室用作自己的画室，父亲答应了。她中午在"一品楼"吃了半斤醉虾，一个小花卷，一小碗醪糟。吃饭的时候，她对父亲说："我妈总在为你担心，我刚回来就唠叨，还说你是资本家，晚上只喝酒不吃饭。"

父亲说："别听你妈瞎说！我咋能不吃饭？我是不爱吃你妈做的饭！不管炒什么菜，都是葱、姜、蒜、醋、盐，吃不出油味也吃不出盐味，还说这是为防止得心脑血管病，是为全家人好！我说过一次就再不说了。我做生意她担心什么？她是担心钱！我只要把钱给她她就放心了。我还不了解她！从下个月起，我每月给她交双份工资，到时候再看你妈，保证把我当太上皇伺候！"

夏荷听了也是哈哈大笑，笑完问父亲："你为什么非要做生意呢？你不做生意，凭你的资历和能力，早都当上领导了吧？你整天把做生意挂在嘴上，单位领导是不是很烦你？"

夏志杰说："你记住，孩子，每个人都只有一辈子，要过好这一辈子，一定要做你自己喜欢做的事，这样你才能快乐，否则你就只有愁烦。你到银行去看看，每个人都像一台机器，数钱、记账，记账、数钱，能享受到钱所带来的快乐吗？半点都没有！我开饭店，过手的钱一半都是我自己的，自己的钱想怎么花就怎么花，白给人都行！你走在街上，你给一个行乞的人十块钱，他高兴，你比他还高兴！因为你觉得自己很高尚，比很多人都强！等你有了这种感觉时，你就成了最快乐的人。等你有了钱，你试着这样做一回，你一定能体会到这一点！"

夏荷平时很少和父亲讨论钱，也从来没问过父亲为什么喜欢做生意，今天随口一问，才知道父亲对钱的理解确实和母亲有着很大的不同。相比较而言，她觉得还是父亲对钱的理解更接近人的本性，也确实有一种崇高在里面。倘若父亲真能一直这样做下去，那么，母亲的一切担忧都完全是多余的。她觉得父亲的话是她回到长宁收到的最好的一份礼物。

离开"一品楼"，倒了三次公交车，夏荷来到了未婚夫钱继科所在的钢厂。钱继科没在办公楼里。办公室的人告诉她，钱继科承包了厂劳动服务公司，找他要到厂区堆料场的北门——一个废弃的厂房里去找。夏荷听后，心里咯噔了一下。

夏荷在厂区转了一大圈后来到了北门。当她走进北门，走进废弃的厂房时，看到几个工人正在往一辆破烂的卡车上装垃圾。夏荷一出现，他们都扭头朝夏荷这边看。夏荷看他们当中没有钱继科，正欲转身离开，头顶上的天车里探出一个脑袋来，轻轻地叫了一声她的名字，她抬头一看，正是钱继科。

钱继科穿着一身很脏的工作服从天车上下来，给正在干活的几个工人打过招呼，领着夏荷走出了厂房。路上，夏荷问钱继科："你承包了你厂劳动服务公司？"

钱继科说："是，也是没办法的事。钢厂效益不好，厂里还要搞减员增效。很多人都想离开钢厂去单干，我觉得是胡闹，好像走出钢厂大门就到处都是金钱一样。我和我原来车间的人说了我想办一个精密件加工厂的想法，他们觉得可行，都愿意跟着我干。我从厂里借了五十万元流动资金，从下月起，工资、奖金我们自己挣。我想把新厂子办成一个具有独立法人资格的企业，除了人事关系仍归属钢厂外，厂房和设备都以租赁形式和厂里签订承租合同。事业刚起步，还没来得及给你汇报。"

夏荷忙说："你可别给我汇报，我帮不上你，我也不扯你后腿。无论是现在还是将来，你爱咋干就咋干，只要别把跟着你干的工人亏了就行。我呢，一听人跟我说钱就心烦。在金坪公司，凡是我认识的人张口是钱闭口也是钱。刚一回到家，我妈还是说钱，到我爸饭店说的几句话也还是钱。但愿研究院没人跟我说钱。"

钱继科无奈地笑了笑说："好吧，咱不说钱。听你的口气，你真的调回来了？"

"今天都已经报到了。我来找你就是想问问你，咱们什么时候结婚，这件事不定下来，我心里静不下来。"

钱继科说："你定日子。房子、家具，过日子用的东西我都准备好了。房子是我哥的房子，我嫂子是北京知青，可以调回北京，我哥跟着沾光，房子就成了咱俩的。"

"你爸妈怎么办？"

"他们住单位房。"

"你现在有空吗？带我去看看新房。"

"晚上吧，晚上我让一个朋友开车去你家接你。"

夏荷笑了笑说："这是最近一段时间以来我听到的最让我高兴的事！"

两人说着走着，不知不觉又走到了厂区办公楼前。夏荷提出要回家，钱继科又陪着她走出厂区。夏荷上了公交车坐在座位上，向钱继科挥舞着手臂时，他才转身往厂里走去。

夏荷坐在车上，把自己的新家规划了一路。回到家，她看见母亲正在把晾晒好的蘑菇往口袋里装，跟前站了好几个邻居大妈。看见夏荷回来，她们都笑着夸夏荷孝顺，把城里不常见的山货带回来了一大口袋。夏荷刚想说话，就见母亲一个劲儿地给自己使眼色，也就没说啥，和邻居大妈们打过招呼，回屋里去了。

一会儿，母亲回到了屋里。夏荷问母亲："你刚才老给我使眼色是啥意思？"

母亲说："邻居们在咱家门口站老半天了，就等着我给他们一家拿一些蘑菇呢，一个大杂院住着十几家人，我该给谁家？一家给一些咱家就没有了。看来，好东西不能轻易让人知道。"

夏荷说："妈，我看你比我爸精明多了！你要是做生意，把有些人都能气死！"

当妈的却说："我可不像你爸，净赚些昧良心的钱！"

夏荷说："我爸说，从下个月起，他每月给你交双份工资，你要不要？"

"当然要了！这是你爸说的？"

夏荷说："妈，我说句你不爱听的话，你是真正的城市小市民！"

"是又咋？兜里有钱，你说我是啥都行！我才不在乎呢！"

夏荷想换一个话题，问母亲："夏雨和夏兰最近咋样？"

母亲说："别提她俩，能把我气死！夏雨找了个男朋友，听男朋友说，在深圳赚钱很容易，跟我和你爸打了声招呼就去了深圳。听说是在一家公司上班，一个月工资加奖金能拿好几千！我和你爸都不信。南方人爱吹牛，胆子也大，啥都敢干，违法的事也敢干！我就担心夏雨头脑简单又没心眼，干到最后被人骗了都不知道！夏兰就更气人了，谈个对象还没咋呢就住到一块儿去了！要是哪天挺个大肚子回来，我这老脸都没地方搁了！你回来得正好，替我管教管教！两人要是真愿意到一块儿，那就早点结婚，别让人家在背后戳我的脊梁骨！你说的时候问清楚，男孩没钱可不行！闺女虽然不听话，但是结了婚没钱过日子我能难过死！"

夏荷不爱听人说钱，但还是没能绕开去。

十一

就在夏荷被调回长宁的当天，罗双峰像往常一样准备先到菜市场去吃点早餐，再到厂里去上班。刚走出单身宿舍大楼，就见厂里的工具车疾驰而来，在他跟前停下，厂调度室主任从车上下来，一脸慌张地对他说："杨厂长从磨浮车间的地板上掉下去了！"

罗双峰急问咋回事。

调度室主任说："杨厂长今天比平时到得早，带领几个值班干部在各岗位巡视，走到浮选工段时，水泥预制地板突然断了，杨厂长和同行的几个人全都掉到地板下去了，已经被送到职工医院。情况咋样还不清楚，几个人从地板底下被抬上来时都昏迷不醒。"

罗双峰听着就头皮发紧，上车后让司机直接往医院开。

公司职工医院的走廊里挤满了人，公司领导几乎全来了。看见罗双峰，公司主管生产的副经理汪经理告诉罗双峰："杨厂长年纪最大，医生说要做开颅手术，职工医院没人能做这种手术，人已经送到长宁去了。公司决定由你代杨厂长主持全厂工作，你回去把安全生产认真抓抓。"

由于受伤的人都在抢救，医生不让任何人探视，罗双峰和公司其他领导打过招呼，吩咐在场的主管后勤的副厂长多安排几个陪护人员后便离开了医院。

在去往厂里的路上，罗双峰感到肩上的担子沉重了许多。回到厂里，等待开碰头会的各车间领导和各科室领导在小会议室坐了一屋，正在议论刚发生的事故。很多人都在抽烟，烟头随意就往地上扔，这让罗少峰很反感。看罗双峰板着脸走进会议室，没人再讲话了。有人迅速从兜里掏出笔记本和钢笔，也有人还和罗双峰开玩笑，不叫他罗双峰厂长，叫双峰。罗双峰脸上毫无悦色，他也高兴不起来，因为他心里还装着另外一件恼人的事。他扫了一眼与会者，算是打了招呼，接着，用严肃的口气说："刚才在医院听汪经理说杨厂长伤得最重，要做开颅手术，人已经送往长宁，看样子短时间上不了班。公司临时决定让我代杨厂长主持全厂工作。我想，眼下最要紧的是查找安全漏洞。水泥预制地板突然断裂，不外乎两个原因：一是水泥预制板质量有问题，二是水泥预制板曾被重物砸过，刚好赶在杨厂长他们经过时断了。从现在起，检修设备一律不准在架空地板上进行；两个检修场地上摆放的大型备件暂时集中在一个场地堆放；车间里需要增加护栏的地方要增加护栏；碎矿车间皮带走廊两边的矿石要尽快清理；磨浮车间的有些悬梯已经变形，能更换的要更换，不能更换的，给踏步上横着焊两根钢筋；从今天开始，尾矿车间各泵站的事故池必须每天都是空的；调度室要尽量和公司、露天矿做好协调，要求露天矿均衡供矿，要不然磨浮车间很难干。我昨天在生产报表上看到磨浮车间生产出了百分之五十七的钼精矿。这个指标很了不起！我认为这个指标不仅跟矿石品位有关，也和浮选工的操作技术有关，说明工人中有人很懂技术，要是能成批量生产出高品位的钼精矿来，那我们对公司的贡献就太大了。"

罗双峰说完，所有人都不作声。从他们的眼神里可以看出，他们感受到了代理厂长的不一般。散会以后，刚才还直呼罗双峰名字的两个车间主任在临出门时都改口叫罗双峰罗厂长，罗双峰含蓄地一笑，拍了拍两人的肩膀说："平时咋叫就咋叫，我这人不讲究。"说完，叫住从自己身边走过的保卫科科长说："你到我办公室来。"回到办公室，罗双峰刚坐下，就用严肃且略带责备的口气问保卫科科长，"前几天，有人当我面反映咱们厂的门卫把一名偷废钢铁的妇女裤子扒下打屁股，有这事吗？"

保卫科科长叫张广智，退伍军人，体形高大，对年轻厂长的态度显得有点儿傲慢，跷着二郎腿，脸上似笑非笑，对代理厂长的问话丝毫不感到惊讶，也不隐瞒真相，并且用一种欣赏的口气说道："这是杨厂长让这么干的。这主意好！我还没想到这招呢！真管用！一招就把偷废铁的这帮娘儿们给镇住了！不怕丢人的让她再来！哈哈哈！光屁股用柳条子抽几下立马就老实了！哼哼！昨晚就没发现有偷废铁的。"

罗双峰听张广智说完又好气又好笑，本想发作，一想，如果真是杨厂长让干的，说张广智也不合适。于是，他换了一种口气说："领导有些话也不能当真，杨厂长说的也许是气话。他说让你打屁股，说没说让你把裤子扒了打？"

"那倒没说。"张广智很老实地说："是那几个门卫气不过想出的招数，我到现在都认为这办法行！"

"行什么！"罗双峰突然严厉起来说，"农民偷废铁不是一天两天了，从我参加工作那天起就有农民偷废铁。工人不偷废铁偷钢球。你们还把偷钢球的人绑在了电线杆子上。五六年过去了，把偷废铁的治住了？有人偷废铁卖成了万元户！三里坪选矿厂的废铁能拿动的都被人拿光了！注意，我说的是拿不是偷！想想，我们把废钢铁随便往坝上一扔，不扎围墙也没人照看，农民不就可以随便拿吗？金山岭选矿厂一面靠山，一面临河，一面临沟，农民偷废铁都是把废铁先扔到沟里面，然后再顺着河沟往外走，还不经过厂门卫，多数时候都还是在晚上，你们就更难发现。……你们这样办，让生产科出面，在汗泉沟沟口扎道围墙，安个门，钥匙你们保管。小门白天打开，方便农民上山、种地、砍柴、放牧；晚上下班时把门锁上。厂区大门口再安装一盏探照灯，专门照射汗泉沟。这样一来，偷废铁的人应该不会很多了吧？"

保卫科科长不再傲慢，把二郎腿放了下来，说了几句恭维年轻厂长的话，心悦诚服地走了。

罗双峰和保卫科科长都把问题想简单了。用柳条抽打妇女光屁股的事被当事人告到了检察院。花莲县人民检察院的人来到了金山岭选矿厂。罗双峰本想让公安科出面接待一下，哪知检察院的人一定要见厂长，罗双峰只好出面接待。

检察院来的是一位副检察长，穿着便衣，表情很严肃，一副公事公办的样子，一不小心还露出了别在腰上的小手枪，同来的一位女士也是一脸严肃。

厂办公室的人拿来了烟和茶水，副检察长点着一支烟，直接说出了检察院对门卫打人事件的意见，意思是要依法办理。罗双峰听后，语气平和地说："这件事我们有错误，我们内部已经初步做了处理。不过，金山岭选矿厂只是金坪钼业公司下属的一个生产单位，没有对外接待的权利，即使对地方政府也是一样。所以，你们最好找一下公司保卫处。"

检察长愣住了，脸上现出了尴尬的表情。他明白，罗双峰等于是在下逐客令。检察长站了起来，客气地和罗双峰握了握手，说了句暗含讥讽的话走了。

检察院的人走后，罗双峰打电话把保卫科科长、办公室主任和主管后勤保卫的副厂长叫到了办公室，以非常严肃的口气说："以后地方政府来厂办事必须公司同意才行，我们不要单独接待，我们没有这个权力。另外，安全保卫工作重点是放在产品和油品管理方面。"说完，他让主管后勤保卫的副厂长留下，又专门说了食堂的问题。他表情严肃地说："在三里坪选矿厂的时候，食堂的饭菜质量就非常一般，总是以豆腐为主，工人骂了不是一天两天了。从现在起，每月发放奖金时，每人每月人均奖少发三块钱，厂里再从节余奖中拿出一部分，全部用于职工食堂。职工食堂每天中午饭不能少于四个菜，夜班饭不准每天都是咸菜、馒头、苞谷糁稀饭。让福利科打个报告，采购一批桌椅板凳，费用计进成本，别让职工再蹲在地上吃饭。这件事半个月后我要见到实效，你们抓紧办。另外，门卫人员立即全部换掉！主张打人者要给予行政处分。还有，你带领打人者给被打妇女当面赔礼道歉！

把妇女的裤子扒下打屁股，简直是天下奇闻！金山岭选矿厂的脸都让这几个门卫给丢尽了！"

主管后勤保卫的副厂长走后，罗双峰又把纪委书记叫到了办公室，严肃地说："厂门卫处有人把偷废铁的妇女裤子扒下打屁股，这件事性质相当恶劣！保卫科科长说是杨厂长让打的，我对这句话持怀疑态度，厂门卫素质太差，必须要教育。你带两个人，必须是忠诚可靠的共产党员，把这件事情的来龙去脉查清楚，到底是谁下的命令，又是什么人主张打人的，形成一个报告尽快给我。"

纪委书记走后，罗双峰又把生产科科长叫到了办公室，以一种不容置疑的口吻说："让碎矿车间把筛子改回原设计。把筛子眼放大，拳头大的矿石都能下去，自然要降低磨矿效率，这个道理非常简单。告诉他们不能蛮干！另外，在球磨机和浮选机旁边的空闲处盖几间隔音房，冬天工人坐在里面不冷，还可以减少噪声对人的伤害。这件事也立即着手去办。还有，把碎矿车间的粉尘问题给公司打一份紧急报告，催促公司尽快研究。现在细碎车间稍微能好一些，粗碎车间人进去连设备都看不清楚，工人们怎能不得硅肺病？谁愿意在那样的环境下工作？这件事我给杨厂长说过，杨厂长也表态支持，总之，这件事刻不容缓。"

生产科科长走后，罗双峰又和贺书记共同主持召开了一个政工会，要求工会拟定一个开展劳动竞赛的计划，特批共青团把一些无法再利用的废钢铁卖掉，作为团委的活动经费，购买一批乐器，主办周末舞会，把青年人的业余文化生活丰富起来，让青年人对生活的热情高涨起来。

罗双峰的这些工作安排很快就有了爆炸性的效果。就在当天晚上，办公楼二楼的大会议室里跳舞的音乐就响了起来。年轻男女们热情高涨，在接下来的许多个夜晚，都是跳到后半夜才逐渐散去。与此同时，关于罗双峰锋芒大露，觊觎厂长位置的说法也在十里矿区轰动性地传开了。这方面的议论也传到了秦丽华的耳朵里。正在忙着筹备自己婚礼的秦丽华是从好友苏萍嘴里听说的，她虽然不是很介意，但还是把自己从苏萍嘴里听来的话告诉了罗双峰。罗双峰听完只是淡然一笑，说："要想改变一种状态，当然需要一些手段，只要做得对，人家爱怎么说就怎么说吧，你听了就算了，别再说给我听。"

从这天起，秦丽华再不敢在罗双峰面前说群众议论他的事。

就这样，罗双峰成了公司真正的名人，就连公司一把手和党委书记都对罗双峰有了不一样的认识，并分别找他谈了话。

一天，公司总经理康福成步行来到了金山岭选矿厂，一个人在全厂各车间转了一圈才来到了罗双峰的办公室。罗双峰有点儿不知所措，甚至有些紧张。公司一把手对几年前罗双峰舍身护人的勇敢行为记忆犹新，在硬木沙发上坐下后，他询问了罗双峰的身体情况、家庭情况，又问了一些生产方面的情况。仔细听完罗双峰的汇报后，他用一种亲切的口气，对拿着本子准备做记录的罗双峰说："不用记，听就行了。对于碎矿车间的粉尘问题，公司已责成技术处、安环处、监察处、三个选矿厂各派一个人，组成一个考察组外出考察。技术处的人反映，北京一家公司生产的除尘设备不错，在贵州一家铜矿运行三年效果很好，就去那里考察。如果还有更好的也可以去一下。不管选用谁家的，都要公开招标，择优选用。公司注意到了你们生产出了百分之五十七的钼精矿，这个问题很值得研究，我已让科研所专门立项，你们配合，争取能成批量地生产。现在一些人对你有看法，我认为都是瞎扯淡！当一把手就是要敢想敢干，但有一条，拿不准的一定要上会讨论，不要自以为是；认为可行的，班子会上讨论一下，议一议形成纪要，然后马上办。不需要上会的，指示有关部门直接办理。从下个月开始，公司的奖金分配要向三厂一矿倾斜。公司机关拿全公司的平均奖，你们在进行二次分配的时候，也要留有余地，一部分补贴到食堂，一部分用来奖励重要岗位和有突出贡献的人员。总之，奖金不能吃大锅饭，不能搞平均分配。……就目前来讲，你对公司后续发展有什么好的建议？"

罗双峰的心里不光是有些激动，还有一种说不出的欣喜的感觉，他想起了夏荷对自己说过的话。于是，他说："从销售处调走的夏荷是我同学，她走前曾建议从精矿尾矿中选铜，还建议从硫砂尾矿中选铁。我认真想过，这在技术上是完全可行的，选铜和选钼没有多大区别，选铁只要安装几台磁选机就可以做到。如果把铁和铜都选出来，一年的净利润至少有几千万。"

康福成叹了口气说："调走的小夏我认识，是个人才，可惜公司留不住，硬让省里给挖走了，这是个遗憾。不过，选铜和选铁的问题公司也想到了，正在研究。我今天来，有一个问题需要你们认真研究一下，就是职工用煤油做饭的问题屡禁不止究竟是什么原因？要好好抓一下，改革开放都快十年了，我们的管理还是粗放式的，这很丢人。露天矿的问题比你们还要突出，采剥比严重失衡，一下子还扭转不过来。还有其他方面的问题，材料消耗方面漏洞更多，尤其是柴油。我的意思是，我们的管理要向精细化管理过渡，否则我们会吃苦头的。有迹象表明，公司制改革将势在必行。所以，我们得提前谋划，不然一旦实行自负盈亏，我们这个大企业怎么发展可是一个天大的问题啊！我们这些人终将要被淘汰，你们年轻人就要多考虑，眼光可不能只局限于金山岭选矿厂。当然，金山岭选矿厂的每一步都事关公司大局，任何事情都不能马虎……"

总经理的一席话让罗双峰觉得自己就像个小学生。头一次主持全厂工作，脑子里一下子装了这么多的事，这让他感觉到了前所未有的压力。

康福成视察完金山岭选矿厂的第二天，何世龙给罗双峰打来电话说，公司党委书记庄书记要到尾矿坝去看看，想让他陪同一起去。罗双峰很高兴，放下电话，跟厂党委书记打过招呼，坐上工具车就去了公司。

中国人民大学哲学系毕业的庄长荣器宇轩昂一脸慈祥，人比较胖但身材比例很匀称，鼻梁上架着一副深度近视镜。几年前，罗双峰在一次干部学习班上听庄书记讲过马克思的《资本论》，对庄书记的博学很是佩服。庄书记人很随和，喜欢说笑话、讲故事。罗双峰坐车赶到公司的时候，庄书记就在办公楼前站着。何世龙也站在一旁。罗双峰等车停稳后，下车和庄书记握了握手。庄书记让何世龙回办公室，自己上了罗双峰的车。

去尾矿坝的路全是土路，路两边因下雨而塌方的地方随处可见。庄书记善于讲故事，汽车一跑起来，他就问罗双峰是哪里人。

　　"我是商州人。"罗双峰说完，心里一直在想：庄书记为什么要去尾矿坝视察呢？

　　庄书记操着一口浙江口音说："商州是个好地方啊！姚雪垠老先生在他的小说《李自成》中说，李自成率领起义军转战各地，受到明朝总督洪承畴的围剿，在潼关南岳突围到商洛山中欲重整旗鼓。说的就是你们家乡啊！但是，商州最让人印象深刻的是'商山四皓'。他们是秦末汉初的四位隐士，蛰居商山，年龄都是八十多岁，须眉皓齿，衣冠甚伟，汉高祖刘邦多次征召而不得。后来，四人出山辅佐太子刘盈，后世称之为'商山四皓'。西汉司马迁《史记·留侯世家》中记载了他们的名号与事迹。"

　　罗双峰听得上瘾，让庄书记也讲讲他们的事迹。庄长荣就又说："刘邦登基后，立长子刘盈为太子，封戚夫人的儿子刘如意为赵王。后来，见刘盈天生懦弱，才华平庸，而刘如意却聪明过人，才学出众，就有意废刘盈而立刘如意。刘盈的母亲吕后闻听非常着急，便派自己的哥哥建成侯吕释之去请开国重臣张良出面。吕释之对张良说：'你是皇上的亲信谋臣，现在，皇上想要更换太子，您岂能高枕而卧？'张良推辞说：'当初皇上是由于数次处于危机之中，才有幸采用了我的计策。如今天下安定，情形自然大不相同，更何况现在是皇上出于偏爱想要更换太子，这是人家骨肉之间的事情。清官难断家务事啊！这种事情，就是有一百个张良出面又能起什么作用呢？'吕释之恳求张良务必出个主意。张良不得已，只好说：'这种事情光靠我的三寸不烂之舌恐怕难以奏效。我看不如这样吧，我知道有四个人是皇上一直想要罗致而又未能如愿的。这四个人年事已高，然而皇上非常敬重他们。如果请太子写一封言辞谦恭的书信，多带珠宝玉帛，配备舒适的车辆，派上能言善辩的人去恳请他们，他们应该会来。然后以贵宾之礼相待，让他们经常随太子上朝，使皇上看到他们，这对太子是很有帮助的。'于是，吕氏兄妹和太子当真把后人称之为'商山四皓'的老人请来了，把他们安顿在建成侯的府邸里。在一次宴会中，太子侍奉在侧，四个老人跟随在后，刘邦突然见四个陌生的老人都已八十开外，胡须雪白，表示非常惊讶。问他们的来历，四人道出自己的姓名。刘邦听了大吃一惊，说：'多年来，我一再寻访诸位高人，你们都避而不见，现在为何自己来追随我的儿子呢？'四位老人回答说：'陛下一向轻慢高士，臣等不愿自取其辱。如今听说太子仁厚孝顺，恭敬爱士，天下之人无不伸长脖子仰望着，期待为太子效死。所以，臣等自愿前来。'刘邦说：'那就有劳诸位今后辅佐太子了。'四人向刘邦敬酒祝寿之后就彬彬有礼地告辞而去。刘邦叫过戚夫人，指着他们的背影说：'我本想更换太子，但是有他们四人辅佐，看来太子羽翼已成，难以动他了，吕氏这回真是你的主人了！'戚夫人大哭。刘邦强颜欢笑说：'你给我跳舞，我为你唱歌。'刘邦便以太子的事件即兴作歌，'鸿鹄高飞，一举千里，羽翮已就，横绝四海。横绝四海，当可奈何？虽有矰缴，尚安所施？'说的是无力更换太子的道理。"

庄长荣说的时候，罗双峰还以为庄长荣是在故意卖弄，想了想，又觉得不像，但到底是什么意思，他又琢磨不透。车到尾矿坝跟前，在回水车间门前，庄书记让车停下。他下车后看了看事故池，又看了看排洪渠，看着像着了一层黄蜡一样的水渠什么也没说。上车后，汽车沿着坝体成 S 形往坝顶上开。开到坝顶，看到有两台大型推土机正在堆坝。不远处，一群工人正坐在一堆护坡石上休息。庄书记让车在坝上等。他在前面走，罗双峰跟在后面，沿着弯弯的山路，一直往有浮船的地方走去。四周围山水相连，草木翁郁，景色宜人。走到能看得见浮船的地方时，庄书记指着坝里的一湖清水，和站在岸边一棵枯树上的两只白鹳说："宋朝人徐之杰有一首诗，可以用来形容咱们眼前的美景：'花开红树乱莺啼，草长平湖白鹭飞。风日晴和人意好，夕阳箫鼓几船归。'可惜这湖里只有一人一船。"

庄长荣说完，看了一眼疑惑不解的罗双峰，突然变得严肃起来，说："看护尾矿坝的这个岗位是九岗，在全公司所有岗位中岗级最高。为什么要定得这么高？因为责任实在太大！现在的这个看坝人叫林全，是公司树立的标杆。他一个人每天二十四小时上班看护着大坝，应该说是很尽心的，也很让人放心。因为各级领导都很少到这里来视察。但是最近，我和康经理每天都提心吊胆，非常害怕尾矿坝出事。原因是，这个林全，尾矿坝周围村民向公司反映了很多他的问题。他说自己的前世是'商山四皓'之一夏黄公，像扁鹊一样会行医看病。这简直是扯淡！'商山四皓'是秦汉时期的隐士，林全算什么？但他却敢以夏黄公的化身自居，欺骗周围村民做坏事。一个人守坝无人监管，他便上山砍树当矿柱卖，人性中最自私的一面便逐步显露出来。据反映，他用浮船往坝外运送了十几次。这样的标兵我们还敢树立？但为了慎重起见，这件事就不惊动监察处了。今天叫你到这里来，就是想亲自证实一下村民反映的情况是否属实。砍树比较好落实。以看病为名调戏猥亵妇女，如果性质恶劣，交公安处去办。你的职责是尽快物色一个相当靠得住的人守护大坝。再困难也要给这里装一部电话。这件事由公司和机修厂协调，很快就会得到落实。"

罗双峰虽然还不完全理解庄长荣带着自己视察尾矿坝的全部含义，但有一点他是知道的：公司领导是在担心尾矿坝的安全。

庄长荣看罗双峰望着一湖清水不断地皱眉头，又语重心长地说："小罗啊，在很多人看来，我们这些当领导的一定都很风光，很享受。是这样吗？我的体会是，当领导是一件很辛苦的差事。我和康经理不担心球磨机掉到地板下去，却担心尾矿坝和水库出问题。水库的坝体是钢筋混凝土，尾矿坝的坝体全部是用尾矿砂堆成，要是下大雨、大暴雨，尾矿坝的安全就是大问题。我们天天讲安全，可所有的安全事故都是因为偶然而造成的，而偶然又总是孕育在必然之中……哈哈！"庄长荣忽然哈哈大笑着说，"开始讲哲学了！讲本行啦！"

罗双峰也笑了。紧接着，庄长荣又说了一句让他终生难忘的话："我和康经理都很看好你，你是个好苗子，干好了，将来堪当大任。这话我本不该说，但是你要知道，组织上培养一个干部很不容易。尾矿坝的安危牵扯到大坝下游几十个村庄的安危，丝毫不能大意，要是出了问题，咱们都担待不起啊！……哦！……我记得，你、何世龙和调走的夏荷是同班同学，都是学选矿的，林虎是学采矿的。很有意思。你们四个人的性格很不一样，小何很有才，但有时悟性不够，个人修养方面也还差点儿。林虎据说很有个性，胆子也大，还很执着，自己认为能干的事就坚决干，无论别人说什么他都不管。这个人如果不是当上了副矿长，说不定还每天在河里淘金呢。那个调走的夏荷怎么样？你对她了解吗？听小何说她是冶金学院的校花？人长得漂亮不说，还很聪明，思想深刻，分析问题很到位，性格也很绵软，她调走后，和你们还有联系吗？"

"几乎没什么联系。"

庄长荣不再问了，在路边的一块石头上坐了下来，望着周围苍翠的群山，问罗双峰："你是厂长，你估计这个大坝还能用多久？"

罗双峰看了看大坝水面以上的高度说："也就二三十年吧，公司应该考虑建一个永久性尾矿坝。"

"你说得对。可是，建设一个永久性尾矿坝需要时间，牵扯很多问题，但时间还来得及……我们来了这么长时间，也没见到林全，这个人看来很不可靠。"

尽管是代理厂长，罗双峰听了庄书记的最后一句话，仍然觉得很没面子。他本想说几句表态的话，却又没说。这有点儿不合常理，但他确实就是这样的人。研究哲学的庄长荣自然懂得他的心理，见他不吭声，知道他心里在想啥，不禁为他有些古板的性格感到好笑。

罗双峰也并非一个没有悟性的人，他完全懂得公司党委书记当着自己的面说出一级组织对一个干部的看法意味着什么。他是被感动了，身体里还产生了一种热量，有了一种跃跃欲试的感觉，但他又很迷茫，没有方向，不知道接下来该干什么。尾矿坝的安全他确实没有公司领导想得那么多，被庄书记如此一说，他再次感到压力山大，头一次真真切切地体会到了当一个领导干部的不易。但对怎样处理林全，他选择的竟然是中间路线，说："林全也许不像人们说得那么过分，如果与事实不符，或者是有夸大的成分，是不是教育教育，还让守坝算了？找一个这样的人不容易，何况又是公司树立的标杆，撤了或者被抓了，公司在脸面上也不好看。"

庄长荣听后，用一种长者的口气说："双峰啊，《增广贤文》一书里有这样几句话：'慈不掌兵，义不养财，善不为官，情不立事，仁不从政。'为官任上，心慈仁义，爱惜部下是对的，但一定要具体问题具体分析，有些人两面三刀，行为极端，善于表面敷衍，社会上的一个闲人这样为人倒也罢了，一个守护涉及万千生命大坝的人，我们绝不可以仁慈姑息，必须依据事实，依法依规处理，不然的话，后患无穷啊！"

罗双峰脑子转变极快，立即表态说："回去我就和贺书记商量人选。"

庄书记说："要尽快，最好是选一名老共产党员。"

两人开始往回走，能看得见堆坝的人群时，罗双峰眼力好，看见坝上停着一辆吉普车，何世龙站在车跟前，双手呈喇叭状，拼命在喊："庄书记，省长来公司视察，康经理让您赶快回去。"

庄长荣没听清，但罗双峰听清了，对庄长荣说："何主任说，省长来视察，康经理让你回去。何主任应该是专门来接你的。"

两个人都加快步伐往坝上走，走到车跟前时，两人的身上都出汗了。庄书记坐上车后，何世龙让吉普车先走，他和罗双峰坐工具车回公司。在车上，何世龙告诉罗双峰：长宁医院打来电话说，杨厂长生命危急，能不能活命很难说。

罗双峰听了长叹一声说："不当领导啥事没有，一当领导啥事都来了。"

"慢慢就习惯了！你现在还没有学会怎样当领导呢！咋样，想不想跟我学？"何世龙毫不脸红地似笑非笑地看着罗双峰说道。

罗双峰以玩笑似的口吻说："我跟你学啥？学拍马屁？还是学说大话？你这两方面好像也不是很擅长！"

何世龙说："那你教教我？"

罗双峰说："行了吧！在学校的时候你就精通此道，只不过来到工厂，你还没有适应和庄书记这样满肚子学问的人相处。"

"你这是实话。"何世龙说，"论学问，庄书记确实在你我之上。跟庄书记说话，我总感到紧张。"

"慢慢就习惯了！"罗双峰乘机把何世龙的话还了回去。

这时，司机说了一句："还没见过你们领导这样开玩笑！"

工具车开到办公楼前，罗双峰要回厂里，何世龙却拉着他的胳膊不让走，非让罗双峰到自己办公室去坐坐。罗双峰拗不过，只好跟着何世龙上了楼。

一进办公室，何世龙就给罗双峰倒了一杯茶水，然后在罗双峰对面的硬木沙发上坐下，直截了当地说："双峰，有一件事你得帮帮我。"

"什么事？"

何世龙看看门口说："水仙小卖部的生意特别好，想让你用角铁给焊几个货架子，咋样？这个面子你得给吧？"

罗双峰喝了一口茶水，笑着说："这面子我想拨开也拨不动啊！"

何世龙还要说话，罗双峰的司机敲门进来对罗双峰说："看见贺书记了，让你赶快回厂，蔡省长马上要去厂里参观。"

罗双峰一听，站起身就往外走。

何世龙跟到走廊里，嘱咐罗双峰："你别一忙乱把水仙的事全忘了！"

罗双峰在楼梯的拐弯处说："忘不了，放心吧！"

省长要到选矿厂视察，罗双峰的心里有点儿小紧张。当他回到厂里，疾步上楼，到办公室拿了笔和笔记本，下楼在大门口准备迎接时，省长的车队刚好进到厂区里来了，罗双峰和贺书记赶忙迎了上去。

陪同省长前来的公司经理康福成把罗双峰给省长做了介绍。

蔡省长把罗双峰上下打量了一下，笑着说："这么年轻啊！学什么专业？哪年参加工作的？"

罗双峰已经不感到紧张了，说："我学的是选矿专业，一九八二年毕业后来到金坪公司。"

"这么说，你是恢复高考后的首批大学毕业生？"

公司经理康福成在一旁说："他们这一批一共来了四个人，让省里硬挖走一个。"

省长笑了，对着众人说："康经理这是有意见啊！不过你放心，以后会有更多的大学生来到生产一线的。"说完，又对罗双峰说："走吧，去看看你们厂的宝贝，听说桌子一样大小的石头几下就被挤成馒头大小的石头啦？有幸来此，得好好看看。"

众人都笑。

罗双峰和康福成一左一右，陪着省长往碎矿车间走，边走边介绍生产流程。罗双峰说："选矿厂的生产工艺并不复杂，矿石被送进老虎口，被旋回破碎机粉碎成比馒头大一点儿的石头，经皮带传输到粗碎、细碎，再到磨矿工段时，矿石就只有十五厘米大小了。经过球磨机细磨，进入浮选机后基本上就细如面粉了。再经过加入选矿药剂，让矿石中的有用成分浮上来，让没用的沉下去；有用矿物经过沉淀、干燥，便是钼精矿粉。钼精矿粉也只是初级产品。金坪公司的矿石品质好、含杂少、易采选，对后续加工很有利。世界上同类型的矿山并不多，金坪公司位居世界第三，亚洲第一。"

省长听后，对身旁的康福成说："你们是省里的纳税大户，花莲县没有金坪钼业公司，财政会很困难。你们不光为国家在做贡献，也在为地方做贡献啊！全省要是能有一千个像你们这样的企业，我这个省长就好当啦！"

康福成说："会有的，绝对会有的。"

"应该是这样，我们正在为此而奋斗。"蔡省长信心满满地说道，说话时，还不忘看看周围的景致。

罗双峰本以为碎矿车间仍然是粉尘飞扬，走进车间连设备都看不清的景象，却没想到碎矿车间的设备全停了，车间里静悄悄的，车间主任正带着工人们用黑胶皮管子在冲洗地板和墙壁。他走过去，问车间主任为什么停机，车间主任告诉他，是厂调度室通知的，说是省长要来参观。罗双峰听后，脸一沉，用命令一样的语气说："马上开机，蔡省长要看真实场景。"

车间主任马上去了，罗双峰走到省长身边，把实际情况做了介绍，省长大悦，说："我还正遗憾呢，原来你们是怕我吃灰尘才特意把机器停掉呀！没关系！我们站在车间门口看，要是有什么问题你们解决不了，省里帮你们解决。"

康福成经理忙说："我们已经派人去贵州考察了，准备把世界上最好的除尘设备引进来。"

"好！搞企业就得这样，有什么问题解决什么问题，解决不了的，需要省里协调的，打报告给省主管部门。"

罗双峰在和省长说话的时候，总是回头看走在自己身后的庄书记，他发现庄书记始终是一副严肃的表情。

省长看完选矿厂又去了露天矿。罗双峰没有跟着去，他也没回办公室，而是直接去了职工食堂，看了看已经买回来的桌椅，询问了下午和夜班饭准备情况。回到办公室，打电话把保卫科调换门卫的事问了一遍，这才走到贺书记办公室，说了庄长荣视察尾矿坝、提议撤换林全的意见。两人商量了约半个小时，贺书记主动承担起了物色新人的担子。

回到自己的办公室，罗双峰又想起何世龙求做货架的事。犹豫了好半天，他把团委书记陈雪叫到了办公室，吩咐陈雪找几个人，尽可能利用废旧材料做两个货架给水仙送去。团委书记愉快地接受了任务。

团委书记走后，罗双峰身体靠在椅背上，望着对面墙上挂着的中国地图，用眼睛在地图上寻找着自己家乡的位置，想给父母写封信。他拉开抽屉，拿出一沓稿纸，从兜里摸出钢笔刚要写，有人敲门。他说了一声"进"，门被推开后，一个穿着工作服的小伙子手里提着一个小布袋子，先是脑袋探到办公室里看了看，然后又扭头往走廊里看了看，走进办公室，关上房门，就站在门口对罗双峰说："罗厂长，咱们是老乡，我想来看看你，求你办件事儿，顺便给你拿了两瓶家乡的蜂蜜。"说完，从手里的小布袋里拿出两瓶蜂蜜，放在了一进门的小平柜上。

罗双峰笑着说："既然是老乡，就不该拿东西来。你先说找我办什么事？"

小伙依旧站着说："磨浮车间给看球磨的职工都盖了小房间，厂里能不能给我们车间的皮带走廊里多安几个大灯泡？现在安的灯泡都太小，上夜班根本看不清楚，从皮带这头看不清皮带那头，清理皮带上掉下来的沙子，一不小心衣服就被皮带夹住了。还有，车间外面的马路上连路灯都没有，晚上上夜班从磨浮车间到碎矿车间，黑咕隆咚的，很不好走。另外，厂区里还有不少空地，厂里能不能修一个篮球场，让我们工人下班以后也有一个玩的地方，生活太枯燥了！"

罗双峰说："你提的这几个建议都非常好，都怪我们当领导的考虑不周。不过你放心，你刚才说的这些都是厂里应该办的，我很快就安排人去办。你说咱们是老乡？你是哪里人？"

"我是商州人。"

"工作几年了。"

"十三年了。"

"你咋想起找我给厂里提建议？换灯泡的事车间不就可以解决吗？"

"给车间说过好多次，车间说，灯泡安一次被人偷一次，天天换灯泡，厂里材料科都烦了，说碎矿车间靠换灯泡过日子吗？"

罗双峰说："你这样一说我明白了。这件事情我和你们车间主任说。我现在还有事，你把蜂蜜拿回去自己喝，好吗？我不能吃甜东西，我家里人也一样。以后有什么建议只管提，不管找谁提都不要送礼。"

小伙子不想拿走，罗双峰把蜂蜜硬塞到了他的手里。

送走自己的小老乡，罗双峰拨通碎矿车间主任的电话，问了车间主任皮带走廊和车间外面马路上的路灯情况，几乎是用命令的口吻要求碎矿车间在天黑之前，必须把厂区通往碎矿车间的路灯全部点亮，碎矿车间皮带走廊的照明全部用探照灯解决。说完，也不等对方答复，他就挂了电话。

挂上电话，罗双峰看了看表，给家里写了一封信，又打电话让生产科科长陪自己到厂区转转。他走出办公室来到楼下，生产科科长已经在大门前的台阶上等着。两人相跟着往办公楼后面走去。罗双峰看见碎矿车间的电工已经开始给路灯安装灯泡了。他对生产科科长说："有一个工人跑到我办公室来，建议给厂里修一个篮球场，让职工下班后有一个锻炼身体的地方。我觉得这个建议很好。你们把这件事作为大事抓一下，篮球场就修在化验楼前边的空地上，那个地方比较开阔，也比较平坦，原本是要建一个材料库房，材料库房另外选址吧，先把篮球场建起来。"

生产科科长说："罗厂长请放心，一个月之内，保证全厂各车间可以在厂里打篮球比赛。"

"这话说到我心坎上了。"罗双峰高兴地说道。

十二

　　十天以后，罗双峰组织召开了一个厂务扩大会议。会上，罗双峰做了长篇发言。面对全厂班组长以上干部，他说："前不久，公司领导来我们厂视察，来的时候没有告诉我们任何人，一个人转遍全厂发现了很多问题。最突出的问题是：一些职工仍在用厂里的煤油烧火做饭，这说明我们的管理很松散，其他方面也有漏洞。职工用厂里的煤油烧火做饭已经有很长时间了，大家都好像习以为常了！在座的是不是也有和职工一样在用煤油烧火做饭的？如果有，从现在起，请和职工一起自觉上交煤油炉子。本次会议之后，若再发现有偷拿煤油者，一定严肃处理。

　　"管理方面有些问题很简单，我们却没有注意到。有一个职工跑到我办公室来说，厂区路灯灯泡坏了也没人管。路灯不亮，相信很多人都看见了，包括我自己，却都没有当回事。这说明什么？说明我们有严重的官僚主义！所以，我们每个人都要认真反思。

　　"更加严重的问题是，前两天，我到碎矿车间后面的山坡上看到有很多杂乱的脚印，顺着脚印往前走，走到一个偏僻处，发现一大片灌木丛中有许多电缆皮。很显然，是有人把电缆偷上山，剥掉绝缘皮，把里面的铜芯或铝芯掏走卖到废品收购站去了。由此可以肯定地说，我们在材料管理、备品备件管理方面还存在很多漏洞，我们在座的诸位是不是也注意到了这些问题？碎矿车间皮带走廊里的灯泡今天安明天就被人偷走，电机上换下来的铜线很多也都被人偷走了，甚至一些大一点儿的铜配件也有被偷走的，偷钢球更是一个屡禁不止的现象，个别职工干正事不行，搞旁门左道倒是很有办法。

　　"所有这些问题，都不仅仅是一个教育问题，希望真正能引起我们的注意。管理方面有漏洞，也不是堵不住，而是没有积极主动地去想办法，说到底，还是一个责任心的问题。而有些问题就不光是责任心的问题了。在金山岭选矿厂，竟然还存在着个别职工长期不上班，工资还照拿不误的现象，这简直是荒唐！我不知道厂劳资处是不是了解这个情况？会议之后，仅就这个问题，劳资处要迅速查明情况。有哪些人长期不上班要搞清楚，如果事情属实，先找本人谈话，进行全面教育，令其按时上班，如不听劝阻，立即停发工资，并上报公司职代会予以除名！如果这种现象不制止，那就是对全体职工的侮辱！还有，据我调查，磨浮车间有几个职工请假后跑到黑龙铺给私人小钼矿当浮选工挣高工资。这个情况也要查明，如果属实，所领工资、奖金必须如数退回，如果不按时上班，按旷工处理，该除名坚决除名。我们虽然是国有企业，但也不允许吃里爬外！这些问题，如果我们没办法解决，说明我们不配我们现在的职务！我把丑话说在前面，上述问题，你们解决不了我换人解决；我解决不了，我向公司打报告辞职。现在散会。"

　　第二天，罗双峰一上班，厂纪委书记跑来汇报说："现在已经查明，打偷废铁妇女屁股的人叫苟成金，是矿工子弟，在精矿室上班，嫌车间太脏经常不好好上班，现在有一年时间都没有上班了。上班的时候，动不动就威胁班长和车间主任，如果不给他发工资、奖金，他就把班长和车间主任的家给砸了。车间里不想惹事，没对他做任何处理，工资照发不误，只是不给奖金。这的确很荒唐。苟成金和保卫科科长有亲戚关系，保卫科就以门卫人手不够的名义把他从车间借了出来。他在门卫也没好好上过班。打人那天，他到厂门卫来领工资，遇到那个偷废铁的女人，他就以厂长的名义，把偷废铁的妇女裤子扒下打屁股。保卫科科长为了息事宁人，把事情都推到了杨厂长身上，心想，杨厂长已经是躺在医院里不会再上班的人了，所以，就这样稀里糊涂处理了。没想到厂里现在对这件事很重视，花莲县检察院也在过问此事，他看见纸里包不住火了，就说了实话。我们找苟成金本人也谈了话，这个人非常横，坚决不上班，还威胁说，谁扣他工资，他杀谁全家。"

罗双峰说："口气不小！姓苟？叫苟成金？还真成精了！既然是这样，光给一个行政处分是不行的，班长和车间主任也要给处分！这么怕事怎么当领导？我们是共产党的政权！我们是共产党员！我们的企业是社会主义企业！我们没有理由惧怕任何人！也没惧怕过任何人！难道会惧怕一个流氓？既然他油盐不进，好话坏话都听不进去，那就坚决按制度办事！他的工资关系隶属于哪个车间，由哪个车间马上停发工资！旷工期间的工资也必须全部追回！人事关系介绍到厂劳资处，由劳资处形成材料上报公司。公司会根据有关法律召开职代会做出除名决定。这件事就这样，如果他找到你们，你们就说这件事是我决定的。我倒要看看他有多横！"

纪委书记所说的苟成金确实很横。罗双峰和纪委书记谈话后的第二天早上，罗双峰到办公室刚坐下，一个年轻人一手提一块砖头，踢开罗双峰的办公室，非常凶狠地对罗双峰说："你就是罗双峰？就是你要开除我的厂籍？你这个厂长是不是不想干了？老杨头也没敢把我怎么着！你现在还是代厂长，我今天来就是告诉你，你要是敢开除我的厂籍，我让你吃不了兜着走！"

罗双峰冷静地站了起来，走过去，眼睛眨也不眨地盯着苟成金的眼睛说："你听清楚，我要是怕你我就不当这个厂长！向你低头就是对全体职工的侮辱！告诉你，这是一个单位，是有规矩的！不管是什么样的人都必须遵守！我没有见过你这样的人，但是我可以告诉你，法律是专门对付你这种人的！如果你不听劝阻，你的下场会很惨！如果你有胆量用砖头拍死我，你现在就拍，我保证一动不动。如果你不敢这样做，就马上滚出去！对你执行纪律，我绝对不会手软！因为你已经从一个正常职工堕落成了一个无赖！已经无药可救了！……我真为你的父母感到羞愧！他们白把你带到了人世！出去！我倒要看看你还有啥本事！再说一遍，出去！回家等候处理吧！"

苟成金愣住了！说不出话来了！他被气得嘴唇直哆嗦。也就在这时，保卫科科长来了，硬把他给拽走了。

保卫科科长走后，罗双峰打电话把机动科科长叫到了办公室，说："你们马上和机修厂协调，给全厂副科级以上干部的家里都安装一部电话，重要岗位、班组长家里也要装。电话号码印成册，给班组长以上干部人手一册。"

安排完工作，罗双峰走进党委书记办公室说，他要到长宁去看望杨厂长，并把厂里的工作全都委托给了贺书记。从贺书记办公室出来，他找到厂工会主席说："让调度室安排车，你和我到长宁去看望杨厂长。"

罗双峰到长宁去看望杨厂长没有给公司打招呼。他坐着厂里的工具车，在当天下午就赶到了长宁，直接去了新都医院。在医院里，他看杨厂长身体瘦弱，情绪低落，心里很不是滋味。他笑着安慰了好半天，把厂里最近的一些情况也向杨厂长做了简单的说明和汇报，说了一些让杨厂长好好养伤的话，就和工会主席住在了办事处。

很长时间没来长宁了，工会主席建议先到公园去转转，然后再吃饭。罗双峰同意了。两人在人行道上慢慢走着，谈论着长宁的变化，走到公园门口，意外地碰见了夏荷。他们相互简单问候了几句，罗双峰说自己是来看望杨厂长的。夏荷热情地邀请罗双峰到自己父亲的饭店去喝茶，罗双峰本想拒绝，但又想和夏荷聊聊科技方面的一些动态，便同意了。工会主席大概觉得自己跟着不太合适，借口要去看一个亲戚先走了。夏荷叫了一辆出租车，不到半个时辰就来到了她父亲的"一品楼"。让夏荷没想到的是，她的同学关浩也在"一品楼"，正在大厅坐着，和一个官员模样的人在说话。见夏荷和罗双峰走进来，关浩忙站起来，快步走到夏荷跟前说："我和金局长正在说你你就来了，咱们长宁就是这么怪！说曹操曹操就到，这位是？"

夏荷说："我上冶金学院时的同班同学，现在是金坪钼业公司金山岭选矿厂厂长。"

关浩把手伸向罗双峰："幸会幸会。"说着，他从兜里掏出一张名片，用双手递给罗双峰。

名片上写着："金达莱贸易有限公司总经理，达丰汽车备件西北地区销售总经理，关浩。"

罗双峰把名片装进了兜里。

关浩又热情地把罗双峰和夏荷拉到他的客人面前说："这位是省政府金秘书长。"罗双峰和夏荷一样，和金秘书长握了握手。关浩接着说："金秘书长马上就要退休了，退休后也不想闲着，还想继续为国家和社会做贡献。我已经聘他为我的公司顾问。金秘书长人脉很广，为人也非常热情，特别喜欢给人办事，你们二位以后有什么难办的事情尽管跟金秘书长说！罗厂长身为大型国有企业的厂长，手握重权，肯定能给不少人办事，希望我们今后的关系能越来越密切，说不定彼此都能帮上大忙！我还认识商兰县的一个副县长，叫佟顺飞，和夏荷的父亲一样，停薪留职，下海经商，开了一家公司叫'天良公司'。佟县长神通广大，手里握有探矿权。罗厂长所在的企业是矿山企业，如果需要备品备件，不管是哪一方面的，我和金秘书长都能办到，如果你感兴趣，我们可以很好地进行合作。"

罗双峰还没等对方说完，心里就已经产生了一种非常厌恶的情绪。等对方说完，他客气地说："我们厂只是金坪钼业公司下属的一个生产单位，没有任何物资采购权，希望你的公司以后能财源广进。我和夏荷的父亲还有话要说，就不陪你和金秘书长了。"说完，他再次和两人握手，然后转身就走。夏荷则连手都没跟对方握，只是朝关浩和金秘书长笑了笑，领着罗双峰到二楼去看她的画室去了。结果，画室被父亲临时雇用的几个女孩子当宿舍在使用，这让夏荷很生气。她对罗双峰说："我们还是到别的地方去坐坐吧，你我如果在这里喝茶，关浩一会儿准来找，一定会死缠烂打把你我都叫到他吃饭的桌子上去，我们离这种人还是远一点儿的好。我们去吃小吃。”

罗双峰说：“你想吃什么，我请客。”

夏荷说：“到长宁吃饭让你请客，我这脸还往哪搁？走吧，我知道附近有一家泡馍馆，味道很不错。”

两个人边走边聊。夏荷说：“销售处的钟铭经常到我父亲的店里来，肖处长也经常带着客户来，说起过很多你和林虎、何世龙他们的事儿，说你们干得都很顺利。说说看，有没有什么烦心事？”

“烦心事走到哪里都有，不过都能解决。在基层工作，没有什么太难的事，难事都在公司。基层和公司比起来，我认为还是省心多了。”

夏荷说：“以我的判断，你将来肯定要到公司去工作。从现在起，你就应该多想想公司层面上的事情，比如我跟你说过的深加工方面的事情。金坪钼业公司如果不走深加工的路子，这个企业就不会有太大的发展。现在的很多领导，他们的思想还停留在 20 世纪六七十年代，已经不能适应当前的形势了。”

罗双峰说：“走深加工的路子我是赞成的，也的确应该这样去发展。可是以一个厂长的角色去想公司的发展，我现在还没有这个心劲儿。选矿厂本身的问题还有很多，需要逐个解决。有些事情很具体，解决起来说难也不难，关键是人的问题。人的问题只要能解决，其他事情都好办。走一步看一步吧。你怎么样？听说你在组织一个课题研究，好像是什么巯基乙酸钠代替氰化钠选钼的项目，有没有眉目？还有一个二硫化钼，好像已经取得了成果，在某些方面已经应用了，你还因此获得了什么奖项，这些都是真的？”

“是真的。”

“这么快就能取得这么多的成绩？看来金坪公司不放你是对的，省里坚决要你也是对的。”

夏荷说：“不说我了，也不说工作了，说说你的个人问题，准备什么时候结婚？”

“很快，秦丽华她们家每天都在催。”

"家里装电话没有？"

"很快就装。不装也不行，我有时候吃饭、睡觉都在想着厂里的事情，有时半夜三更起来就得往厂里跑。如果有部电话就方便多了，可惜家里装电话不能打长途。"

两人说着话就来到了一家羊肉泡馍馆，刚坐下，夏荷突然想起自己把资料袋忘在了父亲的店里，里面有秘密资料，饭也没吃就和罗双峰告别，坐出租车去了父亲的"一品楼"。

罗双峰这顿饭吃得很慢，很少喝酒的他居然要了一瓶啤酒。一碗羊肉泡馍，他吃了近一个小时才离开店里。坐公交车回到办事处，工会主席和司机已经睡了。

没过多久，罗双峰家里就安上了电话。自从安上电话，罗双峰家里的电话就经常是响个不停，尤其是晚上。刚结婚的时候，秦丽华很高兴家里能有部电话，动不动就在电话里和王小凤聊上好半天，她还特别喜欢在朋友面前夸耀自己的丈夫。她自己也知道这是一种爱慕虚荣的表现，别人或许很讨厌她这样做，但她就是改不了这个毛病。罗双峰知道后让她不要这样，她却对罗双峰说："我就要说，你当厂长，我脸上多有光！"

罗双峰听了也没生气，但对秦丽华经常在电话里跟人聊天很反感。他说了一次，秦丽华说："我只是跟人说说话，又吓不着谁？找你的电话就太吓人了！经常是半夜三更打来。你也是，自从家里装上电话，你每天都给厂里打电话，有那个必要吗？厂里要有事，人家不会通知你？而且你打电话，每次都是事无巨细问个不停，你这样做，你周围的人烦不烦？我听人说，你们厂的干部下班以后都不敢轻易离家，就害怕你给家里打电话找不到人，你有事白天在办公室就说完行不行？别在晚上给人家里打电话，我估计人家都烦死你了！"

但是罗双峰还是照旧。这天晚上，和平时一样，罗双峰洗完脚，上床躺进被窝，打完电话睡下，电话线被秦丽华偷偷拔掉了。晚上，睡到凌晨三点多，罗双峰被一阵急促的敲门声惊醒，他一看表，凌晨三点一刻，他心里一惊，心想，肯定是厂里出事了。

敲门的人是值班调度室工作人员，他告诉罗双峰，露天矿的电机车撞到山崖上去了，矿石翻不进矿仓，一切要恢复正常需要好几天时间。他问罗双峰，是不是要停掉全厂所有设备。

罗双峰没表态，他迅速穿好衣服，跟着值班调度室工作人员来到了厂里。到事故现场一看，选矿厂只能停产——装载矿石的一整列电机车几乎全部脱轨，电机车车头冲出轨道几十米，直接撞在了崖壁上，好几节车厢的矿石都被翻倒在了轨道外面的草地上。毫无疑问，电机车司机要么是睡着了，要么就是操作失误，才造成了重大安全生产事故。罗双峰在前一天就知道，另一辆电机车的车头还在厂房里大修着呢，于是，他当着刚从热被窝中爬起才赶来的公司领导的面，对调度室主任说："全厂停产。告诉尾矿车间，各泵站把管道里的尾矿输送完，再送半个小时的清水，然后再停泵。"

罗双峰已经无心再回家睡觉了。送走公司领导，他往磨浮车间走去。车间里，所有的设备都已停止运转，球磨机巨大的轰鸣声被地板下流淌的水声所代替。浮选机正在放矿，电机和传动皮带发出的声音在球磨机不再轰鸣时，听起来反倒觉得有些悦耳。

罗双峰走出车间，往办公室方向走，厂区里一片寂静，每盏路灯的灯泡周围都有许多蚊蛾在飞舞，下弦月在东边的天上悬着不动，天很快就要亮了。罗双峰回到办公室，在长条木椅上躺下，开始考虑接下来该干什么，想着想着竟然睡着了。要不是办公室的人来给他打扫卫生，他还不知道要睡多久。

罗双峰醒来后洗了脸，想刷牙，办公室没有牙刷。他下楼往食堂走去，刚走进食堂，就碰上福利科科长被几个工人围在当中不知在争吵什么，他上前问缘由，一个工人说："食堂的胖头炒菜，给菜里倒酒不是直接往锅里倒，而是喝在嘴里然后往炒菜锅里一喷，喝一口往菜锅里喷一口，太恶心人了！我们要求把胖头从食堂开除！"

罗双峰听完火冒三丈，问福利科科长："他们说的属实吗？"

福利科科长说："有这回事。"

罗双峰沉下脸来说："安排他干其他工作，不准他再踏进食堂半步！"说完，他当着几个工人的面，换了一种口气问福利科科长，"最近有人抱怨排队买饭还没到跟前菜就没了，这是咋回事？"

福利科科长面露难色地说道："咱厂的饭菜质量上来了，菜里面豆腐少了肉多了，汽修厂的人也跑来吃，他们买咱们厂的饭票，卖饭票的人认不出他们是哪个厂的人，这样一来，菜就不够了。现炒，工人们又不愿意等，怕上班迟到被扣奖金。"

罗双峰想了想说："从明天起，中午十一点让门卫关上大门，只开小门，外单位人员一律不许进厂。饭菜质量好，是因为厂里把节余奖金拿出一部分补贴到了饭菜里面。"

和福利科科长说完话，罗双峰到卖饭窗口看了看，见食堂的炊事员们正在忙着收拾，早饭做的两大盆菜只剩菜汤。他转身又往办公楼上走去。在他前面，几个工人慢慢腾腾地并排走着，其中一个声音很大地说："罗厂长年龄还不到三十岁，看上去凶得很！"

罗双峰侧身站住，往路边的一棵塔松上看去，等几个工人走远了，这才往办公室走去。刚进办公室，就见秦丽华在沙发上坐着等他，办公桌上放着一个手提搪瓷饭篓。罗双峰笑着对秦丽华说："你咋知道我没吃饭？"

秦丽华说："咋能不知道！后半夜去厂里，肯定是出了大事。食堂去迟一点儿就没菜了，这周围又没有卖饭的，你上哪吃饭去？快吃，紫菜蛋花汤和花卷，还有腌黄瓜。"

罗双峰吃着饭说："我今天要是不去食堂，还真不知道食堂的情况，这个福利科科长也不及时反映情况。"

秦丽华说："你别怨人家，你刚当代厂长，之前你只管生产，人家给杨厂长和福利厂长说没说你咋知道。"

罗双峰说："你这话提醒了我。我把别人的担子抢到了自己身上，这事还真得注意。"

秦丽华说："你吃吧，我走了。做你的媳妇太难了，上班不敢迟到，下班不敢早走，跟别人说个话还要顾着你的脸面。"

罗双峰开玩笑说："夫人受委屈了！下星期我去长宁开会，你也请假去吧，一块儿逛逛长宁城，给你买几件好衣服。"

秦丽华笑了笑走了。

秦丽华走后，罗双峰快速吃完饭，送饭篓子也没洗，打电话叫来办公室主任吩咐道："通知各车间主任、各科室科长到会议室开会。"

罗双峰是第一个进入会议室的，不到半小时，参加会议的人全都到齐了。有很多人开始抽烟，有人在议论不同牌子的香烟的味道，有人埋怨办公室不给大家预备茶水。罗双峰谁也不看，眼睛望着窗外的一丛竹子在沉思。坐在旁边的办公室主任低声说："罗厂长，人到齐了。"

罗双峰扫了一眼大家，清了清嗓子说："今天除外，从明天开始，会议室里不准抽烟，也不准放烟灰缸。昨天夜里，露天矿的电机车开到山上去了，造成重大设备安全事故，迫使我们厂至少要停产一个星期。我本想把全年设备检修提前到这几天搞完，仔细想了想，觉得办不到。那怎么办？全厂上下一千多人，不能每天在厂里瞎逛吧？我和贺书记商量了一下，决定以车间为单位，开展卫生大扫除，以磨浮车间为主，争取用一个星期的时间，把试生产这几年跑冒滴漏堆在地板下面的矿砂全部清理干净，给冬季生产创造好条件；碎矿车间的重点是各皮带走廊；机关就负责厂区。如果需要装载机，车队从尾矿坝调一台装载机给予配合……"

罗双峰讲话的时候，会议室里就已经没有人抽烟了。他讲完话，贺书记又强调了一下安全，顺便对门卫打人、个别车间领导不敢大胆管理提出了严肃批评，要求所有干部必须坚决执行厂部命令，坚决维护代理厂长的威信。贺书记说完，要求参加会议的人当场表态，罗双峰摆摆手说："没这个必要。"

罗双峰在金山岭选矿厂的威信大概就是从两次会议上的讲话树立起来的。他的看似随意却面面俱到的讲话，和经常是突然出现在一些生产岗位上的身影，不光令各车间主任，就连一些班组长也都感到紧张，生怕哪项工作做得不细致、没有实现厂里的意图而被厂长训斥，这种情形在罗双峰被正式任命为金山岭选矿厂厂长后，就几乎成了一种常态。但人们又不得不佩服还不到而立之年就当上了厂长的年轻人的不同凡响的气魄。他的颇有章法的工作方法，就连他的同窗好友何世龙都有些羡慕加嫉妒。在一次党建工作座谈会后，何世龙趁庄书记在贺书记办公室谈话的机会，在罗双峰办公室里说出了自己的感想。总希望能再上一个台阶的何世龙毫不掩饰自己对老同学的嫉妒，且用一种玩世不恭的态度对罗双峰说："你干得太猛了！你这个干法很快就能成为公司领导！到时候你可别忘了拉老兄一把！让我也有机会为革命多做点贡献！"

罗双峰在同窗面前表现得很有人情味，但说出的话却让何世龙没有想到："要真有那一天，我一定第一个举荐你当工会主席。"

何世龙抬高了嗓门说："你这是什么话？我为什么要去当工会主席？我这口才，我这文采，哪点比你差？"

罗双峰实实在在地说："文采、口才你都比我强，可你与庄书记相比呢？我可领教过庄书记的厉害！你我在人家跟前就是个小学生，知识面太窄，庄书记往咱俩跟前一站，光是气势就把你我比没了，承认不承认？"

"这倒是。"何世龙老实承认说。

两人说着说着，突然又说到了生死！何世龙叹了口气，脑袋使劲儿晃了晃说："你想过死没有？有没有过厌世的时候？最近，公司先后有三个人自杀了，一个是在浴池被砍的那个人自杀了；一个想学画画的小伙子从华山西峰上跳下去了；第三个是技校的一个男孩卧轨自杀了。这三个人都是因为失恋……我也有过厌世想自杀的时候，是在火葬场送别我母亲的时候，那一刻，我觉得人活着一点儿意思都没有。"

何世龙的这番话把罗双峰惊到了。公司有三个人因失恋而自杀的事情他当然知道，何世龙突然说出他自己有过厌世想法的话来，让罗双峰觉得何世龙一定是受到了某种刺激，只是不想把真正的想法说出来。但即使他不说，罗双峰也猜到了一二——在领导身边工作的何世龙一定是嗅到了某种不同寻常的味道。他想起了庄书记说何世龙悟性不够，有些纯粹是个人修养方面的话。但他没想到何世龙竟然还有过很悲观的想法。

"我也有过厌世的想法。"罗双峰认真地说，"是在我辗转反侧睡不着觉的时候。但也就是抑郁了那么几天，很快就过去了。"

何世龙听罗双峰说完，还没来得及发表看法，庄书记在走廊上喊他回公司，罗双峰赶忙起身，和贺书记一起把公司来的人全部送至楼下。

在全厂停产，各车间都按罗双峰的指令各司其职，把工作干得热火朝天的几天里，罗双峰本想到长宁去参加一个会议，却被刚入八月就不断响起的雷声阻止了。磨浮车间地板下的矿砂清理得差不多的时候，他让装载机立即返回尾矿坝。看护尾矿坝的林全被调到了碎矿车间当检修工，顶替林全的是一位老共产党员，连续三年被评为公司劳动模范。

不过，世上的事说起来也真是奇怪，罗双峰最担心尾矿坝出事，尾矿坝还是出事了，出事的这天刚好又是晚上。罗双峰还是像往常一样，吃过晚饭就洗脸洗脚，然后躺到床上，给调度室、各车间、重要岗位，包括尾矿坝都打过电话后睡下，秦丽华怕晚上有电话来，休息不好，又偷偷拔了电话线。午夜刚过，像电机车出事那次一样，罗双峰家的房门被捣得嘭嘭乱响，罗双峰被惊醒后，披上衣服，打开房门，只见尾矿车间主任嘴巴哆嗦着说："不好了！出大事啦！尾矿坝里的水全都不见了！"

罗双峰大惊："尾矿坝垮了？"

"没垮坝。可是坝里的水不见了！打着手电能照见泄洪洞周围好像有个大坑。"

罗双峰脑袋"嗡"的一声，他马上做出判断说："很可能是泄洪洞塌了！赶快通知公司领导！另外，通知公司调度室和厂调度室，全厂所有设备全部立即停车！"

罗双峰对事故的判断很快就传到了公司各级领导的耳朵里，公司调度室从汽车运输部迅速调了两台解放牌大卡车，拉着紧急集中起来的抢险人员往尾矿坝开去。车到尾矿坝，所有的人都傻眼了。尾矿坝里的水果真全都不见了，在高高的泄洪洞旁边出现了一个大坑。罗双峰明白，接下来的事是公司各部门的事，选矿厂要恢复生产，至少要在三个月以后，这样，公司将蒙受巨大损失。

　　罗双峰从尾矿坝回到厂里时已是中午时分，早上没有来得及吃饭，他肚子饿得难受。由于停产，各车间的工人都在车间外面瞎溜达，三五成群地站在河边、树下，坐在马路道牙上和堆在路旁的管道上，议论着史上罕见的事故，为接下来的几个月将会没有奖金而叹息；食堂外面的空地上站了很多等待开饭的人，一大群民工正在用混凝土硬化篮球场。农民在山上砍伐树木的声音此起彼伏。

　　罗双峰估计在食堂打饭的人应该已经拿着饭盒去了食堂。午饭是水饺，罗双峰买了半斤，汁子直接浇到饺子上，一边往办公室走，一边还在琢磨着接下来该怎么办。匆匆吃过午饭，他关上房门，在硬木沙发上躺下后，很快就睡着了。

　　罗双峰睡醒后又静静地躺了一会儿，想着下一步该做哪些工作，想把思绪先捋清，正想着，桌上的电话响了。电话是公司经理康福成打来的，问他全厂停产有什么安排。罗双峰犹豫了一下，报告总经理说："我们准备把全年大修任务提前到现在，更换球磨机的所有衬板。呈报公司的技改项目，也利用这个机会一并进行。"

　　电话里传来了满意的笑声。

　　由于完成大修任务时间充裕，全厂上下都动起来，许多工作并不需要一把手总在现场，罗双峰就利用每天的间隙，精读几本文学名著，觉得这样做对提高自己的工作水平或许会有帮助。就在他这样想的时候，林虎来找他闲聊。

　　好些日子不见，罗双峰忘了林虎不抽烟喝酒，非要请林虎到家喝酒。

林虎好像有什么喜事一样说："你知道我不会喝酒，你要想喝酒，我请你。"

罗双峰说："我也不会喝酒，你忘了？"

林虎说："咱以后得学会喝酒，不会喝酒，人生岂不无聊？"

"奇谈怪论！从哪学来的这一套？"罗双峰说着，打开办公室的窗户。

林虎说："心里烦躁的时候悟出来的。"

罗双峰说："你是自寻烦恼！金豆子装了一口袋，媳妇还是自动送上门来的，你烦躁啥？"

林虎说："说不上来，反正就是心里烦躁，干啥都提不起精神来。"

罗双峰笑了笑，说起了电机车和尾矿坝事故以及两个事故造成的损失。他们议论了几句，又把话题转移到企业管理和文学上，谈完文学又谈到时政。一说到时政，林虎来了兴趣，说他一直和夏荷保持着书信往来，还兴奋地对罗双峰说："我就喜欢夏荷她爸这样的人，干事利索，说干就干，刚开始开酒店，现在又办了一个'通达贸易公司'，生意越做越大，而且几乎是什么生意都做。从山西、河北、包头往长宁倒腾钢材，从凤县买铅锌矿往葫芦岛卖。听夏荷的口气，她爸手里现在至少有上千万的资金。"

"你不是也想做生意吗？你也可以停薪留职啊！"罗双峰完全是开玩笑的口气说道。

不料，林虎却当真了，还很认真地说："我现在是时机不成熟，时机一旦成熟，我真干！我和你、和何世龙都不一样，你俩都是当官的料，我不是。我也不喜欢当官。我在露天矿当领导没有任何成就感。很多事情我认为是问题应该解决，可就是得不到解决；工人们也是有时候听话，有时候就是不听话，他们才不管你是多大领导呢！人和人的关系呢，又是盘根错节，非常复杂。如果工厂是我自己的就简单多了，该咋办就咋办，跟谁都不扯皮。"

罗双峰开起了玩笑："办工厂需要很多钱，没钱的人想都不敢想。你是不是真淘到了'狗头金'，装在兜里烧得慌，这才整天想着开工厂、办公司？老实交代！是不是真有'狗头金'？"

林虎笑着说："行了！你别拿这话来诈我！我说我想办工厂，是因为我总觉得有个机会在等着我，我只要抓住了，我一生的命运就改变了。你知道什么是命运吗？埃及前总统萨达特说，命运是有的，命运就是机会和抓住机会的能力。这话说得多好！把什么是命运解释得非常完美！"

"是很完美。不过，你别不知足！难道你现在的命还不好？和我一样，不到三十岁就当上了副矿长，再努把力，再上一个台阶也不是没有可能。"

"就是再上一个台阶也不是我想要的生活。"林虎好像是在和人辩论似的，说这句话的时候，表情特别严肃。

罗双峰不能理解了，但他又不知道该怎样说服自己的同学，于是，他把庄长荣搬了出来，说："应该让庄书记给你上一课！"

不料，林虎一听，挥了一下手说："你拉倒吧！庄书记是学哲学的，能把圆的说成扁的，把扁的说成圆的，让他指点迷津？醒醒吧！"

罗双峰有点儿生气地说："你小子疯得没边了！"

林虎说："这还叫疯？哪天我像夏荷她爸一样，也停薪留职下海经商，那才叫疯呢！我也劝过自己别这样想，可是没用，劝不动！"

罗双峰说："等你能劝动自己的时候，恐怕早已铸成大错了！好啦，先不说这些，你除了开会，平时很少到十里坪来，下班后到我家，让丽华做几个菜，我把世龙也叫上，咱不喝白酒就喝点红酒。"

"这主意不错。"林虎高兴地说，"我先到世龙办公室去坐坐，下班后，我和世龙直接去你家。"

林虎走后，罗双峰给仍在磨浮车间当文书的秦丽华打了电话，说要请何世龙和林虎在家吃饭。秦丽华在电话里说："早就该这样了！"

让林虎感到吃惊的是，他和何世龙在一块儿闲聊的时候，何世龙的许多想法和自己的想法完全对路，何世龙还鼓励他早点下海经商。林虎一开始还以为何世龙是在讥讽自己，当他看何世龙说话的态度很诚恳时，也很真诚地说："你有没有注意到？国家公司制改革的政策一出台，社会上一下子就冒出来很多公司！很多人还想开矿山，这是多大的动静！从十里坪再往下走十里地，有个村子叫白村，村里有一座石英石矿，一座大理石矿，要是办一个大理石加工厂，生意绝对错不了！搞一台切割机，先小打小闹，等有了足够的资本再往大搞！"

何世龙一听林虎想开矿，说："到时候咱们合伙干，不过，我不想停薪留职。我得给自己留一手。"

说得正热闹，罗双峰来叫两人去吃饭。在罗双峰家吃饭的时候，林虎没再提下海经商的事。何世龙不知是有意还是无意，给罗、林二人透了一个消息：应省里要求，公司正在考虑把一名副处级干部交流到商兰县当科技副县长。商兰县提出的要求是，最好能派一名懂矿山开采的干部来。罗双峰听了没发表意见，林虎听完有些激动地说："如果这个消息是真的，说真的，我想去，可以带家属吗？"

何世龙说："应该可以吧，两地分居组织上不会不考虑。"

林虎一听，很有把握地说："我估计这个科技副县长必将在咱们三个人中产生。懂矿山开采，又要求是副处级，这个条件只有咱们三个人符合。你们二位都是公司领导后备人选，这样一来，这个科技副县长的人选大概率就是林虎同志了，你二位高兴不？"

林虎一句诙谐的话，何世龙听后立即表态说："我可没有要当公司领导的野心！不过，朝这方面努力是应该的，谁都想多做点贡献，是不是？"

"你是越来越会说话了。"林虎说着，推了一下做沉思状的罗双峰，"你怎么不说话了？"

罗双峰说："你分析得有点儿道理。不过，地方工作可不好搞，不像企业，很单一。地方工作要和土地、农民打交道，涉及很多政策方面的问题，不管谁去都会面临很多难题，需要协调的问题比企业多，还难。"

"事在人为，只要放开胆子干，啥事都不难！"林虎轻巧地说了一句，好像他已经坐在了科技副县长的位置上。

因为罗双峰和林虎都不喝酒，一顿家宴显得有点儿和开会似的，说的又是工作和个人理想方面的事。秦丽华把菜全部端上桌，被邻居叫去接孩子去了。秦丽华走后，三个心思都不一样的男人又说了一会儿工作上的事，都感到车轱辘话说得太多了也就散了。

十三

林虎分析的完全正确，而且他还是金坪钼业公司交流到地方去当科技副县长的不二人选。当公司和商兰县领导找他谈话时，他很爽快地就接受了组织的安排。他给商兰县提出的唯一要求是，给他的妻子王小凤安排一个比较轻松的工作。于是，没过多久，王小凤就成了商兰县政府档案室的一名成员。

林虎新的工作任务是负责编制商兰县科技发展规划，重点是对商兰县兴起的各类小矿山进行规范和管理。

让林虎十分惊讶的是，短短几年时间，商兰县光是小钼矿就有七八家，且全都集中在与金坪镇仅一山之隔的黑龙铺一带。在听取了几次科技发展意见报告会后，会同商兰县有关部门制定了一个科技发展大纲，指定有关方面着手文件起草、制度汇编、远景规划，并向县委领导做了汇报后，林虎开始了全县矿产资源实地考察工作。第一站便是黑龙铺的小钼矿。每到一处，他都看得非常认真，看化验单，抓一把钼精矿在手上观察很久，对尾矿砂看得更仔细，对各个矿主也都进行了详细的询问，认真记录下了每个矿的各项生产技术指标，还把尾矿分别装进了采样用的小试料袋里，做上记号，放在了自己的车上。所有人都搞不懂他为什么要这样做。

在考察一个比较大的钼矿时，林虎意外地碰见了钟铭。钟铭就像对夏荷说的那样对林虎说，眼前的小钼矿是他的一个哥们的堂哥开的，矿主叫林百泉。林百泉一看钟铭和新来的副县长像老熟人一样相谈甚欢，又刚好是饭点，就让钟铭请林副县长先吃饭。钟铭一开口，林虎竟然还答应了，这可高兴坏了林百泉。他对钟铭说了几句感激的话，赶快就忙去了。林虎则在周围胡乱转悠起来，还和几个工人聊了一会儿。

当时，黑龙铺还没有人开饭馆，于是，宴请林副县长就只能在一个农家的堂屋里举行。农家饭菜虽然都很平常，但每个菜量都很足。不沾烟酒的林虎对吃饭并不怎么讲究，他像在自己家里吃饭一样，吃着饭，还不断地询问林百泉下一步的打算。当林百泉说他打算把富矿挖完就不再挖矿时，林虎突然脸一沉，说："这不允许！矿山是国家资源，你把富矿吃了贫矿扔了，你赚了，国家亏了！这样做至少在我这里通不过！你可别以为我吃了你的饭我就得听你的！我刚才看了，你们有些手续还不全，对安全也不够重视，如何防范冒顶、塌方、透水这样的突发事故，你们相关人员说也没有预案。尾矿坝我刚才看了，设计很不科学。按道理，仅凭这一点你就没有资格开矿。当然，这不是在我手上发生的，我可以不管。但从现在起，尾矿坝必须加固！刚才我用肉眼观察了一下你们的精矿粉，觉得你们的浮选技术还有待提高，精矿品位一看就不合格。我不明白，你们把不合格的产品卖给了谁？还有，尾矿里还有硫精矿，为什么不选？"

林百泉的脑门上渗出了细小的汗珠。他大概是没想到眼前的副县长这么不给面子，直戳要害不说，还提出了无法辩解的要求。但是，听了林虎的最后几句话，林百泉又高兴了，满脸赔着笑说："林县长说得对，手续不全我们想法补上。精矿品位低是实情，我们确实没有这方面的技术，也请不来高人，就五六名浮选工，还是金坪钼业公司的退休职工，工资给低了人家还不愿意。"

林虎打断林百泉的话说："选钼其实并不难，你们的问题是选矿药剂配比不合理，煤油、二号油和氰化钠配比要合理才行，有经验的浮选工一眼就能从精选尾矿中看出是煤油加多了还是二号油加多了。这方面你们确实需要提高。要不然，眼看着就要到手的钱都被你们送到尾矿坝去了。说到尾矿坝，我再说一遍，你们的尾矿坝设计太简单，两山之间建道土墙就是尾矿坝？遇到发大水怎么办？金坪公司那么坚固的尾矿坝都出事了，矿砂都跑到湖北去了，人家要索赔几个亿！你们的尾矿坝要垮了，商兰县就遭殃了！这周围的农民也会找你麻烦！"

林虎说话的时候林百泉不住地点头。林虎说完，林百泉大声地说林副县长是他的指路明灯。林虎轻蔑地看了他一眼。

吃完饭，林百泉请林虎到他的办公室喝茶，林虎想了想，答应了。

来到林百泉的办公室，林虎往硬木沙发上一坐，看着满地的烟头，又脏又乱的床铺，胡乱叠放的被子，随意丢在墙角里的安全帽，立在一进门地方的沾满了黄泥的高靿雨鞋，歪歪扭扭挂在墙上的化验单和政府下发的有关文件，堆在一个烂脸盆里的试料袋，又看着裤腰带上挂着一大串钥匙的林百泉说："咋没看见你们的探矿证、采矿证和营业执照呢？"

林百泉赶忙说："有，啥都有！啥手续都有！我怕他们不小心弄丢，都在我抽屉里锁着。"说完，他从裤腰带上取下钥匙，把一看就是从家里搬来的办公桌的抽屉打开，拿出营业执照，双手递给林虎。林虎接到手里，把每个证件都看了看就放下了，说："你叫林百泉？"

"是。"林百泉把营业执照等手续又锁进抽屉里，给桌上放着的一个敞口陶瓷杯子里放了一撮茶叶，倒上水，恭敬地用双手端着往林虎面前一放。

林虎发现杯子口沿一圈都是脏兮兮的，他没喝，把茶杯往一旁挪了挪，身体往后一仰，又问："林经理是咋想起开矿的？你的产品都卖给了哪里？金坪公司的产品价格一直在往低走，我想，肯定和黑龙铺这里的钼矿有关。"

林百泉说话有点儿狡猾："那当然嘛！这是明摆着的事啊！金坪公司家大业大到处用钱，设备都是大家伙，厂房都是钢筋水泥，学校、医院、托儿所啥都要办，负担就重嘛！你看看咱这里！一切都很简单，没有那么多的啰唆事！论东西嘛，也能说得过去，社会上有人要，反正是不赔钱。"

林虎听得明白，林百泉不想透露买家。好在他对这些也不感兴趣。

林百泉实际上很会观察人，看林虎没说要走，还要和自己继续说话，他心里是很高兴的。他觉得，要是能和新来的副县长建立交情，以后肯定有好处。林虎肯留下来吃饭，正好给了他巴结副县长的机会，因此，早在林虎坐在农家客屋里吃饭时，林百泉就让人给林虎的车上放了两份礼品，每份礼品是两瓶好酒、两条好烟、两小筒毛尖茶叶，林虎和司机一人一份。

林虎之所以要留下来吃饭，吃完饭又去林百泉的办公室喝茶，是有他自己的打算的。他在已经走过的几个小钼矿里看到了一个相同的现象：所有的小钼矿都是只选钼不选其他。这就让他产生了一个想法，不过他没有把自己的想法说出来。即使是在和林百泉说话的时候，他看上去是在听林百泉说话，实际上是在酝酿自己的想法。

林虎在想事的时候，林百泉一直在说周围其他矿主的不是。唠唠叨叨了一阵后，林虎听得有些不耐烦了，提出要到矿洞里去看看，林百泉说矿洞里正在支护矿柱，没办法看。

一口水都没喝的林副县长觉得自己该走了。他从沙发椅上站起来，向门口走去，林百泉赶紧起身相送。

钟铭还没走，正站在一棵泡桐树下和林虎的司机说话。

林虎走过去，让司机发动车，回头对林百泉说："你忙吧，我走了。"他也没说和对方握握手。林百泉一脸尴尬。林虎说完，把钟铭拉到一边低声问："你咋还没走？你今天不上班？你和这个林百泉到底是啥关系？"

钟铭说出的话把林虎吓了一跳："我把夏姐的一本书借给他看，他答应我可以卖小钢球给他，我今天是来取书的。"

林虎说："你太让我吃惊了，你给销售处开着车，背地里还在做生意！你的钢球从哪儿来的？"

"夏姐他爸开贸易公司，我从他手上买，再卖给林百泉。大家都合算，谁都不吃亏。"

"你真不简单！"林虎说，"我这个副县长都觉得自愧不如……那……

你上班咋办？销售处有事找不见你咋办？"

钟铭笑了笑说："我今天是请假来的，也没开车，是骑摩托过来的。平时他们要有事，打电话到销售处就行，我用销售处的长途电话再打给夏姐他爸。"

林虎感兴趣地问："你们之间的事是不是夏荷给你牵的线？"

"跟夏姐没关系。"钟铭马上否认，"长宁的一个客户招待肖处长，肖处长非要到夏姐她爸的酒楼去吃，我和夏姐她爸聊的时候聊到了钢球。夏姐她爸啥生意都做。"

"我明白了，再见到夏荷替我向她问好。我和夏荷有时还通信，到商兰县来我还没告诉她。"

钟铭回头看了看在办公室门口站着的林百泉，问林虎："我看你连一口水都没喝，是不是对林总不满意？"

"你不该问这话。"林虎收了笑容说。

林虎把余下的几个小钼矿都看完，拒绝了好几个矿主的吃饭邀请，坐上车后他让司机不要说话，说他要想问题。司机本打算说说林百泉送的礼品，被他这样一说，也就没说。回到商兰县城，林虎跟司机啥话都没说，直接上了办公楼，也没去给书记、县长汇报。他走进办公室关上门，在桌前坐下，把一天当中的所见所思所想都记在了一个大笔记本上。窗外马路上的路灯亮起时，他走出办公楼，怀着十分美好的心情，跨上自行车往家骑去。

林虎一回到家就感觉到家里的气氛和往常不一样。孩子正在沙发上睡觉，王小凤坐在旁边给孩子织毛衣，饭桌上扣着几只碗，旁边还放着一瓶白酒。见林虎回来，王小凤放下毛衣，高兴地说："司机说你去了办公室，我就赶紧准备饭菜，饿了吧？要不要洗洗脸再吃饭？"

"司机来干什么？"

"先吃饭，待会再说。"

"好，我也饿了。还有酒？是谁要来？"

"没人要来，你的司机说矿主招待你吃饭，你也不喝酒，弄得饭桌上一点儿都不热闹。你是男人，又是县长，在外面做事好赖得喝点酒，人家好和你说话。酒也不喝烟也不抽，人家还以为你多清高呢！还有，人家送你的茶叶和酒，司机都送到家来了。"

林虎一愣："这个小王！在车上咋没跟我说？"

"给你说你要是不要，他那份不也拿不成？"王小凤很懂得人情世故。

林虎说："当领导最难处理的就是这种事。我这个人宁肯给人送礼也不愿别人给我送礼，总觉得要了人家的东西，自己就不是东西了，人品也就没有了。"

王小凤讥讽道："行了！吃饭吧，我还真不知道你这么清廉呢！"说完，她又很温柔地说，"喝点酒吧，我都打开了，我也陪你喝两盅。"

林虎被说服了，说："倒上一小杯，我就抿一口。我还有正经事跟你说。"说完，他拿起筷子吃了两口菜，将酒杯端起放到鼻子上闻了闻，皱皱眉头又放下，对王小凤说，"不行，我闻不了这个味，你喝吧。我今天碰见了你的同学钟铭，这个小伙子不一般，比我这个副县长都看得远，跟各种人都能扯上关系。他竟然通过夏荷父亲的公司给一个小钼矿供应小钢球！一般人还真没这个脑子！"

王小凤说："钟铭从小悟性就好，就是不爱学习，做生意都是跟他舅舅学的。他舅舅就是靠倒买倒卖发的财，后来洗手不干了，听说现在都当上银矿的矿长了。"

"能当上官不稀奇。只要你不贪不占，会做事，肯做事，踏踏实实为老百姓办事，领导自然能看得见你。能安分守己又能赚到钱那才叫本事！我今天把黑龙铺所有的小钼矿都看了一遍，发现一个大问题，这些钼矿把很多好东西都浪费了。他们的化验单只化验钼。我抓了几把矿砂仔细观察一下，感觉矿砂里面铜和硫的含量也不低，严格讲，应该还有铁。我拿了一些矿砂，想让金坪公司化验室给化验一下，如果可以，我准备提请县里投资建一个硫酸厂，原料有保证，销路估计问题也不大。如果县里不同意，我就停薪留职自己干。我上次听何世龙说，我的几个同学跑到南方做生意都发财了，要是内地有好生意他们也想回来投资。我明天上班就给他们打电话，把这边的情况跟他们说一说，说不定他们真愿意来投资。"

王小凤不明白了："放着副县长不当你去开工厂？说出去人家会把你当疯子！"

林虎抓了一把花生米，一颗一颗往嘴里放着，说："我这人也许真的没出息，一辈子啥都做不成。但是你要知道，当官也有当官的难处，商兰县是一个贫困县，没有什么工业，资源很丰富但没钱开采，反而让私人把矿开起来了。这里面的原因很复杂，我看他们的手续，有的只有探矿证，有没有采矿证说得都很含糊。没采矿证咋就能采矿呢？我刚刚上任也不好追问。有几个矿，矿主和技术员说话的口音都是外地人，说明有外地人和本地人合伙在干。你看着吧，再过几年，这些小钼矿发展到一定程度，一定会对金坪公司这样的大企业造成冲击，金坪公司的产品肯定要一个劲儿地掉价。"

王小凤自己喝了一大口酒说："你心里还装着金坪公司？"

"那当然！"林虎突然情绪高昂地说，"抚育我成长的地方，让我得到老天馈赠的地方，我咋能忘了呢？！"

"真没想到你还挺浪漫的！"王小凤说这句话时，眼里流露出的神情很迷人。

林虎给王小凤嘴里放了一颗花生米说："这不叫浪漫，这叫真情表白！"

这天晚上，林虎躺下后很长时间睡不着，翻来覆去地想应该咋样和县领导沟通。

第二天，林虎早早就来到了办公室，把前一天写在笔记本上的话仔细看了看。在楼道上响起杂乱脚步声的时候，他拿着本子，来到了一把手常书记的办公室，兴致勃勃地把自己看到和想到的问题，连同自己的一些设想都做了汇报。

已经年过半百的县委书记常崇礼听完林虎的汇报，用和蔼的口气说："你说的这些县里都考虑过，结论是两个字，没钱，招商引资也很困难。县里要投资办企业就得从银行贷款，没有好项目，银行是不给贷的，总之，你我这个父母官不好当啊！"

听完这番话，林虎的兴致立刻就全没了。他知道，无论再说什么都纯属多余。于是，他把自己的其他一些想法做了汇报后，便回到了自己的办公室。他翻开笔记本，拨通了同学的电话，把情况简单一说，电话里的人很感兴趣，并许诺很快就来商兰县做实地考察，林虎一听，心里狂喜不已。

这之后一连几天，林虎把主要精力都放在了查找资料上，还列举了一个项目明细，土地、厂房、设备、工人工资、所需流动资金等，他在一个大笔记本上密密麻麻写了十几页，打了多少个长途电话自己都记不清了。当他把从各方面得来的资料汇总后，得出的投资数把他吓住了：投资一个年产十万吨的硫酸厂，所需资金在五百万元以上，且这样一个产能省里还未必能批！林虎有点儿灰心，但是又不死心，他决定到省内几个硫酸厂再实地考察一番。他把这个想法给县长宁相一做了汇报。宁相一很勉强地答应了。

在一个薄雾弥漫，空气中充满潮湿气味的早晨，林虎带着两名工作人员，坐着四面透风的吉普车，来到了离商兰县最近的花莲县花莲寺硫酸厂。但是，他到的好像不是时候——花莲寺硫酸厂门口围了一大群农民，在和硫酸厂讨要什么说法。花莲寺硫酸厂的工作人员得知商兰县副县长前来拜访，立即把情况报告给了他们的厂长。

以为是前来洽谈业务的硫酸厂厂长热情地接待了林虎，双方互报姓名，又是一阵寒暄过后，林虎向张宝奎厂长说明了来意。张宝奎说话不遮不掩，直来直去地说："我劝你们别搞什么硫酸厂。我们是省属企业，有些事情还比较好办，你们一个县搞硫酸厂，生产出来的产品给谁卖？黑龙铺新开了七八家小钼矿，尾矿中可以选出硫精矿，但品位肯定和金坪公司的产品没法比。还有，硫精矿脱硫后产生的废渣我们叫红粉，你们准备咋处理？我们厂一年十几万吨红粉没处倾倒，花钱买农民的一个山沟往里倒，农民很不满意，嫌污染他们的庄稼和土地。刚才你们也看见了，门口堵了一大群人，为的就是这件事。隔三岔五就来闹，我都快愁疯了！不过，咱关起门来说，制酸产生的红粉也的确很讨厌，风一刮，刮得到处都是。"

听了张厂长的话，林虎心里仅存的一点儿火苗又被泼了一盆冷水，他也无心再去别处实地考察。但在好奇心的驱使下，他把车上放着的几个试料袋里的钼矿尾矿渣倒掉，装了几小袋红粉，垂头丧气地回到了商兰县。

时间像流水一样过着，半个月过去了，林虎始终没有等到同学来实地考察，他又拨了几次电话，一次都没有拨通，于是，他不再抱希望了。接下来应该从哪里入手，尽到一个科技副县长的职责，林虎一筹莫展，心里尽是烦恼。一天下午要下班时，他拨通了省有色研究院的电话，想通过夏荷了解一下省有色金属研究院在有色金属研究方面有没有什么新动态。等了差不多有十分钟，他听到了夏荷的声音。接连几天打了许多长途电话，林虎害怕这样做会被旁人议论，就长话短说道："我被调到商兰县当科技副县长。黑龙铺办起几个小钼矿，他们只选钼不选别的。我从他们的尾矿中判断，尾矿中应该还能选出硫、铜和铁。选铜选铁要困难一些，但选硫应该不难。我想让商兰县投资办一个硫酸厂，县里没有钱，咱们的几个同学前些日子还答应来做投资考察，现在快一个月了也没见人来，再打电话就没人接了，估计他们没有意愿。我给你打电话是想问问你，你们在金属研究方面有什么新动态？有没有适合我们这样的贫困县干的项目？另外，我到花莲县硫酸厂考察，发现他们厂的硫砂脱硫后产生的废渣，他们叫红粉，被当作垃圾倒掉了。我想，红粉是经过脱硫而来，里面应该含有铁。我拿了一点儿作为样品想化验一下，看看有用没用。你丈夫不是在钢厂吗？如果化验出来含铁量还可以的话，我们可不可以给钢厂专供红粉，价钱会很公道的。"

夏荷在电话里先是对林虎任商兰县副县长表示了祝贺，接着，也是直来直去地说："搞硫酸要慎重，省内有好几个硫酸厂，生产经营都很困难。而且上硫酸厂投资很大，低于三十万吨的硫酸厂省里根本不批，而建设一个三十万吨的硫酸厂至少需要几个亿的资金。这件事我劝你别想了。至于红粉，你先让双峰他们厂给你化验一下，如果钢厂能用，价格也合适，我估计钱继科看在我的面子上，给他们领导做做工作，问题应该不大。"

夏荷在电话里的这番话让林虎的心中又燃起了希望的火苗。放下电话，他只考虑了几分钟，便兴冲冲地又去了宁相一的办公室，这回他直言道："宁县长，我想咱们是不是先办一个贸易公司？工业品、农产品集中收购，和外省做贸易，等家底厚了，咱们再考虑干别的。另外，我去花莲寺硫酸厂考察，发现他们把脱硫产生的废渣全都当垃圾处理了，被倒掉的废渣里面很可能含有铁，当垃圾倒掉很可惜，要是能利用，咱们可以花少量的钱买过来，然后办一个小炼铁厂，把红粉制成铁坯卖给钢厂。这样，咱们县可以获得很大一笔财富。"

宁相一用一种奇怪的眼光看了看林虎，有点儿冷淡地说："小林啊，你干工作的热情是好的，可想问题一定要从实际出发。你说的红粉要是能用，人家早就卖给钢厂了，能当成垃圾倒掉？咱们想发展还是想别的办法吧。"说完，他从桌上拿起了公文包。

林虎又一次心灰意冷地回到了自己的办公室，一个人坐在沙发上默默地思考了很长时间，一个曾经有过的念头又一次冒了出来：去一趟金坪公司，让金山岭选矿厂的化验室化验一下红粉的样品，如果含铁量能达到钢厂要求，就立即停薪留职，自己搞一个贸易公司，花莲寺硫酸厂的红粉完全可以做到不花钱或只花一点点钱就全部买断！林虎这样想着，越想越兴奋，越来越清楚地觉得，事情一旦成功，自己将会获得一大笔财富！于是，他开始为自己发现、别人还没有发现的财富之门而狂喜起来！下班走出办公室，他已经把宁县长冷淡的表情全都忘掉了。

也就是从这一天起，林虎再无心考虑科技副县长的工作内容了。他开始研究一些法律文件、党内条规、财会制度、汽车运输不同货物时的运价计算方法、税费规定等，有时连午饭都忘了吃。在这中间，他抽空去了一趟四十公里以外的金坪钼业公司，把红粉样品让金山岭选矿厂化验室当天就做了化验，得到的化验结果令他欣喜若狂！回到商兰县的当天，他就打电话把化验结果告诉了夏荷。

接下来便是一个稍微有点儿漫长的等待。林虎知道，夏荷回复的时间越长，说明钢厂接受红粉的可能性越大。这一点还真是被他猜中了。在一个周末的下午，夏荷打电话让他下班后在办公室等她电话，上班时间谈私事不妥，林虎当然明白夏荷的意思。下班以后，办公楼里的人全都走完了，林虎怀着忐忑的心情一边看报纸，一边等夏荷的电话。五点半时，桌上的电话铃响了，他抓起电话，夏荷在电话里说："钱继科承包的劳动服务公司正准备炼铁坯给钢厂卖。你提供的红粉理论上可以用，但最好是和黑铁粉掺着用。已经和钱继科说好了，你可以先供货三百吨，要是确实能用，可以签长期供货合同。具体怎样合作，最好是当面谈。还有，做生意如果是你们县里出面做，别人不会有说法；要是你自己做，你是副县长，你得考虑一下影响。"

林虎兴奋地说："这件事我给领导说过了，领导可能以为我是神经病。所以，我决定马上打停薪留职报告，自己办一个公司自己做。这个想法我是很坚定的，不会动摇！"

夏荷在电话里说："你这人我知道，谁劝都没用。不过，你还是要慎重！当然，我相信你的判断是准确的，所以预祝你成功！赚到钱可别忘了请我吃饭！"

"忘不了！"林虎愉快地说完后便放下了电话。

第二天，林虎就把停薪留职的报告递给了县长宁相一。下午，党政一把手同时找林虎谈话。在详细倾听了林虎的想法后，书记常崇礼几乎是一字一顿地对林虎说："你是在佟顺飞之后，商兰县第二个办理停薪留职手续的副县长。党的现行政策允许个人停薪留职办企业，所以县里不会阻拦你。你的想法也很大胆，尽管你没有具体说准备干什么，但你毕竟也是省管干部，所以上级组织能否批准还是未知数：要是不被批准，你就还要好好干；要是被批准了，我和宁县长希望你的贸易公司就在本县注册，给县里的税收也做点贡献，有什么问题也好协调，商兰县能为你开绿灯的地方绝对不亮红灯，你看如何？"

林虎像小孩子一样激动地拍了一下胸脯说："非常感谢！我一定好好干，争取不辜负领导的期望……"

就这样，林虎在各种各样的议论声中，把自己的身份由副县长变成了一个平民百姓，他展示给领导、友人、同学的新身份是：商兰县达江贸易有限公司总经理。

王小凤在得知林虎真把副县长的职务辞掉，办了停薪留职手续后，气得好几天不理林虎。林虎也故意不理她。他从家里偷拿了两千块钱，坐长途汽车到金坪公司，从何世龙和罗双峰的手上各借了一千块钱，然后又坐金坪公司的山外通勤班车赶到花莲寺硫酸厂，说了自己可以买断硫酸厂全部红粉的意愿，他的这个要求让花莲寺硫酸厂的领导们大喜过望！双方几乎没怎么讨价还价，就以每吨五块钱的价格，由达江贸易公司买断硫酸厂全部红粉，且签订了永久性供货合同。至于达江贸易公司购买红粉做什么，林虎说得十分含糊，甚至非常不靠谱，说是准备做好看的花盆。硫酸厂的人也不愿多问，但对林虎帮他们解决了一个几十年的老大难问题感激不尽，甚至好像还有点儿感动！

但是，真正受到感动的是林虎自己。在马路边站着等长途客车、坐在旁边有一堆呕吐物的客车座位上，他的心情都是格外的好！是啊！他很快就要成为百万富翁甚至是千万富翁了！而这个秘密很多人都还不知道呢！可怜的常书记和宁相一县长怎么就听不进去自己的话呢？把红粉冶炼成铁坯卖给钢厂，明摆着能赚很多钱啊！还有，一大堆钱，硫酸厂怎么就多少年如一日像垃圾一样往山沟里倾倒呢？怎么就没有人也把它拿去化验一下呢？应该说，和那块"狗头金"一样，又是一笔即将到来的财富，这是老天爷对自己的眷顾！林虎很肯定地这样想着，心里的高兴劲儿溢于言表！在下了汽车，步行往火车站去的路上，他脸上挂着微笑，迈着轻盈的脚步，思绪也开始放飞了起来！一个骑自行车的妇女差点把他撞倒他也没计较，他对一只蜜蜂总在自己面前飞舞也表现出了克制，甚至同情起了坐在房檐下抽着烟袋锅等着给人修鞋的老汉来！碰到一个挂着拐棍，不断地把手里拿着的一只绿搪瓷碗伸向路人的老太太，他鼻子酸酸地看了老人家好几眼，然后毫不吝啬地给了老人家十块钱。很多人都向他投来了异样的目光，但他却装作没看见。买好火车票，坐在硬木座位上，火车哐当一声启动后，汽笛一声长鸣，紧接着，从车窗外面不断掠过的树木、村庄、杵在庄稼地里的电线杆子，让林虎又想起了自己的双亲，想起了母亲把他给的零花钱藏在肚兜上的口袋里的情形，也想起了自己在上大学的时候两双袜子轮换着穿、上街连一根冰棍都不敢吃的情形……现在，自己很快就是一个有钱人了！等把钱真正赚到手后，一定要给母亲买一双真正的黑皮鞋、一对金耳环、一只小手表，就像夏荷细胳膊上戴的那种，这是母亲的最大心愿！当然，也要给王小凤买几身好衣服，钱再多了，也要捐款，给家乡办点事……

一路上没被打搅，一路遐想，林虎来到了长宁。他决定就住在车站旁边的小旅社里，这样方便第二天回家。已经很久没有听到城市的喧嚣和嘈杂了，但林虎很快就适应了。他登记好旅社，在房间里，把装有营业执照和公章的小书包里的钱重新数了一遍后，拿出三张十元的票子装进了内衣口袋里。他打算给自己买一件新衬衣，买一个像样的可以装换洗衣服的带拉锁的手提包。他脱下外衣，把书包斜着背在身上，然后又穿上外衣，锁好房门，把钥匙在内衣口袋装好，往街上走去。他不想逛街，他想给县里的档案室打个长途电话，给王小凤报一下平安。在车站广场的西南角上，他找到了邮局。他走进去，发现只有一部长途电话的电话间里，有一个穿着破烂的人正在打电话，年轻的女营业员让他耐心等一会儿。正在打电话的人身上不知装了多少钱，在电话间里说个没完。林虎在门口的一张长条椅子上坐了下来。有几只蚊子飞了过来，企图很明显，林虎挥了一下手，并没有生气。电话间里的人终于打完电话了，柜台里的营业员嘴巴朝电话间努了努，示意林虎去打电话。林虎向王小凤报完平安，走出电话间时，看见刚才打电话的人正蹲在门口哭泣，女营业员双手叉腰，正在训斥他："你一进来我就给你说打长途电话很贵，你为什么不听？你把火车有多长、城里楼房有多高、谁家母猪下了几个崽都通过电话说给对方，你兜里钱多呀？……你赶紧想办法！电话费还差十八块一毛钱，咋办吧？我是不会给你垫的！我也垫不起！说吧！你准备咋办？快点想办法！"

林虎看着，听着，一种酸楚的感觉从心底泛起。他犹豫了一下，把装在内衣口袋里的钱全部掏出来，往正在哭泣的男人的怀里一塞，什么话都没说，离开邮局，上了一辆公共汽车，往西北钢厂赶去。

夏荷的丈夫钱继科的事业进行得并不顺利。从厂里借的五十万元流动资金光是购买高锰钢钢材就占用了很大一部分，而一台数控机床最低价也在五十万元左右，跟着他干的十几个工人也渐渐地没了信心，有的回到厂里去了，有的另谋职业去了。仍然跟着他干的只剩下五六个铁哥们，靠收购废钢铁和黑铁粉过日子。当夏荷说自己的同学林虎手里有红粉，可以和黑铁粉掺起来炼成铁坯时，钱继科觉得自己的梦想可以实现了。当夏荷把红粉的化验结果告诉他后，他高兴得差点跳起来！他心里清楚，被当作垃圾一样扔掉的红粉的价格绝对高不过黑铁粉，如果林虎能稳定供货的话，一年几万吨几十万吨他都可以消化，且钢厂也会从中获益。因此，当夏荷给他打电话说林虎要来签合同时，他像迎接财神一样迎接着林虎。钱继科预订了一家很不错的饭店，还别出心裁，买了一套四大古典文学名著连环画，要送给林虎的孩子。他害怕林虎不好找自己，便很早就在钢厂的大门口等着。当林虎挎着挎包从公交车上下来时，钱继科立即就迎了上去。

"你就是夏荷的同学林虎吧？"

"是我。"林虎说着，赶忙把手伸向钱继科。

钱继科显得格外热情，领着林虎边往自己办公室走，边有些夸张地说："我早就想认识你！一直没有机会。夏荷说你放着副县长不当要自己办公司，我真是佩服得不行！许多人也都有这种想法，大多数都是嘴上说说而已。在你这个位置上下海经商的我知道的就两个，一个是在你之前的副县长佟顺飞，另一个就是你。说来奇怪，商兰县先后两位副县长下海经商，商兰地区的领导会怎么想？"

林虎说："商兰县不缺副县长，再提拔一百个副县长也没问题。"

钱继科脸上的表情僵硬了一下，机警地看了一眼林虎，心里觉得林虎说话的腔调有点儿怪。

说着话的工夫，两人来到了钱继科的办公室。办公室很简陋，靠窗的地方摆着一张有三个抽屉的办公桌，一把椅子，办公桌旁边还放着一张没有刷过漆的长条椅子，一个玻璃茶几，茶几上摆着几个印着毛主席语录的白搪瓷缸子。林虎一看连个端茶倒水的人都没有，就知道钱继科的实力如何了。

林虎在长条木椅上坐下，对正在给自己倒水的钱继科说："你这办公室也太寒酸了，连一本杂志、一张报纸都没有！"

钱继科说："我们是承包单位，自负盈亏，工资、奖金都是自己挣，订报纸、订杂志也要自己掏腰包，厂里不给负担。我从厂里借了五十万元流动资金，厂里不问我要利息已经很够意思了！"

"可你也为你们厂减轻了十几个人的负担呀！"林虎嘴上这样说，心里却在想，"红粉的价格定在多少合适呢？"

钱继科的心里也在想着红粉的价格。他本来想打电话问一下花莲寺硫酸厂一吨红粉多少钱，又怕这样做被林虎知道以后不好合作，就没有问。现在，他看林虎不说价格的事，就主动开口说："老林，咱们都是朋友，咱就往开了说，你的红粉想多少钱一吨卖给我？"

林虎稍微考虑了一下说："是这样，我知道你们不生产铁坯，所以红粉能不能用你们也不知道。现在经过化验，红粉的品位达到了百分之六十，说明红粉实际上就是铁粉，只不过大家都不知道红粉能用，所以才当垃圾处理掉了。我知道你收购黑铁粉，所以，我建议你把红粉和黑铁粉掺在一起，制成铁坯提供给你们厂炼钢。这样，咱谁也不哄谁，双方还都有利润。"

钱继科被林虎的真诚打动了，也拿出了百倍的诚意说："我知道你还在考虑运费问题。运费问题你不用多虑，我负责给你联系空返车。长宁这边给潼关以东送货的大车很多，返回时都是空返。你给他们一点油钱，他们就可以把你的红粉拉到我这里来，不再收运费。这样就可以给你省下一大笔运费。"

林虎一听，高兴地拍了一下手说："既然这样，每吨红粉我给你算三百五十块钱，咋样？"

钱继科想了想说："你没少算吧？"

林虎说："我没敢给你多算，因为我不敢保证能长期给你供货。我也不瞒你，我家离韩城钢厂很近，我想在家门口办个炼铁厂。搞贸易我不擅长，这次也是活猫逮了个死耗子。"

钱继科也没讨价还价，痛快地说："那我就听你的，就三百五十块吧。咱都是朋友，谁也别亏谁。不过，你说要在家门口办个炼铁厂，也打算把红粉和黑铁粉掺起来？你的黑铁粉从哪里来？"

林虎说："罗双峰你也认识，他建议金坪钼业公司把尾矿中的铜和铁选出来，公司好像正在考虑。真要选铁，金坪公司一年的黑铁粉产量至少能有七八万吨。如果可能，我想和金坪公司提前签一个意向合同。这样，我的炼铁厂要办起来，金坪公司的选铁车间也应该开始生产了。到时候，我的原料就有保证了。"

钱继科眼睛瞪得大大地看着林虎说："老兄，你太有眼光了！难怪你放着副县长不当要下海经商！原来你把每一步都想好了！佩服！高！实在是高！"

林虎憨笑了一下说："谢谢你抬举我，我也是刚刚才想到这一步，还要谢谢你帮我解决运费问题。附近有没有像样的饭店？我请你吃饭。"

钱继科说："饭不用你请，我已经安排好了，咱哥儿俩先把合同签了吧？"

"那是，这是正事儿！"林虎眼睛和嘴巴一起笑着说道。

吃饭的时候，钱继科谁也没叫，还喝了很多酒。林虎只是抿了一小口。吃完饭，钱继科把四大文学名著连环画当作礼物送给了林虎。在告别时，他又给了林虎一个热烈的拥抱。

　　林虎回到旅社一看，房间里竟然又安排进来一个陌生人，说话的口音像是宝鸡那边。他问林虎晚上睡觉打不打鼾，林虎回答说："我也不知道。不过，我睡觉很快，头挨着枕头就能睡着。"

　　对方用怀疑的眼光看看林虎，拿起脸盆到洗脸间去了。当他洗漱完，端着空盆回到房间里时，林虎衣服也没脱已睡在了被窝里，打鼾的声音好像一个人正在受刑一样，听起来让人毛骨悚然！同屋的人在床上坐着，看着皱着眉头，靠着被子躺了一会儿又坐起，来回反复了好几次，终于还是忍不住，拿着东西走到服务台要求退房。服务员跟着他到房间检查了他的床铺，在退房卡上签了字，然后摇醒林虎说："刚才那个人嫌你打呼噜退房走了。你也是，打呼噜能吓死人！你锁好门睡觉，小心有坏人偷跑进来。"

　　服务员走后，林虎锁好门，检查了身上装的钱，然后脱衣躺下了。一直到第二天天亮，房间里再没有响起打鼾的声音。

　　第二天，林虎坐着一辆中途坏了好几次的长途客车，在暮色苍茫时回到了自己的家乡——韩城关庄村。他也不歇一歇，连夜跑到村支书家里说了自己想在村里办一个炼铁厂的想法。村支书一听，激动得差点给林虎跪下来，并许诺，办铁厂的场地免费提供，只是挣了钱别忘了村里人就行。林虎一激动，拍着胸脯说："我都想好了！等我有了钱，我给村里修条路，再办一个花炮厂献给村里！"

　　村支书听完，感动得又是拿酒，又是双手递烟，就差把林虎当祖宗一样对待了。

十四

时间到了二〇〇一年。刚刚担任金坪钼业公司总经理的罗双峰仍没有忘记夏荷曾经的建议——让金坪公司往深加工的方向发展。

四十岁刚出头就当上了公司一把手，这让许多人惊叹，罗双峰自己也觉得仕途太顺了。在副经理的位置上干了五年的他，对金坪公司的情况当然是了然于胸，深知公司争取发展的空间很大，机会很多，但面临的问题也让人苦恼。最让他感到头疼的是，公司钱袋子里的钱在不断减少，他的一些设想因为没有钱也就无法提上公司的议事日程。供应部门报告给他的也全是坏消息，最主要的是，一些生产备品备件的厂家不愿再继续供货，理由也很简单：金坪钼业公司拖欠的货款太多。

一天，罗双峰在和主管营销的副经理做了一番沟通后，先把财务处处长叫到了自己办公室。财务处处长很年轻，说话很谨慎，罗双峰问他什么，他回答什么，一句多余的话都不说。罗双峰把财务报表拿在手上，一边翻看着，一边说："财务报表上反映，公司银行存款不足两百万元，这点钱，这么大一个公司能支撑几天？"

财务处处长显得有点儿紧张，说："如果不控制，一天都不够用。"

罗双峰想了想，叹了一口气说："银行存款不到两百万，给职工发工资都不够，还怎么组织生产？找银行贷款，先贷两千万。叫你来就是这事，你去忙吧。"

财务处处长走后，罗双峰又把新提的销售处处长李开河叫到了办公室。李开河年龄比罗双峰大几岁，他是肖玫瑞退休前提拔起来的，之前一直是公司销售处钼销售科科长。夏荷在销售处时，曾给罗双峰说起过李开河：优点是业务能力很强，缺点是太相信客户的话，有时候缺乏主见，心很软。

李开河尽管年龄比罗双峰大，但在罗双峰面前还是显得有些紧张。他手里拿着一个笔记本，坐在沙发上，两眼看着罗双峰，一言不发，两腿还轻轻地不停地在哆嗦着。

罗双峰知道李开河为什么紧张，他笑了笑说："李处长，按道理我应该叫你一声大哥，我年龄比你小好几岁。"

李开河笑道："那岂不是乱了规矩？你是领导又是在班上，你说啥我们干就是了，不知道罗总叫我来有啥事？"

罗双峰看了一眼桌上的财务报表说："财务报表上显示，公司陈欠接近七千多万，这么多人欠资金是怎么形成的我不想知道原因了。但给我的感觉，有些钱再不想法要回来就成了坏账。现在公司财务很困难，这么大一个公司，银行存款不到两百万，日子很难过。公司决定以销售处为主成立一个清欠小组，按清欠难易程度，给清欠人员按比例提成。难度最大的，提成比例为百分之三十。"

李开河很吃惊，瞪大眼睛说："罗总，你没说错吧？给个人提成百分之三十？那，一个人要是能清回来一千万，岂不成暴发户了？咱们是国有企业，这么干合适吗？"

罗双峰说："能清回来五百万就很不错了！我了解到的情况是，有些单位已经都不存在了！有些单位虽然还存在，但也快倒闭了。但不管怎样，你们要尽力！给清欠人员按比例提成想法是大胆了一些，有什么问题公司负责。这件事先这样。还有一件事，现在钼精矿的价格每天都在往低走，已经快接近成本价了。这种情况下继续销售会造成严重亏损。既然是这样，从现在起就停止对外销售。但三个选矿厂还要继续生产，生产出的产品山上没处放就放到山外转运站的仓库里。我已经让转运站的人把所有的库房都腾空。从今天起，新老客户一律不再签订新合同。以前签的合同也停止执行，客户要是不满意，你们做工作。这样一来，公司资金会更加吃紧，公司财务处会想办法从银行贷款。造成当前钼精矿价格不断下滑的主要原因是，全国兴起的小钼矿太多，严重冲击了市场。我的判断是，这种情况不会持续太久。国际和国内市场上没有了金坪公司的优质产品，一些用户会怀念我们的。终有一天，他们会找上门来高价购买我们的产品，因为只有我们生产的钼精矿才能满足深加工的要求。所以，雨过天晴的那一天一定会到来！我们生产的钼精矿价格一定会重回历史高位。"

罗双峰说着，李开河快速在本子上记着。罗双峰说完了，他也记完了，还把罗双峰的意见重复了一遍："罗总，就两个事，一个是搞清欠，一个是停止销售，对不？要没别的事，我就去忙了。"

李开河刚走，何世龙就来找罗双峰。尽管两人是同学，但罗双峰毕竟已是公司领导，所以，何世龙刚开始说话时也不像之前那么随意，也没有让罗双峰给水仙焊货架时表现得那么有理，但只说了几句话，就又像往常一样啥话都敢说了。他在窗前站了一会儿，在沙发上坐下，把罗双峰的办公室环顾一周，跷起二郎腿，两只手在沙发的扶手上像弹钢琴一样不住地弹奏着说："罗总的办公室也太寒酸了吧？沙发还是硬木沙发！电话也还是拨号式的，窗台上也不摆几盆花！二级单位的沙发全都换成皮沙发了！电话也全是按键式的！"

罗双峰在何世龙对面的沙发上坐了下来。刚坐下就有人敲门。罗双峰大声冲着门口说："一个小时以后再来。"显然，他有话要跟何世龙说。

何世龙对罗双峰的做法有些不解，说："这就是你的风格？刚才那个敲门的如果是哪个副总，或者是庄书记，你也这样？"

"公司领导找我会先打电话过来，哪像你，门都不敲就进来了。说吧，有什么事儿，你要不来我还准备找你呢。"罗双峰神情严肃地看着何世龙说道。

何世龙故意端起了架子，说："老同学来了也不给倒杯茶？"

罗双峰赶紧站起来，到门口的五斗柜上拿起暖瓶，从茶叶筒里抓了一小把茶叶，放进一个带盖的白瓷杯子里，给杯中倒上水，双手端着放到何世龙面前。何世龙满意地笑了笑说："这还差不多！"何世龙喝了一口水，接着说，"刚才庄书记找我谈话，谈了很多，但说得不具体，给我的感觉好像是我哪里做得不对？我觉得我在大选厂干得不错呀！你是从大选厂出来的，大单位有多难干你也是知道的。你可别当上了大领导就不念同学情！我有什么问题你得提前告诉我，别让我吃哑巴亏！按理说，我比你和老虎起步都早，到现在你成了公司一把手！老虎成了暴发户！我呢，下到基层磨炼辛苦不说，还遭人议论，你可得体谅我！"

罗双峰已经习惯了何世龙的说话腔调，所以也不计较，但他说出来的话却让何世龙有点儿坐不住了。

"庄书记找你谈话，什么事都没往具体说是给你面子，也是故意把话留着让我说。你在庄书记身边这么多年，庄书记的工作方法你不知道？基层工作辛苦是肯定的，可你不要忘了，到大选厂是你自己要求去的！什么大选厂锻炼人、进步快，这可都是你说的，我和庄书记谁都没有反对。遭人议论也是你自找的！有三件事是你今天不来我也要找你说的。第一，你不久前喝醉酒吐到了会场上，有这事吧？影响特别恶劣！第二，你刚去没几天就换沙发、换电话，把小会议室改成自己的办公室，巧借拉备件的名义在长宁给水仙进货，这都是事实吧？群众和领导一个人盯一群人肯定盯不住，一群人盯一个人肯定能盯住！你我都是领导，职工时时刻刻都在盯着我们，难道你不明白？"

何世龙打断罗双峰说："行了行了！你这家伙真是官当大了，当上一把手还不到一个星期就开始教训人了！在我面前还一套一套的！"

罗双峰严肃了起来，用严厉的口气说："你别急，还有呢！你养猫养狗倒也罢了，你竟然养了一只猴子！难道你不知道这是违法的吗？还每天下班后扛在肩上，连我都觉得怪怪的。有人说，你是听了算命先生的话养的，说什么肩上扛猴就能马上封侯。这话你也信？你忘了自己是共产党员？是无神论者？这几件事，哪一件事都是倒牌子的事！有人说你是败坏组织形象，有意作怪，我看也是……前几年，公司买了几辆小轿车群众都骂。你倒好，刚去基层就先享受，还马上封侯，算命的没说你几时发达？"

何世龙听得满脸通红，但嘴上还不忘为自己辩解一下："这些不违纪违法的事都是谁给你说的？这些人都是吃饱了撑的！整天盯着领导不放！大家都是人，谁做事还能把每张脸面都顾到！"

罗双峰有点儿生气，说了句很重的话："你还有事没说，什么事你自己心里清楚，我不想说出来，有人说你悟性差，我看未必，说不定你是故意装聋作傻！"

何世龙刚想说话，又有人敲门。罗双峰说了一声"请进"，办公室主任领着几个陌生人进来了。何世龙一看，跟罗双峰打了个招呼走了。

来找罗双峰的人自我介绍说："我是韩城钢厂供销科的，我叫刘三宝，是林厂长介绍我来的。林厂长说，金坪公司有钼铁，我们想买一些，不知罗总能不能给个方便？"

罗双峰一愣："你说的林厂长是谁？我不认识什么林厂长。"

刘三宝忙说："林厂长叫林虎，他说你是他同学。"

"林虎不是在商兰县开贸易公司吗？什么时候跑到韩城钢厂去了？"

"不是韩城钢厂。你的同学十多年来一直在做红粉生意，赚了不少钱。后来，大家都知道了红粉就是铁粉，钢厂可以用，红粉的价格就猛涨。林虎和花莲寺硫酸厂签订的合同是永久性合同，当时每吨才五块钱，红粉的价格涨起来后，花莲寺硫酸厂的职工认为自己厂吃了亏，怀疑厂领导受贿罢工闹事，花莲寺硫酸厂要作废合同，林虎为这事跟花莲寺硫酸厂打官司，官司赢了，价格给花莲寺硫酸厂涨了十块钱。花莲寺硫酸厂不干，找了很多借口不给林虎发货，林虎一看弄不成就不干了。他回到自己家乡，捐款给村里修了一条水泥路，办了一个花炮厂，建了一所小学，村里给划了一块废地，林虎又办了一个炼铁厂，把从湖北和山西买来的红粉掺上黑铁粉，炼成铁坯再卖给我们钢厂，就是这么回事。"

罗双峰听明白了。客人说完，他感叹道："我这位同学还真能折腾！你们不说我还不知道他跑回韩城去了！钼铁我们有，只是生产设备运转不正常，生产一周停两周，想改造公司目前又没有钱。你们跟销售部门接洽一下，他们知道具体情况，现在合作不成，我们以后还可以合作。"

刘三宝走后，罗双峰自言自语道："老虎办了个炼铁厂？这家伙还真敢整！"

罗双峰刚想坐下打个电话，财务处处长领着银行的人来了，向罗双峰介绍说："这是刚担任花莲县工商银行行长的谢行长，我叫谢长江。"谢行长一双大手握住罗双峰的手使劲儿晃了晃，热情地说，"我们是专程前来拜访您的，金坪钼业对咱工行非常支持，我们很感谢！听龚处长说，咱公司准备申请贷款两千万，没问题！金坪公司对国家贡献这么大，暂时有困难咱理解。县工行放贷额度有限，咱可以想办法和省人民银行联系，不管怎样，一定要帮助金坪公司渡过难关！"

罗双峰还是在处理大选厂门卫打偷废铁的女人时和地方干部打过交道。谢行长话说得漂亮，让他很受感动。他想说几句客气话，然后让谢行长和龚处长他们去谈，谁知客气话刚说完，谢行长提出了一个问题："咱们工行想在十里坪也办个营业所，好方便住在十里坪的职工存取款。现在有个具体困难，钼业公司能不能帮忙解决一下？"

"什么困难？请说。"罗双峰以为是私人问题。

谢行长说："营业所里没有暖气。钼业公司能不能把暖气给我们安上？咱那个营业所面积不大，也就一百多个平方米。"

罗双峰笑了笑说："没问题。按照咱们当地人的话说，碎碎一个事，让龚处长他们去协调。"

谢行长满意地走了。

临近中午，罗双峰叫来办公室主任说："下午两点，让财务处处长、计划处处长、机动处处长、销售和供应处处长到小会议室开会。"

中午下班时间到了。罗双峰一走出办公室，就又不由自主地想起了公司面临的几件事来。走在回家的路上，许多认识他的人都热情地和他打招呼，他却只是很随意地点点头，只管往前走，心里还产生了一种很不踏实的感觉。

这天中午，习惯午睡半小时的罗双峰没有睡觉，帮着秦丽华洗了几扇纱窗就到了上班时间。当他急匆匆地走到办公楼，走进小会议室时，参加会议的人已经到齐。拿着记录本的办公室主任一进会议室，看见桌上还摆放着烟灰缸，赶紧走上前去收了起来。

李开河开玩笑说："就放着吧，罗总在这儿，没人敢抽。"

罗双峰笑着说："今天破例，随便抽。"

会议室里的气氛显得有点儿严肃，罗双峰说完坐下，最喜欢抽烟的供应处处长拿出烟又装进兜里。

罗双峰收了笑容说："今天开个小会，我先讲。大家知道，公司目前处境非常困难，钼精矿的价格已接近成本价，可市场价格还在往下降。我已经让销售处停止销售。但生产还不能停，不然，职工的情绪会受影响。银行方面已答应给贷款两千万，但这点钱对咱们来说还很不够，财务处还要积极想办法。我们至少需要贷款一个亿。具体情况你们也都了解，我就不多说了。现在说说我的具体想法。"罗双峰说到这里停顿了一下，看了看笔记本，接下来说的每一句话，让参加会议的人都惊讶不已："第一，从今天开始，销售处暂停对外销售。这一点，上午我给李处长已经说过了。公司要成立一个定价小组，取消销售价格浮动制。对外销售时，不管新老客户，一律实行一个价。以后不再签订长期销售合同，有人要货，给多少钱发多少货，现款现货。签订合同之日要先询价，要在签订合同当日，在市场最高价的基础上再上浮百分之一作为公司产品定价基准。我们的产品优势明显，所以要价要高一点，对方应该可以接受。实在不行，再和市场价保持一致。上午，我对李处长说的成立清欠小组，有一点要说清楚，清欠人员在清欠过程中发生的所有费用，一律由清欠人员自己负担。差旅费可以先从公司财务处借款，从个人提成中扣除。第二，财务方面，银行贷款一旦落实，一千万元作为职工工资预留存入专门账户，任何时候都不能挪用。各单位、各处室的办公经费一律按百分之五十扣减，要学会过紧日子。第三，从现在起，供应处除生产必需外，停止采购任何物资，欠人资金先拒付，后酌情给付。金额每月不超过二十万元。如何平衡，你们自己想办法。招待所住满了前来讨债的人，可以考虑让招待所把饭给人家管上，他们要不到钱，回去也是要挨训的。另外，从今天起，暂时收回二级单位物资采购权。现在是初秋，供应处要提前考虑冬季取暖用煤。十月底前，所有取暖用煤必须全部运到山上来。第四，也是最当紧的一件事，计划处同技术处要尽快拿出一个金坪钼业公司远景规划书，基本思路是向深加工进军。钼酸铵、钼粉、钼丝、钼板坯这些深加工产品我们都要搞，而且要加快步伐，没钱从银行贷款也要搞！我们辛辛苦苦把石头变成值钱的东西卖，可是大头却让国外企业和中间商赚走了。人家把我们的东西买过去，经过一番深加工，卖的都是高价，利润很丰厚！对我们来说，这种把猪肉卖成白菜价的局面必须改变！深加工项目要建在长宁高新区。购买土地、厂房设计、设备选型、职工培训要同时进行，还要考虑高薪聘请专业人才。计划处负责编制预算，财务处负责筹措资金，机动处负责设备采购，行政处负责购买土地。我说的这些，同时动起来需要很多钱，眼下只能从银行贷款。所以，财务处肩上的担子很重。等这些事情有了眉目，在内部管理上，公司也会有大动作。"

罗双峰说完，好一会儿没人吭声。很显然，大家都被惊到了。大概谁都没有想到，罗双峰刚刚担任一把手，就一下子说出一大堆大家从未听说的大事来。

罗双峰把目光投向了财务处处长，龚处长忙开口说道："搞深加工要买地、建厂房、购置设备，目前我们的能力根本不具备。从银行贷款，没有几个亿恐怕拿不下来。"

计划处处长说："龚处长说得对。我个人觉得这个想法太超前了，万一银行不给贷款咋办？"

没人再发言了。

罗双峰看其他人不说话，合上笔记本说："今天先不讨论，你们回去后，都从各自部门的角度考虑考虑，关键是要着眼长远。我深信，银行贷款几个亿对我们这样的企业来说，还起来也很快。市场稍一回暖，价格只要能回到正常价位上，还贷几个亿根本不是问题。搞深加工只要前期准备充足，基建速度快，设备安装调试用不了多长时间，关键是我们还要考虑销售和人员培训问题。"

还是没有人说话。罗双峰只好宣布散会。

回到办公室，罗双峰突然想给夏荷打个电话，但打电话说什么又没有想好。想着刚才的会议和财务处处长的发言，罗双峰自己总觉得有什么地方不对劲儿，好像有什么话该说还没说到位，说的时候条理也好像不够清晰，程序好像也不对，可又想不出来究竟是哪里不对头，他心里不免困惑起来，且有一种忐忑不安的感觉。他拿起电话，手指头都放到了拨号键上又放下。想了一会儿，他猛然意识到，决定公司未来发展的大事，自己应该先和庄书记沟通一下才对。自己太操之过急了。想到这里，他拿起笔记本，走出办公室，往二号办公楼走去。

庄长荣完全是以一个长者的姿态在楼梯口把罗双峰领进自己办公室的。两人都在沙发上坐下，罗双峰礼貌又谦虚地对庄书记说："我最近有一些想法，自己以为成熟了，但把这些想法当作工作往下布置的时候有点儿太着急，也没和您商量就开会放了几炮，几个处长给吓着了。散会后，我左思右想总觉得哪里不对头，这不，向您请教来了！"

罗双峰说完客套话，又把自己在小会议室的讲话内容和其他一些想法都简明扼要地说了一遍。

庄长荣没怎么考虑就说："你说的这些都是前任领导，包括我和康经理都曾经考虑过的问题，有些问题也没碰到过。但钼精矿低于成本价也没人要的情况还从未发生过。这种情况下采取一些特殊措施是可以的，即便是失误了也不会伤筋动骨，你怎么想怎么做都行，暂时停止销售也行。至于公司长远发展问题，牵一发而动全身，咱们还是慎重考虑为好。你的设想非常好，我看这不是操之过急的问题，只是应该考虑得更加周全一些罢了。按照你的思路，把将要干的大事，比如在长宁建设工业园搞深加工、成立进出口公司、筹建永久性尾矿坝、实行人员消费战略大转移等，这些问题的提出不仅具有前瞻性，且有战略眼光，是很得人心的事情，一点儿都没有错，党委这边是要全力支持的！既然已经提出来了，是不是把它进一步条理化？先形成一个公司战略规划意见讨论稿，让有关部门论证一下，如果有必要，召开一次职代会，大范围征求一下职工群众的意见，然后形成文件。这样，我认为更稳妥一些，你身上的担子也能轻一些。我觉得有三条需要好好考虑：一是搞深加工需要大投入，资金从哪里来？二是成立进出口公司需要和外商打交道，我们有没有这方面的人才？三是实行人员消费战略大转移，把山里面的退休职工和一部分单位转移到长宁当然是再好不过，要是能办到，山里的住房问题就彻底解决了，公司对外发展也就有了依托。可是在长宁建职工住宅楼需要很多资金啊！你说得这么宏伟我听着都很激动，可也很担心啊！钱呢？钱从哪来呀？财务报表他们也给我送，我看了，账面资金还不到两百万，给职工发工资都不够，生产怎么办？过紧日子靠贷款，我们能坚持多久？银行可都是嫌贫爱富的主啊！摊子铺开却搞不来钱怎么办？"

庄长荣这样一说，罗双峰心里的困惑没有了，意识到自己只是犯了一个常识性的错误，该走的程序没有走到，把其他副经理晾在了一边。他感觉脸有些热，表情也有点儿不自然，想对庄书记说几句感激的话，却又说不出口。

阅人无数的庄长荣早把罗双峰的心思看透，知道他不想被人瞧不起，也担心其他副经理不服气，就想早点干出些成绩来。庄长荣知道罗双峰来到自己面前，又有点儿放不下总经理的架子，所以说话的时候才显得有点儿不自然。

庄长荣不想把罗双峰的心思点透，于是就哈哈大笑着说："老弟，别着急，我们面临的问题太多，想一下子解决不可能。你提出了一个很好的发展思路，这很了不起！要让大家接受和理解，就必须进行系统性的阐述，并加大宣传力度，让大家知道是怎么回事，好增加动力。我建议你到基层去走走，看看都有哪些问题，把问题收集起来，好好地梳理一下。先顾眼前，把像永久性尾矿库这种项目先安排下去，让有关部门替你去考虑，考虑好了先放在那儿，等有条件了，咱再开干。罗总认为我的这个建议如何？"

庄长荣不愧是学哲学的，几句话就把罗双峰真正想要表达的意思全都说清楚了。

罗双峰有点儿不好意思起来，说："问题太多，我有点儿太着急了。"

"不用着急。"庄长荣风趣地说，"咱俩都得学会干活。领导是什么？领导就是领着大家、指导大家干活，不一定非要亲自动手。碰到问题要有招数才行，哪怕是歪招呢！公司有个老上访户叫蹇大全，新中国成立前参加工作，八十多岁走路都不利索，一到信访接待日就来了。一来就说许多废话，说他是老干部，要公司把他当老干部对待，解决待遇问题。信访部门的同志接待也不行，不接待也不行。我对他们说，他再来你们任何人都不要和他说一句话，他不管说什么都不要接话，他看你们一个字都不说，来上几次就不会再来了。这一招还真管用！老蹇头半年多再没来过！说明他也清楚自己是胡搅蛮缠！"庄长荣说到这里，话题突然一转，"明天是星期天，你别给自己安排事，咱们搞一次特殊化，带上你的夫人，我们到水库去钓鱼，在老乡家里烤鱼吃。你不要惊讶，我的两个同学来看我，一个是做珠宝生意的，一个是驻摩纳哥的参赞。"

罗双峰欣然接受了庄书记的提议。他心里明白，庄书记这样做肯定是有用意的。他站起身要走，庄书记说："你等等。"说完，从抽屉中拿出一个精致的小礼盒，从盒子里拿出一尊精美的手掌大小的玉观音雕像给罗双峰说，"这是我那位做珠宝生意的朋友送给我的，我转赠给你，值不值钱我不知道。他非让我摆在家里每天叩拜一次，这样就能官运亨通。真是笑话！我已年过半百还官运亨通！这家伙跑过不少地方，现在南方改革是什么样子，你我都没去过不了解，让他讲讲，对咱有好处。我陪他去看过尾矿库，他又想去水库钓鱼，我答应了。南方人走到哪儿都爱吃鱼。"

罗双峰看着观音像问庄长荣："这是什么玉？为什么所有的佛像底座都是莲花座？"

庄长荣说："是什么玉我没问，我也不懂。寺院菩萨塑像中大多以莲花为座，因莲花出淤泥而不染，故以莲花做比喻，比喻依佛修行，最后成就圣果。"

庄书记说完，罗双峰似乎明白了庄书记赠自己观音菩萨像的意思，他心里面认为，庄书记大概是害怕自己走入歧途，才用这种很特殊的方式提醒自己。他本想把这个想法说出来，却又没说，笑着说了一句："金有价玉无价，我咋敢接受这么贵重的礼物！"

庄长荣又是哈哈大笑着说："其实也就是一块石头，只是人把它搞成了一个人像而已。"

罗双峰下班回到家，秦丽华一看他拿回一尊观音菩萨像，坚决不让往家里摆，态度坚决地说："什么神仙，我才不信呢！露天矿材料科的王科长专门从庙里请了一尊观音像，一天拜好几回，就是想让观音菩萨保佑让他生个儿子，结果咋样？连着生了五个女孩也没生出一个儿子来！他因违反计划生育政策被处理了好几次。生老四的时候，又是因为违反计划生育政策，连工资都没涨上！拜观音有啥用？咱家没拜观音，你也当上领导了！明天把佛像还给庄书记，要不就送人！我可不想伺候活在天上的人！"

罗双峰有些哭笑不得，也不想和秦丽华争论，他将佛像放在鞋柜上，说起了要去水库钓鱼的事，秦丽华听了高兴得很，吃完饭就开始准备要带的东西。

去水库玩没有用公司的小车。庄书记的朋友自己开车。罗双峰和庄书记的两个朋友握过手，珠宝商人自我介绍说："我叫李畅，在深圳那边做事。"

驻外参赞说："我叫李达昌。"

罗双峰还没想明白去水库钓鱼庄书记为什么要叫上自己。上车后，他不无担心地说："去水库的路很不好走，全都是疙疙瘩瘩的石头路，很容易轧坏轮胎。"

开车的李畅说："放心啦，罗老板！咱这个车是越野车，底盘高，虽然是水货，可跑起来比你们的桑塔纳要好得多哟！"

罗双峰幼稚地问道："水货不就是走私汽车吗？这种事特区也能搞？"

李畅说："偷偷摸摸的啦！很赚钱的啦！老总想不想给你们搞几辆？作为朋友，我是可以帮忙的啦！"

罗双峰不明白李畅说的是真心话还是开玩笑，说："钼业公司不会买走私车。"

李畅不说话了。驻外参赞却开口问庄长荣："都说长宁是个好地方，我们去过几个地方，有几个问题搞不清楚，什么叫塬？什么叫峁？塬难道不是平原吗？"

坐在副驾驶位置上的庄长荣紧紧地抓着车门把手说："《中国地理》一书里介绍长宁时说，塬、峁、梁、川地形，是今天黄土高原基本的地貌类型。'塬'是指平坦的黄土高原地面。塬面宽阔，但易受流水侵蚀，沟谷发育，分割出长条状塬地，成为山梁，称为'梁地'。如果梁地再被沟谷切割分散孤立，形状有如馒头状的山丘，则称为'峁'。在梁峁地区地下水出露，汇成小河，河水带来的泥沙在这里沉积，在两岸形成小片平原，称为'川'。"

罗双峰对庄书记的博学已经见怪不怪了，开车的李畅却感慨道："调回家乡来吧！这地方太委屈你了，调回无锡市，当不上市委书记，至少也是市委宣传部部长！"

庄书记又是哈哈大笑着说："我已经是河里的一条娃娃鱼啦！又老又丑游不动啦！得让像我们罗总这样的年轻人往前冲！你们别看我是学哲学的，现在生活中的许多现象哲学已经解释不了啦！哲学落后于生活，这是一个很大的社会缺陷！我这两条腿很少跨过摸天岭，迈不动啦！"

一直没有说话的驻外参赞说:"非洲有很多发展机会,官方现在还没有注意到,但很多人已经注意到了。不过,大多数都是去开餐馆的,办企业的不多。像你们这样的公司应该早早走出去,想没想过钼矿石挖完了怎么办?"

庄书记马上说:"我们的罗总刚上任就开始考虑发展的长远问题了。"

李畅又接话说:"老庄呐!你们的尾矿坝都快堆到山顶了!站在浮船上往四面看风景,真是美极了!将来要是给上面覆上一层土,搞成一个高尔夫球场,旁边再搞一个酒店,钞票肯定是赚不完的。等我钱赚多了,我来投资怎么样啊?"

"什么是高尔夫球?我还没听说过。"庄长荣很天真的样子问道。

李畅说:"一种运动项目,国外很时兴的。我敢说国内很快也会有,我在澳大利亚玩过,很上瘾的。"

罗双峰听着一言不发,庄书记两个朋友的话只是给他留下了一个概念而已,他自己心里想的却都是怎样尽快让公司拥有一大笔资金和到基层单位去调研的问题。

水库到了。汽车哼哼唧唧地过了河,沿着裸露着石块的、只能有一辆车通过的土路往水库坝上驶去。让车上的人纳闷的是河道两边站着很多人,人群中还有许多职工,河岸上停了许多自行车,还有几辆摩托车。

越野车开到水库坝上,机修厂的党政领导也都在坝上。看到公司党政一把手坐着一辆外地牌照的车来到水库,他们忙上前来迎接。庄书记向他们介绍了自己的朋友,大家相互握了握手。庄书记问机修厂李厂长,许多人站在水库下面的河道两边准备做什么。

李厂长说:"天气预报说近期有大暴雨,水库库容现在是满的,今天准备放水减少库容,坝下面的人是来捡鱼的。"

庄长荣脸色变得严肃起来:"他们这样做很危险,泄洪孔闸门打开,水流很大,流速很快,把人冲走咋办?一定要把后果想好,提醒职工和农民兄弟们注意安全。"

李畅一听水库准备开闸放水，立即兴奋起来，也要站到河边去捡鱼，还经验老到地说："站在坝跟前是捡不到鱼的，咱们往下游再走两公里，准能捡到大鱼！"

大家都相信了他的话，坐上车又往下游走了两公里。把车停在了一所只有一间教室的学校门前，停车的地方应该是操场，在一个小土台子上，竖着一根竹旗杆，一面五星红旗正在旗杆的顶端迎风飘扬。

庄长荣比罗双峰想得周到，不知从哪里弄来的烤肉炉子和木炭，也在车上带着。把汽车停好，李畅和参赞都急忙往河边跑去，庄长荣开始生木炭火。罗双峰在一旁帮忙，还对庄长荣说："咱俩在这里吃烤鱼这一幕，我估计明天就会传遍整个矿区。"

庄长荣说："是这样。不过我们没必要考虑这些，只考虑怎样过一个愉快的周末就行。"

秦丽华来时的路上一声没吭，这会儿话多起来了，挽起袖子，指挥罗双峰搬了几块石头当凳子，在地上铺了一块塑料布，从一个筐里拿出东北大酱、黄瓜、火腿肠放到塑料布上。

水库开闸放水了，传来了人们的呼喊声和水流冲撞河岸发出的喧嚣声。许多人顺着河边在跑，手里拿什么工具的都有，在追逐着被水里的浪花拍下去又浮上来的鱼儿……过了大约半个小时，李畅拖着一条半人高的大鱼过来了，累得气喘吁吁，衣服也被弄脏弄湿了。

秦丽华兴奋地大声喊叫着说："我的妈呀！这条鱼一家人两天都吃不完！"

秦丽华说得很对，李畅捡到的大鱼，五个人只吃了不到十分之一，其余全都塞进竹筐放到了车上。

吃着烤肉的时候，李畅故意给庄长荣出难题说："给我们讲一个人和鱼的故事吧。"

庄长荣说："那就说说庄子吧。庄子可能是最喜欢鱼的哲学家了，他将生活的极大智慧写进了三条鱼的故事里。有三种境界，庄子在《逍遥游》里写的第一条鱼是北冥有一条名为鲲的鱼，能化作鹏遨游于九天，它会乘着六月的风飞去南冥。可庄子却说他不自由，一旦没有风就只能从高空坠落。那时候有一个名叫列子的人，能够驾着风在天上飞，跟神仙一样，但是没风他也要发愁。站在风口谁都能飞起来，这样的自由靠的是外物。所以，在庄子的智慧中，不为物所累是人生的第一层境界。

　　"庄子在《庄子·秋水》里说的第二条鱼叫鲦，是濠河之鱼。有一天，庄子和惠子路过濠水的桥上，庄子说，你看这些鲦鱼在下面游得多么快乐。惠子却说，你又不是鱼，怎么知道鱼快不快乐？庄子立刻答道，你又不是我，怎么知道我不知道鱼的快乐呢？从这个故事里，我们可以知道生活就像一出戏，我们不在别人的曲目里，怎么能知道别人的悲欢？好的快乐从来都是自己的，不是别人眼里的。所以，我们别总想着活成别人喜欢的样子，应该努力活成自己喜欢的样子。因此，在庄子的智慧中，人生的第二种境界就是不为别人的评价所累，人生最大的快乐就是选择一种自己喜欢的方式活着。

　　"庄子在《大宗师》里写了第三条鱼叫鲋，是车辙的小鱼。一个池塘干了，两条小鱼暴露在陆地上，互相吐沫，互相湿润以勉强维生。对此，庄子却说，与其这样互相熬着不如彼此放生，去大江大河里过自己的新生。意思是，天命无常，人如风絮，不知道哪一天你的水就干涸了，和你相伴的人总有一天也会离场。人与人都是相伴而行的旅者，只有自己才能走完全程。所以，在庄子的智慧中，人生的第三种境界就是找到自我。拥有自我的人才会久处不厌。

　　"庄子说鱼相忘于江湖，人相忘于道术。对我们所有的人来说，幸福都无法复制。凡活得通透舒服的人，都能读懂庄子的三重人生智慧：不滞于物，不困于心，不乱于人。这是庄子的人生艺术。用今天的话说就是，身体可以戴着镣铐跳舞，心灵则一定要插上自由的翅膀。"

　　庄书记刚一说完，李畅和参赞就直夸庄书记渊博！说完他们又去捡鱼去了。庄长荣也跟着去了。

听庄书记讲过"商山四皓"故事的罗双峰明白了庄书记要他来水库钓鱼的意思。他在心里认为，庄书记讲庄子和鱼的故事，应该是对自己的一种提醒。回家的路上，李畅为河里为什么会有鱼，从生命的起源说起，和参赞争论了一路，也没提自己在做什么，去过什么地方。这让罗双峰很失望。庄书记和坐在后座中间的秦丽华一路上都在讨论如何煎鱼、炖鱼、蒸鱼。罗双峰则一边欣赏车窗外的风景，一边还在想着仍在困扰着自己的几个问题。车到矿区后，庄长荣陪两位同学去了公司招待所。

罗双峰没有去，他提着装了满满一竹筐的鱼回到家中。在厨房帮秦丽华收拾的时候，他还在想庄书记讲庄子和鱼的故事，他对秦丽华说："庄书记是做人的思想工作的高手，通过给你讲故事，指出你的毛病，既提醒了对方，又不伤对方的面子。高手一般人学不来，能悟到就很不错了。看来，我以后说话做事还真得谨慎点，这么大一个公司，要是被我的一个决策搞砸，那我就成了千古罪人！"

秦丽华却说："人家是啥意思你咋知道？你以后别跟我说你班上的事，你每天回来只要不拉着脸就行。今天在水库吃鱼，庄书记讲故事，你们都是大学生，都能懂，就我是中学生，像个傻瓜！以后再有这种场合，打死我也不去了！"

十五

　　罗双峰到基层去调研的第一站是露天矿。公司新任一把手要来调研，露天矿党政领导班子都非常重视。罗双峰还没到，露天矿中层以上干部就已经在会议室候着了。有很多人在抽烟，会议室里烟雾缭绕。罗双峰刚坐下，露天矿办公室主任在矿长牛长发耳边低语了几句。烟不离手，两个手指头被烟熏得焦黄的牛矿长赶紧掐灭了烟。由于秃顶，他头上戴了一顶蓝布帽，汗渍把帽檐儿都浸得发白。他端端正正地坐着，面部的表情显得有点儿紧张。

　　罗双峰看了一眼大家，对牛矿长说："让基层的同志都回去工作吧，我今天来主要是想听听露天矿党政领导班子对一些问题的看法。你们自己的问题能够自行解决的就不要讲了。哪些问题是你们解决不了的，需要公司在政策上给予支持的，多讲。"

　　牛矿长说："这就简单了。基层的同志现在可以回去了。"

　　会议室里就剩下几个矿领导，牛矿长汇报说："露天矿需要公司解决的问题就两个，一个是采矿场北帮治理，一个是大车队车辆更新。现有的车车况都不好，有几辆车已经趴窝了，没钱更换备件。这是无法给选矿厂正常供矿的主要原因。一些小问题我们自己能解决，我就不讲了。"

　　罗双峰喝了口水说："明白了。你陪我到现场去看看吧，其他同志各忙各的。"

"那就散会吧。"牛矿长说。党委书记、几个副矿长和罗双峰握了握手都走了。

罗双峰和牛矿长走出办公楼，罗双峰让司机在办公楼前等，自己和牛矿长往大车队方向走去。矿车修理车间里停了有七八辆拉矿车，每辆车跟前都有工人在忙碌。工人们见矿长和公司一把手前来，也没人跟两位领导打招呼，都在各忙各的。两位领导就站在门口说话。罗双峰问牛矿长："露天矿现在有多少人？有多少是双职工？有多少是单身？有多少结了婚还没有房子住？能正常运行的矿车有多少辆？"

牛矿长在回答最后一个问题时抱怨说："有些问题早就跟公司反映过，也没人给个话。反正是选矿厂一没矿石就怪露天矿！也不想想，车辆都快到报废年限了，让我们怎么干？现在每天都是拆东墙补西墙！日子在凑合着过，也知道公司没钱，可我们能有啥办法呢？"

牛矿长说完突然走开了，在一个正在干活的工人的脑袋上拍了一下说："棉纱有静电，往柴油盆里扔能引起火灾，懂不懂！"

被说的工人扮了个鬼脸，脸通红地走开了。

离开修理车间，罗双峰问牛矿长："工人们干劲儿咋样？是不是还和以前一样，高兴了就多跑几趟，瞌睡了就找个地方睡觉？"

"这种现象有。基本上都是发生在零点班。"

"看来，真正的问题靠奖金是解决不了的。"

"罗总这话是实在话。"牛矿长因为罗双峰说中了露天矿的痛点，脸上稍微有些挂不住。他要带罗双峰去其他车间，罗双峰说："其他车间暂时不去了。我今天来，除了想了解一下大车队的运行情况外，我心里还有一个想法想和你探讨一下。据我所知，矿岩汽车的运输成本几乎占到了你们露天矿生产成本的一半！这里面存在很多问题，吃大锅饭、责任没有落实到人、车辆维护保养不到位不及时、修理质量不过关、材料备件采购价格高、浪费严重、质量还差，严重影响了车辆的技术性能，还增加了车辆的修复成本。

再就是设备资产占用多。我的想法是，对矿岩汽车运输进行一次大胆改革：矿石运输由工程公司和露天矿负责；露天矿实行吨矿含量包干制，所有车辆都拍卖给个人。工资和奖金全部包含在运费里，谁拉得多跑得多谁就挣得多。我给你们一个月的时间进行调研，并形成实施方案，报公司批准。争取在一个月以后，能实际运作起来。"

罗双峰的一席话等于是把探讨变成了决定——公司的决定。

牛矿长显然是被吓到了。他无比惊讶地说："罗总，你该不是说笑了吧？将运矿车拍卖给职工，政策允许吗？再说，谁能买得起？每辆车都是上百万买来的，就算是去过折旧，残值也有几十万吧？"

罗双峰说："我问过机动处的人，露天矿的别拉斯矿车状况最好的残值也不超过三十万。拍卖给自己的职工不要想着多卖钱，只要有职工愿意买就行。公司经营办按照我的意见做了一个初步核算，除去人工、油料、备件消耗、选矿厂设备检修等因素，改革后的别拉斯车队的职工，每人每个月的收入比现在要多很多。你们的生产成本也至少能下降四分之一。政策一出台，职工自己也会算账。你放心，改革是为了调动大家的积极性，减少工作阻力，公司是不会让自己的职工吃亏的。"

"全公司谁都可以竞拍？"

"只允许露天矿大车队的司机。"

"万一没人参加竞拍咋办？"

"不会。我们首先会放宽政策，要让职工有利可图。你们的难处是部分工人如何转岗的问题。多余出来的司机可以充实到汽车运输部，公司小车队和工程公司这些单位。部分管理人员和修理工怎么办，你们要好好考虑。反正不管怎样改革，都不能让职工的利益受到损害。"

牛矿长的脑子好像还没有转过弯来，低着头想了想说："罗总，这是你个人刚刚有的想法，还是公司就准备这么干了？"

"我想了很长时间。如果把大车队剥离出去，露天矿是不是就很轻松了？"

"那当然。"

罗双峰笑了："我估计你们也轻松不到哪里去。有可能是劳动效率提高了，但管理的难度却进一步增加了。在加强监管方面，你们或许还要想更多的办法才行。公司考虑的是几个选矿厂时时刻刻都能满负荷运转，而你们要考虑的则是管理、效率和成本。对大车队的改革能使你们的成本下降，效率提高，但管理难度肯定会增加，这一点你们一定要有很清醒的认识。当然，这些只是我个人的想法，还没有拿到经理办公会上讨论。"

牛矿长虽然是很认真地在听着，心里却早就在翻江倒海了。他很清楚，大车队要是拍卖给个人，露天矿百分之五十的工作量就没有了。其他职工的工资和奖金公司怎么考虑呢？这才是他最关心的问题。作为矿长，他必须心中有数。于是，他直截了当地说："罗总，公司如果真这样干，那，露天矿其余职工的收入会不会受影响？"

罗双峰说："不会受影响。到时候你们只会多拿不会少得。车辆卖给个人，实行的是吨矿含量包干，谁拉得多，谁挣得就多。公司对露天矿实行的是按全年采剥总量发放工资、奖金的办法，采剥任务完成得好，工资、奖金就不会受任何影响。总之，一切都和完成运输总量有关。拉矿车成了自己的，谁不想让车多拉快跑？这个问题你们慢慢想。现在，咱俩到采矿场去看看。"

两人又相跟着走回办公楼，坐车来到了采矿场。站在观景台前，牛矿长指着采矿场北边的青石崖下垮塌的一个采矿平台说："露天矿现在面临的最大问题是采矿场北部塌方问题。最下面的平台已经没法作业了，南部这边坑底已经开始大量积水，需要建抽水泵站往外排水，原先考虑只建一个泵站，可是扬程达不到。"

罗双峰皱着眉头在思考，很长时间没有说话。牛矿长也不吭声，害怕打断了他的思路。罗双峰又往前走了几步，无限感慨地对牛矿长说："真快啊！我刚参加工作的时候这里还是一座山，一九八二年到二○○一年，十九年的时间，一座山成了一个大坑……采矿场的排水将来会是一个大问题，应该成立一个排水车间。你们给公司打报告，公司给你们增加编制和工资定额。设备暂时不要买新的，从几个选矿厂调剂几台修旧利废时入库的砂浆泵。管道也用旧管道，公司就是有了钱，也不一定要上新设备。看泵房也搞成临时的，不能搞成永久性的。北部边帮治理，工程管理处的人请施工单位来看过，好几个单位提出的方案是用锚杆固定，简直是扯淡！用锚杆固定法，花再多的钱都是白花！塌方全都是碎石和渣土，又不是岩壁，锚杆怎么固定？完全是一个不动脑子的方案！北部边帮下面应该还有不少矿石，可行的办法应该是排废采矿，将采矿和治理相结合。你们好好研究一下，如果可以，你们不用请示公司，调一台电铲过来，重新调整一下生产计划。"

牛矿长虽然没有把罗双峰的话往本子上记，但罗双峰说的每一个字都刻在了他的脑子里。从罗双峰开始说大车队如何改革时，他就在思考着，运矿车全部都归了个人，露天矿还有什么可管的呢？而且这样的改革，以前从来没有人提起过，万一改革失败了，残局谁来收拾？责任谁来承担？而最让他担心的是没有人愿意竞拍。他把这种担心再次提了出来，也是想看看罗双峰到底是什么思路。

罗双峰当然知道牛矿长在担心什么，就笑了笑说："我刚才说了，露天矿大车队车况最好的车辆，残值最多也就三十万。如果保养得好，还能再跑几年，如果保养得不好，两三年就报废了。卖给个人运营几年，职工要是觉得合算，他们自己就会想办法更新车辆。为了公平起见，到时候，我们要从长宁请一个拍卖师过来，拍卖的时候，不要让职工竞标价高出底价就行，接近底价就落槌。"

牛矿长进一步试探着说："这么细小的问题罗总都想到了，也就是说，公司是铁了心要这么干了？"

"可以这么理解。"罗双峰口气坚决地说，"我们现在的包袱太多，能甩一个是一个。"

牛矿长已经连着抽了好几支烟，而且每支烟都是只抽到一半就扔了。罗双峰跟他说话时他也是这样。罗双峰看他点烟的时候手还哆嗦，以为牛矿长是为将要失去一部分权力而在苦恼，就进一步解释说："矿车归了个人，但车队还是存在的。排班作业、统计调度、财务核算，这些工作还存在，还要有专人去做，说不定你们的任务更多更繁杂了。到时候要特别防止出现计量不准的问题。不排除个别司机一车只拉二十吨，通过做手脚，按四十吨计算的现象出现。这种情况很有可能会发生，少拉车就跑得快，跑的次数也就多，结算的时候个人就沾了光，公司就吃亏。今后，你们管理的难度和要点也在这里。要防止出现这样的情况，最好的办法就是把每辆车的公里数和柴油消耗量也进行统计，也要求电铲司机必须有很强的责任心才行。我这样说，你是不是觉得更难管了？担子更重了？"

牛矿长勉强地笑了笑说："都被你说到点子上了。"

罗双峰说："今天就这样吧。你们先吹风，看看职工是什么反应，随时跟我通气。现在，我要到金山岭选矿厂去看看。"

罗双峰来到金山岭选矿厂时，何世龙刚从车间回来正要往办公楼上走。他见一辆红色桑塔纳小轿车从远处往大门口驶来，知道是公司来人了，就站在楼梯口的台阶上等。车到跟前，他一看从车上下来的是罗双峰，快步走上前去迎接。

两人虽然每天都见面，但何世龙还是显得不自然，一部分原因是罗双峰说过他倒牌子，还有一部分原因是，何世龙觉得自己在老同学面前低了一头。曾经以为自己起步早，在仕途上应该比罗双峰进步快，却没料到罗双峰竟然成了自己的上司！他心里多少有些不服气。其他几个副经理，论年纪有的已经老迈，按理很快就可以腾出位置来，但能不能轮到何世龙的头上，何世龙已经没有多少把握了。尤其是，一想到罗双峰说自己肩上扛只猴子是败坏形象有意作怪时，他心里面就很不是滋味。那次谈话后，他也没有把猴子处理掉。时间才过了几天，罗双峰又来到金山岭选矿厂，何世龙以为罗双峰说不定又是因为猴子的事来的，心里面就有点儿不痛快。他很想说几句热情一些的客气话，但嘴里蹦出来的却是："大神驾到，有失远迎啊！"

他也没有把手伸给罗双峰。

罗双峰也很有意思，站着不动，把何世龙从上到下打量了一番，看看周围，声音很轻，慢悠悠地说："真该把你送进庙里来个脱胎换骨！你这条龙飞到金山岭不打算再飞了？"

两人的谈话恰巧被开着窗户，站在窗前端着玻璃杯子喝水的厂调度长听见了。他对屋里的其他人说："看样子领导也是人啊！这两个老同学，见面也不握手，说话还挺有意思，一个还挖苦一个呢！"

何世龙对罗双峰说的话似乎并不反感，好像也没打算计较，只是尬笑了一下说："走吧，有何训示，到办公室再说。"

办公室的人很有眼色，罗双峰和何世龙一走进办公楼，厂办公室主任满脸堆笑，正站在楼梯口等着。看着罗双峰说："我在窗口就看见是罗总的车来了，茶水已经泡好了，罗总是到会议室还是到何厂长的办公室？贺书记去了尾矿坝，要不要打电话叫回来？"

罗双峰说："不用叫，我和何厂长说几句话就走。"

来到何世龙的办公室，罗双峰往透着富贵气息的酱红色真皮沙发上一坐，用拳头捣了一下沙发靠背，看着曾经是小会议室的办公室说："何厂长很懂得享受，本人自愧不如啊！"

何世龙也不隐瞒自己的观点，坦率地说："你不是不懂得享受，你是想不开！我也不是要开导你，你想想，金山岭选矿厂在公司的地位举足轻重，是公司的门面，省地市领导和外宾一来，都要到选矿厂来参观，我把厂长办公室收拾得漂亮一些，又不是只为我自己享受？有什么错？难道你和庄书记还打算让我在金山岭蹲到退休？"

罗双峰说："你别扯远了，我来是有好几个事要问你。先说无氰选钼新工艺，现在实施效果如何？"

何世龙从桌子上拿起一个本子晃了晃说："你我都先谢谢夏荷吧！用巯基乙酸钠代替氰化钠选钼效果好得不得了！这可是开先河的事情！经济效益和社会效益都很大。我认为这是金坪钼业公司干得最漂亮的一件事！"

精选系统的技术创新也很成功，过去精矿品位最高也就是 45%，现在达到了 54.5%，这个指标应该是国际先进水平。回收率也提高了不少，过去一直是 65.2% 左右，现在达到了 80% 左右。碎矿粒度为 15 毫米的达到了 90% 以上，今年处理矿量可以达到七百万吨，比去年要整整多出七十万吨，这可都是你和夏荷的功劳啊！"

"说夏荷有功还差不多，别给我戴高帽子！碎矿车间除尘改造咋样了？职工食堂是不是有改观了？"

何世龙骄傲地说："那当然，食堂现在每顿饭增加到了八个菜，奖金节余每天往里打三百块钱。按你的话说也值，羊毛出在羊身上，花的还是职工自己的钱。碎矿车间防尘改造效果还行，准备再增加一套喷淋设备。还有一个好消息，我把你最欣赏的磨浮车间副主任调到精矿车间去了。这小子太能干了！一个月的时间不到，精矿车间现在可以穿着白衬衣干活！用不着每天洗一回澡啦！我这里的问题是，厂里的废钢铁堆得太多，没处堆放不说，还影响厂容厂貌。希望公司赶紧想办法解决。"

"暂时没办法，机修厂现在也没地方放，大单位都存在这个问题。自己想办法吧，实在不行，把预留厂房旁边的空地用推土机推平，集中放在那里，丢不了，外宾也不去看。机修厂铸钢车间生产正常了，废钢铁也就不是问题了。问题是那么多的球磨机废衬板怎么办？都是高锰钢，机修厂目前只能消化一部分，卖给钢厂，钢厂又嫌量小。等等看吧。这些都是小问题。我今天来是想跟你说，选铜和选铁这两个项目很快就要动工，你们负责把场地腾开，不要影响基建施工。铜和铁这两个车间建成后，铜的年产量能有一千吨，铁粉的年产量能有七到八万吨，加起来产值差不多能过亿！这可都是真金白银啊！"

何世龙用鼻孔哼了一声说："没钱还干？钼精矿本来就积压不少，你又下令销售处不准对外销售。现在山上山下很快就都没处放了。我们作为生产单位，考虑的是生产需要，眼前这个政策不调整，选矿厂恐怕就得停产。"

罗双峰说:"准备调整,不能让大家没米下锅。不过说真的,每吨低于成本价往外卖,就像从我身上割肉一样,太让人心疼了!"

"那也没办法,说明你这个人命不好!一上台就遇上产品滞销,说不定还有不好的事要发生呢!"何世龙不失时机地把罗双峰又挖苦了一句。

"闭上你的臭嘴!"罗双峰几乎是吼叫着说,"别的本事不咋样,口才是越来越好了!尤其是在糟蹋人的时候——好啦!我不是来欣赏你的口才的,走,带我去看看碎矿车间的除尘效果。"

何世龙站起身来,从门背后的钉子上取下一顶安全帽递给罗双峰,嘴里又突然冒出一句:"刚食水库鱼,又看粉尘灰,你还真是挺会当领导啊!"

罗双峰正色道:"一个月前的事你也记得?你别胡乱想!去水库钓鱼坐的车是庄书记同学的车,鱼是水库放水的时候他的同学从河里捡来的!庄书记还给我们讲了庄子和鱼的故事。真该让你也听听。不论别的,单说论口才,你和人家庄书记比,充其量就是个说相声的!"

何世龙有点儿大言不惭地说:"要是把我放在庄书记的位置上,我也能把一件事讲得出神入化!"

罗双峰重重地说了一句:"你脸皮真厚!真是没救了!算了!你也别下楼了,车间我不去了!我回办公室。"

"生气了?"何世龙在楼梯的拐弯处站定,看着罗双峰的后脑勺说。

罗双峰回头看了一眼何世龙,认真地说:"肩上的猴子赶快处理掉!"

何世龙故意要气罗双峰:"不处理又能咋?宪法规定我不能养猴子啦?"

罗双峰不说话了,自己走了。何世龙也不下楼,将身体倚在栏杆上,探头看着罗双峰的背影说:"首长走好!"

罗双峰刚走,贺书记就急匆匆从尾矿坝回到了厂里。他到何世龙的办公室一看,罗双峰已经走了。何世龙好像是在生闷气。贺书记追上了何世龙,问何世龙因为什么生气,是不是公司领导对大选厂的工作不满意?何世龙把心里想的都说了出来："没什么不满意。我看还是对我装修办公室和水仙开小卖部有看法，只是没当我面说出来。对我养只猴子也看不惯，真是个怪人！我这位老同学就是一根筋！改革开放改什么？改观念！人来到世上为什么？人来到世上就是为了享受的！共产党员就不能享受了？只要是人，都想吃好的、穿好的、用好的，可要满足这种欲望，就得有钱！我没说错吧？要想有钱就得想办法赚钱！全世界的人每天都是围着钱在转！一个国家、一个企业、一个家庭、一个人都是这样的。我装修一下办公室，换个新沙发，又不纯粹是为了我？水仙没工作，办个小卖部，又何错之有？"

贺书记很委婉地说："你也许想多了，罗总好像不是那种小肚鸡肠的人。"

"是不是我晚上都要上他家去吃鱼！"

罗双峰确实是生着气走的。他本来是想谈完工作，劝说何世龙别再给肩上扛只猴子，也别再用公家的车给水仙捎着进货，因为群众有议论。但是他一看何世龙的心里想法还挺多，说话还总是给自己身上扎刺，就知道有些话还不到彻底说开的时候，也就没有说，他心里有气也很快就过去了。但何世龙提到产品库存问题，使他马上想到自己眼前最紧要的事是销售问题。政策不调整，许多工作确实没办法展开。

罗双峰没有回自己办公室，他直接来到了销售处。推开李开河的办公室，李开河正在打长途电话，说话的口气还有点儿怪怪的，好像是在央求什么人似的。见罗双峰进来，他对着话筒说了一声"对不起，我们领导来视察工作了"，就放下了电话。

罗双峰在硬木沙发上坐下。李开河汇报完工作，接着就诉起苦来，说话的口气就像一个大人在劝说小孩子似的说："罗总，咱不能再这样下去了，钼精矿的产量一个月将近两千吨，山上山下的库房都快放满了。快到年底了，银行不肯放贷，咱们的政策要是不松动，一点儿都不销售，咱这日子就没法过了！光是发工资一个月就得好几百万，电费每月就得六十万，柴油、煤油、汽油、二号油、黄药、巯基乙酸钠这些费用加起来，每个月也得上百万，没钱咋行？价格啥时候能涨起来都是说不准的事儿。要命的是，现在每吨降到一万四千块还是没人要，我每天一上班就到处给人打电话联系买家。冬季眼看就要到了，供应处整天问我销售情况，我都没法说。要是再晚两个月，铁路为保电煤运输，车皮要不来，咱们冬季取暖用煤就得用汽车到煤矿去拉，那得增加多少运费！还有，年底给职工发米、面、油，现在也该招投标了。这些都是急事，得赶紧销售一些。"

李开河说完，罗双峰思忖片刻说道："政策是该调整一下，但我还是主张先从银行贷款。逻辑是这样的：从银行贷款的利率是不变的，可钼精矿的价格随时都是变化的，说不定一年就会涨价好几次。只要价格能起来，从银行贷款再多也划算。目前这个价格还是太低，各方面急着用钱，既然还没有别的解决办法，就按当前市场价先销售五百吨，看看市场有什么反应。根据市场变化情况再做调整应该能来得及。我上次说的成立定价小组，开始运作了没有？清欠的情况怎么样？"

李开河清了清嗓子说："定价小组早都开始运作了，可有什么用？现在关键是没人要货！清欠不怎么样。有些单位确实已经都不存在了，有些单位还在，就是没钱。人家也不说不给，把七八个人撒出去，清回来的欠款还不到六百万。一开始大家还挺积极，现在没人愿意再去清欠了。钼精矿价格上不去，是因为周围的小钼矿太多，现在不光是黑龙铺有七八家，河南栾川也冒出来十几家。国家政策一放开，各地都想发展经济，什么赚钱干什么。咱们是大型国有企业，负担多，哪里能竞争得过小企业？还有，你上次开会说要成立进出口公司，我建议赶紧成立，咱们吃亏就吃在没有进出口经营权上！利润都让中间商给拿走了。国外用户，咱们手上一个都不掌握。"

"现在每天有多少家前来询价的？"

"一家都没有。"

"省内有很多贸易公司，找他们合作一下怎么样？"

"没有几家懂咱们产品的。不瞒你说，从销售处调走的夏荷，她爸就开了一家贸易公司。我还打电话问过夏荷，让她问问她父亲做不做钼精矿的生意，要是她爸愿意做，卖给他几百吨，咱也能应个急，再说，钼精矿不可能总是这个价，价格一旦涨起来，他爸肯定能赚一大笔钱！我搞销售这么多年，太了解这其中的道理了。夏荷说，她很愿意帮忙，也看好钼精矿的将来，可还得做她父亲的工作。看样子也是挺难的。"

罗双峰笑了："别抱太大希望。人说隔行如隔山，夏荷的父亲没有做过矿产品生意，他手上有点儿钱，可据我所知也不全是他的，是他们银行系统几十个人的钱。他把钼精矿买过去，万一几年之内还是现在这个行情，几百吨钼精矿不就砸在他手里了？夏荷说她很愿意帮忙，也是出于她对钼业公司的感情而已。这样吧，你们坚持每天一询价，如果有人愿意签单，只签短单。签单时间定在每天下午四点至五点之间，在这之前，价格如有变动，一律按当天市场最高价签单。从明天开始，我会安排专人去办理成立进出口公司的事宜。你们销售处还有一个任务就是，找几个加工企业，委托他们为我们加工氧化钼和钼酸铵，我们付加工费，这比卖钼精矿要好很多。如果这一步能成功，以后就可以不再销售钼精矿，我们的利润也就能翻一番。冶炼厂也要加大焙烧钼铁的产量。你看，你这一块这样安排行不行？"

"行！"李开河笑得很灿烂地说，"这样一来，我们就好工作了。"

罗双峰又加了几句："不管是什么样的客户，我们只要现汇，不要承兑汇票。夏荷要是能做通她父亲的工作更好，但也必须是现金。"

罗双峰说完，临出门又嘱咐说："委托加工的事要抓紧，公司当前工作和长远规划能不能衔接得上，全都要看我们的资金运作情况，你是老资格了，多出把力啊！"

"没问题！我这人是个闲不住的人，就喜欢干活！"李开河快活地说道。

罗双峰从李开河的办公室出来后直接去了庄书记的办公室。他向庄长荣详细介绍了自己对露天矿大车队改革、大选厂增加选铜、选铁两个车间的想法。庄书记听完，一改往日的做法，给罗双峰竖了个大拇指，说："我以为选铁、选铜最快也得一两年呢，没想到进度这么快，很好！我完全赞成！生产和经营管理这方面我是门外汉，说不出一和二来。从党委的角度讲，一切要以稳定为前提，不要因为改革把人心搞乱。至于改革怎样进行，小平同志讲了'三个有利于'。'三个有利于'就是我们搞改革是否对错的判断标准。"

罗双峰等于是从庄书记这里讨到了权杖。他为庄长荣理解并支持自己的想法感到高兴，情绪也跟着高涨起来，想跟庄书记聊得再深入一些。他先是明知故问地说："你那个同学李畅究竟是干什么的？还有那个参赞，好像对做生意也很感兴趣？"

庄书记哈哈一笑："李畅行踪诡秘，具体做什么他不会讲真话。李参赞考大学的时候，害怕热门专业考不上，就报考外国语学院，学了一个小语种，毕业后成了中华人民共和国驻摩纳哥参赞，他不会涉足生意场。"

罗双峰一直认为庄书记把人和这个世界看得很透，与人相处，知道分寸，也很会生活，尤其是擅长做人的思想工作，批评人也只是点到为止从不说破。为此，他早就想请教一二，于是就说："庄书记，能不能也讲讲你自己的处世哲学啊！"

庄长荣给罗双峰倒上一杯茶，坐下后说："我这个人很简单，就八个字，不争不抢，真诚相待。"

罗双峰正要说话，从门外进来两个老者，一男一女。女人手里提着一个布兜兜，进屋后也不坐，就站在门口。男的先开口说："庄书记，我是国民党金坪镇支部书记，我们想搞活动，你看能不能给点活动经费？"

庄长荣"哦"了一声说，"你这事太大了！你是国民党的支部书记，跑来跟共产党的一个书记要活动经费？你们的蒋委员长是什么态度啊？你先去问问他是什么态度，好吗？"他又问提着布兜的女人，"你俩是一回事？"

女人说："不是一回事，我是耶和华让我来的，想让钼业公司给我们在金坪镇盖一座教堂。"

庄长荣和罗双峰都忍不住笑了起来。庄书记笑完，对女人说："你说的耶和华我不认识啊！不过，我听说他神通广大，很有本事。他对无边的黑暗十分不满，就挥了一下手说要有光，于是，世间就有了光。空气、陆地、星星、动物和人，也都是他说了一句话就有了。所以，你应该去找他，他让你找我那是在糊弄你。你要真认识他，他只要说一句应该有教堂，你的教堂就有了，好吗？你去找找他，告诉他我刚才对你说的话。"

两个人又相跟着走了。

庄长荣对罗双峰说："看见了吧？找你的人是来要钱，找我的人也是来要钱。"

罗双峰说："有可能是有人故意让他们来捣乱的。"

庄长荣点了点头，然后认真地说："这一年多来，各部门都忙得够呛，计划处的人说，遴选的几个项目已完成初步论证，下一步就是在长宁高新区买地、建厂房、购置设备，速度确实很快。行政福利处和长宁高新区管委会也谈好了，就差交钱办手续。咱们现在这种状况，连着上几个大项目，选铜、选铁也要干，钱从哪里来？我有点儿担心啊！这些项目一旦全都铺开，紧着卖钼精矿，钱恐怕都供不上啊！"

罗双峰连着喝了几口水说："没钱也得干，从银行贷款，即使贷款几个亿也划算。我们现在就两种产品：钼和硫。钼精矿暂时没人要，硫精矿又积压了将近七十万吨。我们也加工钼铁，但加工设备已经落伍。我们现在的产值一年也就四到五个亿，如果把铜和铁都选出来，一年也只能增加一个亿的产值。钼粉、钼酸铵、钼丝这几个项目建成后，一年的产值能翻好几番。我们现在完完全全是在拿猪肉当白菜卖。市场一不好，我们就只能原地打转。深加工项目一旦建成，这种被动局面就不存在了。如果把进出口公司也成立起来，把国际业务也搞起来，那我们的日子就好过多了。我和很多人都探讨过，这个设想是可行的。现在各方面的条件也都具备了，下一步就是人员培训问题。眼下资金有点儿问题，但问题不是特别大，做做银行的工作，贷款应该不是问题。当务之急是必须往前迈上一步，再难也要上一个台阶。一步跟不上，步步跟不上，产品单一，遇上市场低迷，我们就是死路一条。现在有些客户不想买并不是他们不需要，而是想拿捏我们一把！我已经给销售处做了安排，从现在开始不再签订长单，价格应该已经触底很快就应该反弹了。一旦价格涨起来，就凭我们产品的质量优势，我们拥有的库存，我们强大的生产能力，只需一年，就可以把所有的资金缺口都堵上！到了那时，深加工项目也建设得差不多了，我们也就彻底走出困局了。情况一旦允许，我们就立即启动人员消费战略转移，把离退休职工全都安排到长宁去，山里住房紧张的问题也就彻底解决了，职工也就有了盼头。"

庄长荣突然感慨地说："老弟，你比我们都强啊！康经理没有看错人！你刚才这番话，把我都说得热血沸腾！"

罗双峰笑道："我是不是有点儿二杆子劲儿？"

庄长荣说："有一点儿，不过正是我们这种公司需要的！"

和庄长荣的这次谈话让罗双峰更加坚定了自己的想法。他连着组织召开了十几个会议，把公司新上的项目、远景规划都以文件形式下发到了各单位、各部门；要求全公司组织学习邓小平"南方谈话"精神；没事时他就跑到选铜、选铁车间工地去查看工程进度。同时，他的眼睛还紧盯着财务报表上的各种数字，几乎每天都要问一次钼精矿的销售情况。在九月的最后一天，他终于等到李开河前来汇报说，夏荷说通了她的父亲，她父亲愿意以现金方式购买五百吨钼精矿，价格执行市场价，但运费要求甲方承担。李开河不敢做主，请示罗双峰，罗双峰同意了。

在接下来的将近三个月的时间里，罗双峰不停地在山里山外跑——争取省上对钼深加工项目的优惠政策，对深加工项目的设备选型、招投标文件的制定、成立进出口公司的手续的办理等，他都是亲自参与。他经常是忙到很晚才休息，可是睡下后又睡不着，嘴上还起了好几个泡。有一段时间，他的情绪波动很大，动不动就说一些让人感到莫名其妙的话。有那么几次，他总是主动和人探讨生和死的问题。有一天，中午一上班，他就把办公室的门关上，躺在沙发上，想着换个环境也许能好好睡上一觉，整整一个下午，任谁敲门他都不理会。但也是白费劲儿，他一直躺到下午下班铃声响起也没能入睡。他把脑袋按在凉水里想要清醒一下时，何世龙来找他，两人一见面就掐了起来。

罗双峰故意拉着脸说："你这个时候来，又有啥烂事儿？"

何世龙也故意气罗双峰："要钱，没钱日子咋过？"

罗双峰说："忍着吧，没钱。"

何世龙在沙发上坐下后说出的话更气人："说真的，你这人就是命不好！一上任就遇上产品滞销，想干事还没钱！全公司都跟着你倒霉！"

罗双峰用毛巾擦着脸说："你能不能说一句人话？"

何世龙说："这就是人话。"他一点儿面子都不讲。

罗双峰用干毛巾擦着脑袋说："滚出去！"

何世龙一点儿都不生气："我好好走出去不行？我为什么要滚？"

罗双峰扑哧一笑："说！到底啥事儿？"

何世龙说："水仙想巴结你！请你两口子吃烤肉。"

罗双峰等于是又一次主动投降，同意了一块儿去吃烤肉。两人相跟着走出办公楼，往俱乐部侧后的一条僻静的小巷子里走去。两人走进烤肉摊的一个雅间时，水仙、秦丽华和孩子们都已经吃好了。两家人坐一块儿说了一会儿话，水仙和秦丽华带着孩子走了。吃着烤肉的时候，何世龙向罗双峰提起了林虎。罗双峰说他准备抽空去看看林虎，好多年不见，不知道他现在干得怎么样。要是还可以，看看他能不能和钼业公司合作办一个小型炼钢厂。

何世龙说："老虎才不愿意跟人合作呢！"

刚说完，隔壁雅间来了几个女人，其中一个嗓门很大，说："今天露天矿大车队拍卖，我家的那个傻玩意儿，被那个狐狸精拍卖师忽悠得一个劲儿地举牌子！好像那个狐狸精是他小情人似的！公司去了好几个大领导，瞅着还笑！这下好了！一辆破车，公司买的时候一百多万，都快报废了还卖几十万！都是被那个小狐狸精给忽悠的！气死我了！老板！拿一瓶啤酒来！"

又一个粗嗓门的女人说："你说的那个小狐狸精是谁呀，哪个单位的？"

"公司从长宁拍卖行请来的，专门盯着我家小柱子看！那贼眼珠子一忽闪一忽闪的，我家小柱子就是被她的眼神给迷倒了！忘了举一下牌子五千块钱就没有了！今天我老生气了！以后可有事愁了！一年下来，也不知道能不能把现在一年的工资、奖金挣回来！这个新提起来的经理上下嘴唇一碰说改革，大车队就没了！也不知道是谁给他出的这鬼主意！……不过，要是好好干，挣的钱会比现在多得多！"

另外几个女人也开始吵吵起来，罗双峰和何世龙都知道得赶紧离开了，便付过钱，悄无声息地离开了。在俱乐部门口，两人要分手时，罗双峰说："尽快把猴子处理了。"

何世龙倔强地说："不处理！"

"你那尿性！"

"尿性就尿性！不关你事！回去搂着你的秦丽华睡觉去吧！"

"人狂没好事，狗狂挨砖头，你就狂吧！"

何世龙没再说啥。两人再次因为一只猴子不欢而散。

十六

五月的关中平原到处都是麦浪滚滚，太阳当空时，往麦田里一站，闻着诱人的麦香，人们的心里就会有一种很踏实的感觉。但是，周围刮过来的风却是热的，一个炎热的夏天也正在到来。

刚和公司特招的几名研究生谈完话，准备去长宁参加进出口公司成立揭牌仪式的罗双峰，心情有些沉重。给他开车的司机是刚从销售处调到公司小车队的钟铭。罗双峰总是把他叫大小伙。已进入不惑之年的钟铭爱说话的性格一点儿没变，当汽车行驶到夫罗镇十字路口时，罗双峰让他把车往韩城方向开。钟铭不明白为什么要去韩城，想问又没敢问。汽车刚驶上渭河大桥，钟铭就有点儿憋不住了，问罗双峰去韩城干什么？罗双峰好像没听见，此时的他，心里正在想着公司转运站堆成了一座小山的硫精矿。将近七十万吨的硫精矿滞销，不仅使销售人员头疼，也让他这个公司一把手头疼。

浑浊的渭河水正在静静地流淌着，没有波澜。透过车窗玻璃，罗双峰望着在渭河滩的上空自由飞翔的鸟儿们，把车窗玻璃放下来，这才回答钟铭说："到韩城去看看我的老同学林虎。"

钟铭斜着眼睛看了看好像是闭着眼睛睡着了似的罗双峰说："罗总，咱们出山的时候我看你还挺高兴，一到转运站你的脸色就变了，是哪里不舒服？还是想起了啥不高兴的事？"

罗双峰没有闭眼，他看了一眼钟铭说："你还挺会观察人。我没什么不舒服，也没什么不高兴的事。我在想，七十万吨硫精矿销售不出去，再往后怎么办。"

钟铭在罗双峰跟前说话也是随便惯了，而且说出的话仍然像个孩子。听了罗双峰的话，他说："罗总，你这是何苦呢？这种事让销售处那帮人去想就行了！你这么大的官咋还想这些问题？想卖出去还不好办？降价卖不就行了？反正也是不值钱的东西！不管堆在哪里，大风一吹，几吨几十吨就不见了。夫罗镇这个鬼地方刚好又是山口，经常刮大风，硫精矿被刮得到处都是。夫罗镇的人意见老大了！"看罗双峰不吭声，钟铭又说，"罗总，咱们去罢韩城还去不去长宁？"

罗双峰闭上眼睛说："看情况再说，你好好开车，让我眯上一会儿。我最近老失眠，睡不好觉，非常难受。"

钟铭不再说话。汽车开到大荔，钟铭把车开到了县城里，在一家熟食店门前停下，下车买了两个带把猪肘子，两斤带壳花生。上车后，罗双峰又醒了，问他买这些东西干什么，钟铭笑着回答说："你和林县长好多年不见，老同学见面还不得喝两盅？我给你们买点下酒菜。大荔的带把肘子在全国很有名，花生米也很好吃。"

不得不说，钟铭很会来事。

罗双峰说："林虎不喝酒，我现在也是只能喝几口。"

钟铭说："现在不会喝酒的领导不多见，有的领导还挺能喝呢！"

罗双峰说："咱们公司哪个领导很能喝酒？"

钟铭犹豫了一下说："那我不知道。我认识的一个县长就挺能喝，是夏姐介绍我们认识的，那小子说他是神童，十六岁就考上了大学，后来跟林县长一样下海做生意赚了不少钱，依我看，没准都是骗来的！"

罗双峰不光是好奇，而且很吃惊："你咋这样说一个县长？你又不了解人家，刚认识就说人家是骗子？"

钟铭说："罗总，你要不嫌我啰唆，我跟你说详细一点儿。这个佟县长名字叫佟顺飞，曾经是商兰县的副县长。下海经商认识了省上的不少人，办了个公司叫'天良公司'。我还问过他，为什么叫'天良公司'？他说，是天地良心的意思。他和夏姐他爸是老乡，经常找夏姐他爸办事，他就是这么认识夏姐的。夏姐有一次和他闲谝，说起了银矿。夏姐说了我舅舅在银矿上班，这小子就记住了。银矿不是要用钒吗？他听说我舅舅成了银矿的矿长，就想通过我把一个钒矿卖给银矿。现在把各环节都打通了，就差我舅舅点头。我舅舅就是不点头。他现在是很着急上火，一见我就跟我说这事，还给我买烟买酒，给我钱让我给我舅送，你说我能干傻事吗？他给我就拿着呗，我舅不花我花，反正他的钱也不是凭真本事赚来的！"

"你咋知道不是凭真本事赚来的？"罗双峰感兴趣地问道。

"他那个钒矿只是有个探矿证，连采矿证都没有。他和省上的一帮人把钒矿一包装，然后再通过各种关系卖给国有企业，钱就是这么来的。个人赚钱国家吃亏。我舅舅才不会上当呢！我舅舅做生意的时候佟顺飞还坐在炕上擤鼻涕呢！"

罗双峰说："你别把人说得那么不堪！说到夏荷，你还经常去她那里吗？"

"只要到长宁我就去。夏姐这个人真好！真有福！别人费尽心思想得到的东西得不到，她是不用想就到手了！钱总是主动往她的腰包里跑。咱们公司困难的时候，钼精矿没人买，李处长给夏姐做工作，让她爸买上一些囤起来，说将来肯定赔不了。夏姐相信了，给他爸做了好多工作她爸才买了，现在还在钢厂的一个库房里存放着。我敢打赌，就凭夏姐手里这批钼精矿，价格一旦涨起来，夏姐就成了我认识的人里面最有钱的人！夏姐还有个特点，就是对谁都不防备，看见谁都可怜！她现在就在她爸的酒楼里住着，下班一没事就陪孩子弹钢琴、画画。日子过得比你们几个都好。只是没有你们几个人官大，林县长除外。"

钟铭的一番话让罗双峰陷入了沉思，他又闭上眼睛不再说话。钟铭偷看了他一眼也不再说话。

一路打问着，三个小时后，他们来到了韩城市郊外的关庄村。隔着老远就能看见村子的另一头竖着一根高高的钢管烟囱，一条水泥路从公路边通往村里，路两边长满了茂密的菟丝子草和野艾蒿。汽车在一个用红砖砌成的大门口停下，大门是敞开着的，院子里停放着一辆大货车。罗双峰下车，一边往前走，一边瞧脚底下像是被染过色的红色路面，心想：这大概就是林虎说的红粉吧？

罗双峰和钟铭走进院子，院子里的地上也都是红色。一个光着上身，头戴草帽，脖子上围着毛巾，下身只穿一条短裤，脚上穿着一双短靿雨鞋的人正在往卡车上装铁坯。由于是背对着自己，罗双峰看不清他的脸，他走上前去叫了一声“老乡”。

装车人回过头来，竟然是林虎！两人同时惊讶地叫了一声：“是你！”

罗双峰对林虎亲自装车感到十分不解，玩笑似的说道：“堂堂七品县令，咋还自己装车？你雇的人呢？”

“都回家收麦子去了。好在这几天没啥活儿干，就一车铁坯，我一个人就能干。是什么风把你给吹来了？”

“山里的凉风，山外的热风。小凤呢？”

“到村后的沟畔上挖野菜去了。走，到屋里坐。”

“我帮你装车吧？”

“不用，我弟弟回来让他装。”

钟铭和林虎说了几句话就擦车去了。罗双峰走进林虎的办公室，在一张条凳上坐下。办公室里好像到处都落着灰尘，但各种东西都摆放得很整齐。放在茶盘里的几个杯子上盖着一块绣着牡丹图案的大手帕，林虎用铁马勺从门口的一个水缸里舀了半盆凉水，站在门口洗了脸，回到屋里，一边给罗双峰泡茶，一边说：“你能到我这里来，说明工作都理顺了？公司的日子好过了？”

“还不行，还在硬撑着，已经从银行贷款将近三个亿了。你怎么样？你的铁坯就是用红粉炼成的？"

"光红粉不行，里面还掺了黑铁粉。详细的我待会再说，到吃饭时间了，咱先去吃饭，小凤还不知道你来，晚点回去有你的饭没我的饭。"

罗双峰说："路过大荔，钟铭买了两个带把肘子，还有花生，也能当饭吃。"

钟铭擦完车提着两个带把肘子和花生米进来了，和林虎又说了几句玩笑话，还用手捏了捏林虎胳膊上的肌肉。

罗双峰对钟铭说："林县长在学校时天天练双杠，胳膊上的肌肉捏着像铁块子。"

林虎说："好久都没练了。"说完，又对钟铭说："你把车开到院子里来，小心谁家孩子不小心给刮了，这种地方你擦车也是白擦，从这里开到村口，车又脏了。"

钟铭说："我们车队有规定，给领导开车，只要领导不在车上就马上擦车，要经常保持车子内外干净，让领导看着舒心，坐着舒服。我这样做都养成习惯了。"

罗双峰有点儿不好意思地说："临时决定到你这里来，也没给弟妹和孩子买什么东西，钟铭买带把肘子时都没想到买礼物。"

林虎说："用不着买礼物，我又不是何世龙那小子，空手看朋友他不骂你三天才怪！"

罗双峰叹口气说："何世龙现在变得越来越让人难以理解，好几个事把我气得肝疼！我又说不过他！一个正处级干部，一厂之长，下班在街上散步，肩上蹲一只猴子！还对我说，宪法没规定不让他养猴子！他见了公司几个副总也总是爱答不理，一脸的瞧不起，好像别人都不如他。这小子真是没法治了！世龙都快成事龙了，飞到金山岭飞不动了！"

林虎拿起一个带把肘子，撕了一块肉放进嘴里，一边嚼着一边说："何世龙总觉得你比他升得快，心里不服气，所以，总想用话怼你。"

坐在一旁的钟铭大概是没有想到，两个既是领导又是同学的人会当着自己的面说另外一个领导，心里很吃惊。他也不敢搭话，想出去吧，又觉得不合适，就抓起一把带壳花生，一边吃，一边脑袋乱转着看，好像屋里有什么看不完的好景致似的。

罗双峰好像有一种心情被压抑了很久，必须一下子全都释放出来才能舒服些，所以话就越说越多，从来不喝酒的他竟然还问林虎要酒喝！林虎还以为他学会喝酒了，从一头沉的桌子底下取了一个装有半斤白酒的瓶子说："咱们上家去喝，家里有菜吃。"

"行。"罗双峰站起身来说，"到这里了，就该去看看小凤和孩子。"

钟铭赶紧站起来收拾桌子上的东西，把带把肘子又重新用纸包好，拿在手上；把带壳花生也重新包好拿在另一只手里。三个人相跟着出大门往村里走，也没开车。

林虎的家在村子的最东头，一幢砖混结构的二层小楼，处在一大片低矮破旧的房屋中间，很是显眼。

林虎介绍说："我家的房子在村里是最好的。农村现在还是很落后，能盖得起新房的人家并不多。村里三十来户人家，我从每家雇了一个人，他们为这事感激不尽。"

到家了，王小凤看到罗双峰后很吃惊。她大方地握住罗双峰伸给自己的手，轻轻地摇了摇，寒暄了一番，就赶忙系围裙做起饭来。钟铭刚才在林虎的办公室还显得有点儿拘束，现在见到了儿时的同学立刻就活泼起来，帮着王小凤洗菜、洗碗，嘴里还不停地介绍着金坪镇的变化。

吃完饭，钟铭让王小凤带他去看村里的一棵千年古树。两人走后，罗双峰吃菜喝酒，林虎吃饭喝茶，说起了许多旧事。说着说着，林虎神秘地问罗双峰："你说实话，你从车间副主任到车间主任，从车间主任到副厂长、厂长，再到副经理、总经理，好像每隔几年就上一个台阶，是不是真像何世龙说的你上边有人？"

"这是何世龙说的？"

"没错。不过，你当我没说过这话，我也只是好奇。当然，你的能力大家谁都不否认。"

罗双峰笑道："没想到你这家伙也学会了圆滑！给你说实话，我上面谁都没有。我认为我之所以提得快，就两个原因：一是刚到公司没几天，因为救人被人砍了一斧头，当时总经理康福成就在跟前。我可能因为此事给康经理留下了一个好的印象。从车间副主任到厂长这一路，咱们几个都保持了同步。在厂长任上，我抓食堂，抓高品位钼精矿生产，给公司的印象不错。到副经理的位置上，又恰巧康经理糖尿病越来越严重，卸任前一再向组织上举荐我。这是我自己总结出来的。"

"有道理，我也相信你跟我一样，上面没有人。"

罗双峰把林虎杯子里的酒喝了一口说："说说你自己，为什么放着县长不当，回家开起铁厂来了？"

"我的情况我不说你也知道，刚参加工作我就说我爱钱，我想多赚钱，做自己想做的事。当官是赶巧国家重视知识分子，并不是说我就有当官的才能，我对自己很了解。当官管人也不是我想要的生活。至于不当副县长要下海，是因为我不知道自己该怎么干。我说办个硫酸厂，县委书记和县长都不同意。我又建议办个炼铁厂，县长又不相信红粉能炼铁！还以为我是瞎出主意。当然，县里没钱也是真的。不过，对他们来说，不出差错才是最要紧的。做事，做没有做过的事咋能不出错？所以，他们的主动性就没有了。我看出了他们的心理，也看出了红粉可以做成大生意，我这才打了停薪留职报告。你想想，当时谁都不知道红粉有用，花莲寺硫酸厂每年将十几万吨红粉往山沟里倒，我买的时候每吨才五块钱，掺着黑铁粉炼成铁坯卖给钢厂。不瞒你说，完全是暴利！当年我就成了千万元户！这你没想到吧？有了钱，我就可以做我想做的事，我给村里修路，办了小学，办了个花炮厂捐给了村里，把小凤的工作也调到了韩城。现在村里的人都把我当财神看。你说，我这样的日子难道不好吗？"

罗双峰长叹一声说："人跟钱真是一种缘分。有些人再怎么折腾钱也跟他无缘，有些人不吭不哈钱主动就往他兜里去。这话好像还是钟铭说的。

他说的是夏荷。我看你和夏荷差不多，也是和钱有缘。不过，你是属于有心人，善于发现机遇和把握机遇；夏荷是属于老天格外愿意照顾的人，是钱在找她，用不着她去找钱！就像她调工作一样，别人到处找关系，她是关系主动找她，人和人就是这么不同。"

林虎被罗双峰的态度感动了，已经说了许多心里话的他，也亮出了自己的一个观点，用筷子敲着碗沿说："我觉得不管是谁，首先得认清自己是谁。你要是觉得自己是尊神，那就把自己放到庙里去让大家来膜拜你；如果你认为自己不是神，那就该当工人就当工人，该当农民就当农民，没什么不好。何世龙也别不服气。"

罗双峰说："你说得对，我同意你的观点。不过，我这次来不是想和你探讨这些问题。我是想问问你，红粉到底是什么东西。"

林虎说："金坪公司把硫精矿卖给硫酸厂，硫酸厂生产完硫酸剩下的渣子就是红粉。你拿一些回去化验一下不就清楚了？"

"我后面还有话说，你先说说。"

"硫精矿也叫硫铁矿，它的化合物成分是二硫化铁，就是硫和铁的伴生矿，这你是知道的。硫铁矿经过破碎、磨、选，成为硫精矿，其成分仍然是硫化铁，只不过含杂更少、品位更高罢了。硫精矿经过一系列复杂的工艺，包括高温脱硫后，其产品就是硫酸和脱完硫的尾渣——红粉。红粉的成分就是铁和其他杂质。而正常的铁粉是四氧化三铁，就是金坪公司快要建成的选铁车间生产的铁粉。红粉是脱硫而来的，硫含量比较高，虽然能用，但杂质跟正品是不能比的，只能是一种代用品，单卖的话价格比较低，这也是很多硫酸厂不重视红粉的原因。有些钢厂把红粉买回去和铁粉掺着用，夏荷她丈夫的钢厂开始买我的红粉时就是这么弄。后来，大家都知道红粉有用，就都重视起来了。所以，红粉也就水涨船高，身价一天比一天高。我呢，由于和花莲寺硫酸厂签的是永久性合同，所以我就赚了大钱。虽然中间打了几次官司，他们想作废合同，但没作废了。我把红粉拉回来，又在别处买了一些黑铁粉，掺着炼成铁坯，再把铁坯卖给钢厂，我的钱就是这样赚来的。我不偷不抢，也不做假，现在还是一般纳税人呢，每年给当地政府交税几十万呢！就是这样。我的故事讲完了。你说你还有话说，现在请讲。"

罗双峰说："难怪你现在这么有钱。说说金坪公司吧。金坪公司现在硫精矿的年产量是四十五万吨，省内用户只能消化一部分。现在在转运站积压下七十多万吨。大风一刮几十吨就不见了，而且刮得到处都是，当地老百姓意见很大，政府也经常罚款。汽车运输沿途有损耗，火车运输又都是平板车，沿途损耗也很大。销售处经常和用户因为缺斤少两而相互扯皮。我去转运站看过几回，污染确实厉害。现在唯一的办法就是建一个硫酸厂。这样就要产生大量红粉，估计在三十万吨左右，又是一个污染源。所以就想再建一炼铁厂。将来选铁车间投产后，每年七万到八万吨的铁粉和硫酸厂的红粉掺起来炼成铁坯卖给钢厂，应该可行吧？"

"应该可行。我回过一次金坪公司，你没在。我是想和你们签一个铁粉购买意向合同，没签成，原来是你们自己要用。你今天就是为这事而来？"

"我是要到长宁参加进出口公司成立大会，走到夫罗镇，想先到你这里来看看，顺便了解一下炼铁这方面的事。"

"成立进出口公司？意思是公司打算自己做进出口贸易？"

"就是这个意思，不能再让中间商剥削我们了。"

"不错！你还是会干，何世龙也别不服气。"林虎再次重复着这句话说。

"世龙也未必就是不服气，他可能是觉得没面子。按他的说法，他起步比你我都早，结果我提起来了，他还在原地踏步。他那个人你也知道，干什么都讲面子，娶个老婆也是为了面子，根本不考虑门当户对、社会地位、经济条件、性格兴趣，反正是只要漂亮就行。不过，水仙也确实很能干，农村女孩就是不一样，能吃苦。何世龙娶水仙算是娶对了，一辈子有福享！"

林虎看了一下手表说："你说这话好像秦丽华对你不好似的！"

"那倒不是。"罗双峰以为林虎看表有事，问，"你是不是要去厂里？"

"不是。我是觉得小凤和钟铭看古树也该回来了。"

这是罗双峰当上金坪钼业公司一把手以后和人说话最多、最敞开心扉的一次。在这之前，他和任何人说话都总觉得对方有话不敢说，或者是话说到一半就不说了。就连一些二级单位的领导，像露天矿的牛矿长，资格很老，但在他面前仍显得有些紧张。每当遇到这种情况，罗双峰就觉得很难受。他搞不清人们是惧怕他手里的权力，还是惧怕他们自身某种缺点的暴露。总之，人们对他都好像是敬而远之，他想和秦丽华说说自己的想法，可秦丽华一听就烦；想和何世龙像在学校和单身宿舍里讨论问题一样说说自己的苦衷时，何世龙又总是说出一些让他不太喜欢的话来，尤其是为自己错误行为辩解时的毫不妥协的态度使他十分反感。这也是促使他忽然决定来找林虎的心理因素之一。现在他把一直以来想说的话都说了出来，心里一下子就畅快了许多。也就在这个时候，钟铭和王小凤看完古树回来了。

罗双峰看了看手表，觉得该走了。林虎和王小凤也不挽留，两人把罗双峰送到门口，看着上了车，汽车向村外开去，这才转身回去了。

红色桑塔纳小轿车重新在关中大地上飞驰起来，由于汽车在太阳底下停的时间太长，车里面又闷又热，罗双峰把窗玻璃放下来，眼睛眯成一条缝，一边欣赏窗外的景色，一边还在思考自己刚才和林虎说过的话，不由得自责起来，觉得自己刚才不应该要酒喝。这会儿有点儿上头不说，还有一种恶心的感觉，嘴里也黏糊糊的，想喝水，但车上没有水，他上下嘴唇抿了几下，咽了几口唾沫被钟铭发现，大小伙从兜里掏出一副墨镜戴上，很小心地说："罗总，你是不是口渴？"

罗双峰说："渴得难受，刚才不该喝酒，带把肘子也太油腻了，上下嘴唇都快黏住了，小凤炒菜盐放得也重，以后出门我得随身带个水杯。"

钟铭说："你先忍一忍，路过哪个镇子我给你弄点水来。"

钟铭喜欢开快车，看着乡村公路上几乎无人无车，便加大油门往前开。他在一个不知名的镇子里的一个商店门前停下，下车给罗双峰买了一瓶酥梨罐头，回到车上，他对罗双峰说："这是糖水罐头，这个罐头瓶可以当茶杯使用，好看，还能多装水。不过，我说句不该说的话，罗总，像给领导买个水杯这样的小事，办公室的人平时就应该想到，不知道他们整天都在想啥。"

罗双峰已经吃上了酥梨罐头，听钟铭这样说，喝了口糖水，开玩笑说："让你当办公室主任咋样？"

钟铭摇摇头说："我不行，我没文化。不过，伺候领导这种活儿，我肯定比经理办那帮人强，他们光想擦地抹桌子这些事，别的他们哪能想得到！"

"领导还有什么别的事？"罗双峰觉得钟铭话里有话。

钟铭说："我在销售处开车时见过很多领导，他们想干啥就干啥，抽烟、喝酒、吃饭，全都是单位报销，领导出门拿的都是真皮包，水杯都是高档水杯……咱们公司的领导，我还没见过有谁这么干过。"

罗双峰已经听懂了钟铭的意思，心里想：这个钟铭的确是聪明过人，把自己想说的话用另外一种方式很巧妙地表达了出来。不过，他没做任何表态，而是把话岔开了，问钟铭："来的路上，你说那个叫佟顺飞的县长想把一个钒矿卖给你舅舅当矿长的银矿厂，你咋知道他们是在骗国家的钱？"

钟铭毫不犹豫地说："我舅来信给我说过，钒矿是有，但不像他们说的那么邪乎。我舅还说，姓佟的那小子绝对不是好人！他们是把地质队已经探出的小矿，用少量的钱把资料买过来，然后包装成大矿卖给银矿。这不是骗国家的钱是什么？还有，姓佟的这小子好像还倒卖文物！"

罗双峰严肃地说："没证据的事别乱说！倒卖文物可是重罪！这种事，没有真凭实据千万不敢乱讲！你好好开车，我突然想起几个事，让我好好想一想。"

罗双峰做梦也想不到，在长宁，一个很不幸的消息正在等着他。他闭上眼睛想事时，钟铭让车跑得更快了。由于从林虎家走的时候就比较晚，到长宁已经是黄昏。两人在路边小吃店各吃了一碗酸汤水饺，钟铭抢着要付钱，罗双峰没让。吃完饭，车开进办事处，办事处的院子里站了很多人。罗双峰从车上下来，院子里几乎所有人的目光都投向了他。正在跟人说话的办事处主任神色慌张地走了过来，轻声对罗双峰说："罗总，出大事了！公司刚刚招聘的三个研究生出车祸死了！"

罗双峰大惊，身子也跟着颤抖了一下，双眉紧锁急切地问道："这是什么时候的事？"

"今天下午两点半左右。"

"什么样的车祸这么严重？"

"三个研究生坐着公司给派的小车，走到临家高速收费站交费时，前面一辆拉了一车香蕉水的卡车启动慢，咱们车的后边，一辆大货车刹不住车，撞到咱们的小车上，咱的车又撞到前面的货车上，香蕉水掉落一地，当时就起火了，可怜三个研究生活活被大火烧死了……"主任还要说下去，罗双峰举起一只手制止了他。

罗双峰记不清自己是怎样走上楼，走进特意为公司领导们预备的房间的。服务员给他的房间里放了一壶开水、两小袋茶叶，拉开窗帘就退出去了。

罗双峰坐在软乎乎的沙发上，两只眼睛望着窗外的梧桐树，心情格外沉重。他回想着三个研究生年轻英俊的脸庞，心像刀割一样的难受。他没有想到，自己为金坪公司做长远谋划竟然会遭遇如此重大打击！他又开始自责起来，心里想：是的，如果不是自己极力主张建设工业园区，打造钼深加工基地，公司就不会去招聘人才，也就不会有三个年轻生命的离去。他甚至想起了何世龙讥讽自己"命不好"的话来。他意识模糊地认为，"何世龙说得对，自己命不好，一上任就遇上了产品滞销，现在，更不好的事也发生了……"

这天晚上，罗双峰在沙发上一直坐到天亮都没有上床睡觉。当轻轻的敲门声响起时，他看了一眼发白的窗户，才知道天亮了。

来敲门的是钟铭。他走进房间一看，罗双峰仍然坐在沙发上，床上的被子也没拉开，惊呼道："罗总，你一夜没睡觉？"

罗双峰说："不想睡。你去问一下，公司领导有谁在厂办处理事故，叫他到我这里来。"

钟铭出去不大一会儿，公司主管后勤保卫工作的副总经理刘长生进了屋，对罗双峰说："正在联系家属，后事处理起来可能会比较麻烦。"

罗双峰说："不管家属提出什么样的要求，只要我们能做到，全部答应。要以最快时间解决。要开追悼会，在山上中学操场举行，要隆重。公司副科级以上干部全部参加。尽管他们还没有为金坪公司做出什么贡献，但他们等于把生命献给了金坪钼业公司的发展事业！"

刘长生走后，罗双峰把酥梨罐头瓶洗干净，给里面放了一小袋茶叶，再倒满开水，又在卫生间用凉水洗了脸，摸了一下脸上和下巴上的硬胡碴，把镜子里的自己凝视了几分钟，走出了房间。院子里，钟铭就站在车前等着。

罗双峰直接上了车。钟铭上车，车发动着，问罗双峰："罗总，咱们先去哪里？"

"先去进出口公司。"

金坪进出口公司的办公地点是在二环路旁边一座新建成不久的二十二层的高楼上。进出口公司租下了最上面的两层。罗双峰到的时候，公司其他副总和一些重要处室的领导已经到了，有的在楼下的院子里说话，有的站在街边看景。罗双峰看了一眼马路上川流不息的车流，跟谁都没打招呼，径直往大楼里的电梯间走去。从他严肃的表情上看，人们就知道他心情不好，也就全都默不作声，跟在他身后往电梯里走。

根据罗双峰的意见，进出口公司成立揭牌仪式省去了许多环节。省有关部门的领导讲完话，给参会的人每人发了一个精美的礼盒，里面装着一支派克牌钢笔，一个打火机，一个镀银水杯。罗双峰对赠送纪念品没有意见，但对水杯上没有印制"金坪钼业公司赠"这样几个字大为光火！他冷着脸，把进出口公司代经理李开河重重地说了几句。李开河知道他心情不好，连着说了好几句"对不起，是我们的错"。罗双峰对门口没有悬挂横幅、摆放花篮、鸣放鞭炮也提出了批评。他说话的时候，在场的人没有一个敢吭声，也没人敢到他跟前去。散会后，李开河走到他跟前，小心问他中午是不是为大家安排几桌饭，他也是板着脸说："你们看着办。"

李开河走开后，罗双峰走进专为他准备的办公室里，有一种想哭出来的感觉。他在沙发上坐着想了一会儿，突然想起了庄长荣赠给他的《增广贤文》里的一句："情不立事。"他心想，古人说得对，带着情绪处理事情是不行的。想到这里，他又走出办公室，找到李开河说："就照你的意见，安排几桌饭，但不要太奢侈。"李开河高兴得赶紧去办了。

让罗双峰没有想到的是，李开河安排的饭店不在城里，而是在城外——夏荷父亲经营的"一品楼"。按李开河的话说，这是来宾要求的。罗双峰心里很清楚，要么是李开河自己要这样，要么就是来宾中某个有身份的人要求的。

他猜对了。提出去"一品楼"吃饭的人是省外贸局的一位领导。而这位领导也是根据夏荷父亲的老乡佟顺飞和苦追夏荷无果的关浩提出的。关浩和佟顺飞同是"天良公司"的成员，而省外贸局的领导又跟他俩是大学同学。天底下的事有时就是这么巧。

"一品楼"的老板夏志杰一看没预约就来了上百位客人，又是女儿夏荷的领导和同事，当即把店内其他预约全部取消了，且所有饭菜一律打九折。他宣布完这一条，拉罗双峰到一个僻静处，喜滋滋地对罗双峰说："罗总，你是我的福星啊！你当初让李领导劝我买点钼精矿我死活不同意。一是我没有做过矿产品生意，怕砸在手里把酒楼都赔进去。你不知道，我这酒楼是十几个人合伙开的，当然，他们大部分已经退出去了。买你们五百吨钼精矿，这是我听了夏荷的话，把酒楼抵押给银行贷的款。幸亏我在银行工作过，有点儿人缘，我的一个朋友是行长，这下你明白了吧？昨天我女儿回来对我说，你们的产品价格正在往高走，让我把手里的货别轻易出手。她在你们单位干过销售，消息灵得很！许多买家都想托她买你们的货。金坪公司要时来运转啦！你这个大老板也是个有福气的人啊！我给你安排了一个雅间，你和省外贸局的领导说说话，无论对公还是对私将来都会有好处。"

夏志杰的一席话，让罗双峰的心里开始热乎起来。他很想见见夏荷，想和她好好说说话。如果不是夏荷，他可能不会想着去搞什么深加工。是夏荷打开了他的思路。现在，夏荷又说钼精矿要涨价，这个消息对金坪公司实在是太重要了！夏荷是根据什么判断的呢？她的判断准确吗？

吃饭的宾客全都坐好后，罗双峰一看，一屋子的人除了外贸局的领导，其他人他一个都不认识。李开河把客人介绍完他心里很纳闷，佟顺飞和关浩为什么也在饭桌上？由于钟铭两次在他面前说起过佟顺飞，因此，他把佟顺飞瞟了好几眼。

夏荷第一次见佟顺飞是在广济街和母亲买完东西要回家的时候。这个情节罗双峰并不知道。那个时候的佟顺飞还是商兰县的副县长，坐的是吉普车。他对白色好像特别钟爱，那天穿的是一双白色回力鞋，并没有给夏荷留下好印象，这一点，罗双峰当然也不知道。现在，他很想夏荷也能在饭桌上，好了解一下钟铭说的这个敢倒卖文物，还想把一个钒矿卖给银矿的曾经的"神童"、还当过副县长的人到底是怎样一个人物。他为什么也会出现在金坪公司进出口公司成立的大会上？他本想让钟铭开车去把夏荷接来，想了想又觉得不妥。

罗双峰是一个不善言谈的人。他虽然是饭桌上的主角，但他却不知道该怎样活跃气氛。省有色局的领导因为有事先走了；省外贸局的领导只顾抽烟、和坐在他旁边的关浩说话，完全忘了身边还坐着罗双峰；除了李开河知道罗双峰因为三个研究生的死心里不痛快外，其他人不光是因为彼此不认识，还因为罗双峰的脸色一直很难看，所以，都是和自己相邻的人在说话。坐在罗双峰对面的佟顺飞和身边的关浩小声说了几句话站起身来，隔着桌子给罗双峰递来一支红塔山牌香烟，并自我介绍说："认识罗总真高兴！我叫佟顺飞，和夏总是老乡，以前在商兰县任个副职。一九八八年国家允许私人创办企业时我就下海了。现在什么生意都做，营业范围很广，外贸生意也做。"

罗双峰没有站起来，只是笑着摆摆手说："谢谢，我不会抽烟。"说完再无二话，并迅速把佟顺飞打量了一番：个子不高，矮矮胖胖，梳着小背头，穿着一身白色西服，脖子上戴着一个白色玉佛，手上戴着一枚很大的黄金戒指，但却是戴在左手的中指上。

罗双峰去了一趟洗手间，回来后发现佟顺飞正在省外贸局领导耳边低语。他落座后，端起面前的酒杯又站了起来说："成立进出口公司，是金坪钼业公司改革发展史上的一件大事！李处长他们忙前忙后，省有关部门积极协助，各兄弟单位又前来祝贺，真是令人欣慰！不过，说真的，我公司刚刚高薪招聘的三个研究生还没有开展工作就因车祸罹难，让我的心情到现在都好不起来，所以慢待各位了！请大家原谅！我本来不会喝酒，但是今天，为了金坪公司的将来，我愿意一醉方休！来！我先喝！先干为敬！"

李开河刚想说"罗总，我替你喝"，罗双峰已经把酒喝了下去。

雅间里响起了热烈而欢快的鼓掌声，紧接着便是椅子挪动时发出的碰撞声，玻璃酒杯相互触碰时发出的清脆的叮当声，所有人都把话匣子打开了。酒过三巡，满屋子的人，一个接一个要给罗双峰敬酒，每个人说出的话都很暖人心窝；所有人都给罗双峰递名片，也索要罗双峰的名片。罗双峰忍不住生气地说："对不起！我没有名片。"轮到佟顺飞来给罗双峰敬酒时，佟顺飞像女人一样肉乎乎软绵绵的手拉着罗双峰的手不放，用十分明显的吹嘘的口气说："罗总以后有啥事尽管找我！我在商兰县当副县长时，省上各部门的领导我都认识！很多厅局能拿事的领导几乎都是陕北人。陕北人抱团不说，还愿意给人办事。金坪公司有什么关节打不通就找我！我有什么好生意也不会忘了金坪公司！做外贸生意关键是要消息灵通，各方面的信息都应该掌握。不知贵公司和商水县银矿有无来往？你们都属于有色系统，上级单位也是同一个单位吧？"

因为钟铭把佟顺飞说得十分不堪，于是罗双峰马上就警惕起来。他心里觉得，对方刚才的几句话似乎也印证了钟铭的说法。他不想和这样的人打交道，也不想让对方再继续说下去，于是，就很直接地对佟顺飞说："金坪公司是大型国有企业，成立进出口公司也只是做与钼产品相关的生意，其他方面不在经营许可范围之内。至于银矿，虽说都属于省有色系统，但两个单位素无往来，实际上也互不需要。既然省上各部门的领导你都认识，要是有什么困难，找他们帮忙，应该不会有问题吧？"

佟顺飞握着罗双峰的手松开了。他没有想到，罗双峰几句话就把他想要办的事推得一干二净，还让自己尴尬得有点儿下不来台。恰在此时，夏志杰端着酒杯走了过来，对佟顺飞说："关浩不服你的拳，要跟你划拳。你去吧，我跟罗总说几句话。"佟顺飞朝罗双峰笑了笑，转身走开了。夏志杰拉着罗双峰的胳膊直接去了自己办公室。他把罗双峰按在沙发上坐下，给罗双峰泡了一杯上好的毛尖茶，然后在罗双峰身旁坐下说："罗总，我这个老乡是一个不走正道的人！他自以为比别人聪明，神通广大，什么关节都能打通，认识省里许多部门的人，那都是胡说！有许多人，他跟人家也就是一面之交。政府部门的人都是按政策办事，谁敢给你越轨办事？手里的饭碗不想要了？我说佟顺飞不走正道，是因为我听别人说他在贩卖文物！公安部门的人早就盯上他了。他给我和我的朋友看过一尊隋代观音佛像，当时我不是很懂，可过了不长时间，我的朋友去美国出差，回来说，他在美国波士顿博物馆里见到了佟顺飞拿给我俩看的那尊隋代观音佛像，完全是一模一样。你说，佟顺飞这个人是不是不走正道？你们是国有企业，用不着和这种人打交道！咱们最好都离他远一些。"

罗双峰淡然一笑："我跟他走的不是一条道，不会和他沾边的，这你放心。不过，你这个老乡胆子也够大的，文物都敢倒卖！不怕翻船？"

"公安部门早就盯上他了，现在是抓不到证据。"

罗双峰刚想说话，佟顺飞进来了。罗双峰借口要上洗手间，离开夏志杰的办公室独自下楼去了。钟铭找到他时，他正坐在大厅的沙发上，手里拿着一本《圣经的故事》在看。

十七

　　"一品楼"的装修风格非常西式化：内外门套和窗套全部采用石膏装饰，显得既简约大方又不失庄重华丽，这也是夏荷的主意。由于从外表看上去像是一幢西式建筑，周围的一些居民称"一品楼"为"大使馆"。夏志杰觉得这样叫不好，就在楼顶上竖立起一根旗杆，挂上了一面五星红旗，五星红旗的颜色一旦显旧，他马上就让人换上一面新的。

　　在又一个冬季到来的时候，"一品楼"的菜品也和以前大不一样，冒险用酒楼做抵押，贷款六百万买下五百吨钼精矿的夏志杰，把"一品楼"的主打菜全部换成了以海鲜为主，还特意聘请了两位粤菜大厨。刚开张时，"一品楼"的生意并不好，但很快就门庭若市，夏志杰为此整天乐得眉开眼笑。

　　而在这之前，在相当长的一段时间里，不管是谁，只要一提到贷款购买钼精矿，夏志杰就埋怨自己不该听女儿的话。精于算账的他，几乎每隔几天就要把钼精矿当前价格和银行贷款利息做一次比较，结果每次都是亏损。为此，他在夏荷面前唠叨过好几次，就连老伴也跟着埋怨女儿不该给自己的父亲出这样的馊主意，要是五百吨钼精矿的价格上不来砸在手里咋办？但夏荷的丈夫钱继科却相信夏荷的判断。钱继科的观点是：钼作为一种稀有金属，是冶炼特种钢不可或缺的原料，金坪钼业公司的钼精矿品位高、含杂少，别的矿山企业的产品与之没法比，因此，他相信金坪公司的钼精矿的价格一定会重新涨起来。

但很多时候钱继科也不过是在自我安慰而已，因为他自己所在的钢厂就一直不景气，用得起钼的初加工产品——钼铁的时候就很少。一直想办一个精密件加工厂的他，奋斗了好多年，手中也不过才几台数控机床，距离实现自己的理想还差得很远。

夏荷很少过问父亲的生意，也很少带什么客人到"一品楼"吃饭。她把全部精力都放在了工作和女儿身上。在单位做研究很辛苦，但只要一回家，她就陪女儿练钢琴、学画画，对赚钱这样的事很少去想。她认为赚钱应该是男人的事。她在这方面好像永远都不开窍，但奇怪的是，从不嚷嚷赚钱的她，钱却好像跟她缘分很深似的，总是主动往她的兜里跑。就在金坪公司进出口公司成立的当天晚上，她正在家里画画，钟铭手里拿着两本书，提着一网兜香蕉来看她。

钟铭是来给夏荷还书的。两人一见面，钟铭就向夏荷道歉说："借你的第一本书还是林大哥在商兰县当副县长时就要回来了，一直忘了还给你，不是忘在家就是忘在车上了。这么多年过去也都没有想起来。半年前借你的书我也要回来了，一并还给你。"

夏荷接过书一看，其中的一本书的右上角盖了一个"绝密"的章子。翻开书一看，几乎每一页都有"绝密"二字的章子。书中还夹着一个信封，里面装有两千块钱。夏荷不解。

钟铭解释说："黑龙铺有一个矿主不懂选矿。我在你的书里盖上'绝密'的章子借给他看，问他要了四千块钱，咱俩一人一半。"

夏荷惊得下巴都快掉下来了！她快速地说："你这样做不是坑人家吗？"

钟铭却是一副满不在乎的样子说："夏姐你不知道，林百泉那人笨得要命！你的老同学林虎当副县长时他还请林虎吃过饭，那天我也在场。林哥拿了他一小袋尾矿渣，林百泉以为矿渣里面还有好东西，想知道究竟。在此之前，他请的技术员一看他啥都不懂就经常哄他。他就想通过看书懂点采矿和选矿方面的知识好多赚钱，让我给他找资料。头一次，我从你这儿拿了一本书借给他看，他人很大方，给了我两条烟。半年前，他不知听谁说他的那个矿里面还有很值钱的东西可以选出来，他就问我，我当然也不懂。我对他说，这方面的材料都是保密的，很难搞。他一听，对我说，只要能搞到就给我四千块钱，我就把你的书借他看了。为了让他相信书是保密材料，我让人刻了一个'绝密'的章子盖在书上。夏姐你放心，这事绝对不犯法，周瑜打黄盖，一个愿打一个愿挨，这钱不得白不得。"

夏荷是不想要这种钱的，但又没有表示坚决拒绝。就在她还在犹疑，在思考如何对待这件事的时候，钟铭打了一声招呼，拉开门自己走了。没过多久，夏荷也忘了这事。

日子在飞快地过着。在一个下着大雪的日子里，中午时分，夏荷穿着一件紧身咖啡色呢子大衣，衣领竖起，大衣的下摆没过膝盖很多，头上戴着一顶自己用粗毛线织的红色帽子，脚上穿着一双半高跟高勒皮鞋在"一品楼"门前等公交车，一辆红色桑塔纳轿车缓缓地停在了她的身边。她一看，竟然是钟铭开着车。车门打开，罗双峰从车里下来，一脸疲惫的样子。老同学见面，相互握手又问候过，夏荷热情地邀请罗双峰到店里坐。罗双峰也没客气，让钟铭开车回办事处，下午五点来"一品楼"接他。

夏荷引罗双峰上到二楼父亲独享的一个小包间里。包间里只有一张小圆桌，只能坐四个人，一进门的地方立着一个酒柜，里面摆满了各种各样的酒，窗户上挂着厚厚的酱红色的窗帘，墙上挂着一幅森林和草原的油画。夏荷把脱下的大衣挂在墙角的衣架上，把脖子上系着的丝巾解下又重新系了一下，拉开窗帘，将窗户打开一条缝，摸了摸窗下立着的暖气片，给罗双峰倒上一杯茶水后，在罗双峰的对面坐了下来。她从罗双峰略显疲惫的眼神里看得出来，罗双峰心里装着忧愁。

"很长时间没见你了。"罗双峰开口说，"我到省里开了几天会，今天要回去，遇上大雪封山，没地方去，想去找你父亲的老乡佟顺飞问件事，路过这里看你站在路边。你是要去上班还是要回家？我这一来，不会耽误你做事吧？"

夏荷用像耳语似的声音说："不耽误，我也不去上班，想去学校找点资料。你想找佟顺飞？他被抓了！他的公司也被查封了！从他公司和家里搜出来很多文物。一个极聪明的人，这辈子走到头了！"

罗双峰没有表现出惊讶。他想起了钟铭说佟顺飞的话，也想起了夏志杰和何世龙说过的几句话，他对夏荷说："我有时候很困惑，佟顺飞很早就当上了副县长，国家一搞改革开放他马上辞职下海，却又不走正道，是真正被钱迷了心窍？我有时候很欣赏林虎的为人，赚了钱也不胡来，给村里修路、办企业，又给自己办了个炼铁厂，也当过副县长，却没有一点儿官架子，就连装卸工这样的活儿也是亲自干。他刚开始时挣了不少钱，给很多人的感觉是他的钱来得很容易，我曾经也是这样想。但我看过他的炼铁厂，听他说自己的一些经历时，我觉得林虎比我们谁都聪明。几十年里，硫酸厂把硫酸厂生产过程中产生的红粉都当作垃圾倒掉了，还是花钱雇人往山沟里倒。所有人都没有想到红粉还有用，林虎想到了。他一开始也只是好奇，拾了一些，找人一化验，结果发现了大秘密。他跟我说，他跟花莲寺硫酸厂签的是永久性合同，每吨才五块钱！根据他说的情况，我心里面给他算了一笔账，他当年赚到手的钱应该就有千万！可见机会总是垂顾那些有心人。现在红粉都已经涨到六百块钱一吨了！钱对林虎来说，可以说是得来全不费功夫啊！按何世龙的说法，人这一辈子，就两个缘——情缘和钱缘。我看这两项，林虎都占了，何世龙也算可以，我最失败，你呢？"

夏荷嫣然一笑："你这样说，让我们无地自容。你年纪轻轻就是正厅级干部，全国恐怕都少见！说到我，我自己总结，是稀里糊涂地活着。我也有困惑。我的困惑是有时分不清对错。不瞒你说，我很早就是万元户了！就在咱们刚到金坪公司时，我去南方出差，是带着车去的。临走时我们科长说至少得借两万块钱，可钟铭说不够。他对我说，除了给客户买礼品，路上说不定还要修车，非让我借三万多块钱，我就借了三万五千块钱。往回走的时候还剩两万多块。钟铭让我把剩下的钱买成牛仔裤拉回来卖。我开始以为这样做不对，可钟铭说，这样做没什么不对，我借的钱归我，出差回来还了借的钱不就完了？我觉得他这样说也有道理。结果怎样？我俩买了一车牛仔裤，还没回到长宁就卖完了。我和钟铭那时候就成了万元户了！这件事直到今天，我都分不清对还是错。还有，钟铭半年前借了我一本书，给书上盖了许多'绝密'的印章，然后把书借给黑龙铺的矿主看，人家给了他四千块钱，他给了我两千块。你说这样做是对还是错呢？所以我说，我是稀里糊涂地活着。"

夏荷说完，罗双峰像听了几句相声一样开心一笑："你这才叫与钱有缘，想都没想钱就到手了！要说对与错，我也说不清。这种事你让庄书记那样的人说。还是说说你为什么不考研吧。"

夏荷说："咱俩不能这样干坐着，我去叫人弄几个菜，打电话让继科也过来，待会我爸看牙回来，你和继科陪我爸喝几杯，男人，不会喝酒咋行！"

罗双峰说："我不经常喝酒，现在不也都挺好吗？"

夏荷说："你刚才还说你最失败呢，这么快就来个否定之否定？"说完，她站起身，到外面去了好一会儿，回来落座后说，"继科没在班上，估计正在往这里来的路上。早上孩子闹着要吃螃蟹，他答应来这里拿。"

罗双峰还问夏荷为什么不考研，夏荷说："我要考研，继科肯定觉得面子上不好看，觉得我比他强。你们男人都爱面子，这一点我没说错吧？好在我在其他方面也不差，院里对我研究的课题很看重，也很支持，巯基乙酸钠已经进入工业应用，二硫化钼很快也能推广应用，对我来说，这是重要收获！在家庭和事业方面，在这个以你们男人为主的社会里，我们做女人的该让就让呗！一个人的幸福和一家人的幸福比，我觉得还是家庭更重要。"

"你不愧是女中翘楚！"罗双峰也夸起人来。

夏荷一笑："那倒谈不上，比我强的人太多了。尤其是那些女企业家们，我真的很佩服她们！你不了解我们女人。做女人有时很难很难。就比如和男人跳舞，守规矩的男人总是很紧张，他握着你的手时你能感觉到他的手在出汗，而且呼吸急促，还总想离你远一些，害怕你闻到他的鼻息、嘴里的烟味；心怀不轨的男人就不是这样，手上老有小动作，总想紧贴着你。女人所遭遇的这种尴尬，你们男人是体会不到的。所以，做女人有时真的很难！"

罗双峰似乎悟到了什么，本想顺着夏荷的意思说说自己对女人的看法，可又没有想到合适的字眼和例证，但很巧妙地把话题转移到了自己身上，说："应该说做男人、做女人都很难，感性认知能力差的人，很多事情需要人点拨才行，我就是其中的一个。金坪公司搞深加工要不是有你点拨，我可能想不到去做这件事。"

夏荷说："你没想是因为你当时还不是决策者，说话没分量。现在你不想都不行，因为你是一把手，企业发展的好坏与你有很大关系，所以，你还真得好好干。"

门被推开，一个女服务员两手端着两盘菜进来了。一盘是醉虾，盘子上还捂着盖子，一盘是海味螺蛳。菜刚放下，另一位服务员又端来两盘素菜，一盘盐水草菇，一盘油炸花生米。一个男孩还拿来了一瓶进口法国葡萄酒，四只高脚玻璃酒杯。

罗双峰问夏荷："怎么四个酒杯？还有谁要来？"

夏荷笑道："你想啥呢？刚才不跟你说了吗，还有我爸和继科。我也陪你喝点红酒。"说完，她打开酒瓶把酒就倒上了。还没开喝，钱继科来了，黑呢子大衣上还落着雪，头发也是湿漉漉的。

罗双峰赶忙站起身和钱继科握了握手。

钱继科脱下大衣挂到墙角的衣架上，又到走廊上使劲儿跺了跺沾在鞋底上的雪块子，进屋坐下后说："外面的雪还在下，今天骑自行车上下班的人倒霉了。这天气，罗总怕是没法儿回山里了吧？"

罗双峰说："老天故意为难我，也是好意，让我有幸在这里和你喝上几杯。"

钱继科笑道:"到底是大单位的领导,会说话。怎么样,你们单位的日子好过些了吧?"

"还在硬挺着,所有的库房都放满了钼精矿。不过,好运真的快来了,价格已经开始往上走了。我们还想了一些别的办法,委托一些单位加工氧化钼,我们自己也加大了钼铁的生产量。让人难过的是,钢厂回款太慢。原来我要求不是现款不给发货,可实际上又行不通,大钢厂这样的客户还是得罪不起啊!进出口公司又是刚成立,还没学会怎样和外企打交道,一些法律方面的规定也很烦琐,但又必须懂得。什么到岸价、离岸价、出口退税、伦敦期货价等,我怕出差错,让进出口公司的人先学习,收集整理资料。现在最缺的还是像夏荷这样会讲英语和日语的人才。"

夏荷说:"钼精矿系列产品都属于小金属,在国际市场上一般是参考英国伦敦期货市场小金属报价,金坪公司应该在香港设一个办事处。香港是国际都市,自由港,各方面的消息都有。在香港设办事处,对开展外贸业务很有帮助。"

罗双峰双眉一展,拍了一下桌子说:"这事就这么定了!没想到笼罩在我心头的愁云惨雾,被你几句话就吹散了,来!喝一杯!"

夏荷赶紧说:"这只是我自己的判断,真要这么干,你还得慎重呢!"

"那当然!"罗双峰的高兴劲儿上来了,接着刚才的话说,"我们过去一直是等着客户上门来买货,人家不来,一点儿辙都没有。现在这个局面终于可以改变了!"

钱继科有意逗乐,说:"价格开始往上走,说明曙光在前头,祝贺你!祝贺金坪公司,也祝贺我们家的领导者夏荷同志马上就可以不被家人埋怨了!"

夏荷轻轻一笑:"你别瞎说,你知道什么叫领导者?领导者首先应该是一个思想者。领导者谋势,老百姓谋事。两者之间的差别大着呢!要当好一个领导者,你首先得会想、会发现,敢走别人没有走过的路。这样你才会有新发现，你才有机会认识自己。一个人，认识别人难，认识自己更难！老百姓想的是当前，领导者想的是长远。正因为领导者有这种责任，所以国家才赋予你某种特权，高人一等的待遇。你二位虽然都是当领导的，可不要连这一点都看不到哦！"

钱继科大概是为了让夏荷高兴，看着罗双峰，风趣地说道："高人！高人！我媳妇真乃高人！"

罗双峰也凑趣说："这就叫深藏不露，佩服！"

夏荷笑了笑说："行了，你俩一唱一和，以为我是小孩子呀？男人抬举女人，多数时候都是为了让自己高兴！这话，你俩好好想想吧，我说的是实话。"

钱继科吃着菜说："实话，说到我心坎上了。"

罗双峰却突然又忧愁起来，用一种自责的语气说道："我发现我不适合当领导，很多时候需要人点拨才能想到去做一件事情。刚才要不是夏荷点拨，我真不知道进出口公司下一步该怎么走。公司上下都在看着我，这责任实在是太大了！还得考虑公司的长远发展，真是好也忧坏也忧啊！"

钱继科文绉绉地说："有诸葛孔明在此，你有何忧？这方面夏荷定有锦囊妙计送上，你我只管喝酒！"

夏荷又是轻轻一笑："你别瞎忽悠，酒也少喝。罗总以前是不动酒的，是我说男人不会喝酒不行他才喝的。"

罗双峰举起酒杯说："你这个提议对。我对酒的理解是喝了能壮胆。"

三个人碰了一下杯子，喝完了杯中的酒。夏荷的脸上风轻云淡，钱继科喝得上瘾，脸已潮红的他又给自己斟满一杯。他要给夏荷倒酒，夏荷用一双小手捂住酒杯。罗双峰却来了兴致，将酒杯往钱继科面前一放，说："满上！"接着又说，"我一见到酒就想起了李白的《将进酒》。最后两句是啥来着——是——是——想不起来了，喝多了！"

夏荷说："呼儿将出换美酒，与尔同销万古愁。"

罗双峰有点儿小激动，连声说道："对对对！与尔同销万古愁！"说完，他举起酒杯，和钱继科碰了一下杯子，一口喝了半大杯。他已经有了醉意。

夏荷看了一眼罗双峰说："看来你虽然不会喝酒，但酒真能调动你的情绪。以后你可得当心，当心领导酒场失态，光是在'一品楼'我就见过不少。"

罗双峰醉意蒙眬地胡乱解释说："我和继科不会，这你放心！古人说酒无不成礼仪，我不相信这个。进出口公司成立那天，也是在这里吃的饭，我看外贸局的人和佟顺飞、关浩有失酒德，我就离开了。什么礼仪不礼仪，我坐在大厅看《圣经的故事》。"

夏荷惊讶地问道："你怎么想起来读《圣经的故事》？"

罗双峰又解释说："有一次，我跟庄书记谈工作，他的办公室来了一男一女两个人。男的是国民党党员，向庄书记要活动经费；女的信基督教，说耶和华让她来找庄书记，让金坪公司出钱给盖座教堂。庄书记的回答很幽默，让那个男的先去请示他们的蒋委员长，让那女的先去问耶和华。我当时还真不知道耶和华是谁，也没好意思问庄书记。过后就买了一本《圣经的故事》。这件事后我才发现，我学东西太偏科，这才有了读一些书的打算。刚参加工作时我还买过几本小说，当时纯粹是为了解闷。"

钱继科说："我有同感。"

夏荷忍不住又说："当领导不一定什么都要懂，实际上你也做不到，只要知道抓手在哪里就行。另辟蹊径是最重要的。我这样说，你俩不会以为我是在卖弄吧？"

钱继科赶忙说："当然不会！这咋是卖弄呢！"

罗双峰已经喝得忘了时间，和钱继科又碰了一杯，对夏荷说："你给我参谋一下，金坪公司下一步该怎么走？我很想在这方面能有所作为，可是再怎么想也想不出好点子，你再点拨点拨我。"

钱继科说："我给你一个建议，我们这几年干得不错，买了几台数控机床，搞精密件加工，生意很好。就是买不到废高锰钢，流动资金也不多，最近有点儿转不开，咱们两家合作吧？金坪公司的日子好过了，咱们合伙搞精密件加工咋样？"

罗双峰可能真的喝多了，又拍了一下桌子，半醉半清醒地说："这事现在就能办！金坪公司给你一百吨废高锰钢作为投资，这样你的流动资金充裕了，我们把资产盘活了，一举两得！不过，金坪公司是国有企业，我得派个财务人员过来，你看咋样？"

钱继科有点儿不相信，两眼盯着罗双峰说："老兄，你没喝多吧？你们哪里来的废锰钢？"

夏荷替罗双峰说："球磨机里面的衬板全都是高锰钢，一年一次大检修，一次就能产生上百吨废高锰钢。"

钱继科抓住罗双峰的胳膊使劲儿地摇了摇说："我心里面的愁云惨雾也没了！人都说大树底下好乘凉，以后本公司就靠在金坪公司这棵大树上了！"

喝酒一旦有了共同语言，酒就变成了水，没人会在乎醉与不醉。罗双峰和钱继科就是这样，喝完两瓶了又打开一瓶，夏荷好像也是心里高兴，不再阻挡。两人又斟满酒杯，举杯喝了一大口后说道："双峰的这个主意挺好，愿你们合作愉快！来，我陪你们再喝一杯！"

三个人共同干了一杯。罗双峰不想再喝。他手捂酒杯，不让钱继科倒酒。夏荷也不让再倒。她亲自给罗双峰倒了一杯茶水，建议罗双峰到她父亲的办公室躺一会儿。

罗双峰说："我要的金点子你还没给我呢！再说，我一点儿事都没有。我只是不想再喝，我也不敢再喝了。酒后失态的人，我不想你在'一品楼'见到的是我。"

夏荷说："那就多喝水。要说金点子我没有。我可以给你提个建议：金坪公司要想大发展，最好能成为上市公司。一旦成为上市公司，就可以募集发展资金，对提升企业管理水平也有很大帮助。更长远的考虑是要尽量提高资源利用率。金坪公司再大，资源也有用完的那一天。有些钱该捡就应该都捡回来，不能白白扔掉。比如三里坪选矿厂尾矿坝里的尾矿，投产的最初十几年里，钼的回收率非常低，平均还不到 60%，铜和铁也都没有选。如果重新选一次，省了碎矿和磨矿两个环节，成本会很低，至少能获利一百多到二百亿元。"

夏荷的这个建议把罗双峰震惊到了！这是他从未听说过的最大胆的设想，不但可行，而且马上就能见效。林虎在红粉中窥见了财富，夏荷在尾矿坝里发现了财富。有很多人每天都去尾矿坝，但谁都没有往这方面去想，罗双峰自己也没有。"人和人就是不一样啊！"罗双峰在心里面这样感慨道。

"今天就是喝得躺倒也值！"罗双峰又一次激动起来，他把酒杯重新端起，让钱继科给他倒上酒，站起来，手都有点儿哆嗦地对夏荷说："我们村有一位长者，今年应该是一百零六岁了，也当过领导，退休后自称'商州野夫'，文化功底很深。他给过我很多指点，要不然我走不到今天。你是我遇到的又一位……应该是贤达吧！三言两语让我懂得了如何谋势！"

夏荷的嘴里抖出一串细碎的铃声："你也太会夸人了！和你们比，我不过是一个闲人罢了！"

就在这时，夏志杰看牙回来了。他一进门就转身往门后的钉子上挂大衣，嘴里还嚷嚷："今天我得喝点好酒，三个月没动酒，小酒虫在心尖尖上胡乱爬！"说完，他一转身，才看见罗双峰站在自己面前。他的一双大手把罗双峰的手握住使劲儿晃了晃说："今天怎么有空来店里吃饭？"

罗双峰说："在省里开了几天经济工作会，大雪封山困在长宁了。没地方去，就来看看你们。"

夏荷又出去要菜，夏志杰接过罗双峰的话说："钼精矿现在行情咋样啊？五月份你们在这里吃饭时就说钼精矿要涨价，到现在都没动静，我手上有五百吨啊！每天都在计算利息损失，再不涨价我这酒楼恐怕都得赔进去。"

罗双峰打着保票说："以我的判断，价格很快就能起来。许多小矿山现在已经扛不住了，很多都停产了。再等等，我坚信你不会赔，只是赚多赚少的问题。"

"这话我爱听。"夏志杰一边说，一边让钱继科取瓶白酒。

钱继科从酒柜里取了一瓶汾酒。夏志杰要过酒瓶，打开后给自己先倒了一大杯，不等新菜上来，先喝了一口，又吃了一个醉虾，然后很爽的样子说道："真香啊！看来人身上哪儿都不能有病，有病就赶紧治！治不好就赶紧死！千万别活受罪！昨天夜里牙疼得我翻来覆去睡不着，吸口气牙都疼，半夜十二点就盼着天亮，好去医院看牙。现在好了！又能放开喝了！来！喜一个！"

罗双峰和钱继科赶紧举起酒杯同夏志杰的酒杯碰了一下，钱继科把杯中酒喝完了，罗双峰只喝了一小口，他感觉有些上头，在心里不断警告自己："不能再喝了！"还在桌子底下偷偷看了看手表。

夏荷端着一盘爆炒羊肉进来了。她身后跟着两个女服务员，每人手端两碗米饭。服务员走后，夏荷坐下对父亲说："你先吃碗米饭，然后一个人慢慢喝，我们三个都不能再陪你了，我们一人喝了一瓶红酒。"

夏志杰说："那你们就走吧，到大厅里去坐，一会儿我的几个老哥要来。"

钱继科也说："爸，你也少喝点。"

夏志杰说："放心，我知道自己几斤几两。"

走出小包间，钱继科下楼去给孩子拿螃蟹，夏荷邀请罗双峰去看她收藏的油画。罗双峰知道夏荷会画画，但不知道夏荷还搞收藏，就跟在她身后，往走廊尽头的一个房间走去。夏荷一边走，一边介绍说："这是一个小会议室，里面没有暖气，还有些杂物，没法安排客人吃饭。我就把我的画室和收藏的画放在这里。"

走进画室，罗双峰真正被震惊到了。对绘画完全外行的他，看着满屋子的油画，不解地问夏荷："这么多油画，哪些是你画的？哪些是你收藏的？"

夏荷说："凡是画红军长征的画都是我画的，风景和人物肖像是另外一个人画的。我和他约定，他三年之内的所有画作都只卖给我，他说多少钱就多少钱，我不还价。"

罗双峰很是不解："你为什么只画红军长征的题材？"

夏荷目光注视着画作说："一群衣衫褴褛的人，为了一个理想，吃尽人间苦，费尽移山力，连死都不怕，逆水行舟，终到彼岸，这种精神应该是全人类共有！我非常钦佩这种精神！我觉得，人要是有了这种精神，就什么事都能办成！可惜我画得不够好，构图太简单，人物的表情还不够丰富，笔触也不够细腻。"

罗双峰又问："为什么又收藏别人的画作？"

夏荷说："多年前，有一次我回办事处，在公交车上遇到一个小伙子没钱买车票。售票员怀疑他是故意逃票，可我觉得不像。小伙子当时很尴尬，我就替他买了票。去年夏天，我和孩子去公园玩，又遇到了当年的这个小伙子，他在公园门口卖自己画的画。已是人到中年的他竟然还能认得我！而我已经认不出他了。我看他胡子拉碴一副很窘迫的样子，就知道他过得并不好。等到我和孩子从公园里出来，也没见他卖出去一幅画。但他的画给我的感觉很不错。我就和他商量，他三年内画的画我都买，他同意了。现在快两年了，他画了将近一百幅画。我准备就在这个地方办个画展。我的直觉告诉我，他的这些画将来会很值钱，卖给我的，最贵的一幅也还不到一千块钱。为这事，我跟继科没少拌嘴。现在经济条件好些了，他也就不再说啥了。你说我这样做值不值得？"

"值。"罗双峰转动着眼珠看着一屋子的油画说，"你跟钱确实有缘，别人是满世界找钱，你是钱经常主动找你！这个画家一旦成名，你的这些画立刻就会身价倍增。"

夏荷说："我也这么认为。"

罗双峰把每一幅画都扫了一眼说："现在钼精矿行情看涨，你很有可能一夜暴富，成为千万富翁。"

夏荷一笑："真的？那我可得好好感谢一下金坪公司！"

"谢你自己。"罗双峰说,"这个世界太奇怪了!我今天没白来你这里,看来我以后应该经常来。"

夏荷不明白罗双峰啥意思,刚想问,楼下传来了很大的说话声,好像有人在吵架,可又不太像。两人赶紧往外走,夏荷一边走一边还说:"不会是继科跟谁吵起来了吧?"

罗双峰和夏荷快步下楼来到大厅一看,只见钟铭坐在长沙发上,旁边还坐着一位膀大腰圆的汉子。那汉子黑脸膛,梳着大背头,两个腮帮子往外鼓着,上身穿一件黑色貂皮大衣,脚上穿一双长筒皮靴,身体向后仰着,将军肚明显地在上下起伏着。最耀眼的是他脖子上套着的一根金项链,又粗又亮眼,左手指头上还戴着一枚黄灿灿的金戒指。他正在大声对坐在他对面的一个人说:"就这么大个事,你说多少钱我都不还口!不管你们是几个人帮忙,我把一疙瘩钱拿来,你们爱咋分咋分!"

钟铭从沙发站起,和夏荷打过招呼,朝罗双峰走了过来。

罗双峰问钟铭:"你怎么在大厅里坐着?"

钟铭说:"你说让我五点来,我四点半就来了,估计你还在说事,就在大厅里等。"

"说话的那人你认识?"

"认识。他就是在黑龙铺开钼矿的林百泉,我一个朋友的父亲。"

罗双峰看见坐在林百泉对面的人是夏荷的熟人关浩。夏荷和关浩不知在说什么。罗双峰走过去和两人打了声招呼,和钟铭离开了"一品楼"。外面的雪还在下着,街上积雪很深,天空灰蒙蒙的,路上的行人一个个都很小心地走着,很多人都是推着自行车在走。

上车后,罗双峰问钟铭:"这个林百泉咋能认识关浩?"

钟铭说:"这个关浩一直喜欢夏姐,追了很长时间都没有追到手,到现在都还不死心。他和佟顺飞关系不错,佟顺飞认识林百泉,还带着关浩到林百泉的钼矿去转过,两人就是这么认识的。林百泉的儿子到长宁来玩,因为吸毒被公安局抓了,林百泉想把儿子捞出来,在长宁,他只认识关浩,就找关浩帮忙。关浩说得花好多钱，林百泉开钼矿有的是钱！你看他那身打扮，脖子上的金链子，说话的口气，就好像啥事他都能用钱摆平似的！其实就是一个暴发户！关浩抓住这个机会不狠敲他一笔才怪呢！"

"你和他们不会有瓜葛吧？"

钟铭马上说："罗总你放心，我绝对不会和他们往一块儿凑！"

罗双峰看了钟铭一眼，想起了夏荷说的绝密章子和牛仔裤的事，还想说什么又没说，将脑袋往后一仰，闭上了眼睛。

小轿车行驶在雪路上老打滑。钟铭打开车上暖气，小心翼翼地驾驶着，从"一品楼"到办事处，不到五公里的路程却整整走了半个多小时。车子驶进办事处的院子，钟铭看见副总经理刘长生正在大门口和一个妇女在说话。妇人头上裹着头巾，胳膊上挎着一个花布兜，旁边站着一个十三四岁的小男孩。钟铭好像已经猜到了和刘长生说话的人是谁。他轻轻推了一下还在迷糊着的罗双峰说："罗总，你先别下车，我去让刘副总把那女人引开你再下车。"

"为什么？"罗双峰睁大了眼睛问。

钟铭说："那个女人是出车祸死去的一个大学生的母亲，那个男孩是他弟弟，老太太想让他的这个儿子接他哥的班在咱公司上班，这是我听别人说的。"

罗双峰没有说话。他拉开车门，径直朝刘长生走了过去，简单交谈了两句，对刘长生说："先给老人家登记一个房间，免费入住。让办事处的人带老人和孩子先去吃饭，你到我房间来。我想听听到底是咋回事，为什么后事到现在还没有办完。"

罗双峰回到房间刚洗完脸，服务员就送来了开水和茶叶。罗双峰感觉房间有点儿冷，走到窗前摸了摸暖气片，感觉没什么温度。他在沙发上坐下，泡上茶水静静地坐了一会儿，刘长生来了，一坐下就汇报说："是这样，罗总，三个研究生的后事都已经处理完了，现在就剩巩生义的弟弟还没有安排。关键是年龄太小，才十六岁，不够条件。我们给老太太做工作，让孩子在家再待两年，可老人家不放心，怕咱公司说话不算话，隔三岔五就来找。"

罗双峰说："这事这样办，让孩子先在工会图书馆干两年，这件事不要再议了，你负责办到底。办事处暖气不行，让办事处的人给老人再加两条被子。办事处暖气不好是不是锅炉太小？如果是这样，让他们打个报告，作为技改项目编进预算里。到办事处来住的人都是咱公司职工，这种事我们以后要多想着点。"

刘长生允诺说："我记住了，我一会儿就去跟西办房主任说。"

刘长生说完就走了。罗双峰刚想上床躺一会儿，又有人敲门。进来的是刚任进出口公司总经理的宋宝常。他进门坐下后对罗双峰说："罗总，就这几天，钼精矿的价位已恢复到正常价位了，山上销售处打来电话说，徐州的一家老用户打了八百万元现汇过来，问可不可以给发货。"

罗双峰出人意料地说："不准发货。一两都不准发。八百万现汇全部退回去。顺便告诉销售处，从现在开始，没有我的同意，不准签订合同。"

宋宝常惊讶地小声说："罗总，咱们现在正是需要钱的时候啊！各单位都需要钱！"

罗双峰态度坚决地说："把我的话原原本本告诉李开河，就这样，我累了，想早点睡觉。"

宋宝常用一种怀疑的眼光迅速看了一眼罗双峰，便站起身走了。他大概是想不明白，要出门了，又回过头来看了看罗双峰。

第二天，罗双峰不顾刘长生和西办主任的反对，坚持要回山里。他让钟铭给车绑上防滑链，加满油，呼吸着雪后清晨的新鲜空气，在街上吃过早餐便往山里赶。汽车行驶到山口，沿路抛撒灰渣的卡车也从山里开到了山口。从山口到金坪镇，四十五公里的路程，钟铭开着桑塔纳轿车走了三个半钟头。沿途见到四辆翻倒在公路下边农田里的外地卡车。

罗双峰回到山里的当天下午便去了金山岭选矿厂。他也没给何世龙打招呼，到磨浮车间转了转，看了一些重要岗位，又到选铜和选铁两个车间看了看。之后又来到精矿车间，想再次感受一下何世龙说的可以穿着白衬衣干活的地方保持得怎么样。当他看到正在包装产品的工人已经可以不戴帽子，脖子上也不再系一条白毛巾时，他的脸上露出了笑容。走出精矿车间，他来到了何世龙的办公室。

何世龙正坐在沙发上给皮鞋打鞋油。罗双峰门也不敲就直接推门进来，他被吓了一跳，生气地说："你这家伙真是官当大了，就是走亲戚也得在门口喊一声吧？太不懂事了！"

罗双峰已经习惯了何世龙的装腔作势，也知道只有在自己面前他才敢，在康经理和庄书记面前，何世龙乖得像猫一样。由于习惯了，他也就没生气，往沙发上一坐，笑呵呵地说："真皮沙发坐着就是舒服！"

"那当然！"何世龙把装了鞋油、鞋刷的档案袋往茶几下面的抽屉里一放，给罗双峰倒了一杯茶，坐下后说："说吧，亲赴边关，有何训示！"

罗双峰故意把脸一沉："阴阳怪气！金山岭是谁家的边关？你的意思是，公司让你来这里是把你放逐了？这里比看尾矿坝还辛苦？"

何世龙一愣："跟你开个玩笑，脸还拉下来了！"

罗双峰心软了，笑了笑说："我来没什么要紧事，战略要地，不常来看看心里不踏实。另外，我有个想法，想征求一下几个大单位一把手的意见。现在有个问题，就是干部和工人的积极性都不高。我觉得大家是大锅饭吃习惯了，没有动力了。我想改一下奖金分配制度，把奖金基数往高提，使职工和干部收入差距拉大，领导干部拿平均奖的倍数，公司领导拿年薪。这样做对调动大家的积极性应该有作用。这个想法我对谁都没说。这件事也不准备上职代会，意见过于分散不利于集中，也不利于安定。怎样，帮我参谋参谋？"

何世龙露出了钦佩的目光，声音有些激动地说："想法挺大胆，是顺民意得民心的事！应该说也是大家都企盼的，很好！既然可以不上职代会，那就快速决断快速执行。奖金基数现在是人均一百块，太低了！我建议定在五百。"

罗双峰说:"我考虑的基数是要提高到六百!科级干部拿平均奖的二点五倍,处级干部拿十倍,试试高薪养廉的效果。下一步是定岗,干部职工一律拿岗位工资。所有这些都要和效益挂起钩来。公司机关、辅助单位只拿平均奖,要鼓励人们都到一线来,到艰苦的岗位上来。"

何世龙这次没有说怪话,认真地想了想说:"这样做,工人们心里能好受些,不过,钱从哪里来?"

"钱从两个选厂来。这就是我来你这里的主要原因。两个选矿厂只要把实际回收率再提高一个小数点,奖金基数再翻一番都不成问题!现在,市场行情也在看涨,金坪公司的运气要来了!回收率每提高一个百分点,公司还要单独给予重奖,所以,你这里要再加把劲儿,不能出任何问题,否则,首先拿你是问!"

何世龙一听这话,激动地说:"放心吧!金山岭选矿厂出了问题,我把人头献上!"

两个人都笑了。这是两人第一次没有因为讨论问题而相互斗嘴。何世龙看罗双峰坐着不动,猜出罗双峰心里还有事,就说:"你是不是还有话要说?"

罗双峰喝了口水说:"有件事我想和你探讨一下。这次到长宁开会,和夏荷两口子吃了一顿饭,说到钼业公司的长远发展,夏荷建议让公司成为上市公司。我觉得这是一个发展方向,你怎么看?"

何世龙说:"要成为上市公司是有条件的,必须是连续三年盈利,不亏损才行,钼业公司有盈利能力的厂子就两厂一矿,利润被全公司一分摊马上就没了。你得想别的办法,要是把钼深加工搞起来,把有盈利能力的单位组成一个新单位,形成一个上市公司还差不多,不过,这个过程会很漫长。"

罗双峰高兴地说:"你的肚子里还是有点儿正经东西的!再多想想,等有时间了,我和你再好好探讨。我来的时候贺书记去了医院,他回来,你给他说说我的意思。"

罗双峰说完要走,何世龙陪着下楼,把罗双峰一直送到大门口。

十八

就在罗双峰就奖金分配制度改革征询基层领导意见的几天时间里，钼精矿的价格突然猛涨！公司招待所很快就住满了前来求购钼精矿的人。由于罗双峰有话在先，销售处每天挤满了人，李开河也不敢和任何一个单位签订销售合同。

罗双峰在各单位走了一圈，把基层领导对奖金分配制度改革的意见和自己的一些想法向公司党委做了详细汇报，得到了党委书记庄长荣的肯定和支持后，他吩咐主管营销的刘长生副经理马上组织人起草文件。接着他又听取了几个部门关于长宁工业园工程建设、设备订货、人员消费战略转移工作的情况汇报，然后把关注的重点转移到了产品销售上。

一天，一大清早，罗双峰把李开河叫到了自己的办公室。他亲自给李开河倒上一杯茶后，笑眯眯地轻声问李开河："我在长宁时就让你们把徐州一家客户打来的八百万货款退回去，到现在还没有退回去，是什么原因？是你们不愿退？还是财务处不会退？"

李开河第一次听罗双峰谈销售工作时，就对罗双峰有一种惧怕感，他实在搞不懂罗双峰为什么宁愿从银行贷款，宁愿加大库存，也不愿增加钼精矿的销量。钼精矿价格每天都在涨，甚至一天一个价，在他看来，金坪公司销售工作的春天来了。可是，罗双峰不但不让卖，反而还加大了一把手亲自监管的力度！自己的办公室已经是门庭若市了，而罗双峰却仍旧是不松口，这让他百思不得其解。现在，罗双峰虽然是笑着问话，但他能感觉到话的分量。于是，他赶忙解释说："不是不想退。徐州这家公司是咱们的老客户，我们对你的想法也没吃透，因此就想再慎重一些，觉得晚几天退也行，你要是这样说，我们马上退！"

罗双峰点了点头说："从目前的情况看，我们掌握信息的渠道太少。徐州这家客户突然招呼也不打就打来八百万，更说明我们的命门很多时候是捏在别人的手里。人家把我们的产品买去做什么我们不清楚，价格或升或降人家比我们清楚！所以，我们总是把猪肉当白菜卖，总是给别人做嫁衣裳。这种局面一定要改变！我判断，钼精矿这一次有可能要涨过天价。不断有人给我打电话要货就更说明了这一点。这个时候，你们定价小组就要发挥作用。就一条，谁给的价高跟谁签合同，现款现货不要承兑。无论哪个单位、哪位领导批条子，一律不予理会，有问题往我这里推。签订合同的时间，还是我上次说过的，掌握在下午下班前一小时内……如果你没有别的问题的话，就按我说的去办吧。"

李开河高兴地走了。

罗双峰可能做梦都没有想到，在接下来的一周时间内，钼精矿的价位一下子飙升到了每吨二十万元！为了躲避不断打来的求购电话，罗双峰选择不在办公室里待，而是一上班就到各处室去转悠，也到学校、家属区、单身宿舍楼去转。一天，他来到了选矿厂单身宿舍楼，上到二楼，看到自己当厂长时的一个班长坐在正对着楼梯口的一个房间门口洗衣服。那个班长看见他来，热情地邀请他到宿舍里坐。罗双峰走进宿舍，见靠窗户左边的床是用幔布围着，床上有女人的咳嗽声。班长解释说："是我媳妇，结婚没有地方住，只能和我挤在一张床上。"

"宿舍里的其他人怎么办？"罗双峰小声问道。

"我们各睡各的，互不干扰。没办法，只能这么凑合。"

罗双峰不知该说什么，问了几句车间生产情况后便默默离开，直接去了副总经理刘长生的办公室。

刘长生以为罗双峰是来了解人员消费战略转移工作的，他看罗双峰坐下后，不等罗双峰开口，就主动汇报说："长宁金坪公司职工住宅小区建设征地手续已经办完了。户型设计马上就可以向职工展示。"

罗双峰听后，表示很满意，本打算说说在单身宿舍楼看到的情况又没说。等他回到自己办公室，庄长荣打电话过来，说要来说点事儿。

罗双峰放下电话，给庄书记沏好一杯红茶放在茶几上。走路带风的庄书记很快就来了。罗双峰对庄长荣的博学和对一些问题的独到而又深刻的见解非常佩服！他心想，庄书记亲自来找自己，必有大事要商量，便在庄长荣的对面坐下，谦虚地说道："我年轻，应该我去你那里才对，你咋还亲自跑来？"

庄长荣哈哈大笑："多走路对身体有好处。怎么样？这些天钼精矿价格猛涨，咱们又要拽起来了！有了钱，是不是也考虑一下职工文化生活方面的需要？"

"我一直在考虑。"罗双峰说，"我的想法是，给学校建一个铺草皮的标准足球场；在招待所旁边建一个带看台的篮球场；工会图书馆也要扩大规模。这些都很容易办到，不过是花几个钱的事，其他方面我还没考虑到。让山里面职工的文化生活丰富多彩起来，让大家能感受到生活的乐趣，是你的长处，我就不代劳了。至于花钱，你批了就算。这一点，我给财务处专门打过招呼了。我们努力生产想多赚钱，给谁赚钱？是给党赚钱！党是谁？党就是人民！就是老百姓！党的钱不给老百姓花给谁花？"

庄长荣又是哈哈大笑，笑完，稍微有点儿夸张地说："总结得好！你这个观点可以上升为理论啊！看来，学哲学的庄胖子可以改行啦！"说完，他又哈哈大笑起来。

罗双峰被庄书记的风趣给带笑了，忙说："您可千万不敢这么说，您学识渊博，有远见卓识，就连普通职工也都爱听你讲话，引经据典，深入浅出，大家都很容易接受。我到现在还记得你在水库讲庄子和鱼的故事。"

庄长荣说："那是庄胖子在卖弄，不值一提！说正事吧，我来是有两件事要跟你通个气。集团公司推荐你为'全国五一劳动奖章'获得者。省委看了推荐你的材料后，决定让你去中央党校学习三个月。这两件事，先前征求过我的意见，我觉得这是好事。但我也给上面说了，公司现在正是最需要你的时候，长宁工业园项目建设离开你，别人不好决断。上面同意我的意见，去党校学习可以往后推推，等一切都摆顺了再安排你去。所以你这边怎么安排，心里要有数。还有一件事是关于何世龙的，你觉得他最近表现怎么样？"

罗双峰说："最近半年来干得相当不错，我让他在提高选矿回收率上下功夫，他照办了。他经常亲自去化验室做实验，下到班组指导工人操作，这半年来，实际回收率一直稳定在 70% 到 75% 之间，比以前提高了五个百分点，这可是几十年来都没有做到的事情。公司口袋里的钱能多起来，有何世龙的功劳。这家伙最突出的缺点是身上有一股子傲气，在你面前他不敢，在我面前说话总是阴阳怪气的。不过最近好多了。酒后吐在会议室的事我也调查过，是有人故意整他。现在的问题是，党中央规定党政领导干部和家属不能经商办企业，让何世龙关了水仙开的小卖部，他会不会想不通？"

庄长荣笑着说："应该不会，一个正处级领导干部连这点觉悟都没有？不会！小何这个人，刚开始我以为他悟性差，其实不然。他悟性挺高，也很有个性，这是好事，比三棍都打不出一个闷屁的人要好上百倍！你的老同学是个极聪明的人。关小卖部，我专门找他谈过话，他态度很好，没有提出抵触意见，愿意服从党组织的决定，现在正在找下家。我之所以要和你提何世龙，是因为组织上准备重用他。他也的确很有能力，你们是老同学，关系又一直不错，组织上先征求党委的意见也是对的。从现在起，你得重新给大选厂物色一个厂长。"

罗双峰说："何世龙要是被组织重用，那就是要离开金坪公司？会不会是到有色系统别的单位去当一把手？"

"可能是吧，我没问。"庄长荣喝了一口茶水说。

罗双峰想了想说："大选厂的厂长人选我们再考虑来得及，几个副厂长都很优秀，随便哪一个都可以独当一面。我不主张再空降一个厂长过去，应该让大选厂的科级干部也有被提拔重用的机会。我这个观点是不是不对呀？"

"没什么不对！我喜欢你这样开诚布公。"

"那我就放心了，大选厂的问题目前来讲，需要尽快让碎矿旋回破碎机形成双系统运行，目前只有一台，是个独生子，把我们害苦了。山里面雨多，一下雨，矿石就容易变成泥石，动不动就把动锥憋死动不了，有时候很误事。其他方面没什么，只是我个人有点儿问题。我老是睡不好觉，郁闷、烦躁，甚至有一种焦虑不安的感觉，已经很长时间了。钼精矿价格上不去，公司发展受阻，让我着急，心情不好。现在形势一片大好，我还是睡不好觉，总失眠，最近更严重，吃安眠药也不顶用。我每天晨跑也停了，总想多睡一会儿，可就是睡不着。情绪一上来，感觉干什么都没意思。可是在人面前，我又不得不强打精神。这种感觉非常痛苦！这些话我又只能对你讲。"

庄长荣脸上的笑容不见了，等罗双峰说完，他低声说道："老弟，你这话太吓人了！你是不是患上了抑郁症啊！你得想办法改善才行！关键是要让自己的心情变得好起来。你的压力太大了！这样吧，我给你一个建议，带几个人去爬爬山，亲近一下大自然。站在摸天岭上，体会一下'一览众山小'的感觉，把精神上的压力释放一下。从现在开始，谁的电话都不要接，现在找你的人无非是要产品的'倒爷'们，你用不着理会他们。心情放松了，什么都看得不那么重要了，你这种抑郁的心情可能就不存在了。相信我的话，大自然可以改变一切。你站在山顶上，看着幻化无形的云彩，生长于万物之中的小草，什么道与非道，有形与无形，存在与虚无，这些东西你都能得到答案。你就会知道，天地万物都被空气所包裹，我们人类算什么？小小的金坪公司又算什么？别想得太复杂。当领导，我认为不能走极端。不要把简单的问题复杂化，也不要把复杂的问题简单化。带几个人到周围的山上转转，看看周围的铜矿、金矿、银矿我们能不能开采。我参加工作的时候，露天矿采矿场还是一座大山，现在变成了一个大坑。按照现在这个速度发展下去，用不了多少年，金坪公司的矿产资源就会枯竭，那时候说不定我们都还在。要是资源没了，山里面这么多人的出路在哪里？这也是我们应该考虑的事情啊！要是周围的金矿银矿铜矿都有开采价值，趁我们现在有钱，把周围这些矿产资源都从国家手中买下来，不用再建厂房，用汽车把矿石拉到大选厂或中选厂就行，还不用购买新设备，运距也不算很远，这样我们就可以延长矿山的使用寿命。"

罗双峰好像没听见庄长荣建议他去爬山的话，反而是有点儿激动地说："你我想到一块儿去了！我这次到长宁开会碰见了夏荷，她建议我们争取让金坪公司成为上市公司。我和何世龙也探讨过这个问题，咱们的想法都一样，要想延长矿山使用寿命，就得提高资源有效利用率，搞钼深加工只是第一步，只是为了增加产品的附加值，下一步还要考虑多元化发展的路子。夏荷还建议我们把中厂尾矿库的尾矿进行回选。这也是一个很好的建议。让金坪公司成为上市企业，何世龙有一个很好的建议，他建议公司把盈利能力强的单位组合成一个新单位，然后申请上市。我觉得这个思路不错，我们要好好研究。对分配收入制度进行改革，把奖金基数提高，让干部拿倍数，公司领导层拿年薪，这是我个人的想法，不知你怎么看？会不会觉得这个想法是在冒险？"

很少当面夸奖人的庄长荣又给罗双峰竖起了大拇指："一点儿都不冒险！老弟，你前途无量！现在的金坪公司最需要的就是你这样的人！所以，你可不能真得抑郁症！你千万不能倒下去！不过，你到周围山上转，要特别注意安全！吃饭要多吃牛肉，多增加蛋白质，别吃得像我这么胖就行了！"

罗双峰说："你也别太担心我的身体，我有时焦虑是真的，但还没到患抑郁症的程度。爬山对我来说也不算什么难事。我从小在山里长大，熟悉秦岭山里的地形地貌，爬山越岭一直是我的长项。在学校时，林虎练双杠，我练长跑，每天凌晨五点开始跑步，体质不输年轻人。"

庄长荣笑道："你本来就是年轻人！……要不要我也陪你到周围转转？"

罗双峰赶忙说："不行！你得坐镇指挥。我估计很快就会有不少人亲自登门来要货，都想倒腾点钼精矿发大财。我不在，你可以把他们往我这里推，什么镇长、县长、局长，我认定他们都是想倒卖。我们不能给他们提供这个方便。让他们干着急吧！"

庄长荣想走，罗双峰说："先别着急走，我话还没说完呢。从公司层面讲，还有一件大事：我们应该建设一个备用水源地。我已经让几个部门实地勘察了，这也是一场硬仗，但非打赢不可！每年一到枯水期，生产和生活用水就发生矛盾，保生产，生活用水就紧张；保生活，生产就要受影响。这是一项大工程，但花钱不会太多。趁现在市场行情好，我们库存产品多，公司财务状况好，我们把该干的都干了，需要更新的设备也全部更新掉，打好底子，长宁工业园一旦建成，几个新项目一投产，我们就会和国际接轨，我们的产品就会走向全世界，就会彻底扭转现在的被动局面。到那时，金坪公司的日子就好过多了！"

庄长荣被罗双峰说感动了，再次夸奖说："殚精竭虑，擘画长远，你不愧是干才一个！我还以为我比你高深呢！原来，你才真正是高人啊！我刚参加工作的时候也很郁闷，总觉得学哲学的人来到矿山干不出什么名堂来，现在我不这样想了。人的才干不论高低，只要有地方发挥就行。不过千万记住，再能干，身体不好也白搭。肉体上的痛苦好医治，精神和心理的痛苦不好治。你刚才说你还不至于得抑郁症，听你说话，也不像精神有什么问题，但这恰恰是一些抑郁症患者的典型特征：表面镇定，心里却老是思考着生和死的意义。我说的没错吧？"

罗双峰被说得不好意思了，有点儿手足无措的样子。

庄长荣和好几个人搭过班子，没有和任何一个总经理有过龃龉。但像罗双峰这样把公司的发展考虑得如此长远的人他没有碰到过，他本人也考虑不多。而今天，罗双峰的一番擘画，不仅让他感动，更让他产生了一种由衷的佩服。于是，他在心里面说了一句：现在的年轻人不得了！但是当罗双峰说自己老是睡不着觉后，庄长荣又在心里面开始担心起罗双峰的身体来。当罗双峰接受了他的建议准备去爬山时，他一高兴，不失幽默地鼓励说："毛主席教导得好啊！'世界是你们的，也是我们的，但归根结底是你们的。'"他还要往下说，有人敲门，罗双峰说了声"请进"。财务处处长龚孝义进来了。他一看两个一把手在说话，要退出去，庄长荣站起来说："进来吧，我们刚好也说完了。"

龚处长赶紧给庄书记让开道。庄长荣大腹便便，高昂着头，很有气势地迈着大步走了。

龚孝义坐下后说："庄书记很有派头，一看就是大领导。"

罗双峰说："庄书记有学者风度，讲话富有哲理，就连走路都透着一种很特别的气质！"

应该说，罗双峰夸人也极有水平。

龚处长忙说："罗总说得对。"

罗双峰给龚处长也沏了一杯红茶，然后说："你说，什么事？"

龚孝义对没给徐州客户退款做了解释。罗双峰听后只是笑了笑，什么也没说。龚孝义又接着说："公司现在的销售形势很好，货款回笼及时，银行方面收回去了一部分贷款。下一步资金流向的重点是放在长宁工业园的建设上，还是放在人员消费战略转移方面？"

罗双峰不假思索地说："资金充足三方面都要保。一是公司重大技改项目；二是工业园建设，争取六千吨钼粉和一亿米钼丝两个项目能早日投产；三是离退休职工住宅小区建设，按工程进度拨款，每月按六百万元拨付。早建成一天，山里面职工住宅紧张的局面就能早缓解一天。我在大选厂当厂长时的一名生产骨干，结婚没房住，和媳妇在单身宿舍里挤在一张床上，我想了好几天都没有想出一个好的解决办法。你明白我这样说的意思吗？"

龚孝义说："我明白。如果这种情况属于极个别的话，我建议在长宁租上一栋楼，让将要在长宁工业园上班的双职工提前搬到长宁去，房租公司给报销。这样山里面的房子就可以腾出几十套，生产骨干就可以暂时有房住了。"

罗双峰表态说："你这个建议好！明天开个经理办公会，形成决议，让行政福利处去办。"

龚处长因为自己的建议被采纳，高兴地走了。

龚孝义刚走，罗双峰办公桌上的电话便开始响个不停。已经换成来电显示的电话，罗双峰连看都不看，一个都没接。他从抽屉里拿出一个笔记本，在笔记本上写了好几页，快下班的时候，给何世龙打了一个电话，没说工作上的事，对何世龙将要被组织重用的事也只字未提。他对何世龙说了两件事：第一件事，要求何世龙想尽一切办法，给他见到的那个生产骨干找一间房子，何世龙在电话里就表态说，可以把厂里材料库的打更房腾出一间来；第二件事，找几个他能认识的第二天上四点班的年轻人，陪他到周围几座山上去转转，何世龙没问为什么就答应了。

第二天，陪同罗双峰去爬山的六个人早早就在俱乐部门前的桥上等着了。何世龙还把厂里的工具车也派来了，司机叫刘顺天，跟罗双峰和几个小伙子都很熟悉，每个人都背着一个背包，罗双峰也背了一个双肩包，秦丽华还给包里装了几张饼子，一饭盒罗双峰喜欢吃的凉拌紫甘蓝菜，一大瓶水。罗双峰和大家开了几句玩笑就出发了。半个小时后，他们来到了摸天岭的山脚下。罗双峰让司机下午三点还在原地等。

从山根到山顶，需要在茂密的原始森林里摸索着往上爬，勉强能够辨识的小路上长满了杂草，带刺的荆棘生长得到处都是，一不留神脸就被划烂了。罗双峰的手和脸没被荆棘伤着，却被其他灌木枝子划伤好多处，他爬一会儿就站下歇一歇，喝口水，擦擦汗，他们花费了将近三个小时才爬到了林虎曾经到过的那个探矿洞跟前。所有人都是大汗淋漓，坐在地上不停地喘气、擦汗。罗双峰感觉身上穿的毛衣、毛裤都黏在了身上。他已经很久没有进行过这样剧烈的运动了。等到身上不出汗了，山顶上的风吹过来，马上就又觉得冷飕飕的，几个抽烟的小伙子连着抽了几支烟，问罗双峰："罗总，你叫我们来就是为了爬山？"

"就是爬山。我想放松一下心情。离开金山岭到公司当领导，每天都是紧紧张张，总感觉身上没劲儿。我平时跑步，今天选择爬山。看来体力和你们比差得太远！我看你们好像都没咋出汗！"

一个叫陈力的小伙子打趣地说："我们身上有火，汗水都被烤干了！"

另一个小伙子开玩笑说："罗总，你们村出来混得最好的大概就是你吧？"

罗双峰说："那看咋说，论官职大小，有比我官还大的；论钱多少，有比我更富有的；论文化，也有比我更渊博的。我们村里有一个神秘的老人，年轻时读的是私塾，文化功底很深，号称'商州野夫'，村里人都叫他'老松树'，今年都已经一百零六岁了！独门独户地住着，每年过年的对联都是自己亲自写，内容也都与众不同。帮我认过不少字，每次见到我都要教导我。我今年过年去看他没见着人。家里正在重修门楼，说起来也是个古怪的老头子，房子已经很烂了也不重修，却把门楼看得很重要，非要把木门楼拆掉，修成青砖门楼，还要刻一副对联在大门两边，我想内容一定也很特别。"

又一个小伙子说："活了一百零六岁还活着？能活这么大岁数的人，一定是心大得忒！"

小伙子们七嘴八舌地议论起来，看不出来有谁想到周围的林子里去转转的意思。罗双峰从地上站起来，径直向生长着十几棵樟子松的一个小山岗上走去。

他走上小山岗，举目往周围望去。远处像波浪一样起伏不定的山峰连绵不绝，一座比一座雄奇险峻，尽管看不到有多少翠色，但在蓝天上冬日暖阳的照耀下，仍显得格外壮美！空气中好像还有一种香甜的类似烤红薯的味道；几只小松鼠也从家里出来闲逛了，在松树上跃来跃去；旁边的草丛里传来了窸窸窣窣的声音——是微风吹过时地上的落叶发出的声响；不远处的森林里传来了叽叽喳喳的鸟叫声……大自然呈现给人类的安闲自在，使罗双峰的心里在刹那间就充满了感动!

同来的小伙子们有的坐着,有的躺着,有的已经开始吃干粮了。罗双峰又来到了他们中间。他打开背包,把干粮和小伙子们的干粮放在一起,一边吃,一边开始海阔天空地瞎聊,但心里还在想着公司的事。小伙子们聊起了谁的媳妇会做饭,谁麻将打得好,谁的酒量惊人。争论了一会儿,话题转移到了当月的奖金应该拿多少。罗双峰听着,很少插话。说到奖金,小伙子们有些话是故意说给他听的。有两人胡乱评论一番后,要罗双峰评论。

罗双峰笑着说:"生产任务完成得好,奖金基数就大,公司定的五百是最低数。这个月两个选厂任务完成得好,奖金基数可能是八百,全公司都跟着沾光。当然,两厂一矿除基数奖外,公司还要给重奖,这是不是一件好事?"

"那当然!"小伙子们异口同声地说。

总经理亲口说奖金基数是八百块,两厂一矿还有重奖,小伙子们的热情开始高涨,议论起自己的班组能够拿多少钱来。

罗双峰吃完干粮后故意走开了。他到林虎曾经看过的那个探洞边上看了看,思绪又飘向了林虎的炼铁厂……

由于几个小伙子都要上下午四点的班,他们在山上不敢久停,有人看看表,便开始收拾行李准备下山。又一个小伙子毫无顾忌地说罗双峰:"罗总,你这人挺逗的,官当得这么大还叫上我们上山玩,别的领导肯定没人敢这么干!"

罗双峰风趣地说:"我最近工作任务完成得好,上山玩是庄书记额外奖励我的。明天有没有兴趣到白村去看一个石英矿?"

小伙子们都不吭声,显然是没有兴趣。他们顺着来时的路下到山下,刘顺天开的工具车就在路边等着。刘顺天也不嫌水冰,蹲在河边,在翻水里的石头,哗哗的流水声仿佛在诉说着将要见到大海的愉快的心情。

坐到车上,罗双峰看了看后视镜里的自己,笑了笑,问刘顺天:"白村你去过吗?"

刘顺天说："去过很多次。白村山上有个石英矿，地质勘探队在山上打了一个探洞，从里面挖出来好几根比人的胳膊还粗的水晶石，要是做成水晶石眼镜，至少可以做几十副，不过，我只是听说，没亲眼见过。白村的村民有人也到洞里挖过水晶，后来因为洞内塌方差点儿死人这才没人去了。罗总要去看水晶矿？"

"你这样说就没必要去了。明天去王家滩水库，看看传说中的铜矿。听说是个鸡窝矿，我想去看看到底是多大的一个鸡窝。"

刘顺天对开矿好像很感兴趣，他提了一个大胆的建议："罗总，你去看也是白看。咱公司现在有钱了，请一个地质队过来，到王家滩用仪器一测，是不是鸡窝矿一下子就清楚了，这种事还需要你这么大的领导亲自跑一趟？"

坐在车后排的一个小伙子叫着刘顺天的名字说："刘顺天，你咋和领导说话呢！"

刘顺天看了一眼后视镜说："你一个小屁孩知道啥？有铜矿的地方有花豹！领导去了肯定要去矿洞里看，万一碰上花豹咋办？我这是替领导安危着想！"

后面的人不说话了。罗双峰却依旧兴趣浓厚，对刘顺天说："花豹怕人，我们去上三五个人，花豹听见有动静，就是看见我们，也不会到跟前来。就这样，你明天还在桥头等我。"

刘顺天把车又开到俱乐部桥头停下，罗双峰要请大家吃饭，小伙子们异口同声地说："算了吧，你要是不怕我们沾你光，哪天我们请你吃烤肉，今天我们还得上四点班呢！"

罗双峰也不坚持，小伙子们各自回家后，他想去洗个澡。他背着背包只顾低头往家走，却和一个人撞在了一起。一抬头，竟然是钱继科！他马上想到，之前答应钱继科一百吨废锰钢的事还没落实呢！于是，他马上表示歉意说："真不好意思，一回来就是一大堆事，你的事被忘到一边了，你刚到？"

"刚到就碰上你。你背着双肩包干什么？下乡去了？"

"到山上去转了转，放松了一下心情。走吧，我到招待所招待你。"

两人说着话往前走着，路过水仙的小卖部时，罗双峰把背包寄存在了水仙的店里。他注意到，水仙的小卖部里已经没有什么东西可卖了。钱继科不认识水仙。他要买一盒香烟，罗双峰对水仙说："这是夏荷的丈夫，刚从长宁来。"

水仙一听，拿了一盒最贵的香烟给钱继科，且说什么都不要钱。钱继科不明白。罗双峰说："水仙是何世龙的媳妇，世龙和我们是同学，同一天来到金坪公司。"

钱继科明白了，说了好几句感谢水仙的话。走在路上，他还对罗双峰说："这女人长得像电影明星。"

罗双峰说："何世龙就因为水仙漂亮才娶了水仙。水仙是移民，没工作，但是很能干。党中央规定党政领导干部不能经商办企业，水仙这个店也就办不成了。你停薪留职早，要不然你也得好好上班。"

钱继科说："你说得对！以后我得好好干，不然对不起当下的好政策！我看你过得很潇洒啊！领导着这么一个大企业，竟然还有闲心上山去玩？你这种行为要是放在我们单位，告状信会像雪片一样飞向纪委！"

罗双峰说："我是党委书记批准我去的，而且还是和几个工人一起去的，也是带着想法去的。"

钱继科很是感慨地说："看来还是山里人朴实，能理解人。"

罗双峰说："你这样说失之偏颇。山里人和城里人都一样，你只要是为他们着想，不多吃多占，他们不会专门挑刺，这方面我有很深的体会。"

钱继科笑而不语。他走着，看着周围的风景，又有点儿羡慕地说："山里面的夏天应该凉爽得很吧？"

"当然。"罗双峰说，"咋样，你家老爷子还在担心手里的钼精矿卖不上好价？"

钱继科说："现在每天嘴咧得像八万一样！当时你们央求着他买他都不想买，现在东西一出手，一夜之间成了亿万富翁！酒楼的合伙人里他分得最多！我想多买几台数控机床，想让他给我的加工厂投点钱，老爷子不干！说他信不过我！你瞧！哪有这样的老丈人？不过，我一定要做出个样子给他看看。"

罗双峰开心地笑了笑，说了句让钱继科感到莫名其妙的话："头上长瘊顶金楼，天佑夏荷，全因夏荷心宽？"

钱继科不明白啥意思，问罗双峰。罗双峰说："没啥意思，我是觉得夏荷的命真好！"

"她是挺有福的。"钱继科说着，眼里闪着亮光。

罗双峰在招待所请钱继科吃了饭，又让人给安排了房间。之后，他又和钱继科一同来到办公室，叫来经营办主任说了两个单位的合作事宜，要求经营办尽快签文件，办手续；又叫来财务处处长说明情况，要求落实一名财会人员。他交代完便回家洗澡去了。

这一天是罗双峰过得最潇洒的一天。

第二天，罗双峰先到招待所陪钱继科吃了早餐，之后，便又坐着刘顺天的工具车前往王家滩水库。

司机刘顺天是罗双峰见过的最爱说话也最敢说话的司机。他一上车，刘顺天就说："罗总，按理说，像今天这样的事应该让下面的人去，你这样的大领导应该坐在办公室，打电话布置任务，喝着茶看着报纸，等着他们来汇报工作，根本用不着你亲自往基层跑，啥事都是你亲自去弄，要那么多处长和科长干啥！"

罗双峰假装生气地说："你把车开好就行了，你操什么心！"

刘顺天还不愿意闭嘴，继续说："罗总你说得对，我只管把车开好就行。可话说回来，现在咱们公司效益好，奖金基数也提高了，三厂一矿工人的奖金比工资都多，处长、科长拿得就更多，你不让他们干活，把他们闲在那里，他们自己都心慌！应该让他们都好好表现一下，这样，每个人才能对得起自己每月的工资和奖金！"

"你最后这句话说得很好。"罗双峰说。

刘顺天说："我爸几乎每天都要对我说这句话，他这话应该对你们这些当官的说才对！"

罗双峰笑了："应该让你到纪委工作才对。"

刘顺天说："那我干不了。你说得对，我把车开好就行了。"

汽车越过一道山梁，转过十几个急弯，在满地都是碎石和土坑的路上跑了十几分钟，就到了王家滩水库。罗双峰让刘顺天往下游又开了两公里，来到了和庄长荣、李畅他们吃烤鱼的小学校门口。教室门前的五星红旗仍在高高飘扬。教室里正在上课，孩子们听见有汽车声响都跑到教室外面来了。他们的老师是一个女孩子，年龄看上去也就二十岁出头的样子，也走出教室，问来客找谁。

刘顺天说："你们这里有个铜矿在啥地方？"

女老师说："沿着河堤公路往右边的沟里走，一直开到卫生院，卫生院旁边是村支书的家，他能带你们去。"

罗双峰没有下车，刘顺天把车开到老师说的卫生院只用了五分钟。卫生院的门窗刷着蓝漆，好多漆皮都已掉落，斑斑驳驳显得很陈旧。窗户上也没有安玻璃，旁边一间全部用夯土筑墙、房顶铺着瓦片的房子的门槛上坐着一位老者，正在抽烟袋锅。汽车的轰鸣声和关车门时发出的声响惊动了屋子里的人，一个矮矮胖胖的男人从屋里走了出来。

刘顺天上前一步问道："你是村支书？我们是金坪钼业公司的，这是我们领导。听说这附近有个铜矿，我们想过来看看。"

主人的一双长满了老茧的大手向罗双峰伸了过来，使劲儿晃了好几下才松开，非常热情地邀请罗双峰进屋里坐。罗双峰坚持要坐在院子里。于是，主人从房檐下拿来两个小板凳，还用衣袖擦了擦上面的灰尘，自己则蹲在了门前的石台阶上，很感兴趣地问道："你们看矿想弄啥？想在这里办工厂？"

罗双峰说："有这种想法。第一步想看看是不是真有铜矿，储量咋样，值不值得在这里办个工厂。"

村支书的脸上露出灿烂的笑容，说道："你们要在我们这里开办铜矿厂？这可是天大的好事啊！我们一年四季盼到头，就盼着我们这里也能像金坪镇一样有个大单位来办工厂，把我们村一下子就带富了！你说，要我们做点啥，我们村里啥人都有，石匠、木匠、泥瓦匠，手艺都没啥说的！要用沙子、用石子，咱这河里有的是！"

罗双峰笑嘻嘻地说："这些都是小事。你能不能找一个人，带我们到有铜矿的地方去看看？"

"不用找人，我就是向导。你先等一下，坐了这么长时间，水都没给你俩端一杯，我回屋给你俩拿几个柿子吃，现在是冬季，咱这里没啥水果。"

罗双峰赶忙拒绝说："你不用拿，一会儿回来有碗热水喝就行。"

村支书也不勉强，从窗台上拿起一把弯刀，往后腰上一别，给肩上搭了一根细绳，走在了前面。他边走边介绍自己村里的情况，说的全都是恓惶事，中心思想是想让金坪钼业公司帮扶一下。走在他身后的罗双峰很少插话。河堤路走完，走到一个小沟岔前，不远处的山坡上出现了一大片竹林，竹林的边上出现了一只狍子，村支书惊喜地说："你们把好运给我村带来啦！连狍子都跑来了！这可是稀罕事！有很多年没见过这生灵啦！"

罗双峰说："如果今天看的这个铜矿有工业开采价值的话，你们这里很快就会富起来的。金坪地区就是因为有了钼业公司，所以那里的人们现在生活得都很好。建尾矿坝征地移民时，我们的同志写文章说，农民对故土有着很深的感情，离开自己的家园时恋恋不舍。简直是一派胡言！是不愿离开故土吗？像你们这样的村庄，要是让你们都搬到城市边上去住，你们能不愿意吗？"

村支书站住，回过头来看着罗双峰说："把我们这些人迁到北京都行！这种好事盼都盼不来还能不愿意？真是睁眼说瞎话！我们是没啥怨的，就怨老祖先不找个好地方过日子，非要跑到这大山里边来。要不是毛主席领导得好，派你们到山里来挖矿石、建水库，我们村到金坪镇买一斤盐都得跑整整一天！现在去金坪镇，顺着水库边上的小路，骑自行车两个钟头就到了。"

说话的时候，他们已经是走在竹林里了。从小就对竹子有着一种偏好的罗双峰对村支书说："这片竹林也是宝啊！咱们国家南北方气候差异大，南方盛产竹子，许多农民把竹子加工成各种各样的东西，竹篓、竹席都可以卖钱，你们也可以把这片竹林利用起来，搞搞竹编不挺好吗？"

村支书说："村里人都会编，卖给谁？拉一车竹筐到县城卖，连运费都挣不回来。"

"也是。"罗双峰说完，也为自己的天真感到好笑。

走出竹林，走过一处种着天麻的缓坡，来到了一个石洞前。罗双峰走进洞中，看着满地碎石和泛黄又泛绿的洞壁，心中既惊喜又疑惑——他所处的地方的确是一个铜矿，而且矿石品位也应该不低。但是再细看，他的兴趣就不大了——矿脉的走向是向上而不是向下，也就是说，呈现在他面前的所谓铜矿是一个典型的鸡窝矿。为了不让满怀期待的村支书心里难过，罗双峰叫了村支书一声"大叔"，说："我不是太懂行，有机会我们找当年探矿的地质队问问，他们应该有权威数据。"

村支书说："这事就有劳你们啦！"

下山的时候，刘顺天充当起了保镖的角色，每走两步就提醒罗双峰小心，以防踩空掉到山崖下去。

和村支书告别时，村支书执意要送罗双峰两碗苞谷糁，一碗干木耳。罗双峰不好意思拒绝，便收下了。他上车后，车子已经驶出去很远了，他从后视镜里看见村支书还站在路当中在向他挥手。

往回走的路上，罗双峰已经没有了继续转山的激情。车到十里坪，他让刘顺天把车停在办公楼前，对刘顺天说自己第二天不再用车，让刘顺天回单位上班。他把村支书给的苞谷糁和干木耳也全给了刘顺天。回到办公室坐下不一会儿，何世龙给罗双峰打来电话，说林虎来了，他已经安排好晚上吃烤肉，并且说了地方。罗双峰痛快地答应了。

下班回到家，罗双峰让正在做饭的秦丽华先别做饭，说晚上跟林虎吃烤肉。秦丽华一听又要和有文化的人在一块儿吃饭就坚决不去。罗双峰也不劝说，帮着秦丽华炒了两个菜。准备吃饭的时候，他像小孩子一样，赶紧跑到烤肉摊占地方去了。烤肉摊还是在公司俱乐部旁边的窄巷子里。摊主一看是公司一把手来吃烤肉，赶紧把罗双峰让进一个小单间里，也端来茶水放到面前，笑眯眯地问罗双峰几个人。罗双峰说三个人。

罗双峰一杯茶没喝完，林虎和何世龙就来了，水仙也没跟着。三个老同学再次相逢，都争先恐后说自己请客。林虎说自己比罗双峰和何世龙有钱；何世龙说论年龄，自己是老大；罗双峰则说谁官大谁请客。林虎和何世龙不争了。

三个以前都不喝酒的男人，因为人生际遇的不同，对酒的认识也有所不同。林虎提议喝点白酒，罗双峰有点儿怯，但没怎么反对，何世龙因为喝白酒吐在了会议室，想起就觉得很丢人，坚决不喝白酒。

林虎说："酒无不成礼仪，色无路静人稀。那咱们就喝点红酒吧！"

罗、何二人同意了。吃着烤肉，喝着酒，罗双峰问林虎："炼铁厂经营得怎么样？怎么这时候跑到山上来了？"

林虎说："小凤说你们的选铁车间很快就要投产，我就跑来了，还是想和你们销售处签一份购买铁粉的意向合同，想买断你们的铁粉，还是没办成。"

何世龙说林虎："你总是能先他人一步。我觉得咱们几个人，除了夏荷，你的命是最好的，对全世界说你最爱钱，结果，钱就像一个傻女人一样直往你怀里钻，挡都挡不住！"

林虎说："命运最好的应该是夏荷，我给她老公的钢厂供红粉的时候，她父亲的生意就很红火，挣下的钱都是夏荷三姐妹的。钱继科自己又办了个精密件加工厂，生意蒸蒸日上。夏荷从不去想钱，钱却老想她！我和李处长说起夏荷，李处长也非常羡慕夏荷。他说钼精矿价格低迷，他求人买都没人买的时候，他跑去求夏荷，夏荷做她爸的思想工作，让她爸买了五百吨。当时一吨才一万四千块钱，现在一吨涨到了二十万块钱！五百吨一出手就赚一个亿！还合情、合理、合法！咱们谁能想到天底下竟然还有这样的事情！谁能想到钼精矿的价格能涨到二十万！"

罗双峰本想说夏荷还收藏油画，又忍住没说，而是顺着林虎前面的话说："你这次来怕是真的白来了，以后钼业公司的所有产品都将采取公开竞价机制。谁出的价高就跟谁签合同。我还在考虑建一个硫酸厂、一个炼铁厂，将红粉和黑铁粉掺起来炼成铁坯再卖给钢厂，这样做主要是为了解决污染和职工子女就业问题；还准备在榆林投资建设一个煤化工企业，也是为了多元化发展和解决职工子女就业问题，现在正在筛选项目。说到夏荷，我发现夏荷总是能顺应天命，命里该有财。她为金坪钼业公司的发展提出过很多好点子，因五百吨钼精矿致富，也算是金坪公司对她的馈赠，我们为夏荷干一杯吧！"

"为夏荷干一杯！"三个人说着，都把杯中的酒喝光了。

何世龙刚准备就罗双峰刚才的一番话发表一点儿看法，隔壁的雅间也来了几位吃烤肉的，桌椅板凳一阵乱响过后，大声地开始议论起了公司领导，说的正是罗双峰。

"公司现在这个一把手跟别的领导就是不一样！早上天不亮就跑步，在谁跟前都是拉着个脸，上班时间带着几个人上山胡乱转！要是咱们工人也这样，当月的奖金还不全都扣完了？"

"领导咋样做事跟咱有啥相干！你操这些闲心干啥！"

林虎和何世龙悄声对罗双峰说："说你呢！"

罗双峰被几个职工这样一说，觉得应该赶紧走，以免他们再说出什么难听的话来。他给林、何二人做了个手势，站起身就往外走。林虎抢着去买了单。三个人走到俱乐部门前，罗双峰请两人到家里去喝茶，林虎说还要去老丈人家，三人就此分手。心里装着事的罗双峰，也没问林虎准备哪天走，他本来是要回家去，却端直往办公室走去。刚走到办公楼前，一辆"解放牌"卡车停在了办公楼前，从车上跳下来十几个人。驾驶室的门打开，工程管理处的处长王寒冰从车上下来了。罗双峰这才明白，他们是去寻找水源地的。王寒冰快步来到罗双峰面前汇报说："新的水源地找到了，离矿区有二十多里地，要翻一座山，得建几个加压泵站，许多地方汽车到不了跟前，管道需要人抬，埋设管道的沟槽也只能靠人工挖掘，工程难度很大。"

罗双峰说："你们辛苦了！水源地离矿区二十里地不算远。明天就开经理办公会研究。你们马上做方案，供应处负责采购管道和施工工具，任务分配到各单位，集中全公司的焊工开展一场大会战，争取明年三月初就动工，力争在两个月之内完工。"

有人拍打着身上的灰尘开始往回走，罗双峰对王寒冰说："把大家叫回来，到招待所安排一桌饭，让大家吃完再回去。"说完，他往办公室走去。

日子像流水一样地过着。参加完选铜、选铁两个车间的投产仪式，罗双峰又和各单位的职工一样，扛着铁锨，坐着"解放牌"大卡车，前往水源地工地参加了几天大会战。六月，罗双峰又参加了金坪钼业公司长宁职工住宅小区举行的开工仪式。没过几天，金坪公司长宁工业园第一个建设项目——五百吨钼粉生产线生产出了第一桶钼粉，同时，六千五百吨钼酸铵生产线也正式投产。这之后，罗双峰去中央党校学习了三个月。从党校学习回来的这一天，时令刚好是秋分。正在进出口公司参加一个有外商参加的订货会的罗双峰在散会后，接到了公司党委书记庄长荣打来的长途电话。庄长荣先是询问了一下他去北京学习的情况，然后，声音很低沉地说："双峰，你府上出了大事，你大哥病危正在抢救，你快回去看看。考虑到你家在山区，开着小轿车回去帮不上什么忙，你坐刘顺天的工具车回去。刘顺天的车很快就到了长宁。我希望就你一个人回去，不要告诉任何人，要不然，你老家会人流不断，容易造成负面影响。"

罗双峰一下子就蒙了！他不明白自己的大哥怎么会病危，庄长荣在电话中也没提。他的本来很高兴的脸上很快就蒙上了一层阴影，被参加会议的其他人看了出来。李开河还特意走到他跟前，问他是不是自己的工作哪里做得不好。罗双峰强装笑颜回答说："没你什么事，我在想其他问题。"

散会后，罗双峰跟谁都没打招呼，坐着刚刚赶到长宁的刘顺天的工具车直奔老家。原本接近四个小时的车程，刘顺天开着工具车跑了不到三个小时就到了。

罗双峰的家是在一道窄沟里，进村的路上有很多鹅卵石，村子四周被茂密的森林包围着。几乎是清一色的越野车在村口的路边停放了几十辆，从村里传来了低沉的哀乐声。坐在车上的罗双峰心里猛地一惊，知道自己回来得太晚了，但他不明白几十辆越野车是咋回事。已是深秋的大山里寒意十足；各种成熟的果实已开始寻找自己的归宿；路边的板栗树上的果子掉得到处都是；大大小小的松鼠上蹿下跳地忙着储存过冬的食物；地里成熟的苞谷也在等待着收割……

刘顺天停好车，从怀里掏出一个档案袋，递给罗双峰说："这里面是五千块钱，是庄书记把自己的存款取出来，让我给你的。"

罗双峰什么也没说，接过纸袋装进了帆布提兜里。

罗双峰让刘顺天把车开到自家的坡底下。他上到坡顶，发现自家的院里寂静无声，大门口连一个花圈都没有！心中一喜：难道大哥没事儿？

走进院门他才发现，院子里摆放着棺材，三个侄儿站在棺材前，看样子大哥已经去世，而且已经入殓。罗双峰心里一阵难过。三个侄儿见他回来忙都跪下，陪他磕了三个响头。

罗双峰站起身，问从偏屋里出来的嫂子：大哥究竟是怎么走的？

嫂子对他说："他在靠近崖畔的一棵柞木树上看见一个猴头菇，爬上去采摘，下树时手没抓牢，掉到了崖畔下，没救过来。"

罗双峰提着帆布包走进父母屋里，心里面已经难过得像刀绞似的。父母的炕上还坐着几个自家的长辈，见他进屋，谁都没起身，只是看了他一眼。他的二大伯靠窗坐着，抽着自制的烟卷说道："我看见你就带一辆车回来，单位上也就来了一个人？……你看见村里村外停着的小车没有？村里霍家老爹走了！那些车都是霍家老大单位上的车。这还都是没走的，先头走了的还不算！县城里的花圈都被他们单位来的人买光了！屋里面来人就不断！人家是在外面当官，你也是在外面当官，就一人一车回来了？……你嫂子今后的日子可咋过呀！"

母亲拉着罗双峰到炕边坐下，用手拍了拍罗双峰并没有尘土的肩膀和后背。父亲则一声不响只顾抽烟。过了一会儿，母亲拽着罗双峰往外走去，到了院子里，母亲走进灶房，让罗双峰把房梁上吊着的一只竹筐取下来，从里面拿出一个小布包对罗双峰说："妈知道你当的是清官，挣钱也不多，这里面是五百块钱，是你平时给我，我没舍得花攒下的，拿去给你嫂子，让你嫂子心里好过些，你脸上也好看些。你二伯的话你别往心里去。霍家是霍家，咱家是咱家。"

母亲说完，罗双峰回到屋里，从包里取出庄书记给的钱又来到灶房塞给母亲说："妈，我这次带钱回来了。我给你的钱你装好，有机会去县城转转，遇见你喜欢的东西就买，不要舍不得。这五千块钱是单位奖给我的，秦丽华不知道，就是知道了也没啥。就可着这五千块钱，把我哥好好葬了吧！"

母亲用颤抖的双手接过钱藏好，泪眼婆娑地说道："山上的'老松树'也走了，新门楼修好的第二天走的。你走的时候记着到坟上祭拜一下，村里的孩子里他最看好的就是你，教你识了许多字，咱可不能做没有良心的人。"

罗双峰答应走时一定去。

罗双峰在家停留了三天。要回公司的头天夜里，他向父母和嫂子承诺，大哥的三个孩子如能考上大学，一切费用由他承担，平日的生活费他也会按时寄一些回来。他的这个承诺，让笼罩着悲凉气氛的农家土屋里有了一点儿欢乐的气息。

要回公司了，罗双峰都已经坐到车上了，又突然想起还没去祭拜"老松树"。他让刘顺天在车上等，他自己下车回家拿了香纸和纸钱，沿着一条弯弯曲曲的小路，来到了自家房屋对面的一座山上。他看到，曾经破败的木门楼变成了青砖门楼，门楼正上方有一门匾，上书"怡园"二字。门两边并不规整的两块榆木板上镌刻着一副对联：

宠辱不惊闲看庭前花开花落
去留无意漫随天外云卷云舒

罗双峰在学校读书时，经人推荐，曾经读过陈继儒的《幽窗小记》，还抄录过书中的这两句。"一个山野村夫，竟有如此淡泊自然的豁达态度，难怪老人家能活过百年啊！"罗双峰这样想着。他走上前去，轻轻地推开门，只见院子当中的地上铺着几张竹席，席上晾晒着许多书籍，但很大一部分都是连环画。几个小孩子正聚精会神地在看着。一个老妇人从老屋里出来，认出了罗双峰，热情地打着招呼说："你是罗家老二双峰吧？你来得正好，我爹临走前，说你问他要过一幅字。他早就写好了，你等着，我去拿。"

罗双峰说："大爷的坟墓在哪里？我去烧些纸。"

老妇人说："顺着菜地边上的小路往前走就能看见。"

罗双峰从"老松树"的坟上回来后，老妇人交给罗双峰一个自制的大信封。罗双峰打开信封，里面是一张折叠着的宣纸。展开宣纸，上面用行书写着两句话：

承日月之恩
立天地之德